花隨人聖盦摭憶全編

黃濬——著

(下)

許晏駢、蘇同炳／編

述古

歷代服制變遷

近頃西俗東漸，國人爭棄綾羅緞錦，崇短衣革履，而江浙絲業，掃地以盡。茲事固有可議，顧習尚中人，孰能返之。且自古習俗，無能囿於一隅一族者。吾國中種種舊俗，皆繇兼併包蓄而成。即如今之服飾，眾皆知為清制，清亡而服制不改，他日即改，亦斷無返於有明之寬博者。其他各事，罔不如此。蓋此泱泱數萬里之神州，有史以來，其迎新納異，雜糅眾俗，飆轉豹變，初無一日之息。前乎此者，一切如是，後乎此者，其飆轉豹變，必別開生面，創鑄瑰異，亦一切皆如是。小儒拘墟，哆口張目，固絕無遏止之術也。

余前所標舉吾族郅治之盛唐，其含納西俗，奄有眾長，尤不勝縷述，故蔚為吾史之光。繇是而言，凡一民族苟能濯磨自強者，文治武功之柄，由我運之，至於藝文器皿，正須開關延敵，敵且潰而鎔於我。苟國自不振，則雖日夜訑訑然拒人，人且斬關而進矣。吾今即以服制言之，世有俗儒，不第鄙夷西服，且甚憎滿俗之左衽，而歆想古衣冠。抑豈知近古服制，早已雜用胡俗，王靜庵著有《胡服考》，述之最詳。晉以來，惠文冠，具帶履鞾，上褶下袴，隋以後，彌趨窄小，此風已數百年。蓋由於戰術變更，車戰易為騎戰，故不得不然。唐代法服，尤參戎狄之制。長安胡人雜居，劉肅《新語》：「尹伊判謂，胡著漢帽，漢著胡帽。」可為貞觀初長安漢人已行胡帽之證。《新唐書》載，太宗子承乾，使戶奴數十百人，習音學胡人，椎髻，剪綵為舞衣，尋橦跳劍，鼓鞞聲通晝夜不絕。又好突厥言，及所服，選貌類胡者，被以羊裘，辮髮，五人建一落，張氈舍，造五狼頭纛分戟為陣繫旛旗，設穹廬自居，使諸郎歛羊以烹，抽佩刀割肉相啗。今考貞觀五年，突厥平，從溫彥博議，移其族類數千家入居長安，承乾之好突厥言突厥服，必為此輩所化。《舊唐書．輿服志》云：

武德貞觀之時，宮人騎馬者，依齊隋舊制，多著羃䍦，雖發自戎夷，而全身障蔽，不欲途路窺之，王公之家亦用此制。永徽之後，皆用帷帽，拖裙到頸，漸為淺露。尋下敕禁斷，初雖暫息，旋又復舊。咸亨二年，又下勅曰：「百官家口，咸預士流，至於衢路之間，豈可全無障蔽？比來多著帷帽，遂棄羃䍦，曾不乘車，別坐檐子，遞相倣效，浸成風俗，過為輕率，深失禮容。前者已令漸改，如聞猶未止息。又命婦朝謁，或將馳駕車，既入禁門，有虧肅敬，此竝乖於儀式，理須禁斷。自今以後，勿使更然。」則天之後，帷帽大行，羃䍦漸息。中宗即位，宮禁寬弛，公私婦人，無復羃䍦之制。開元初從駕宮人騎馬者，皆著胡帽，靚妝露面，無復障蔽。士庶之家，又相倣效，帷帽之制，絕不行用。俄又露髻馳騁，或有著丈夫衣服鞾衫，而尊卑內外，斯一貫矣。

案：羃䍦，見〈吐谷渾傳〉。帷帽，制如席帽。《事物原始》：「帷帽創於隋代、永徽中，拖裙及頸。今世士人，往往用皁紗全幅，綴於油帽，或氈笠之前，以障風塵，為遠行之服，蓋本於此。」近日出土之唐代陶俑，有一種女俑，即戴之。陶俑中，亦數有胡帽，並有著折襟外衣勒靴者。唐代法服，有六合鞾，可從日本正倉院徵之。而德人勒柯克，在高昌所發見壁畫，有大帽披，殆即羃䍦也。此自為土耳其、波斯之風，其後流傳損益，至於史稱「太常樂尚胡曲，貴人御饌，盡供胡食，士女皆競衣胡服。」可知朝廷之袞裳冠帶，雖遵采禮經，而坊巷閭閱，則各從時尚。又如靴，本戎服，長靿尤為軍戎通服，北齊全用長靿，誠為胡羯之制。趙宋初，沿舊制，改用韤履，其後復改用靴，以黑革為之，則亦胡俗。宋建隆四年，范質與禮官議，袴褶制度，先儒無說，惟開元有之，此亦是胡服盛於盛唐流沿成俗之證。晚近時人，多用司馬溫公深衣故事，其實深衣古禮，非宋制。溫公衣深衣，正是其泥古處。《聞見錄》：

司馬溫公，依《禮記》作深衣，冐幅巾縉帶。每出，朝服乘馬，用皮匣貯深衣隨其後，入獨樂園，則衣之。嘗謂康節曰：「先生亦可衣此乎？」康節曰：「某為今人，當服今時之衣。」溫公歎其言合理。

此事絕可為談資。溫公雖好古，而以皮匣貯深衣隨行，則不唯取便，亦近時矣。康節之言，誠為通儒名論——本是今人，何為古服？溫公能知其合理，故是賢者。吾嘗推康節之說，以為今日急務，迺在如何為今人？如何使古國存於今時？至於外俗之漸，從史乘觀之，唐以前，西域道通，故中亞諸國，乃至羅馬之俗，由此道而輸來。宋以後，西道梗於西夏，其時海道已通，觀泉州極盛於宋，蒲壽庚勢力之足以傾國，可知新俗之至，以東南當其衝。至於今日，吾國地雖博大，西北人文地力，皆以蕪廢而漸衰，東南數省，依然為新潮日夜盪摩之一角。但使吾民繕知立德，有以自充其力，勿使良產美制，捲地蕩然，則終可求得瑰異之境界。泥守無益，亦不可能也。

論古代文物破壞之原因

世論中原彫瘵，輒歎異族憑陵，吾前舉盛唐之治，為吾族張目，亦此旨也。然夷考舊史，入寇中國之異族，破隳焚掠極酷者，實不甚多。若拓跋魏，若遼、金，以及滿清，皆有所建設。蒙古雖甚暴，而其後亦多創置。記余所見瞿兌之《讀書日札》，有云：

宋人胸次淺隘，一切建置，皆不能規模遠大。讀范石湖《攬轡錄》，可見其一覲金源文物，驚羡形於詞色，不啻藩使之入上都。元代諸帝，盡力於文化事業，氣魄尤為雄偉。大都制作，超軼前朝，迥非南方諸城可比。又可於《馬可波羅遊記》，彷彿得之。今日中國精完之城邑，僅有北京，而北京之所以有此風格，乃自遼金元諸代承襲而來，異族帝王有造於中國如此，關心中國文化者，不可不知此盛衰起伏之迹。

其言殊鞭辟有識。余則謂殘毀文化最力者，實為國中盜賊。且如關洛文物，蕩掃之者，黃巢、朱溫以降，群盜如毛。三百年間，闖獻之後，不久又有川陝教匪，不久又有回亂、捻匪，以暨於白狼與諸軍閥之爭，焚斮洗蕩，馴成今日之狀。故國之不強，文化之不振，未可概罪於異族也。而其大原，在於民之失學，與不得其養。燒山伐木，日斵其材實，造成飢旱盜賊，相率俱盡矣。雖曰盜賊亦是人民，但其剽掠之狂既煽，當以病態論，不可不勇於治療也。

言及治賊，因觸及吾國軍旅中有養匪之惡習。遠者不具論，近如咸同時湘中諸將領，行軍即有一祕訣，平日以奮勇臨陣為口頭禪，不論勝敗，皆張皇賊勢，蓋利則益顯其功高，不利亦可稍從末減。防務亦有一祕訣，平日好談要隘，某處堵截，某處接應，兵分而力弱，勝不可恃，敗亦可以自解，謂我方鏖戰於此，而缺漏者乃在彼，並謂賊眾吾寡，防不勝防矣。此皆見之當時之書牘者。同治二年二月杭州克復，李世賢、汪海洋走皖贛之交，浙軍奏報殘眾逸出，不過數千人。而贛將席寶田聲言強寇且八、九萬，曾文正、沈文肅據以上聞，左文襄滋不悅。後江甯平，幼主真王洪福，由城缺走廣德，而文正奏稱逸出僅六、七百人，沿途追殺殆盡，然洪福固在。文襄力詆江南軍，意似謂餘氛猶熾，以報東門之役，文正滋不悅。洪福又由湖州走贛，贛軍謂浙防玩忽，且追論及原始縱寇之人，於是又以文襄詆江南軍者詆浙軍，而並及於曾忠襄。投瑕抵隙，互相責難，無非欲藉賊勢以自重，掠功於己，委過於人，蓋以官術而施之軍中，雖名臣不免。故同治之不足言中興，與晚清之終亡，可由是而決。

橫觀數千年間，祖宗雖豐於剏造，子孫尤勇於破除。唐以後，外族雖暴，猶有經營，吾族迺並長駕遠馭之規模亦無之。四海愈困窮，愈怨嗟。相斫相傾軋。盜賊不除，建置愈趨苟簡，此誠今後所痛自繕治，而先事革心之急務也。吾非好為深刻之談，又非欲以瑣言牽引及於軍國。昔顏之推有言：「學者貴能博聞，郡國山川官位姓族衣服飲食器皿制度，皆欲根尋得其原本。」夫欲根尋原本，則引繩批根，乃不能不申論及茲。當知洛陽宮殿何以化為灰燼？當時金谷園有澗有竹，何以今日夷為平地？以及山何以多童？江湖何以日淤淺？其因莫不纚然相屬。杜牧華清宮詩：「一千年際會，三萬里農桑。」《竹莊詩話》譏為伶優之語，抑豈知萬里農桑，乃誠開元郅治之左證，而唐以後之蕩然不復，乃實在秕政自生之盜賊乎？

北方古森林考

予嘗謂，國之將興，或其地將盛者，樹木必蒼蔚鬱蔥，反是則否。以人類社會之習慣言之，所謂都會山林，咸必以林木繁殖之處為中心，童山磽土，殆無氣象可言。又嘗戲謂當易孟子之言為：「所謂故國者，非有世臣之謂也，有喬木之謂也。」以為喬木之於人國，或尤甚於世臣。今日國勢陵夷至此，林木摧剝，殆為一因。

蓋我國形勢，以西北為始基，而今日西北以開闢甚早，林木斬伐已盡，山原裸露，土壤乾燥，平日減少蒸發水量，雨季則易成水災，頁岩剝奪，表土過薄，不宜於種植，並不宜於居住，災荒稠疊，國力以頹，此實彰明較著之事實也。近見西人述此事者，咸云：中國北部，昔日森林面積廣大，至今摧殘殆盡。如山西省府之案卷所載，晉東平原縣一帶，原有森林。又據縣志記述，太原之西北兩方，亦有大面積林木，久居山西之老者，猶憶及昔日省中森林，較今日為多。《馬哥波羅遊記》中，述及由西行三日之路程，即有蒼鬱之森林，今已蕩然無存。陝西北部榆林縣附近，發現沙丘自西北移來，覆沒良田，如沙漠之南移，其勢日甚一日，未可忽視之。又云：山中居民春季乾燥之時，縱火焚山，相連無際，旅行幾阻於途中，二日之內，不見天日。據村人告曰：焚山之意，在使草木生長彌旺。但以意忖之，乃在阻止根株萌蘖，長成樹木。蓋深山運搬艱難，大材反不若叢枝領草之易於背負。又云，登山而望秦嶺之東南西三面，山坡均已荒廢，既無森林，復不見散生樹木，如人之薙髮者然。予每讀茲類記載，輒為愴傷；以歐人調查，皆謂北部摧殘森林之方法，雖屬簡單，但其效率至大。第一步砍伐綿整之林，可怪者，平原中需木至殷，而山中砍伐極不合度，殘留幹高，而樹梢或棄置或焚之，甚至聽其自行腐爛。此蓋山中賴驢力運輸，費用過大，而政府又無保護森林之法令之所致。又有云：中國歷史悠久，人口昌盛，沿河有限之沃土，不足維持生活，故森林之摧殘，已歷長久，不可勝用之材木，以人民目前急需，與個人無度之貪慾，今乃不可復得云云。予前記舊京正陽門建城樓，求木於南洋，已知蜀、閩、贛、浙，大木已盡。夫內地固不必論，以松漠邊境言，今日亦非昔比。考朔方昔有方千餘里之大松林，《五代史》四夷附錄，引胡嶠〈陷虜記〉云：

自上京去四十里，至真珠寨，始食菜。明日東行，地勢漸高，而望平地松林，鬱然數十里，遂入平川。

案：遼之上京臨潢府，即所謂青城。胡嶠望見之松林，自當指阿爾科沁部或巴西村部之西部一帶而言。據《遼史・太宗紀》，所謂「天顯七年十二月丁巳，狩，駐蹕平地松林」之語，可知又西喇木倫河之上源地方，亦有松林。《口北三廳志》載元白挺〈續潢雅〉十詩之一云：

灤水薪巨松，童山八百里，世莫奚超勇，惆悵度易水。（註云：取松煤於灤陽，即上都，去上都二百里，即古松林千里，其大十圍，居人薪之，將八百里也。）

此可見元代平地松林，猶延長至於上都（即今多倫諾爾東北二百里之處）。元王渾《中堂事記》云：

二十八日己丑，飯新桓州，未刻扈從鑾駕入開平府，蓋龍飛之地，歲丙辰始建都城，龍岡

蟠其陰，灤水經其陽，四山拱衛，佳氣葱鬱，東北不十里，有大松林，異鳥群集。

開平府，即指上都，位於其東十里之大松林，或指平地松林之西南端。綜合上舉數事，所謂平地松林，當指自札魯特部之西，烏珠穆沁部之東，西南延長至多倫諾爾附近，胡嶠所望見者，與潢水上源者遼主田獵之地，皆不過此大松林之一部而已。此松林之廣大，觀《契丹國志》卷首所附之地圖，有松林數千里。元袁桷〈松林行〉：「陰陰松林八百里，昔日相傳為界阯。」又《方輿紀要・直隸篇》云：「平地松林在臨潢西，即千里松林。」皆可證明。此松林往昔雖鬱鬱蔽天，然後人移住濫伐，迄今已多成童山，今聞惟西喇木倫河之上流庫康屯一百里之間，猶見松林繁茂，沿其上源南岸，漸為沙丘，荒寒可歎。此僅舉內蒙與河北之近境，其摧殘已若此，西北之流沙，蔽障沒城，又不俟再言矣。

又以金陵言，陸放翁〈入蜀記〉，載：

晨至鍾山道林真覺大師塔焚香，塔在太平興國寺上，寶公所葬也。塔中金銅寶公像，有銘在其膺，蓋王文公守金陵時所作。僧言古像取入東都啟聖院，祖宗時每有祈禱，啟聖及此塔皆設道場，考之信然。塔西南有小軒曰，木末，其下皆大松，髯甲夭矯，如蛟龍，往往數百年物。木末，蓋後人取文公詩「木末北山雲甫甫」之句名之，《建康志》謂公自命此名，非也。

此蓋明孝陵未建時定林及寶公塔之狀況。今則大松夭矯，已無一存，不特宋松無存，即明時靈谷寺，號稱五里松，今又何所見者。於此可歎念一國興廢之繇，不獨為山川惜。因念晦聞昔有詩云：「到此不無林木歎，士夫名節獨尋常。」蓋為舊京公園數百株古柏作，而寄感逾深。抑孰知林木與名節，今日皆為難覯者乎？

甌脫

近日國與國間之紛爭，平亭之術，有所謂中立地帶，或書為中立區者。此制導源蓋甚古，即所謂甌脫也。

或疑甌脫乃境上斥堠之室，非指棄地，此說誠是。然棄地亦非真棄之，迺故棄之，以設甌脫耳。故轉註甌脫為中立地帶，義自可通。按《史記．匈奴傳》云：

東胡王愈驕，西侵，與匈奴間，中有棄地，莫居千餘里，各居其邊為甌脫。東胡使謂冒頓曰，匈奴所與我界甌脫外棄地，匈奴莫能至也，吾欲有之。

《索隱》註甌脫云：「服虔云，作土室以伺漢人。」然繹《史記》文意，則甌脫既置於匈奴東胡間，是敵國互相窺伺彼此動靜之設備，不可專訓為窺伺漢人之處甚明。所謂棄地千餘里，位置今雖不明，然匈奴東胡間有興安嶺，連亘南北，則呼為甌脫之土室，必布於此山脈之左右無疑。又考兩敵國之間，置空地以杜糾紛，古今皆然。秦漢之際，中國與箕子朝鮮，亦用甌脫制。《史記．朝鮮傳》云：

朝鮮王滿者，故燕人也，自始全燕時，嘗略屬真番，朝鮮為置吏築鄣塞。秦滅燕，屬遼東外徼。漢興，為其遠難守，修復遼東故塞，至浿水為界，屬燕。又燕王盧綰反入匈奴，滿亡命，聚黨千餘人，魋結夷服，而東走出塞，渡浿水，居秦故空地上下鄣，稍役屬真番朝鮮蠻夷及故燕齊亡命者，王之，都王險。

是也。據此可知，全燕時，依浿水即鴨綠江南之山脈，築鄣塞以為燕與朝鮮之界，此形勢迄秦無改。迨漢承秦後，一統天下，以鄣塞絕遠，防守不易，故修復遼東故塞，更以浿水為與朝鮮之界，自此河以南，至於燕之鄣塞，其間地域放棄為空地，此空地，即漢與朝鮮間之中立地帶也。

又案：清初尚以鴨綠、豆滿二江左右為間曠地。蓋當三、四百年前，白山黑水間，邊徼曠絕，非兵力所能控，故仍用甌脫制，以策萬全。豈知陵夷至今，此制幾於復施於榆塞，而欲與萊因但澤相仿耶？大抵，甌脫宜於林木山巒河流，雖曠隔而猶得相窺伺者。至如西都之流沙戈壁，以及西伯利亞之荒原，天然阻絕，雖欲設甌脫亦有所不能也。

古今物價變遷

物價漲落，吾國向無專書，近人治經濟學者日多，數見雜誌報章，鉤稽前此某時代之物價，以供言社會經濟及財政學者之旁證。茲事頗難，以須從典志及筆記暨小說中求之；古人羞言市物之價，且視為末務也。史書祇紀治亂，但舉米或肉至貴或至賤者而言，文最簡約。元以後稍稍易考，然尚當從法令旁求反證而後得之。例如《元婚禮貢舉考・至元聘禮》云：

> 至元八年二月，據中書省奏定，民間嫁娶婚姻聘財等事，仰遍行諸路照會一體施行。婚姻聘財表裏頭面諸物在內，並以寶鈔為財，以財畜折充者德（案：係「聽」字之誤），君和同不拘此例。品官：一品二品五伯貫，三品四伯貫，四品五品三伯貫，六品七品二伯貫，八品九品一伯二十貫。庶人：上戶一伯貫，中戶五十貫，下戶三十貫。筵會高下男家為主，品官，不過四味，庶人上戶中戶不過三味，下戶不過二味。

觀此可知元代以法令規定嫁娶用度，其限制之嚴可想，官民尊卑懸絕又可想。其云一二品五伯貫者，實際必不止此，其云下戶三十貫者，時或不及，然可見彼時生活之約略標準。此猶晚清〈勒方錡家書〉中云：「曾文正公有四女二子，子娶婦祇許用百金。女出嫁祇許用二百金。任兩江總督時，封侯拜相矣，嫁第四女亦不多用一金也。」可見同治初，嫁娶限以一二百金為用者，雖儉絕非不中禮，亦可約略知爾時生活之標準；蓋若近日之物價，以相國總督之地位，兒娶婦用百金為不可能也。

明人喜為小品文字，故述物價時漸多，如陳舜系《亂離見聞錄》曰：

予生萬曆四十六年，時丁昇平，四方樂利，又家海角魚米之鄉，斗米錢二十文，魚錢一二，檳榔十顆錢二文，荖十束錢一文，斤肉隻鴨錢六七文，斗鹽三百文。

此則縷述物價，然猶限於日用。至述婚嫁筵席者，如《益都縣志》有明知縣趙行志〈崇儉約規〉一篇云：

今約凡大小會皆二位一桌，每桌前冬春餅子四盒，夏秋果四椀，菜碟四個，案碟四個。大會肉菜九椀，麵飯二道，米飯二道。小會肉菜五椀，麵飯二道，米飯一道。每桌攢盒一個，每格止用一品。此外小飯小椀與夫燕窩、天花、羊肚、猴頭、鵝、鴨俱不用，家中即有餘蓄，亦不許多加一椀，以防漸增。家人一湯一飯，但飽而止，或每家人折錢十文亦可。惟官席遠客，方設獨卓，果肴各加五品，其看席五牲之類，俱不必用。若間常偶會，每桌四人，四面攢坐，即八人攢坐亦可。小菜四碟，每人米麵飯各一器。

清初龔煒《巢林筆談》：

清河與太原聯姻，兩家皆貴而贍。其記順治三年嫁費，會親席十六色，付庖銀五錢七分。蓋其時兌錢一千，只須銀四錢一分耳，而猪羊雞鴨甚賤，準以今之錢價，斤不過一二分有奇，他物稱是，席之所以易辦也。

則詳敘食物之價，並說明筵席品數，雖甚儉，而視元時止許二、三味，已覺有進無損。唯龔記稱銀四錢一分，易制錢一千，則並及幣價。顧此只是清初幣值，至乾隆中葉，約當己丑、庚寅間，則錢價已漲，此可從汪輝祖《病榻夢痕錄》述錢幣一段中見之。汪時居浙，原文云：

讀邸鈔，京師每小錢五文，直制錢一文，蓋於行使之間寓禁止之權。浙省尚未通行，官非不禁，而民間小錢愈熾，每番銀一元直制錢一千七、八、九十文，市肆交易竟有作一千一百三、四十至七、八十者，杭州尤甚，銀價因之日減。蓋錢肆易錢價無一定，自鵝眼以至制錢凡數等。雜小錢者曰時錢，其稍淨者曰鄉貨錢，純制錢者曰典錢，以銀易錢，相錢議價，錢既參錯，用者不便，乃計所易之錢折受番銀，故番銀之價昂於庫銀。余年四十幾以前，尚無番銀之名，有商人自閩粵攜回者號稱洋錢，市中不甚行也。唯聘婚者取其飾觀，酌用無多，價略與市銀相等。今錢法不能畫一，而使番銀之用廣於庫銀，小錢之利數倍制錢，不知其流安極。番銀又稱洋錢，名亦不一，曰雙柱、曰倭婆、曰三工、曰四工、曰小潔、曰小花、曰大戳、曰爛版、曰蘇版，價亦大有低昂，作偽滋起。甚至物所罕見，輒以洋名。陶之銅胎為洋甆，髹之填金者為洋漆，松之針小木矮者為洋松，菊之瓣大色黑者為洋菊；以及洋罽、洋錦、洋綺、洋布、洋銅、洋米之類，不可僂指，其價皆視直省土產較昂，毋亦鄭聲亂雅之弊歟？

汪此文，兌之稱其服飾及錢幣之變遷最有價值。予讀之信然。惟番銀入中國甚早，所謂「文為人頭，幕為騎馬，文為王面，幕為夫人面」，已見《漢書・西域傳》。而《後漢書・西域傳》，已稱「大秦國以金銀為錢，銀錢十當金錢一」。蓋羅馬之金幣，以及希臘之銀錢，當時已由大夏傳入中國，至今山西尚有窖藏當時亞力山大東征時之銀幣，可知爾時流行有相當之廣遠。至墨西哥之銀元等入廣東，亦甚早。宋代廣州番舶司，雖有輸入金銀幣，折直以外，以玩好視之。明馬歡《瀛涯勝覽》謂，蕃人殷富者多，其買賣交易，皆用中國歷代銅錢。馬書殆指南洋之荷蘭或西班牙人，當時猶以銅錢為主。迨明季及順康間，粵中通商，已反客為主，多用番銀，至乾隆中則侵入內地矣。汪文中述年四十以前尚無番銀者，乃康熙雍正間番銀尚未遍行江浙也。當時物價仍以銅錢為本位，如周荇農《思益堂日札》云：

> 嘉慶時民間宴客，用冰盤兩椀，稱極腆，惟婚典則用一椀蟶乾席。道光四、五年間改用海參席，八、九年間加四小椀果菜十二盤，如古所謂飣餖者，雖宴常客亦用之。後更改用魚翅席，小椀者八，盤者十六，無所謂冰盤者矣。近年更有用燕窩席，三湯四割，較官饌尤精腆者，春酌設綵觴，宴客席更豐，一日糜費率二十萬錢，諸舊家知事體者尚不然。

周所謂二十萬錢，咸豐兩年湘中錢價，即市上所謂二百弔錢，彼時合銀約百餘兩，合番銀亦百七、八十元。所謂綵觴，即演戲。聞叔章言：咸豐初年湘之演戲，約須六十弔錢，若以今時之二百弔折合現洋，則不過五、六十元，此則錢價之日落，而未可據為標準也。

周所舉，為素封之日趨於侈者。其自率儉且述家常狀態者，可舉者，如郭筠仙〈自序〉云：

> 自少貧賤，常刻苦自勵，衣服飲食不敢踰量。（中略）館辰州，鱔魚斤三十文，兼為去刺。僕人以十五錢購得鱔絲半斤，食而甘之，遂告僕人：以後勿復為此。答曰：此其價極廉。予曰：誠然，然於義有三不可。湘陰鱔魚貴於肉價，時父母俱在，每食必具肉而鱔魚歲不過一再食，而未有去骨者，我一人之享用，何為獨優，頃食此為增內疚，其不可一也。（下略）

觀此可知道咸間湘西鱔魚價，又可知肉價，斤尚不及三十文也。近年記物價者，如筠連曾小魯之尊人次乾先生，有宣統辛亥與民國十四年乙丑之物價傭資比較表一篇，迺專較論此事者。文曰：

昔者辛亥也，今者乙丑九月也，皆以制錢計，銅幣一枚合制錢十文。物價之以升計者，米昔六十，今六百。苞穀昔三十，今四百。以斤（凡斤皆十六兩）計者，麥麵昔二三十，今四百。園麻昔七八十，今九百。煤昔一文零一二，今八塊（？）。火酒（苞穀所釀）昔四十，今七百。桐油昔五十，今六百。菜油昔七八十，今五百。麥醋昔上等三文，普通一二文，蓽椒昔七八十，今六七百。（七星椒一千文）紅糖昔三四十，今五百。糖霜昔八九十，今一千。牛肉昔四十八，今四百四十。豬肉，曰和身滾，昔七十四，曰淨肉，今七百四十，曰帶頭，今六百四十。雞昔四十八，今六百。以二斤作一斤計者，豬蹄豬頭依豬肉價。鋤及其他鐵器昔九百，今一千二百。以兩計者，豬油昔一百二十，今一千。芝麻油昔十五六，今一百四五十。毛尖茶昔五六十，今一百五六十。鴉片昔一千四五百，今一千七八百。旱煙出金堂什方者昔二百，今二千四百，出本縣者昔七八十，今八九百。水煙（重八錢）昔十六，今一百。以件計者，白布（重二十四兩）昔七百，今七千，豬腸肝豬肚肺昔三百或不及，今依豬肉價。豬腦昔十六，今四十。鴨昔一二百，今一千。雞蛋昔四，今四十。皮蛋昔十，今九十。以二件作一件計者，豬腰昔二十四，今二百四十。以根計者，小蔥昔五六根一文，今三根二文。蒜苗昔二三根一文，今一根五六文。以擔計者，□昔三文，今縣城中央二十六七，遠四五十。（以上物價）工資之以月計者，耕種昔八九百，今七八千。女傭昔七八百，今二千。（若計日今二百文）以日計者，縫工昔八十，今九百。女縫工昔四五十，今六七百。泥瓦匠昔六十，今七百。木匠昔八十，今八百。其他小工昔四十，今三百。以次計者，理髮昔二十四（小孩八文或十二），今二百。（以上工資）至於銀價，昔之每兩易制錢一千五六百，今五十二千。今昔相同者，制錢一千文，扣底錢六文，銅圓百枚扣一枚。學正且云：夏日米昂，故物價工資因以騰貴，今米價減半，而物價工資既貴不復賤矣。市屋賃資較昔增至四五倍。學正所言若此，然易地皆然，不甚相遠，非筠連一邑若是也。

案：曾此文，亦以錢為單位。乙丑至今又十年，物價愈騰踊，財力愈枯竭，海上極少數之豪家，奢侈揮霍，殆為前史所無，中流人士，則欲望如前之下氓徜徉飲啖於魚米之鄉者，已絕不可得！農民更相率困槁矣。拉雜記此。每念國力有限，而人事不臧，所造之刼未有紀極，不知來日大難之當作何狀也。

宋代的紙幣

予前記幣價物價瑣屑，客有談滬上所謂金融投機，以及通貨膨脹諸說者。有叩予曰：茲類事於古有徵乎？予按《容齋三筆》十四云：

官會子之作，始於紹興三十年，錢端禮為戶部侍郎，委徽州創樣撩造紙十五萬，邊幅皆不剪裁，初以分數給朝士俸，而於市肆要鬧處，置五場，輦見錢收換，每一千別輸錢十，以為吏卒用，商賈入納，外郡綱運，悉同，見錢無欠數賠償及腳乘之費，公私便之。既而印造益多，而實錢寖少，至於十而損一，未及十年，不勝其弊。壽皇念其弗便，出內庫銀二百萬兩，售於市，以錢易楮，焚棄之，僅解一時之急，時乾道三年也。淳熙十二年，自婺召還，見臨安人揭小帖，以七百五十錢兌一楮。因入對言之，喜其復行。天語云：「此事惟卿知之，朕以會子之故，幾乎十年睡不著。」然是後曩弊又生，且偽造者所在有之，及其敗獲，又未嘗正治其誅，故行用愈輕。迨慶元乙卯，多換六百二十，朝廷以為憂，詔江浙諸道必以七百七十錢買楮幣一道。此意固善，而不深思用錢易紙，非有微利，誰肯為之？因記崇寧四年，有旨在京市戶市商人交子，凡一千許損至九百五十，外路九百七十得貿鬻如法，毋得輒損。願增價者聽。蓋有所贏縮，則可通行，此理固易曉也。

今考會子，如今紙幣，所見大明寶鈔往往邊幅不經裁剪，蓋仍舊法。所謂置五場輦見錢收換，即今鈔票兌現。所謂欠數賠償，疑即折扣及貼水。所謂腳乘即匯費，所謂臨安揭小帖者，如今懸行情。觀其所記官會折兑，如慶元時每千換六百二十，則六二折矣，諸道以七百七十收入，蓋加市之一五。今日世界各國厲行通貨膨脹政策，是皆紙幣之一種必然結果。唯理宗（編者案：淳熙係宋孝宗年號，此云理宗，誤。）以會子之故，十年睡不著，則亦可見其為民與理財之盡心，庶幾可謂勤政愛民矣。

古人遊記中多有極佳之史地考證

吾國幅員殊廣，人口蕃庶，而國力與人民一切成績，不能與國度比例相稱。此自繇於頻年多難，凡百耗失，譬如久病貧血，斷不能某器官獨增能率也。然細究施政之理，當以平均發達為第一義，今號為國人，其能周歷全國者有幾？省之與縣，縣之與鄉，瀕江海之與內地，其榮悴菀枯狀態，相去動踰百十年所，於此一切待遇建設，不力求其平均，則畸偏之為禍，不止文化體力之隳落已也。抑政治以外，社會之溝通，當力求其繁密，游歷行旅，調查比較，宜力為倡率。不厭其瑣，不厭其舊，不厭其拙，按其俗尚形勝，求其本原，稽其古今利病，衡以當前政要，而後從而改革之。私意建國當從一步步做起，一滴滴改去，倉卒剿襲，張皇求勝，必無濟也。

既言游歷行旅，則地圖游記，二者必當講求。今之新學，最薄古人。夫製圖測量，當然新法，昔人游記，自為陳言，然觀古人之用心，則其結實深摯，恐非今人所能想像。地圖，在我國導源甚早。蕭何入咸陽，首收圖籍，度必有地圖著於竹帛。王象之《輿地紀勝》，每一州碑目之後，必附以圖經若干卷；世初以為疑，後知唐《吳興圖經》，其先為顏魯公所書，刻於石柱，始知唐時圖經皆刻石。今所可考者，最古唯偽齊阜昌之〈禹跡圖〉、〈華夷圖〉，開方記里雖簡，而大致不謬。山西稷山縣，有摹本，在保真觀，石橫二尺五寸，豎三尺，為方八十一，共方五千七百五十一，每方折地百里，誌《禹貢》山川古今州郡山水地名極精。宋呂大防〈長安志圖〉，已久佚，近亦新出殘石數十片。夫懼紙之易朽，摹製易誤，乃刻石以資流布，用心不得謂之不摯，其重視圖經，尤顯而易見。

至游記，古人雖鮮悉如徐霞客之耐勞實踐，然可讀者亦不少。放翁之《入蜀記》，石湖之《吳船錄》等外，陸廣微《吳地記》，李冲昭《南嶽小錄》，皆可輯布。近代則姚石甫有《康輶紀行》，潘芝軒有《瀋陽紀程》、《秦輶日記》，董醇有《度隴記》，張詩舲有《驂鸞錄》、《粵西筆述》，蔣湘南有《西征述》前後編，林少穆有《滇軺紀程》，其中不乏資料，可以窺見風土情偽之遞嬗，山川形勢之沿革。即以陶雲汀《蜀輶日記》言，雖僅有四卷，其中或出文穀幕府手，或病其考據太繁，然試舉一例言之，其卷二七月十二日一節云：

十二日，十五里仙人溝，二十五里尖清橋河，十里觀音碥，巨石摩天，不受寸土，原名閻王碥，賈中丞漢復鑿之，改今名，宋荔裳為之賦棧道平者也。又有魏敏果（象樞）詩，同刻石壁，餘詩尚多，輿中望之，不甚了了。十五里，過沙河，小憩茶坪。返里陟五盤嶺，羊腸一線，繚繞雲端，欄之以石，俯瞰潺流，耳轟目炫，垂堂之戒，令人凜然。良久，始至雞頭關，憩關帝廟，南望漢中，豁然開朗，心目為之一舒。壁刻党崇雅詩，有回頭一轉地天寬之句，逼肖此間情景。雞頭石冠而峭，關所由名也。山中多祀白石土地，有碑言項羽圍漢高，樵汲絕，神為負水，晨起有卒見之，立化為白石。漢王之南鄭，燒絕棧道，羽已東歸，無緣至此，齊東語，殊可笑。七盤嶺，南北高二十里，土色南黃北黑，判然不同。下嶺即褒城縣，白水繞其東，而南流入於沔，所謂褒谷口也。北通斜谷，斜口在郿縣西南三十里，武侯出五丈原由之。《史記》言褒通沔，斜通渭，皆可以行船漕，今則不然，蓋山經開鑿，水為沙石所壅矣。又有箕谷，在褒城西北十五里，諸葛攻祁山，使趙雲、鄧芝據此為疑兵。又有駱谷，在盩厔縣西南三十里，南通洋縣，姜維伐魏，圍長城，所由道也。《通典》曰：「漢中去長安，取駱谷路六百五十二里，斜谷路九百三十三里，驛路一千二百二十三里。」所為驛路，即今寶鳳留褒之道也。又有子午谷，在洋縣東，魏延請分兵襲魏者也。向禁行旅，以防姦宄竄入，乾隆年間，陝撫畢沅，因遞送金川軍書，改由此道，較舊道可近七八日之程，漸成通衢。嘉慶初年，教匪姚之富、齊二寡婦、張漢潮、伍金柱、冉學勝等，出沒其間，豖突狼奔，凡七八年，始絕。己未冬，有旨仿明代原傑經理鄖陽流民之法，於南山老林中，酌加開墾，以栖難民。於是議設總兵於五郎峪，分設小營於子午等谷，又增設縣承巡檢等員，以資彈壓。蓋終南一山，跨越西安、鳳翔、興安、漢中、商州，南北八百餘里，東西一千七百餘里，分屬三十餘廳州縣。其實山內設治者，僅止商州所屬，及孝義、五郎二廳，孝義迤西千餘里，並無營汛，至是設官駐守，而防轄始密。然山中向無居民，乾隆三十三年以後，湖廣、江西流民，始潛入山內伐木支柵，種包穀度日。包穀似粱，一名包蕒，川湖人謂之玉米，又曰珍珠米。自教匪亂後，焚林斬木，一望蕩然，然梯田板屋，鳩民漸集，計數十年後，必盡成熟地，非復曩時陸海矣。

讀此，可知文毅下筆時，細針密縷，於古今政治沿革，形勝變遷，風俗土宜，皆能扼要論列。卷端有朱琦一書，蓋文毅乞其評判者。書中關於此節云：

其謂梁州貢道浮沔溯褒以出斜口者，殆亦即《水經・桓水注》所云，沔歷漢川至南鄭，屬於褒水，遡褒暨於衙嶺之南谿，水枝灌於斜川，屆於武功，而北達於渭水也。孫君疑酈氏謂沔渭相通，恐未必是禹跡。不知經文不曰逾於渭，而曰逾於沔入於渭，必當時自潛逾沔之地，有捨舟陸行者。傅氏寅曾有此說，與酈氏上言自西漢遡流，而屆於晉壽界，阻漾枝津，南歷岡穴，（《彙纂》言岡穴，即郭璞所謂峒山，《括地志》所謂龍山大石穴也，其間自非水道相貫。）迤邐而接漢，沿此入漾，書所謂浮潛而逾沔者，正相合。至沔渭之間，則有褒斜可通，故下又云，水枝灌於斜川，而總之曰水陸之相關，川流之所經，復不乖《禹貢》入渭之字，酈氏意，蓋如是。漢武帝時議褒斜漕事，而褒已不與斜通，必自褒絕水至斜間百餘里，以車轉從斜下滑，是乃陵谷遷變，而酈氏則猶追言禹跡也。後代墾闢日滋，近山之地，沙石所壅，故道愈失，非閣下身履其境，固莫由洞悉形勝，而并《史記》言褒斜皆可行船漕者，得彷彿其遺蹤耳。

此蓋就文毅以嘉陵江為《禹貢》漢則為潛之潛，因而申論浮潛逾沔之理，其關於褒斜船漕事，不能不謂為有關地質及考古諸學也。文毅此記，全書大率如是。其摭拾傳聞，間或瑣碎，大體則博淹以外，兼注重政本。蓋時在嘉慶末年，陶雲汀與賀耦耕已同時出掌文衡，自後汲引林文忠，以逮於曾、胡，別啟風氣。臆想其講求經世之學，或正繇於遠歷山川，目覩利病，慨然攬轡也。

今人讀昔人書，正不必病其考據繁瑣，須知即此瑣冗，已非翻數千卷書不辦，又非多少能自狀其經歷蹤跡不辦，能如是，亦庶幾通才矣。況今日科學已昌，果為通才，而又能好學深思，心知其故，則學者經國大業，何莫不由於左圖右史，切切實實地，以營成之乎？陶記中有極佳史識，如記安邑鹽池言：「相傳池遇南風，則鹽利必倍，舜歌，南風之時兮，可以阜吾民之財兮，或云即指此。」蓋舜都蒲坂也。餘如闢金牛說之譌，論黑水之源，皆甚詳盡。論涪水、荊州、三泉和尚原諸節，則極關行軍要塞。予聞近年歲出新書四千種，其半皆翻刊舊書，其最暢行者，明清間消閒小品而已。如此類書，正未易為時人理會得。

陝西亦如四川之易亂難治

舊稱天下未亂，蜀先亂，天下已治，蜀後治，此衹史家比較有得之言。其實陝與川，皆為易亂後治之區。予頗疑秦中遠受五胡之亂，近蒙回紇之侵，故其文化富庶，皆未易與江表同量齊觀。讀姜西溟〈南齊旌表華孝子小像〉詩序，謂劉裕以義熙十三年秋八月至潼關，命王鎮惡大破姚丕軍，遂入長安。其年十二月，裕將東還，三秦父老留之不得，以弱子義真都督雍涼秦州軍事，留鎮之。孝子父豪，戍長安，當以此時。時孝子年八歲，臨別謂曰：須我還，當為汝上頭。既長安陷，孝子七十不婚冠，有問者，輒號痛彌日。自古篡竊，若王莽懿操父子，俱未嘗親弒其故主也，至零陵賊殺，自後禪受之際，習以為常，裕之子孫，亦嘗身罹其毒，而君臣之道苦矣。獨孝子終身思父不婚冠，此其所關於人倫甚大。南齊時同郡有薛天生、劉懷胤兄弟，皆以孝行旌。然予獨以孝子之所遇，有足感者，故疏其事於像左，且繫之以詩。楊聖遺考云：義熙十四年，沈田子以掩殺王鎮惡伏誅，長史王修被讒死，羣情解體，夏王勃勃遂進據咸陽，走義真，積人頭為京觀，號髑髏臺。謂從此中原分裂，生靈塗炭於戰爭，又百餘年，然後合而為一，蓋忠孝失而人類幾乎滅矣，此西溟之所以致慨云云，說頗中肯。

按西溟《詠史小樂府》云：「曹為舜禹，禪晉天下，天之報曹，假手於馬。操分五部，晉為禍招，天之報晉，假手於曹。百年禍機伏於始，嗚乎晉魏已如此。」此自為昔日封建相屠之看法，然晉魏六朝間最亂，川陝間最受荼毒，亦是一事實。又凡值人類天性將泯殘忍日臻時，必有大戰踵之，此理殆亦不爽也。

開元之治

崑山顧氏，躬察郡國，謂天下州郡為唐舊治者，城郭必寬廣，街道必正直，余前已摭其言。記十歲至漳州，相傳龍溪縣大堂，宋所建也，雄敞袤深，至今猶憶其狀。則宋之制置，亦自遠逾於今。非徒古人用心摯，規模遠，材用亦必碩長。憶此衙廨，柱棟皆累數丈。及其後北居，值正陽門樓毀，陳玉蒼丈方監修，所運梁木，其稍偉者，皆自南洋求致，心知國之產木，若蜀、若閩，菁華略盡矣。然亭林之稱唐抑宋，說自不誣。余嘗以為吾族有史以來，武功文物，當以有唐為極軌，唐之武功文物，當以開元為極盛，過是，則盈而昃矣。後此不可知，宋若明，制度材力，皆視唐相去遠甚。史冊典章，以及詩文稗記，可資證吾說者，無慮千百，嘗欲窮年殫力，一一申述，或泐為專論，卒未能也。今姑約言之。

開元郅治，繇於貞觀創始之弘。中更武韋，皆止宮闈穢亂，而海宇乂安。金輪尤英明，《唐書》故多貶詞，未可盡信。及玄宗初政，姚宋為相，突厥默啜授首，奚契丹內附，自西域以暨遼東，郡縣斥堠相連，海南番舶輻湊，廣州羣夷雜居。觀關中崑崙奴之多，景教廟宇，且建於洛陽，可知聲教包蓄之廣。至於藝文制作，咸有令才，營造之風既盛，下逮林木牧畜，皆極蔚繁，至今志乘詩賦，斑然可考。史稱開元「賦役寬平，刑罰清省，百姓富庶」。此十二字雖僅括大略，而從范陽變起，中原久不知兵觀之，則可見承平之日久。從虞永興書翦賣譽卿一字，得麻一斗，鵪口一字得銅硯一枚，房村一字，得芋千頭，及鄉村以胡絹半尺買魚肉無數觀之，益可見物價之賤。故知盛唐之盛，實為有史吾族之光。天寶亂後，凌夷殆千年。北宋雖縟飾汴洛，而燕雲已失，物力亦隤，明政最弛，享年二百，鮮足稱者。雖異族之有清，康熙一朝，號稱極治，日本全輯為《康熙大帝》一書以紀之，而觀於中原關洛水利林木之未盡修，則可知視開元相去尚遠。

前日大寒，晨窗呵凍，偶寫王摩詰〈山中與裴迪秀才書〉，輒念唐時藍田灞水之景物，未知今日何若？其言「村墟夜舂，與疎鐘相間」，則人煙稠集。其言：「草木蔓發，白鷗矯翼，露濕青皋，麥隴朝雊。」則品彙繁庶。今日終南之阿，豈有是乎？關之東西，黃塵漲天，村落曠絕，居民僅野，歲不患河則災旱。蓋一千年間，異姓憑陵，西北之與東南，文質相去，已日以殊，百年以內，濱江海諸省，受歐漸之文明，尤騰絕奢侈，與內地隔若霄壤。年來數聞農村破產之聲，抑豈知黃炎故鄉，農村之敝，固已久乎？

蓋吾國昔日區別四民，讀書知理者，唯士一途。士之呫嗶者，非周秦六經，即馬班兩史。其腦中所縈憶者，多中古以上事蹟，其所濡觸者，卻為現代之物華。日溺於近，而心馳於古，於唐以後政治社會盛衰遞嬗之迹，百舉具廢之繇，反昧昧然。故一旦受侮發憤，欲刺取吾國固有長技，侈舉與西歐對峙者，率皆墟墓簡策間言。去秋虎城楊君於酒次為余言，年前邂逅一老儒，聞楊為陝人，則大喜，堅欲訂游阿房宮之約。告以阿房燬已久，則曰：「固知之，然必有遺址可尋。」蓋其所臆想者，猶以阿房與圓明園等視。余敢斷言，國人幸而知書識字，其見解如此老儒者，不可數計，此皆泥古昧今者之過。

然泥古者，豈祇此等事。昔趙元昊據夏，其地東臨河，西至玉門，南臨蕭關，北控大漠，四傳有祚二百餘載，亭林謂其以「區區之地，能垂久若此者，豈非以天下之勢，恆在西北，邊塞阻險，受敵一面，雖中才亦足自保。」西夏，即今寧夏，孰能阻險？孰能自存？稍留心時勢者，必共知之。友人王契璋，新自甘、寧兩省歸，為言其地方瘠荒狀，與江表懸絕，間有一二水木豐饒者，亦不足相補。是亭林舊說，亦未可泥信。夫立國之術，要在平均敷設，不限於方隅。亭林言天下大勢恆在西北，史書具詔，固赫然不誣。而晉、隋以來，國之財富與望族，其大半已遷在江南，宋以後尤甚。不用東南，不足以奔走天下，其理亦昭昭矣。余所尤悲者，顧氏所謂：「魚鹽穀粟布帛絲絮之饒，商賈百工技藝之眾，陂塘堤堰畊屯種植之宜。」以稱江南，譬為「揚一益二」者。今則以天時人事與夫外侮內憂之亟，將一掃之。江表如此，他夫何言？神州數萬方里，儳然不敢言必可自存。此余欲述盛唐之盛，而瞷瞷然自歎其亦無殊於墟墓簡策間言也。

雖然，不知廢興繇遠之原，施政者將不易得變革損益之術，更無從求平均敷設之理。夫不言平均敷設，不足以救國，此則余欲今後書墳言記佚事者，因類會通，以古鑑今之微意。故不辭拖沓，說之如此。

容齋隨筆論史

洪景盧《容齋隨筆》中，論史甚多，非如後來隨筆，專事餖飣考據也。偶檢數則，以諗知者。其畏無難條云：

聖人不畏多難，而畏無難，故曰：惟有道之主，能持勝。使秦不并六國，二世不亡；隋不一天下，服四夷，煬帝不亡；苻堅不平涼，取蜀，滅燕，剪代，則無淝水之役；唐莊宗不滅梁，下蜀，則無嗣源之禍；李景不取閩，并楚，則無淮南之失。

其論東晉將相云：

西晉南渡，國勢至弱，元帝為中興主，已有雄武不足之譏，餘皆童幼相承，無足稱算。然其享國百年，五胡雲擾，竟不能窺江漢，苻堅以百萬之眾，至於送死肥水，後以強臣擅政，鼎命乃移，其於江左之勢，固自若也。是固何術哉？嘗考之矣，以國事付一相，而不貳其任，以外寄付方伯，而不輕其權，文武二柄，既得其道，餘皆可概見矣。百年之間，會稽王昱，道子，元顯，以宗室，王敦二桓以逆取，姑置勿言。卞壺、陸玩、郗鑒、陸曄、王彪之、坦之不任事，其真託國者，王導、庾亮、何充、庾冰、蔡謨、殷浩、謝安、劉裕，八人而已。方伯之任，莫重於荊徐。荊州為國西門，刺史常都督七、八州事，力雄強，分天下半。自渡江訖於太元，八十餘年，荷閫寄者，王敦，陶侃，庾氏之亮，翼，桓氏之溫，豁，冲，石民，八人而已。非終於其軍，不輒易。將士服習於下，敵人畏敬於外，非忽去忽來，兵不適將，將不適兵之比也。頃嘗為主上論此，蒙欣然領納，特時有不同，不能行爾。

其論古人重國體云：

古人為邦，以國體為急，初無大小強弱之異也。其所以自待及以之待人，亦莫不然，故執言脩辭，非賢大夫不能盡。楚申舟不假道於宋，而聘齊，宋華元止之曰：「過我而不假道，鄙我也，鄙我，亡也。殺其使者，必伐我，伐我，亦亡也。亡一也，乃殺之。」及楚子圍宋既急，猶曰：「城下之盟，有以國斃，不能從也。」鄭三卿為盜所殺，餘盜在宋，鄭人納賂以請之。師慧曰：「以千乘之相，易淫樂之矇，宋無人焉，故也。」子罕聞之，固請而歸其賂。晉韓宣子有環在鄭商，謁諸鄭伯，子產弗與，曰：「大國之求，無禮以斥之，何饜之有。吾且為鄙邑，則失位矣。若大國令而共無藝，鄭，鄙邑也，亦弗為也。」晉合諸侯于平丘，子產爭貢賦之次，子大叔咎之。子產曰：「國不競，亦陵，何國之為？」鄭駟偃娶于晉，偃卒，鄭人舍其子，而立其弟，晉人來問。子產對客曰：「若寡君之二、三臣，其即世者，晉大夫，而專制其位，是晉之縣鄙也，何國之為？」楚囚鄭印堇父，獻于秦，鄭以貨請之。子產曰：「不獲受楚之功，而取貨於鄭，不可謂國。秦不其然，若曰：鄭國微君之惠，楚師其猶在敝邑之城下。」弗從。秦人不予更幣，從子產而後獲之。讀此數事，知春秋列國，各數百年，其必有道矣。

論君子為國云：

傳曰：不有君子，其能國乎？古之為國，言辭抑揚，率以有人無人占輕重。晉以詐取士會於秦，繞朝曰：「子無謂秦無人，吾謀適不用也。」楚子反曰：「以區區之宋，猶有不欺人之臣，可以楚而無乎？」宋受鄭賂，鄭師慧曰：「宋必無人。」魯盟臧紇之罪，紇曰：「國有人焉。」賈誼論匈奴之嫚侮曰：「倒懸如此，莫之能解，猶謂國有人乎？」後之人不能及此，然知敵之不可犯，猶曰，彼有人焉未可圖也。一士重於九鼎，豈不信然。

案：景盧簪筆禁近，當宁恒讀其筆札，故多泛論古今得失，蓋冀以感悟諷諫也。後世人主，不喜讀書，疏遠儒者，又忽略於成敗興亡之繇，獨斷獨行，不學無術，而一二侍從文學，亦爭為鄉愿，誦景盧君子為國云云，可勝歎憤。

金山成陸考

金、焦二山，昔皆在江心，世所知也。金山今移在南岸，離江日遠，曩讀《廣雅堂詩・金山觀東坡玉帶歌》，「欲訪中泠桑田改，紫金浮玉成陸海。」南皮此詩，光緒十六年作，至今已四十六年，時金山已登陸，是桑田之改，約在咸同之交。今考光緒《金山志》卷一，金山河一節下云：

咸豐初，金山尚在江心，非舟楫不濟。至三年，髮逆竄踞鎮城，統兵督剿者，為江蘇巡撫長白吉勇烈公，大營紮詐輸岡。而金山之上游，為簰灣鎮，有商遺木簰無算，賊擄得，順流下，放塞山南江面，屯賊于上。因在山巔，築極高瞭樓，凡營中動息皆見。公患之，募壯士，夜使由水登山焚樓，一面派兵擊簰上屯賊，火發賊殲，圍得合，而簰未去。簰既阻溜，山南淤積日甚。至同治初，沙方漲與山連，而西南之長山五洲諸山水發，向由便民河東注出江者，復在漲沙刷成港道，初止由山之西金山寺前入江，後前署兩江總督安徽巡撫歸安沈公秉成觀察常鎮時，以由山南而山東，有水漕一線，為山水過盛傷洩而成，亦因而開之，始有金山河之名，而分東西兩口焉。然山水本可借以刷淤，分則力衰，于是停愈易，塞愈速，漲愈甚。雖屢經續浚，夏秋尚通舟楫，至春冬褰裳可涉，而山則宛在灘中，去江濱且百餘丈矣。

此節於河所以淤，江所以北徙，山所以上南岸，言之綦詳。匪惟地勢變遷，實亦人事演成，水利不脩，實其總因。又考卷十八薛書常〈中泠泉辨〉云：

> 幼讀潘次耕中泠泉記，及所述取泉之法，心焉嚮之。比官吳中，而金山燬于兵，昔在江心，今則屹然立南岸矣。同治己巳捧檄來修江天寺。

云云。又考曾文正《求闕齋日記》，同治乙丑，過鎮江，金山已在南岸。是同治初年，山已上岸。又考善化瞿元霖《蘇常日記》：

> 咸豐七年，臘月十九日，循江至金山。嚮在江中，今可舁而至也。

此則咸豐初，山尚未盡漸陸之證。又考《王祭酒年譜》卷下第六十一葉云：

> 余昔讀唐人詩，「樹影中流見，鐘聲兩岸聞」，知山在江中。而《通鑑長編》言，金兀朮至金山，為宋韓世忠狙擊，卒乘馬逃去，以為必史氏記載之誤。後讀東坡〈遊金山詩〉，有「中泠南畔石盤陀」之句，竊疑山何以在南畔，不喻其解。迨廿餘歲過之，見山特立江中，可證唐詩不誣。後三十年，視學江蘇，聞江日北徙，山日南徙，瓜州傍岸地，常坍於水，有至里餘者，頗悟東坡詩指。歸里二十年，聞山偪近南岸矣，因是推知北宋時，山必已在南畔，迥異唐時。至宋金交戰，山愈近南岸，與今日同，故兀朮乘馬登山，而韓王得以邀擊之也。詩文之有關繫如此。

按王廉生此記，可謂讀書有間；但若謂宋紹興間金山曾成陸地，則恐不盡然。考北宋時，金山固在江心，東坡、少游等詩可據。南宋時，亦莫不然。放翁之〈入蜀記〉，作於乾道六年，去蘄王兀朮之戰，才三十餘年。今考陸記，六月二十五日云：

（上略）是晚欲出江，舟人辭以潮不應，遂宿江口。（此蓋由鎮江欲往金山）二十六日，五鼓發船，是日舟人始伐鼓，遂游金山，登玉鑑堂，妙高臺，皆窮極壯麗，非昔比。玉鑑，蓋取蘇儀甫詩云：「僧於玉鑑光中坐，客蹋金鼇背上行。」儀甫果終於翰苑，當時以為詩讖。新作寺門亦甚雄。翟耆年伯壽篆額。然門乃不可泊舟，凡至寺中者，皆由雄跨閣。長老寶印言：舊額仁宗皇帝御書飛白，張之，則風波洶湧，蛟鼉出沒，遂藏之寺閣，今不復存矣。印住山近十年，興造皆其力。寺有兩塔，本曾子宣丞相用西府俸所建，以薦其先者，政和中寺為神霄宮，道士乃去塔上相輪而屋之，謂之鬱羅霄臺。至是五十餘年，印始復為塔，且增飾之，工尚未畢。山絕頂有吞海亭，取氣吞巨海之意，登望尤勝。每北使來聘，例延至此亭烹茶。金山與焦山相望，皆名藍，每爭雄長。焦山舊有吸江亭，最為佳處，故此名吞海，以勝之，可笑也。夜風水薄船，鞺鞳有聲。二十七日留金山，極涼冷。印老言蜀中梁山軍鷺鷥，為天下第一。二十八日，夙興，觀日出江中，天水皆赤，真偉觀也。因登雄跨閣，觀二島，左曰鶻山，舊傳有栖鶻，今無。右曰雲根島，皆特起不附山，俗謂之郭璞墓。奉使金國起居郎范至能至山，遣人相召，食於玉鑑堂。至能名成大，聖政所同官，相別八年，今借資政殿大學士提舉萬壽觀侍讀，為金國祈請使云。午間過瓜洲，江平如鏡，舟中望金山，樓觀重複，尤為鉅麗。中流風雷大作，電影騰掣，止在江面，去舟才丈餘，急繫纜。俄而開霽，遂至瓜洲。自到京口無蚊，是夜蚊多，始復設幮。二十九日，泊瓜洲，天氣澄爽，南望京口月觀甘露寺水府廟，皆至近。金山尤近，可辨人眉目也。然江不可橫絕，放舟稍西，乃能達，故渡者皆遲回久之。舟人以帆弊，往姑蘇買帆，是日方至。兩日間閱往來渡者，無慮千人，大抵多軍人也。夜觀金山塔燈。

以上皆放翁所記，由江口登船伐鼓游金山，則山之在中央可見。神霄宮至鬱羅霄臺之間，凡五十餘年，未言山之濱陸，則其形勝未有變動可見。尤當注意者，泊船瓜洲，望金山尤近，至於可辨人眉目，則金山不幾於較近於北岸乎？唯中有門乃不可泊舟一語，不知為功令所禁，抑以沙淺不得泊，頗有疑問。所可斷言者，金山在南宋時，絕無如今日之儼為陸地，而今日金山南遷，殆或為有揚子以來之剏局。廉生所疑兀朮乘馬逃歸，以理揣之，但有浮橋或淺灘，馬皆可渡，不必山之連屬於岸也。

今日江水聞日仍北徙，揚州一帶地又日坍，南岸沙洲增漲未已，則來日成陸海者，恐不止金山。而當時木簰之阻溜，與沈秉成之誤鑿金山河，一念疏忽，遂使千古名勝，永永改觀矣。凡事將畢也鉅，於此可驗。又可見吾國水利林政，久久不修，積千百年之頹廢，足以使山崩川竭，膏沃成墟，民族衰亡，固不第一二名勝之易地已也。江南向有童謠云：「打馬上金山，丹陽作戰場。」同治間，此言皆驗。以予所見，非謠之能驗，水利林政之不脩，不止此二三事也。必政治之大本先壞，而其末流，可使山川形勝，盛者為衰，所包孕者，災荒兵燹皆是，作戰場，亦其一也。試觀放翁〈入蜀記〉，可知南宋之金山吞海亭，實為彼時之迎賓館，渡江者大半皆軍人一語，是當日淮水已成邊戍之事勢，此種變遷，何啻金山之成陸乎？

蘇泂金陵雜感詩中掌故

前記楊惺吾書元李洞《廬山記事》，因憶昔人以洞名者無多。宋有蘇召叟亦名洞，其《金陵雜感》二百首絕句，為自來流寓白下歌詩之鉅製，尋常談建康掌故者，率未知之。其詩以眺憑風景抒寫性真為主，紀故實卻不多；今撮錄其中有關文物舊事者，得二十六首，雖祇什之一，然其雋妙處，迥非明以來金陵懷古餖飣堆砌者，所能夢見。蘇為山陰人，有《泠然閣集》（編者案：應係《泠然齋集》），與後村最善，予所抄者如下：

玉麟堂下雨絲絲，過了春風一半時。行到水鄉應底事，黃鶯飛上杏花枝。

朱雀街頭觀闕紅，角門東畔好春風。人家一樣垂楊柳，種入宮牆自不同。

小小遊車四面紅，美人花貌映玲瓏。隨車更有郎行馬，散入鍾山十里松。

萬鑰深深待駕臨，府藏戈甲庫黃金。規恢畫餅翻增弊，辜負先皇一片心。

南位之南下曲街，畫羅窗戶隔紅梅。方方丈石平如掌，曾是官家拜斗來。

小小規模似禁中，分明夏禹欲卑宮。白頭官吏知年幾，猶指屏風說孝宗。

伯玉文章一世雄，買碑人去更無蹤。欲尋水館風亭處，只在西門折柳東。

蘼蕪澗邊春草青，桃葉渡頭江水生。女郎到此歌一曲，不盡今來古往情。

石頭城上更高層，與客攜壺試一登。屈曲江流學秦篆，春風應是李陽冰。

四望庭中四望花，青春那屬外人家。中間更著垂垂柳，自倚東風待翠華。
龍光寺裏只孤僧，玄武湖如掌樣平。更上雞籠山上望，一間茅屋晉諸陵。
謝公遺冢尚坡阤，絲竹中年好若何。亦到舊時攜妓處，野人行饁婦行歌。
白石橋邊白字碑，康王神道定為誰。路傍借問無人識，自滴村醪酹蘚龜。
青骨標靈爾許奇，翩翩白馬去何之？廟門貼在烟雲上，此是江東第一祠。
白日相思可奈何，青春三月已無多。桃花風急鯉魚老，獨上臺城聽踏歌。
青漆樓高制作奇，當時純不用琉璃。東昏幸自嗤梁武，不道東昏更可嗤。
臨春何在只桑麻，法寶叢篁問杏花。舊日此間同泰寺，曾將龍袞換袈裟。
元帥中軍展將旂，軍中新刺好男兒。風雲陣法秋毫識，前日兵興使不知。
縛屋牽牛旋旋歸，淮邊綠野盡耕犁。弓刀武備何曾識，只是當初田舍兒。
州衙三面接秦淮，臨水朱門一半開。卻是浙中無此景，江鷗飛舞入城來。
潮水縈迴御水通，垂楊照影綠茸茸。天生此地非疏鑿，未必錢塘似此中。
一萬強人犯海陵，可憐談笑陷官兵。張韓劉岳今何在？塞上將軍漫有名。
多少橫屍疊似樓，官人早晚解紅頭。淮南已似無聊甚，行到江東剗地愁。
城西二里楚金陵，吳帝名為石首城。如今土塢無青草，笑殺當時所必爭。
東門草色綠匆匆，遊女行尋郎馬蹤。雞魚不到吳大帝，籤卜爭求梁寶公。
小蓋高肩翼蔽無，鍾山寺裏換籃輿。相逢舉止無羞澀，一段風流似上都。

詩中之玉麟堂，朱雀街，角門，宮牆，皆言南唐宮闕之遺址；青漆樓，則六朝遺製；元帥淮邊等，則言宋之防金也。其「小小遊車四面紅」一首，「東門草色綠匆匆」一首，「小蓋高肩翼蔽無」一首，皆可見南宋時士女遊鍾山、靈谷一帶之盛況。南宋以淮上為邊垣，今江蘇境內皆金人兵馬出沒之區，故秦淮尚極荒寒。爾時淮通江，故有江鷗入城之景，而以金陵與「浙中」、「錢塘」、「上都」之臨安相挈較也。

古碑之厄

秋日休假，偶作富春之游，因至桐廬。拾級登桐君山，望江水如碧油，帆檣參差，沙洲隱隱若浮，隔江別有數青嶂負天而起，導者云是大金山，不知其為俗諱，抑志書所詳，意欲縛屐一探，而自念斷無此暇，誦劍南〈桐君小隱〉一詩，頗發慨歎。山巔張巡、許遠廟之下，有亭翼然。小憩諦視，趾間地上，皆斷石碎甓，一青石剩鐫仙廬二字，雙鉤秀好，作松禪筆法，想是附近林園題榜，圮後輒以填道。因念古來石刻，盛世嵌屋壁，號為墨筆，亂世則零落草莽，何可勝數。又憶去年南都有數報，謬言夫子廟鑿地得吳〈天發神讖碑〉，全不知此碑久燬之故實。蓋喪亂久則文獻無徵，讀書之法日異，則有時當毀而謂之寶，已佚而謂之存，至其斷爛粉碎，不可收拾者，尤指不勝屈也。更進而論，古來吉金貞石，雖名為壽，而夭者亦多。葉鞠裳《語石》，中有一段，〈論古碑七厄〉，言之特詳，文亦鋪敘麗飾，可資諷玩，今並錄之：

藏書有五厄，古碑之厄有七，而兵燹不與焉。韓退之詩云：「雨淋日炙野火燎。」又云：「牧童敲火牛礪角。」亦不與焉。高岸為谷，深谷為陵，地震崩摧，河流漂溺。漢華山碑唐順陵碑，皆為地震崩裂。熹平石經，周大象中自洛竊載還鄴，船壞沒溺。祇園片石，誤椎化度之碑；范鍔化度寺銘跋：「高王父諱雍，使關右，歷南山佛寺，見斷石砌下，視之，迺此碑，稱嘆以為至寶。寺僧誤以為石中有寶，破石求之，不得，棄之寺後。」砥柱洪濤，久沒純陁之碣。謂薛純陁砥柱銘。此一厄也。匠石磨礱，耕犁發掘，或斷為柱礎，北海李秀碑，為一教官斷為柱礎六，四礎為王損仲携至汴，兩礎猶在都中。漢石經，隋開皇六年載入長安，置於祕書內省，營造司亦用為柱礎。或支作竈陘，郃陽魏十三字殘碑，康強跋云是夏陽人家支竈物。或為耕場之䃙碡，齊魯間經幢，農民皆斷為䃙碡。或為廢寺之甑甎，元許有壬興元閣記，見圭塘小稿，今殘碑百餘字尚在和林，寺僧毀為香案。通衢如砥，填江左之貞珉。相傳六朝刻石，明太祖時皆用以甃治街道，今金陵聚寶門內，石道坦平如砥，云背面皆有字也。架水為梁，支漢經之殘字。廣川書跋：熹平石經，周大象後破為橋基。荒墳蔓草，偏臥蟠螭，廢壘長楊，聊資列雉。吾鄉王廢基防營，牆基纍纍，皆舊碑也。此二厄也。唐宋題名，摩崖漫刻，後來居上，有如積薪。唐賢名迹，宋人從而磨刻之；宋賢名迹，明人迺更加甚焉。賀方回之題字，惆悵武邱；武邱賀方回題名，庚申前尚完好，今為苕上一傖父鑿損。史延福之刻經，模餬伊闕。龍門如意元年史延福刻陀羅尼經，明提學趙岩，刻伊闕兩大字於上。邠原攬古，空譚大佛因緣；邠州大佛寺，吳愙齋中丞為學使時列炬訪之，觀壁間題名，有唐刻一通，為宋人羃刻其上。岱頂勒崇，莫問從臣姓氏。唐元宗泰山銘後，附刻從臣姓氏，皆為後游者刻損。莫不屋中架屋，牀上安牀，此三厄也。武人俗吏，目不識丁，勾工選材，艱於伐石，或去前賢之姓氏，而改竄己名，余所藏宋元幢，其字跡有絕類唐人者。蓋皆屬吏媚其府主作功德，俗僧為取舊幢，磨去年月姓名，而改刻之。或磨背面之文章，而更刊他作。唐華嶽精享照應碑，即刊於天和碑之陰。授堂金石跋曰，水經注樊城西南有曹仁記水碑，杜元凱重刻其後，書伐吳之事，古人簡便不重煩如此。又渭水內載漢文帝廟一碑，建安中立，漢鎮遠將軍段煨文，給事黃門侍郎張昶書，魏文帝又刻其碑陰二十餘字，又在杜征南之前。然碑陰本無字則可，若如顏魯公廟碑有碑陰記，或有故吏題名，亦從而磨刻之，則前賢名迹已失其半矣。甚或盡鏟舊文，別鐫新製，改為改作，澌滅無遺。如唐書姜行本傳，「高昌之役，磨去漢班超紀功碑，更刊頌陳國威靈」，即貞觀十四年姜行本碑，是也。陸務觀老學庵筆記云：「北都有魏博節度田緒遺愛碑，張宏靖書，何進滔德政碑，柳公權書，皆石刻之傑也。政和中，梁左丞子美為尹，皆毀之，以其石刻新頌五禮新儀。」趙德甫跋何進滔碑，亦云：「政和中，大名尹建言，磨去舊文，別刻新制，好古者為之歎惜。」孫淵如述何夢華之言云，金承安三年，牛顯祖書唐相魏文貞廟記，亦磨去唐碑重刻，碑首猶存唐字。唐深州刺史墓誌，蓋明人刻作金牛禪師塔碑趺。元時學宮所刻至元大德聖旨碑，大半磨治舊石，而更刻之。此四厄也。裴李爭功，熙豐鉤黨。李義山云：「長繩百尺拽碑倒，麤沙大石相磨治。」蘇子由云：「北客若來休問訊，西湖雖好莫題詩。」韓蘇之文，毀於謠諑。又若閏朝僭號，諱於納土之餘；吳越錢氏諸碑，有建元者，宋初納土後，所毀經幢尤多。叛鎮紀年，削自收京之後。憫忠寺寶塔頌，史思明紀年，皆磨去重刊唐號。或碎裂全文，或削除違字，後賢考訂，聚訟轉滋，此五厄也。津要訪求，友朋持贈，軺車往返，以代苞苴，官符視若催科，匠役疲於奔命，一紙之費，可以傾家，千里之遙，不殊轉餉。里有名迹，重為閭閻之累，拔本塞原，除之務盡。

今昭陵諸碑，無一瓦全，關隴鞏洛之交，往往談虎色變，此六厄也。夫石刻者，所以留一方之掌故，非鎮庫之奇珍。海內藏家，敝帚自享，宦游所至，不吝兼金，或裝廉吏之舟，亦入估人之橐，奪人所好，遷地弗良，轉展貿遷，必至失所。此關中毛茂才所以有勿徙石刻之記，而言者諄諄，聽者充耳。化度寺碑，宋范氏書樓本已先作俑；畢秋颿中丞，自關中携四唐石，歸置之靈巖山館，庚申之劫，與平泉花石，同付劫灰。此七厄也。有此七厄，其幸存天壤者，皆碩果矣，可不寶諸。

案：葉氏所舉七端，皆深切著明，一字不易。所云「祇園片石，誤椎化度之碑」者，乃出解大紳《春雨集》。〈化度寺碑〉，後分三段，仍入范手，置于里第賜書閣下，遭靖康之亂，取藏於井。已而碎其石，又分為數片，不止鞠裳所舉之誤椎也。「通衢如砥」二句，言金陵聚寶門內石道坦平如砥，背面皆有字云云。案聚寶門，卽今中華門，清代石道，早已翻修柏油路，街石背後，究有字否，恐事隔數年，當時司工既不留意，亦未必能追誌之，然此卻是今日應予證明者也。岱頂唐元宗摩崖，予曾履其地，摩挲瞻歎，鑱傷確太甚。卽經石峪字，亦為水齧椎傷。予登泰山時，秦之〈沒字碑〉，信無一字，比聞已有大書其上者，又不止如葉氏所訶也。末節言，畢秋帆自關中攜四唐石歸，置之靈巖山館云云。案：此四唐石，一為開元十二年〈中大夫守內侍上柱國渤海高福墓誌〉，一為開元廿四年〈京兆府美原縣尉張昕墓誌〉，一為天寶十三年〈內侍省內常侍孫志廉墓誌〉，一為天寶十五年〈游擊將軍守左衞馬邑郡尚德府折衝都尉左龍武宿衞上柱國張希古墓誌〉。嘉慶四年九月，查抄畢沅家，此四石輾轉入張叔未手，而鞠裳乃云，與平泉花石同付劫灰，似所聞非確。餘皆翔實淹雅。天下無不壞之物，人身固不如金石之壽，而從悠遠之史跡言之，金石非壽，自更瞭然。誦放翁「山川不為興亡改，風月應憐感慨非」，輒歎唯此山川風月，乃得壽於金石也。然自閻浮變壞觀之，卽此山川風月，亦一彈指物，何論於書畫器物碑帖鐫題之微。思入此際，真當自失。

予雖識此理，而未能達觀。顧生平所歷山水，鮮有留名，唯數山有刻石，非所自為，雲水洞最深處有題字，亦聊以記游踪志年月而已。偶因覽觸，輒為絮聒。幸予雖嗜書，而貧無黑老虎之畜。筆此，以見凡物聚散存亡之同歸一瞥而已。

天發神讖碑

昨記石刻存燬，因言及天發神讖碑事，客或徵詢此故實。

案：天發神讖，卽天璽紀功，此碑存毀，可劃為三時期。碑立於秣陵南之巖山，《丹陽記》：「山東大道左，有方石長一丈，勒名題贊吳功德，孫皓建。」又一則云：「巖山東有大石碣，長二丈，折為三段，因以名岡。」是此碑卽在斷石岡，至宋時尚存，亦名為丫頭石。《梅宛陵集》卷四十，〈丫頭石〉詩，下註云：「此碑也，在金陵斷石岡上，有吳文帝字焉。」詩云：「丫頭石雖斷，文字未全訛。年算赤烏近，書疑皇象多。幾時經霹靂，異代見干戈。更與千秋看，松煤定費摩。」案：梅詩註中，吳文帝之文字，為大字刻本之訛，孫權諡大皇帝也。此可為碑在岡上之第一時期。其斷為三，以梅詩推之，當為雷所震擊也。

《江蘇通志・金石門》，天發神讖文，第一跋云：

予因游府南天禧寺，寺門之外，有石三段，半埋於土，竊疑以為天璽元年巖山紀吳功德段石岡之碣，因觀之，果耳。人多傳皇象書，稽之實八百十有五年，字雖損缺，而猶有完者。寺僧不善護持，歲月之久，風雨所暴，必至泯滅，因輦置漕臺後圃籌思亭。時辛未元祐六年三月二十六日，轉運副使左朝請郎胡宗師題。

張鉉《金陵新志》云：

今江寧縣有段石岡，蓋舊立碑處。據《丹陽記》，晉宋時已折為三段，內一石上有轉運副使胡宗師刻字，言此石在府南天禧寺門外，半埋於土，因輦置轉運司後圃籌思亭，時宋元祐六年，此石歷八百十有五年矣。蓋又不知何年，自巖山徙至城南也。轉運司，今府治，此石在紬書閣前，後又徙錦繡堂前碑刻中。歸附後，改臺治，此石欹仆於地。其一段缺壞，蓋嘗為人鑿以他用，而不果也。其第二段處，有襄陽米芾四字，亦為人磨礪幾盡。至治□年，臺掾揚益得之廨草中，與教授湯彌□訓導李東戚光言于中丞召公珪，治書郭公思□，募民昇至廟學門內之左。

案：此是宋元祐間，此碑已由岡移至天禧寺，又輦至轉運司後圃籌思亭，至元英宗至治間，昇至廟學門左，此可畫為第二時期。

由此時直至庚申，石燬，其間數百年，有重大審定及發現。如乾隆四十四年秋間，翁覃溪親到江寧縣學尊經閣下，手量三石，校定尺寸字數。如王蘭泉《金石萃編》稱，碑斷折三段，合之止數尺許，證明《丹陽記》長二丈之妄。又《兩漢金石記》，驗明一石折為三之無可疑，證明吳山夫此碑非一石所折說之妄，皆極有價值。尤詳者，為王蘭泉《金石萃編》之跋，今全錄之。第一節云：

> 右天璽元年紀功碑，《吳錄》以為華覈文，黃長睿《東觀餘論》作皇象書，今在江寧縣學尊經閣下。碑殆毀於晉季，石凡三段，形如覆臼，字列三面，而虛其一，俗稱落星，實為可哂。戚光《集慶續志》云：辭不可讀，可識者八十餘字。數其釋文，僅七十一字。顧起元《客座贅語》，因以俱誤。以中書郎在關內侯下吳郡在九江朱下，未有釐正之者。今考證舊

搨，接連三段，實存二百一十六字，又不全十一字，辭意乃貫通可讀。按陳壽《吳志》云：天冊元年，吳郡言掘地得銀長一尺三分，刻上有年月，於是改元天璽。又言臨平湖塞復開，於湖邊得石函，中有小石，青白色，長四寸廣二寸餘，刻上作皇帝字。八月，又言歷陽山石文理成字，凡二十，云：楚九州渚，吳九州，都揚州，士作天子，四世治，太平始。又吳興陽羨山，有空石長十餘丈，名石室，所在表為大瑞，於是改元天紀。總孫皓在位十六年，凡八改元，言符瑞者，累累矣。未幾王濬入吳，符瑞之事，果何有哉？此碑書法銛厲奇崛，董廣川以為本漢隸，楊東里以為八分，朱竹垞以為在篆隸之間，然總不若謂之篆書之確也。至郭胤伯目以牛鬼蛇神，實為妄誕，學者去古日遠，以己之所未喻，指訾古人，不已過乎？然此體學之不成，便墮惡道，又不可不知也。

第二節云：

案：孫皓天璽元年，屢有石函石室諸祥，書於本紀傳。碑云，「天讖廣多」，又云，「上天宣命」，則亦是時紀符瑞者。碑折三段，合之止數尺許，山謙之《丹陽記》云「長二丈」者，妄也。張勃《吳錄》，以為華覈撰文，皇象書。許嵩《建康實錄》註，董逌《廣川書跋》，黃長睿《東觀餘論》，說皆從之。近朱氏彝尊，據《吳志》辨其非覈所作。昶考〈國山碑〉，以旃蒙協洽之歲（乙未），月次陬訾之舍（十二月），重光大淵獻之日（辛亥），受天玉璽於柔兆涒灘（丙申）月正革元，即為天璽元年，而告祭刊石，中有國史瑩覈名，意覈雖因微譴免官，猶在左右，遂命以撰文，未可遂定為非覈，且並疑象書也。象字休明，廣陵江都人。張懷瓘《書斷》云：「象工章草，小篆入能。」或即指此等篆書而言。然《書斷》及張彥遠《法書要錄》，並以象為官至侍中，《梁書》及《南史・皇侃傳》，並云青州刺史，惜《吳志》不為立傳，不能定其孰是矣。仁和袁明府（枚），舉此冊以贈，因記所疑於簡末。

案：袁簡齋居金陵，在乾隆間，袁舉所拓本，贈王蘭泉，故王有此跋，必亦在乾隆末，後此則尊經閣燬，此石亦燬矣。此為第三時期也。唯考此石燬之年月，據《江蘇通志稿》，天發神讖碑下註：「碑斷為三，故俗稱三段碑，原在江寧縣學，嘉慶年燬於火，今存搨本。」僅云嘉慶年，不著月日，又考葉昌熾《語石》卷一摹本一則中稱：

孫吳天發神讖碑，舊斷為三，在江寧府學尊經閣下，庚申之刦，燬於兵燹。吾吳帖估張某，精於摹勒，以木柹糊紙為質，仿刻一本，鑒古家皆為所紿。然碑文可以亂真，其後元祐胡宗師、崇寧石豫兩跋，行書神氣全非，並多誤外，不難一覽了然，人自不察耳。此碑篆體奇古，郭胤伯詆為牛鬼蛇神，雖非知言，然亦可見畫鬼神易，畫狗馬難也。

葉氏此文，所言庚申之劫，僅舉紀年之干支，亦不言何朝。就《語石》文字中所云庚申之劫，皆指咸豐十年庚申，故曰兵燹，但校以諸筆傳記，此碑實燬於嘉慶間，鞠裳所云庚申，當是嘉慶四年之庚申，而誤以咸豐兵燹之庚申，意或近矣。其實庚申之劫四字，根本錯誤，府學乃燬於嘉慶十年乙丑五月廿八日。同治《上江志》云：

尊經閣燬於火，各書板及吳天璽紀功碑燼焉。總督鐵保、藩司康基田重建之，以為尊經書院。

是也。此石據覃谿手量，最高者不過三尺五寸。數千年剝蝕椎搨之餘，字迹漫漶，所餘字不過二百有奇，一經大火炙煆，自成頑燼。府學地當今日之夫子廟，但自嘉慶十年，至今又經一百三十一年，幾更興廢，報傳三石忽又出土，恐不可能。

碑相傳為皇象書，周暉《金陵遺事》又定為蘇建，盧熊〈跋國山碑〉亦主蘇建說。近見姚茫父〈題國山碑絕句〉，第二首，亦援周盧說，謂〈國山碑〉與天發神讖同出建書。然此說，周在浚〈天發神讖考〉已辯之，孫皓封禪〈國山碑〉末，有「東觀令史邱信中郎將臣蘇健」名，作健，非作建也。茫父於天發神讖存廢，亦未詳考，僅取舊說天禧寺前云云，亦眼前尋尺之誤也。端匋齋所藏天發神讖碑拓本，最有名，徵同時名流賦詩題跋殆徧。然夏吷庵云，於陶齋齋中見拓本，已無宛陵詩中所云吳大帝字，是必宋以後殘拓矣。

南京街石

前所舉葉鞠裳〈論古碑七厄〉中，「通衢如砥，填江左之貞珉」二句，註稱明太祖以六朝刻石甃治街道，聚寶門石道背面有字云云。比閱《白下瑣言》，始知葉說蓋有所承，而微誤。當時以此屬之今漢西門街，《白下瑣言》：「石城門至通濟門，長街數里，鋪石皆方整而厚。洪武間令民輸若干，予一監生，謂之監石。今被牛車輾之，多破碎矣。」又袁小修記云：「南都街多青石，故老云，皆先朝豐石也。予謂六朝舊地，自多佳石，故老所傳，未足徵信。」見《珂雪齋集》。觀此可審鞠裳說演變之由來。蓋昔時著述，或以口說耳聞筆之，而未暇根究，故可信者尠。說部所紀奇聞怪事，什九皆從《太平御覽》脫化而來，是其例也。

魏晉清談之肇端

所謂風尚，肇端尤微。晉尚清談，史皆言由於魏之何王輩，然吾觀東漢末已啟種種怪僻之風氣。如戴良為後漢逸民，史稱其為戴子高之曾孫，而《御覽》五九八，引戴良〈失父零丁〉曰：

敬白諸君行路者，敢告重罪自為積。惡致災交天困我，今月七日失阿爹。念此酷毒可痛傷，當以重幣用相償，請為諸君說事狀。我父軀體與眾異，脊背傴僂捲如戴，脣吻參差不相值，此其庶形何能備？請復重陳其面目，鴟頭鵠頸獦狗喙，眼淚鼻涕相追逐，吻中含納無牙齒，食不能嚼左右蹉，口似西域□駱駝。請復重陳其形骸，為人雖長甚細才，面目芒蒼如死灰，眼眶凹陷如羹桮。

按《後漢書．逸民傳》，戴良字叔鸞，汝南慎陽人。母卒，兄伯鸞，居廬啜粥，非禮不行，良獨食肉飲酒，哀至乃哭，而二人俱有毀容。良才既高達，而議論尚奇，多駭流俗，據此則直似阮籍矣。良父蓋早卒者，然父狀即醜，何至以鴟鵠駝狗為喻？又案：良傳，良之曾祖遵，字子高，平帝時為侍御史，王莽篡位辭歸鄉里。又《藝文類聚》六，引應璩〈與曹操牋〉，昔漢光武與戴子高有撫塵之好。又孔融〈許潁人士優劣論〉，汝南戴子高，親止千乘萬騎，與光武帝共揖於道中。考戴子高稱為關東大俠，宜其子孫通脫無忌也。

又北海品第汝潁人士，而文舉本身為人，政恐涉於疏放，遠啟魏晉之風。如所傳曹丕娶甄氏，而融告曹操曰：「武王伐紂，以妲己賜周公。」操征烏桓，而融遺書云：「大將軍遠征，蕭條海外。昔肅慎不貢楛矢，丁零盜蘇武牛羊，可並案也。」此皆謔而虐，極類阮嵇。其薦禰衡表中稱路粹為異才，而建安十三年操欲殺融，乃使路粹枉狀奏之，則粹有負矣。今考粹奏云：

與白衣禰衡跌蕩放言，云父之於子，當有何親，論其本意，實為情欲發耳；子之於母，亦復奚為，譬如寄物瓶中，出則離矣。今又言，若遭饑饉而父不肖，甯贍活餘人。

此等議論，未必操欲誅融，故為造語，觀《意林》引《傅子》云：

漢末有管秋陽者，與弟及伴一人避亂俱行，天雨雪，糧絕，謂其弟曰：「今不食伴，則三俱死。」乃與弟共殺之，得糧達舍，後遇赦無罪，此人可謂善士乎？孔文舉曰：「管秋陽，愛先人遺體，食伴無嫌也。」荀侍中難曰：「秋陽貪生殺生，豈不罪也。」文舉曰：「此伴非會友也。若管仲啖鮑叔，貢禹食王陽，此則不可，向所殺者，猶鳥獸而能言也。今有犬齧一狸，狸齧一鸚鵡，何足怪也。」

則融本自有此怪異主張。史稱孔文舉，於時英雄特傑，譬諸物類，猶眾星之有北辰，百穀之有黍稷，天下莫不屬目，可知其譽望之隆。故豫州以北海知世間有劉備為喜，而其後又稱其「發辭偏宕，多致乖忤」，而劉彥和亦稱「孔融孝廉，但談嘲戲」，可知其偏宕嘲戲云者，正上述二事之類。一世高名，而所開風氣，乃祇竹林之流，好為大言駭俗者，豈可不深思其流弊耶？

岳飛之主張在守而非攻

武穆之能戰,以予所觀,似尤長於守。《三朝北盟會編》,最不滿武穆者,朱仙鎮戰後即班師,而《會編》獨稱武穆郾城傳令回軍,軍士應時南嚮,轍亂旗靡,飛望之口呿歎曰,豈非天乎!云云。世雖不滿此紀載,然大捷後回兵,亦容有張極而弛之象,無損於破虜之威名也。唯又記:

岳飛駐鎮江府,知泗州劉綱詣行府稟議。綱曰:「泗在淮河之北,城郭不固,無兵無食,如有緩急,守乎?棄乎?」飛徐曰:「此是潤州,更有何名?」綱曰:「京口。」飛再問之,曰:「丹徒。」飛三問之,曰:「南徐。」飛曰:「只此是矣。」綱退大歎服曰:「岳鵬舉果有過人。」

此則極言堅守之意,其用意又極是斬釘截鐵。由武穆之知兵觀之,愈可證直搗黃龍,適為一時豪語。王船山之論茲事曰:

岳鵬舉郾城之捷,太行義社,兩河豪傑,衛相晉汾,皆期日興兵,以會北討,秦檜矯詔班師,而事不成。然則檜不中沮,率此競起之眾,可以長驅河朔乎?曰:所可望者,鵬舉屢勝之兵,及劉錡、韓世忠、二吳之相為犄角耳。

又曰:

棄其所不爭，攻其所不可禦，東收徐兗，西收關隴，以環拱汴洛而固存之，支之百年，以待興王之起，不使完顏氏歸死於蔡州，以導蒙古之毒，四海猶有冀也。然抑止此而已矣，如曰：因朱仙之捷，乘勝渡河，復漢唐區宇，不數年而九宇廓清，見彈而求鴞炙，不亦誕乎？

船山此兩節論議，皆極精到。武穆當時之戰略，不知能如船山之所擬否？然充其量，亦不過如是，則固謀國論世之所同。

船山生丁明季，志切攘夷，然其論史，力斥童貫借金亡遼之非策，力斥王黼挑狡虜之非策，其言有曰：「處於有餘之地，而後可以自立；可以自立，而後可以禦人。」有曰：「應之不速，而激其忿怒；應之速，而增其狎侮。」（言宋對女真）皆極深切，可為龜鑒，無遺民詭激借杯澆壘之習，衡湘學人，信未可料哉。

論南宋之和戰士張與岳飛之戰略

文正覆文忠箋云：自宋以來君子好痛詆和局，而輕言戰爭，此蓋指南宋韓侂冑柄國後之風尚。其實宋以後之君子議論，皆為黨與門戶而發，非真言和戰也。北宋積憾於遼，於是聯金滅遼，自以為復九世之仇，不知遼亡宋亦隨之。此等史跡，最可作殷鑒。吾儕讀史正似覆棋，善弈者須算至七八著之後，方可制勝，睹目前之殺著，震憤失措，必無以應異時之變態。後人覆棋，應知前人之失算也。

宋人言戰者，後世皆歌頌岳武穆，其實幾人能真知之。世但盛傳武穆有「與諸君痛飲黃龍」語，以為武穆言戰必一往無前。不知此為激勵將士之詞，黃龍府本為契丹所置，遼稱黃龍府路，今遼寧開原以北，及吉林全境內蒙古東北境皆屬之，武穆戰略，何嘗真思深入。昔張魏公（浚）出督，陛辭之日，與高宗約曰：「臣當先驅清道，望陛下六龍夙駕，約至汴京作上元。」武穆聞之曰：「相公得非睡語乎？」於是魏公憾之終身。夫武穆逆料張浚不能克汴，則自家直搗黃龍，正是對士卒不得不發之壯語。唯從武穆鄙薄魏公之見識測之，武穆戰略測算必較優，且甚穩健近情理。必若武穆之知彼，庶可言戰矣。

岳飛與宋孝宗

稗官率傳岳鵬舉涅背為精忠報國四字，案：精忠，乃紹興三年高宗手書精忠岳飛字，製旗以賜之。若報國，上迺作盡忠，嘉興故有岳忠武王祠，《朱梓廬集》（案：《朱梓廬集》之作者朱休度，號梓廬，秀水人，乾隆間進士，官山西廣寧知縣，有惠政），〈辛未郡西岳祠落成〉詩註云：

忠武於孝宗陰有定策功，否則充檜伎倆，蓋張邦昌、劉豫之續也。王孫鄴侯珂，曾權嘉興府軍事，兼內勸農使，子孫因家焉。《岳氏家譜》，王十八世孫元聲兄弟，有〈遺像記〉，述宋孝宗於受禪初，鑄王像以賜王子霖奉祀，其像銅身金裝，朝衣冠，手執圭，圭鐫「奉旨」二字，胸鐫「盡忠報國」四字，背中鐫「紹興三十三年壬午秋七月，樞密司判樂則生造」十九字，背左右鐫：「唾手燕雲，誓欲復仇而報國；矢心天地，尚令稽首以稱藩。」二十二字，即王〈和戎表〉中語也。像側鐫「子霖敬祀，緜緜永傳」八字，並賜銅券，券詞有：「朕不遺終始之大義，負卿盡死之完節」二語。又賜銅冊文，有「子四孫二，照序封官加祿，永享血食，廟貌常新，毋朽朕意」等語。宋元易代間，遭亂畏禍，奉王像券冊，並鄴侯所鑄鼎爵諸器，藏諸暨山中。金陀者，本鄴侯書名，後人因以名其居，故《至元志》，有金陀坊之治。其實自琳避姓，晦跡於和，迨明萬歷癸未，元聲始舉進士，牓姓猶署樂。至其弟和聲成進士，乃於乙巳歲疏請復姓，旋於丙午訪得像器故物，遂建祠迎祀。明末祠毀，像器皆被盜，近有得一爵送西湖祠者，今祠乃和聲六世孫恢復。

案：此註首三句，最可討論，言秦檜之意視高宗不過張邦昌、劉豫一流，為暫時傀儡，微岳飛擁立孝宗為太子，則南宋未必能久延也。以檜之求和固相位，未必遂以康王為棊置，而飛與孝宗有關，則甚明。《宋史》載，紹興八年秋召飛赴行在，命詣資善堂見皇太子，飛退而喜曰：「社稷得人矣，中興基業，其在是乎？」可見孝宗與飛之深契。又傳載，檜初命何鑄鞫之，飛裂裳以背示鑄，有盡忠報國四大字，深入膚理，此則所紀涅背之詞甚明。當時涅青刺字之風盛行，亦非奇事，《三朝北盟會編》載，王彥之士卒，皆刺面作「赤心報國誓殺金賊」，是也，所言背鐫二十二字，為〈和戎表〉語，案：此是紹興九年飛為湖北京西宣撫使時，以得三京河南地肆赦，飛屬幕張節夫為謝表，不能謂為和戎。節夫，字子亨，河朔人，此表檜讀之切齒。然非怒此二十二字，其上文，蓋有：「圖苟安而解倒垂，猶之可也；欲長慮而尊中國，豈其然乎？」「身居將閫，功無補於涓埃；口誦詔書，面有慚於師旅。尚作聰明而過慮，徒懷猶豫以致疑；謂無事而請和者謀，恐卑辭而益幣者進」等語，皆針對言和之忿詞，故檜切齒也。

戚繼光與俞大猷

溽熱中，苦憶兒時避暑烏石山顛之樂，居王壯愍公祠，面對岃崱峯，雲常冪其首，遙眺四山缺處，江光浮白，景物曠邈。今此景猶浮目中，而三十餘年之年光，不能倒流，斑鬢傭書，歸鄉無日，可勝歎念。

山南下有戚、俞二公祠，蓋祀戚南塘、俞虛江者，曾以暑日一遊之。比歲外侮日深，邦人好標舉南塘禦倭功績，崇功式烈，固可以策勵我民。唯倭寇與日本，迺為二事，世俗混淆，正須訂辯。案：中國所稱之倭寇，日人亦同此稱，其後日人著近代史，改稱和寇，倭和一音之轉。考日本史，倭寇源於瀨戶內海，南北朝分裂後，瀨戶為海賊所據，自海賊大將軍村上三郎左衛門義弘殂後，北畠親房孫山城守師清代統之，劫掠朝鮮及中國，南朝政府及九州各諸侯，利其貢物，陰為之助。其取道有三，一由對馬經朝鮮入遼東，二由五島入直浙，三由薩摩入閩廣。中國海賊王直為倀，王占日本平戶港，自稱五峯大船主，有王汝賢、王敖、徐海門、太郎、次郎、四郎等為爪牙，誘導日本之中國西海三十六所海賊，洗劫江浙海岸，此為倭寇之真相。南塘在閩，以殺寇衛疆著，民故祀之。祠堂壁有陳衎記二篇，文筆恢奇，歷來談戚少保者，多未摭及之，今特錄於此，以饜今日之嚮慕二公者。明陳衎《戚少保逸事》云：

嘉靖中葉，倭奴入寇內地沿海郡邑，所在鈔掠，吾郡獨福清尤殘破。少保戚公，以參戎自浙督義烏兵來援，或請師期，公曰：「士卒新集，勞苦未可動。」越三日，乃大張樂，宴僚佐及萬戶侯等。黃昏，公以更衣入內，於是久不出，但時時傳語觴客無間，客愕不知所為。翌日捷書至，公夜中已抵福清，破賊於牛田，斬馘數千矣。蓋公計郡中必有為賊伺我者，故出不意盡殲之。興化城陷，賊方踞城，公率所部往，離城十里團營，緩攻之。歲除微雨漏下，密與所部期曰：「先五百人以火器伏東隅，聞鴿鈴起，盡登。全軍望敵樓火，整隊扣門入，不如約者斬。」公獨以三壯士自隨，懷鴿越女牆入。城上賊方熟睡，邏者過，輒殺之，因服邏者衣，斫東門城守諸賊殆盡。五百人者，聞空中鈴聲，肉薄登城，火敵樓，開門，全軍畢至，無敢後者。倭奴方陳子女酣飲幕中，兵入城，無所覺，其部曲各散處醉臥，驚起潰亂，自相戮。於是斬首虜名王無算，復一城二縣，出俄頃間。天明下令，凡為莆人不得已從賊者，皆不問，市肆晏然，如未有攻戰者焉。公在薊鎮時，制帥閱武，大會諸郡都護軍。日昃龍起，驟雨如注，雷電迸擊，一時水深三尺餘，數萬騎各紛亂鳥獸散，乃罷操置酒言宴。將夜，忽正南燈火萬數，列如堵牆，而寂無人聲。制帥駭問，乃公之軍也，雖雨，未有令，不敢失伍。制帥益大駭，起執公手，速傳教撤隊。公令出，諸軍始按部護鼓旌旂燈火，就水中整隊徐徐歸。他軍先散去者，皆驚。制帥長揖公曰：「周亞夫安足道哉，今日知戚將軍矣。」郭海嶽者，福清文士也，客公所，偶雨雪寒甚，公取黃貂裘值千金衣之。凡此皆名將所不及也。公名繼光，字元敬，官少保，兼後軍督府同知。

又《俞都護逸事》云：

都護俞公大猷，自江右召歸閩，與戚少保協同禦倭。都護一見少保曰：「公必辦賊者，然賊潰去，必走海，他日復為閩患，今當以陸戰為公功，吾率艨艟待之海上耳。」於是募習小吏士八百人，挾火器，伏列島中。既而沿海賊悉敗血衂，果奪船跳海，圖次年大舉為復讎。都護擐甲逆戰，一鼓百餘艘盡為煨燼，擒斬沈溺，不可數計，賊無一人還者。自是六十年，雖中國奸民百變誘之，尚骨驚不敢動。都護在江右時，一日坐衙齋，忽見梁上雙客蹲伏，若有所伺。時夜已深，獨一童子侍。都護謾不知省，但令童子呼茶。茶至，謾怒，更呼四庖卒跪前，謾誚讓，欲杖之，召牙校入。頃牙校六人執杖至，都護益謾怒，四庖卒搏顙請。都護徐徐起指梁上，示諸校曰：「可擒賊矣。」梁上客驚，其一自墮下，諸校合力撾殺之，其一猶乘梁拔刃擬得擲都護，都護自舉所坐椅飛擊之，亦墮地，並就擒。窮問，蓋蠻峒酋長所遣為曹劌者也。微都護識量不測，且為地方憂。

案：陳衎，字磐生，與曹能始同時，有《大江集》。祠聞近丹雘一新，記在山邊巷，其上即為天王嶺。十年以來，城垣洞撤，豹屏閩已與烏峯跬步相接，何時復得青鞋布襪，再攬其勝耶？

袁崇煥

晦聞《蒹葭樓詩》中，有〈清明謁袁督師墓〉一詩。袁墓在舊都廣東義園。《明史》載崇煥為廣東東莞人，終清代，粵中名士，數為祭掃。余曾與瘿公一至，其後又嘗尋夕照寺壁畫，再過之。晦聞詩有云：

當年和議豈得已，蓋欲以暇營錦中。收拾散亡計恢復，肘腋之患除文龍。

此為督師表忠，狀心事如繪，立言固應爾也。然督師之功罪是非，迄無定論。余曾見盛京清內府所藏老檔，皆滿文細字，徐東海重金倩人譯出，中有袁崇煥投降全檔，與降書原文。觀其文義經過，似非偽降，否則清之反間計耳。惜睹此譯文時，未暇錄出。晦聞此詩，末云：

誰令丹堊蝕風雨，乃請廟饗為迎逢。援唐宗姓祀李耳，希宋濮議躋歐公。時流無恥可足道，於公不啻莛撞鐘。

蓋有所諷。案：此詩作於丙辰，為民國五年，袁氏正稱帝。其時有東莞邑人某，上書言，東莞之袁，與項城之袁，為一宗，而為之讖曰：「殺袁者清，滅清者袁。」袁按譜雖心知其非，而不明斥。當時袁將改元，群下議年號，僉思綰合洪武，於有洪憲憲武之擬稱，蓋利用思明覆清之心理，故於尊袁通譜之諛詞，亦樂聞之。晦聞詩，直發其覆矣。然袁督師相傳非東莞人，說亦有本。十年前，桂人陳長曾為文考證，文云：

前明督師袁崇煥里居，史傳所載，紛耘其說。《明史》本傳，則謂袁為廣東之東莞人；《廣西通志》，則又謂廣西之平南人，其實袁乃廣西之藤縣人也。據吾邑《藤縣志》所載「袁督師崇煥事略」中，有「鄉先生袁督師者，藤縣太平鄉白馬村人也，諱崇煥，字元素，其先東莞人。父子鵬，遊西江，過藤，慕白馬山川之勝，遂卜居焉。兄弟三人，次崇燦，季崇煜，督師其長也」云云。並錄袁督師詩一首，其一為〈南還別友〉曰：「慷慨同仇日，間關百戰時。功高明主眷，心苦後人知」。二為〈與諸將遊海島〉曰：「榮華我已如莊夢，忠憤人將謂杞憂」二句。是督師之為藤人，殊鑿鑿有據。且吾邑白馬村，猶有袁督師故居遺蹟。其父子鵬公墓，在白馬村南，形如犁頭，故鄉人呼曰犁頭山。山為砂石所築，相傳督師久客不歸，老母念子心切，信陰陽家言，謂築土厭之，可使之返，不謂督師竟以是罹禍。又吾邑何壽謙先生遊京師，入聖廟，見〈歷朝進士題名碑〉云，袁督師為明萬曆四十七年三甲第三十名進士，下鐫廣西藤縣人云。是袁督師之為藤縣人，抑無疑義矣。

陳記如此，是東莞本為原籍，舊日兩廣一家，袁即為藤縣人，亦可葬廣東園地，此不足深辯。憶丙辰舊曆三月三日，適為清明，瘦公旉闇兄弟，以上巳清明不易得，約石遺師、晦聞、宰平及余修禊於蠣河。蠣河者，大通河也，俗諱二閘。飯既而往，北地春寒，柳未稊，但有白鳧掠舟，沿流直至明某公主園寢，歸各有詩紀之。晦聞亦有詩，今其集次於〈謁袁墓〉詩前。憶爾日泛舟歸已晡，則謁袁墓必在辰巳之頃，晦聞必與瘦庵偕往也。

筆及此，因歎為詩家作鄭箋，是大難事。詩人臨文各有比諷，使典記聞，自謂了了，或肊謂茲事朋輩已習知，不須註記，抑知時過境遷，所寫當前光景，同遊所憶，或已模糊，若皮裏陽秋，豈可不須詮釋乎？箋詩之難如此，註史可知。更百十年，世上諗袁崇煥之名者，恐必不多，又何暇問其為廣東廣西人耶？

黃道周軼事

前年銷暑，數至棉鞋營之鑑園。鑑園者，吳鑑泉（學廉）所營，即《廣雅堂詩》之寂園。廣雅詩起云：

厥初一瓜廬，蕞爾青溪髮。十年〻過門，附益成名園。

拔可稱此廿字，殊佳，蓋能紀實者。園臨秦淮，在復成橋、大中橋之間；溪面最寬，近挹鍾山，備得爽趣。園故多柳朱藤桃竹李梅杏，雜花數百樹，蓊鬱樓榭間，不見天日，及二十年大水，樹木盡病死，然瀕河拊檻，猶占溪山最勝處，不第宜於納涼也。

大中橋，本名大忠橋，以黃石齋盡命處得名。予前歲五月將盡，夜飲鑑園，歸途月色甚美，賦二詩，其第二詩云：

青溪宜斜陽，龍尾翠峰屼。更宜良夜酒，酹此鍾山月。二橋盈且廣，堤柳肖予髮。橋旁大忠亭，昔址久蕪沒。永懷螭若翁，全節對殘笏。結援及榑桑，延祀踵蠻粵。沈酣文字海，睥睨生死窟。為之知不可，其志故勃勃。哀哉吾鄉彥，九畹豈衰歇。石城多陰雨，狐鼠自埋搰。夜深莫悲歌，抗聲動棲鶻。

即詠歎石齋也。石齋不特為一代完人，即其才藝，亦後所罕睹。其論書予前曾甄錄片段，篋中舊尚錄清初某先生文集，〈記漳浦軼事〉一文，甚奇崛可喜，錄時忘其名，今複布之，於憶及出處者，幸以見告。文曰：

秋日過吳駿公先生，時伏枕語，次及漳浦，歎曰：「吾登朝見諸名流，如錢牧齋、陳臥子、夏彝仲，才甚，可窺其跡，惟漳浦吾不能測。時在京邸，嘗攜榼四器迭飲，先生僅一童，常不穤，劇論深夕，或出白麵一甌，不加籑也。室無長物，書纔數帙。選宮僚，楊伯祥被命，上章推讓，先生疏謝非其任。所註《洪範》四函，函各二帙，先生文夾註，字大如指，楮博八寸，修尺有二寸，並手書雜引經史百氏之言，條原析委，從空几上，三月辦此，稿本亦雅潔，稍塗乙句字耳。既廷忤脫獄，謫江右幕而南，吾適遊西湖返棹，馮元飈赴少司馬之命，同泊塘栖。忽傳福建黃太史至，意為先生也。同舟道見，果見小舫，羃以席，吾兩人登其首，蹲席外，蓋舟輕，不可竚足。少司馬語其童以名，先生大喜，延謝槀饘，四拜訖，前被杖雙股猶作楚。吾兩人各坐一橫木，先生坐板上，即寢處也。述近況四五語，即極言時事幹濟，憂危救傾，娓娓不止。吾兩人欲少致慰藉，無可著語。註《易》二帙，云得之羑里。蓬籠跼蹐，見襆被外，硯一，筆三四，餘無毫纖。其童挹河水瀹茗。坐久之，紹興司理陳臥子，湖州司理陳達情，俱以門人至，獨身入舟語，中夜而別。明日，先生遺畫相勗。今思之，廉直學行，著人耳目，元輔所不專望者，而先生自視直尋常人。無介詞，無傑色，暇輒弈。吾不善弈，先生強之曰：第隨吾下子。又能繪人物，善分書，遇山水，日策杖數十里，不告疲，實未見其挾册洛誦也。聞微時緣樹啖松實累日，父覓以歸，編蓬為室，置天下書，穴通飲食，三年，出應試，戊午乙榜，天啟辛酉聯雋，意其學少年得力。噫！以朱雲、耿育之戇，以京房、翼奉之奧，以仲舒、劉向之文，曾不得一端名之，殆神人也。吳先生敘竟，起坐，曰：足下嘐嘐道古，如才學直節，兼至并詣，求之當前，曾幾人哉？予舌撟不能下，歸書之燭下。

此是梅村口述石齋逸事，視世所傳顧媚縱體入懷逸聞，尤新穎可喜。石齋生當亂世，而堅苦卓絕如此，觀其對客便談時事幹濟，憂危救傾，可知其意在救亡，故自言學書是第七八乘事，今所傳忠端手蹟，視為瓌寶者，正非忠端所自寶也。暇輒弈，且嬲人對弈，即是其休養自娛處。蓋人生亦不能無以自樂，古人唯以棋消遣，所以活潑心機，今人但知賭與舞耳。

鑑園近接河房，夏夜俯數燈船，有談顧橫波事者，因憶及石齋。輒錄此文，以為談助。

談顧亭林

晦聞晚年說亭林詩，未竟稿而歿。亭林詩，蒼涼悲健，於杜最得其骨。晦聞詩，以七律為尤工，婉約清堅，一唱三歎，其後漸入漢魏，又說曹家父子詩，觀其〈重關篇〉詠失遼事，雜入杜、韓、長吉、飛卿，又甚似柳子厚〈古東門行〉。蓋由宋追唐，故於亭林為近。不唯以明詩為己任，有慕於崑山之節概也。年前見報端有譔亭林考者，言而不詳。晦聞所箋何若，余未之見，今雜述一二瑣聞，以佐談亭林者。

明末蓋有兩顧亭林。《花村談往》，中有「古玩致禍」一則云：

萬曆末年，婁東有一白定鑪，下足微損，鄉村老媼，佛前供養。偶有覓古者，一金易之，則為拂拭，碾去損處，錦襲以藏，售雲間大收藏家顧亭林，得四十金。亭林又售董宗伯，價已翔至百二十金。

此亭林，在崑山先生之前。又學者多以為亭林先生節甚高，必巖巖不可近。記舊閱某筆記云：

亭林先生居家，喜布衣，寸絲不上身。著《音學五書》時，《詩本音》卷二稿，再為鼠嚙，先生再為謄錄，毫無慍意。有勸先生翻瓦倒壁，一盡其類者，則可免如許憎厭。先生曰：鼠嚙我稿，實勉我也，不然好好擱置，我豈肯五易其稿哉。

此自先生解嘲之言，然亦可見其量恢然，且樂於執筆也。

清順治太后下嫁疑案

前錄印昆〈兩石船〉詩註，謂清睿親王山莊後湖，及頤和園均有石船，為王妃及孝欽后遊地，妃本太宗后，后本文宗妃云云。印昆此註，末即言太后下嫁事，直以太后下嫁睿王後，遂為王妃，同居邸中，同遊石船，未免近於齊東之野語。太后下嫁之有無，另是一案，即使有之，當為孝莊后事，而事實上乃多爾袞由皇叔父晉而為皇父，姘合必於宮闈，以叔蒸嫂，俗謂之姘，而必不肯降后為妃，別居於外邸也。印昆此註，雖是涉趣，要為呆詮。至太后下嫁一案，近人聚訟紛紜，孟蒓孫考以為無，而吳靄林、陳仲騫疑以為有。三君皆吾友也。蒓孫久不相見，今年登古稀。聞曾來秣陵，信宿即行，觀其考證戴東原盜書一案，老學彌勤，自可歎佩，其辯證太后下嫁，亦極有條理，吳陳兩君所考，雖有異同，亦未嘗不折服其求證之周密。今試錄蒓孫原著，而以靄林案語附之，以供學人之研討。

蒓孫〈太后下嫁考實〉原文云：

清世雖不敢言朝廷所諱言之事，然謂清世祖之太后下嫁攝政王，則無南北，無老幼，無男婦，凡愛述故老傳說者，無不能言之。求其明文則無有也。清末禁書漸流行，有張煌言《蒼水詩集》出版，中有句云：「春官昨進新儀注，大禮恭逢太后婚。」此則言之鑿鑿矣。然遠道之傳聞，鄰敵之口語，未敢據此孤證為論定也。改革以後，教育部首先發舊禮部所積歷科殿試策，於擡寫皇上處，加擡寫攝政王，而攝政王之上，或冠以「皇叔父」字，或冠以「皇父」字，亦不一律，一時轟然，以為「皇父」之稱，必是妻世祖之母，而後尊之為父也。然當時既不一律稱皇父，則視之與皇叔父等。初入關，攝政王祇稱「叔父攝政王」。後以趙開心言，叔父乃家屬所稱，若臣民共稱，當作「皇叔父」，詔從之。嗣稱「皇父」，先發見者為殿試策。後大庫紅本皆出人間，順治四年以後，內外奏疏，中亦多稱「皇父」。父之為稱，古有「尚父」「仲父」，皆君之所以尊臣，仍不能指為太后下嫁之確據。（吳宗慈案：尚父、仲父之稱，與皇父意義絕對不同，此說牽強。）若以「皇父」之稱為下嫁之一證，則既令天下易尊稱，必非有所顧忌不欲人知之事。誠應如蒼水詩，春官進大禮儀注，甚且有覃恩肆赦，以志慶幸。使皇帝由無父而有父，豈不更較大婚及誕生皇子等慶典為鄭重乎？故必覓得當時公平之紀載，不參謗毀之成見者，乃可為據。蒼水自必有成見；且詩之為物，尤可以興到揮灑，不負傳信之責，與吾輩今日之考訂清史不同。今日若不得確據，雖別有私家記述，言與蒼水合，猶當辨其有無謗書性質，而後定其去取。況並無一字可據，僅憑口耳相傳，直至改革以後，隨排滿之思潮以俱出者，豈可闌入補史之文耶？（吳宗慈案：《實錄》且有數次之改撰，然則當時任何紀載，必受直接間接之消燬，孰得留存貽不測之禍。故欲覓公平紀載，在今日數百年後，實不易得也。）

蔣氏《東華錄》所據之舊《實錄》，所載攝政王事實，為王錄所無者極多，「皇父」之來歷，蔣錄有之。清主中原，用郊祀大禮，以效漢法，乃始於順治五年。此兩《實錄》所同也。是年冬至郊天，奉太祖配，追崇四廟加尊號，覃恩大赦，即加「皇叔父攝政王」為「皇父攝政王」。凡進呈本章旨意，俱書「皇父攝政王」，蓋為覃恩事項之首，由報功而來，非由瀆倫而來，實符古人尚父、仲父之意。（吳宗慈案：報功之典，而謂他人父，似不能自圓其說。）張蒼水身在敵國，想因此傳聞，兼挾讎意，乃作太后大婚之詩。所起人疑者，尤在清世屢改《實錄》。王氏《東華錄》於順治五年冬至郊天恩詔，則云：「叔父攝政王治安天下，有大勳勞，宜增加殊禮，以崇功德，及妃世子應得封號，部院諸大臣集議具奏。」以下不載議奏結果，蓋王錄詳其改稱之前，蔣錄但舉其改稱之事，其實一事，而王錄則諱言「皇父」屬實，想係後改《實錄》如此。王錄所諱，不但「皇父」之稱，凡攝政王所享隆禮，皆為所削。如初薨之日，尊為「懋德修道廣業定功安民立政誠敬義皇帝」，廟號「成宗」；八年正月，以追尊攝政睿親王為成宗義皇帝妃為義皇后，祔太廟，禮成，覃恩赦天下並載詔文。凡此皆為王錄所無。則知後改《實錄》，乃本其追奪以後之所存者存之，亦非專為皇父字而諱也。又蔣錄於議攝政王罪狀之文，有王錄所無之語云：自稱「皇父攝政王」，（吳宗慈案：據自稱皇父攝政王之紀載，然則報功之說，全無根據矣。）又親到皇宮內院。又云：凡批票本章概用「皇父攝政王」之旨，不用皇上之旨；又悖理入生母於太廟。其末又云：罷追封，撤廟享，停其恩赦。此為後《實錄》削除隆禮不見字樣之一貫方法。但「親到皇宮內院」一句最可疑。然雖可疑，祇可疑其曾瀆亂宮廷，絕非如世傳之太后大婚，且有大婚典禮之文布告天下等說也。夫瀆亂之事，何必即為太后事？雖有可疑，亦未便泰甚其惡。（吳宗慈案：瀆亂之事，誠然不必即為太后事，然又何法證明必不為太后事耶？）全國口傳，惟曰太后下嫁，而文人學士則又多所牽涉，謂太后大婚典禮，當時由禮部撰定，禮部尚書為錢謙益，上表領銜，故高宗見而恨之，深斥謙益。至沈德潛選謙益詩冠《別裁集》之首，亦遭毀禁，而德潛以此得罪於身後。此說也，仍由蒼水詩中春官進儀注而來，聯想至錢謙益以實之。

今考錢謙益之為禮部尚書，乃明弘光朝事，清初部院長官不用漢人，至順治五年七月，乃設部院長官漢缺，其領銜尚不得由漢尚書。〈世祖紀〉，五年秋七月丁丑，初設六部漢尚書、都察院左都御史，以陳名夏、謝啟光、李若琳、劉餘祐、党崇雅、金之俊為六部尚書，徐起元為左都御史。而謙益之入清受官，據〈貳臣傳〉，順治二年五月，豫親王多鐸定江南，謙益迎降，尋至京候用；三年正月，命以禮部侍郎管祕書院事，充修《明史》副總裁；六月，以疾乞假，得旨，馳驛回籍，令巡撫按視其疾痊具奏。謙益之入朝僅此。（吳宗慈案：此種考據，乃為確實史料，錢謙益上表領銜，自為讆說。）《東華錄》，順治三年正月甲戌，以故明禮部尚書錢謙益仍以原官管祕書院學士事；禮部尚書王鐸仍以原官管宏文院學士事。此文與〈貳臣傳〉不合。今北京大學有《世祖實錄》底本，則曰順治三年二月初五日壬午，禮部尚書王鐸、禮部右侍郎錢謙益，隨豫王赴京，除授今職，各上表謝恩，則又與〈貳臣傳〉合。不知《東華錄》所據之《實錄》本何以兩歧。然即使《東華錄》為可信，其以某官管某職，原無此官而但有其職，榮以虛銜而已。在三年固未有漢禮部尚書，至五年有是官時，謙益去國久矣。因《東華錄》與舊《實錄》及〈貳臣傳〉，載錢謙益入清之官不符，再考之貳臣〈王鐸傳〉：明崇禎十七年三月，擢禮部尚書。未赴，流賊李自成陷京師，明福王朱由崧立於江寧，鐸與詹事姜曰廣並授東閣大學士，道遠未至。大學士馬士英入輔政，出史可法督師揚州，嗾其黨朱統鍡劾曰廣去之。鐸至，遂為次輔。……本朝順治二年五月，豫親王多鐸克揚州，將渡江，明福王走蕪湖，留鐸守江寧，同禮部尚書錢謙益等文武百員出城迎豫親王，奉表降，尋至京候用。三年正月，命以禮部尚書管宏文院學士，充《明史》副總裁。六月，賜朝服。四年，充殿試讀卷官。六年正月，授禮部左侍郎，充《太宗文皇帝實錄》副總裁。十月，遇恩詔，加太子太保。八年，晉少保。……九年三月，授鐸禮部尚書，而鐸先以二月間祭告西嶽江瀆事竣，乞假歸里，卒於家。事聞，贈太保，賜祭葬如例，謚「文安」。夫鐸之入清，其原官為東閣大學士，非禮部尚書矣。如曰原官與謙益同為禮部尚書，此與事實不合。鐸以次輔入清，而用禮部尚書管學士，已降其官，謙益以禮部尚書入清，自應亦降一官而得侍郎為銜名。此可證《東華錄》之未合者也。謙益未久留而去，後無歷官可驗，鐸則名為禮部尚書，閱三年乃實授侍郎；再閱三年餘，共歷六年餘，而始真授禮部尚書。則初到時之受官，可見絕非實官。況尚書漢缺未設，謙益能以禮部領銜奏事，其為虛設，不待辨矣。謙益詩文多觸忌諱，乾隆時方大興文字之獄，禁毀何足為怪？順治初年之禮部尚書為郎球，太宗時謂之禮部承政，入關後改名，由元年直任至十年五月乃免，具在部院大臣年表，與謙益無涉。

世祖時之尊為皇太后者有二后：太宗元后孝端，太宗莊妃以生世祖而尊為后曰孝莊。孝端崩於順治六年，年五十一，攝政王薨於順治七年，年三十九。孝莊后崩於康熙二十六年，年七十五。計其年，孝端長於攝政王十三歲。順治五年間，攝政王稱「皇父」時，孝端已五十歲矣。孝莊則少於攝政王者兩歲。以可以下嫁論，當屬孝莊，孝莊崩後，不合葬昭陵，別營陵於關內，不得葬奉天，是為昭西陵。世以此指為因下嫁之故，不自安於太宗陵地，乃別葬也，〈孝莊后傳〉：后自於大漸之日，命聖祖以太宗奉安久，不可為我輕動。況心戀汝父子，當於孝陵近地安厝，此說姑作為官文書藻飾之辭，不足恃以折服橫議。但太宗昭陵，已有孝端合葬；第二后之不合葬者，累代有之。世祖元后廢，不必言；繼后亦不合葬；先合葬者乃董鄂氏端敬后，後合葬者乃聖祖生母由妃尊為后之孝康后。繼后孝惠后別葬，謂之孝東陵。世宗亦惟一后合葬。高宗生母尊為孝聖后者，崩於乾隆四十二年，高宗亦不為合葬，別起泰東陵。仁宗第二后孝和后，又別起昌西陵，不合葬。宣宗則第四后孝靜后，別起慕東陵。文宗則第一后未即位以前崩之孝德后合葬。第二后孝貞后，即同治初垂簾之慈安太后，則別起定東陵；穆宗生母由貴妃尊為后之孝欽后，又並葬定東陵，皆不合葬。凡此皆以意擇定，何獨強孝莊不能以遺言自指葬所？此昭西陵雖清代無他例可援，亦不能定為下嫁之證，況列帝之后皆有此例乎？（吳宗慈案：不合葬之辨甚有理由，但梓宮停宮中時日之短促，尊謚迄康熙之世而不用，停厝暫安奉殿三十八年之久，陵工不逾一年即成，種種草率抹煞之情形，其中斷非無故。）

由是則太后下嫁之證無有。而舊時所以附會其下嫁者，皆可得其不實之反證。以此欲作一考以辨其訛，然卒未有不下嫁之堅證。遲之又久，乃始得讀《朝鮮李朝實錄》。私念清初果以太后下嫁之故，尊攝政王為「皇父」，必有頒詔告諭之文；在國內或為後世列帝所隱滅；朝鮮乃屬國，朝貢慶賀之使，歲必數來，頒詔之使，中朝亦無一次不與國內降敕時同遣。不得於中國官書者，必得於彼之《實錄》中。著意繙檢，設使無此詔，當可信為無此事。既徧檢順治初年《李朝實錄》，固無清太后下嫁之詔，而更有確證其無此事者，急錄之以為定斷，世間浮言可息矣。（吳宗慈案：以《朝鮮實錄》無大婚之詔，證明確無下嫁之事，甚有價值，但仍不能無疑問耳。）《朝鮮仁祖李倧實錄》：二十七年己丑，即清世祖順治六年，二月壬寅，上曰：「清國咨中文，有「皇父」攝政王之語，此何舉措？」金自點曰：「臣問於來使，則答曰：今則去叔字，朝賀之事，與皇帝一體云。」鄭太和曰：「敕中雖無此語，似是已為太上矣。」上曰：「然則二帝矣。」以此知朝鮮並無太后下嫁之說。使臣向朝鮮說明「皇父」字義，亦無太后下嫁之言。是當時無是事也。當時無之而二百數十年尚傳其說，此有數故。清初人民皆不屬夷族入主，先有視為無禮教之成見。會攝政王逼肅親王豪格死於獄而取其福晉，此為當時議攝政王罪狀，所明載奏疏及諭旨者，自是事實。肅王為太宗長子，世祖親兄，此而可以無禮，則去無禮於太后者幾希。天下譁傳，明遺老由此而入詩，國人轉輾而據以騰謗。後人好奇，平正之論或久而不談，新奇神祕不敢公然稱道者，反傳述之不已，無從辨正。有加辨者，亦以為媚茲一人，不足息好奇之念。今以異代訂定史事虛實，則不能不有考實之文耳。」

蒓孫文止於此，靄林於文後跋云：

余之主張，太后明文下嫁攝政王，無其事也。從其故俗，與攝政王同居共處，乃必有之事。北方民族，如匈奴、鮮卑、東胡，在歷史上，關於父死妻其庶母，兄死則妻其嫂，記載甚多，習俗相傳，並不為異。在素重婚姻禮法者視之，乃大驚以為怪事耳，此一說也。再以建州女真家法論，清景祖覺昌安因聯絡王杲（右衛）既以第四子塔克世娶王杲之女，又以長子禮敦之女妻王杲子阿古，又太祖奴兒哈赤之於烏喇布占泰，既命弟舒爾哈齊娶布占泰之女弟，又以舒爾哈齊之女妻布占泰，其後布占泰又以其兄滿泰之女歸太祖，婚姻之事，全不可以漢族禮法相繩，此又一說也。世祖既入主中原，浸染漢族禮教，深以此等故俗為恥，自屬意中之事。逮康熙、雍正兩朝，漢化愈深，愈覺其事之可恥，故於孝莊飾終之典禮，在在寄其憤恨之情。不然，《東華錄》載，聖祖固於太皇太后深致其孝敬者，何以於生前致其孝敬，乃於死後不能盡禮？蓋生前為家人親屬之愛，不能有所恝，至死後則羞恥之念蘊蓄既深，然仍不能有所發洩，故不願備飾終之禮，任其停厝殯宮，至三十餘年之久，至世宗乃以草率完成其事耳。

以上為靄林之言，亦甚合理。而仲騫所考證者如下。其一云：

據《清通考》卷一四八〈王禮考〉，孝莊之崩，為康熙二十六年十二月己巳，而次年元旦為乙亥，則己巳當為二十五日。乃欽天監初擇發引日期為二十九，僅停喪五日，即復改期正月十一乙酉，亦僅十七日，可想見當時匆遽簡略情形。

其二云：

又按孝端崩於順治六年四月，越十月，至七年二月尊諡孝端文皇后，次日奉移昭陵。慈和皇太后崩於康熙二年二月，同年五月尊諡孝康章皇后，次日奉移孝陵。仁憲皇太后崩於康熙五十六年十二月丙戌，越三十六日，至次年正月辛酉，尊諡孝惠章皇后，越十二日壬申奉移山陵。凡順治、康熙兩朝，太后崩諡奉移，相距最多者十一月，最少者月餘。惟孝莊崩於康熙二十六年十二月，至次年十月，據卷一零八雖有尊諡孝莊仁宣誠憲恭懿翊天啟聖文皇后恭獻册寶之諭，同時又有太皇太后升遐未久遽改尊謚深為不忍，應俟梓宮奉安昌瑞山陵，始稱尊謚一諭，終康熙之世，迄未奉安，則謚號同於未用可知。

其三云：

又按一四八〈王禮考〉，孝莊初崩，梓宮停於宮中十六日，二十七年正月乙酉，即移朝陽門外殯宮，凡十五日。據《東華錄》，四月七日奉移昌瑞山暫安奉殿，凡三十八年。據一五零〈王禮考〉，直至世宗雍正三年二月，始就暫安奉殿興工，定名昭西陵。陵工不逾一年，即於同年十二月奉安地宮，世宗亦未親臨送葬。

其四云：

又考順治六年殿試策，稱皇父攝政王，是科一甲第一名為劉子壯。是年《東華錄》四月甲辰，賜劉子壯等三百九十五人進士及第出身，而孝端之崩，即在於次日乙巳，亦頗資考證。

以上為仲騫所辯證，第四節之意，若謂多爾袞甫稱皇父，而孝端即以次日殂，致疑於孝莊或睿王之不樂使孝端見大婚者，此則疑案之中，又生疑案矣。

予案：三君之說，雖有短長，而太后下嫁，如蒼水所詠者，則必無明文。比日見《復興月刊》近人筆記，揭清太后下嫁恩詔一通，細翫其語氣詞藻，知亦出好事偽託。又傳此恩詔已清出，方陳列於歷史博物館，予以詢於裘籽原，則知絕無此物，惟曾清出順治八年二月二十二日追論攝政王罪狀詔中，有「叔王背誓自稱為皇父攝政王」，及「又親到皇宮內院」云云，此即蔣錄所本，孟文所援者也。此點予頗疑以為多爾袞與孝莊曖昧之一證。蓋即如追論罪狀詔所云，皇父攝政王為多爾袞所自稱，而尊號渙汗，何所不可加，而居為人父不疑。世祖明明有父，而盈廷翕然又睹皇父之稱，亦不之疑，宮中亦不聞異說，此中必有為父之實，而後名歸之，蒓孫「尚父」、「仲父」之說，不足以文飾之也。「親到皇宮內院」六字，是何罪名，此亦是欲蓋彌彰。昔人震於君臣之義，以為君者，必皆聖神文武，抑豈知宮闈瀆亂，正有逾於清門庶姓之所恆聞者，兄終弟及之事，何所據而必以為不可能乎？

中冓之醜，本不易傳，宮壼深祕，有流言而無確證者多矣，蒼水以同時人述同時事，儀注云云，縱是推測，而所聞或有甚於詩者，亦意中事耳。故予終以靄林之跋，為近理也。

鄭天挺論多爾袞稱皇父

蓴孫於〈太后下嫁考〉中，謂皇父之稱，猶古之仲父、尚父，此說殊未饜眾意，靄林駮之，是也。近讀北大《國學季刊》，有鄭君天挺〈多爾袞稱皇父之臆測〉一文，甚精審，其說視仲父、尚父之辯護殊長。鄭君於篇首即概括大意，謂：「清順治初，多爾袞以親王攝政稱皇父，為往史之所無，舉世駭怪，頗多蜚語，嘗疑皇父之稱，與叔父攝政王、叔王，同為清初親貴之爵秩，而非倫常之通稱，其源蓋出於族中舊俗。建國伊始，典制未備，二三功高懿親，位登極爵，莫可更盡，乃加稱謂於封號，用示尊異，未暇計及體制當否。」此後更疏論當時廷臣諂附多爾袞等原因凡三，以見袞稱所自。其考皇父之稱尤詳，今節其大段如下：

考之滿文題本，皇父攝政王，滿文作哈阿安・伊・阿・瑪阿・斡阿昂，譯言君的父王。滿文阿瑪阿，漢語為父，此種稱謂，施之外人，在漢族倫理觀念上，除寄養之外，決不可通，而當日略不避忌加之多爾袞者，疑在滿洲舊俗向有呼尊者為父例。《東華錄》稱，太祖丙申（明萬曆二十四年）冬十二月，烏喇貝勒布占泰感上再生恩，事如父。又戊申（明萬曆三十四年）秋九月，烏喇貝勒布占泰又遣其臣來請曰，「吾數背盟誓，獲罪君父，誠為汗顏，若再以親生之女妻我撫我如子，吾乃永賴以生矣。」又壬子（明萬曆四十年）冬十二月，布占泰親率其臣六人乘舟止河中，跽而乞曰：「烏喇國，即父皇之國也，幸勿盡焚糗糧。」叩首哀籲不已。又布占泰對曰：「此必有人離間，俾吾父子不睦。」《東華錄》及《開國方略》諸書，凡記布占泰與太祖對語，均有父子之稱，其非泛泛之詞，可知也。烏喇貝勒布占泰，事清太祖如父，遂稱之為父，此一例也。《元朝祕史》中，亦有稱他人為父之例。《祕史》卷二，帖木真說，在前俺的父（額赤格）也速該皇帝與客列亦惕種姓的王罕契合，便是父（額赤格）一般。他如今在土兀剌河邊黑林住著，我將這襖子與他。於是帖木真兄弟三箇將著那襖子送去。見了王罕，帖木真說，在前日子你與我父親（額赤格）契合，便是父親（額赤格）一般，今將我妻上見公姑的禮物，將來與父親（額赤格）。隨即將黑貂鼠襖子與了。卷三，於是帖木真合撒兒別勒古台三箇，前往土剌河的黑林，行脫斡鄰勒王罕處去，到了說，不想被三種篾兒乞惕每將我妻子每擄要了，皇帝父親（罕額赤格）怎生般將我妻子救與麼道。王罕為元太祖之父執，而稱之為父親，為皇帝父親，蓋太祖嘗事之如父也。滿洲與蒙古，同為邊外民族，其風俗多有相似處，疑此種稱尊敬如父者為父，蓋金元以來之舊俗也。鄭親王濟爾哈朗，為清太祖弟舒爾哈齊子，而其寵賜無間於太祖諸子，史稱其幼育於太祖宮中，疑亦事太祖如父，而稱之為父者也。皇叔父攝政王，滿文作哈阿安・伊・額・縷伊・珂額・阿・瑪阿；斡阿，昂，譯言君的叔父、父王。世人徒疑其後之稱皇父為可駭怪，不知在稱皇叔父時，早用阿瑪（父親）之稱矣。皇父攝政王，既為當時之最高爵秩，多爾袞之稱皇父攝政王，復由於左右之希旨阿諛，且其稱源于滿洲舊俗，故決無其他不可告人之隱晦原因在。其後《實錄》所以削之不書者，蓋漢化日深，漸覺其事之有嫌僭越不相稱耳。然其事見於蔣良騏《東華錄》，則在乾隆三十年，尚不深諱。多爾袞除封後，至乾隆三十八年二月初三日，始有詔重葺其塋域；四十三年正月初十日，始復還其爵號；八月二十五入祀盛京賢王祠。以意度之，官書之盡削皇父之事，當亦在其時。四十三年正月，復多爾袞爵號諭中，有「其原傳尚有未經詳敘者，並交國史館恭照《實錄》所載，敬謹輯錄，增補〈宗室王公功績傳〉，用昭彰闡宗勛至意」之語。既遵之增補，必亦遵之削節。史稱《順治實錄》重修于雍正十二年十一月，乾隆四年十二月告成，皇父之諱，當自是始。其盡削官書所載，則在四十三四年也。皇父攝政王之體制儀注，今無完確之文獻足據，所可知者，凡硃筆批票本章，皆用「皇父攝政王旨」字樣，不用皇帝硃批，一也；皇父雖較皇帝為尊，而其儀注則次於皇帝，內外題奏或僅稱皇上，或僅稱皇父攝政王，或皇上及皇父攝政王並稱，但無列皇父攝政王于皇上之前者，二也；皇父攝政王告群臣，稱旨，皇帝告群臣，稱敕，三也。又順治六年賜祭朝鮮國王禮物，皇父與皇帝所賜，亦有差別，其單如次：（皇帝賜祭朝鮮國王禮物皇父攝政王賜祭禮物。）檀香（一束一束）祭帛（一疋一疋）銀壺（二把二把）銀爵（三對三對）白綾（六疋六疋）白絲紬（六疋六疋）藍絲紬（二疋以上紬帛共十五疋二疋以上紬帛共十五疋）犢（一隻一隻）羊（二隻二隻）豬（二口二口）祭筵（二十桌十五桌）酒（二瓶以上代銀二百兩二瓶以上代銀一百五十兩）據此可知皇父攝政王之一切體制，均下於皇帝，與太上皇固不同也。

鄭君此段，說明徵引，均具有較佳理由，尤以皇父之體制，略亞於皇帝與太上皇不同一點，足為皇父非即匹配太后之有力說明，不愧勤稽通識。故備錄之，以供研究此案者之考鏡。

予因此悟及蒼水詩，「大禮恭逢太后婚」一語，恐即因多爾袞晉稱皇父大赦而發。考蔣氏《東華錄》順治五年十一月，奉太祖配天，四祖入廟，遣官祭告天地太廟社稷。溯推原本，追崇太祖以上四世高祖澤王為肇祖原皇帝，高祖妣為原皇后，曾祖慶王為興祖直皇帝，曾祖妣為直皇后，祖昌王為景祖翼皇帝，祖妣為翼皇后，考福王為顯祖宣皇帝，妣為宣皇后。聿成大典，敷布多方，備此明禋，預申虔告。餘文同覃恩大赦。加皇叔父攝政王為皇父攝政王，凡進呈本章旨意，俱書皇父攝政王。觀此則恩典之隆，自足震動一世。當時赦書，鋒行海澨，遺民文士，覩詔書中以叔父為皇父，循文繹義，自以為由叔而為父，是必入其宮而據其妻也。詩人婉而多諷，於是易叔為父之詞，曰恭逢太后婚，逆臆蒼水爾時不必別有所聞，但就此詔書觀之，固以為情真喻當，無可疑難矣。況此類事，於中國史册無徵，度海內讀詔者，必萬眾驛騷，交相耳語，以為兄終弟及之胡俗，乃公於簡策，謂他人父，恬不知恥，此又不必出於遺民嫉視滿洲之口，而尋常百姓，亦必僉認過情之尊中必近竊也。

再考清《世祖章皇帝實錄》卷四十一，順治五年十一月辛未，以太祖武皇帝配天，乃追尊四祖考妣帝后尊號。禮成，諸王群臣上表稱賀。是日大赦天下。曰：「特大赦天下，以慰臣民，應行事宜條列於後：叔父攝政王治安天下，大勳勞，宜增加殊禮，以崇功德，及妃世子應得封號，院部大臣集議具奏，布告遐邇，咸使聞知。」此實錄乃經刪改者，故無皇父明文，然其末猶云，應得封號，院部大臣集議具奏，此必有所謂儀注者。蒼水爾時，以為既父之矣，而又使大臣集議，是非太后下嫁之儀注而何？故其詩云云，尤不足怪。依此推論，皇父之稱，在滿洲或不必以為至異，然於例亦罕見。而蒼水之詠，在情理中，疑所當疑，亦未必遂為有心之誣詞。兩者真象，殆均不過如此。至於多爾袞有無瀆亂之實，雖無佐證，而靄林所舉滿人瀆婚之事例，亦未可抹殺，視為各不相蒙之懸案可也。

孝莊太后不與清太宗合葬事

蒓孫前辯太后下嫁，曾舉不合葬之例，以為不足疑。今案：孝莊以康熙二十五年十二月歿，葬昭西陵，遺命不必合葬，所謂臨危語聖祖云：「昭陵歲久不可啟，我千秋萬歲後魂魄戀汝父子」，是也。事本無大罅，乃當時廷臣皇皇以末命為疑，而徐健庵又備考古來帝后不合葬之事，著〈古不合葬考〉一篇，以釋眾惑，此必承中旨所作，以掩不合葬之故。觀健菴之辯，似其中反有可疑者在矣，徐原文云：

古之所以不合葬者，宅兆安厝，形體既藏，反虞升祔，迎精氣以聚於廟中，祭則鋪筵設同几，以形體降而精氣升，形體分而精氣合也。故古亦無墓祭之禮。《周官》冢人，掌公墓之地，辨其兆域，而為之圖；先王之葬居中，以昭穆為左右，凡諸侯居左右，以前，卿大夫居後，各以其族。墓大夫掌凡邦墓之域，為之圖，令國民族葬，而掌其禁令。蓋葬之有昭穆子孫之祔葬者，皆在兆域之中，則言先王，而后自不得異兆域矣，其同穴否，未可知也。宋咸平中，議改卜李皇后園陵，命使按行陵地，議立陵名。禮官言：周顯德末都省集議故事，帝后同陵，謂之合葬，同塋謂之祔葬。漢呂后陵在長陵西百餘步，以同塋兆而無名號。又唐穆宗二后，王氏生敬宗，蕭氏生文宗，並祔葬完陵之側。今園陵鵲臺，在永熙陵封地之內，恐不須別建陵號。從之。顯德禮官之議，分祔葬、合葬，不知何所本，要可謂達於禮意。漢世皇后，別起陵墓，間同塋域，則不別立陵號，而未有同塚壙者，隋文帝亦與獨孤后同墓異穴也。嚴善思之言，尊者先葬，卑者不得入，以卑動尊，術家所忌。其說雖未見經傳，然以昭陵之先後言之，則是皇后之喪在先，幽宮重關，外留棧道以待後日者，有之矣；若攻鑿治錮，啟入後喪，誠乖神道矣。且天子以天下為家，魏孝文既不合祔文明太后于雲中山陵，始于永固陵北，自營壽宮，有終焉瞻望之志。及遷洛陽，乃表瀍西，以為山陵之所，而方山虛宮，號曰萬年堂，蓋山陵自當從其所遷之都也。宋元豐前，帝后異宮酌獻，諸后或以上仙在山陵之前無可祔而別葬，或在山陵已卜之後而從葬，或以神靈既妥而不遷祔，或以典禮未備而改殯，大抵以顯德禮官之諭考之，皆是祔而不合，同塋域而不同塚壙也。原《周禮》所以聚族而葬者，國有分土，山川形勢有定，在井疆已授，不欲分更，故公叔文子欲葬瑕丘，而蘧伯玉譏之，註言刺其欲害人良田也。後世則以術家選擇，論風氣聚散，水土淺深，穴道向背，難得佳地，祔於先兆，則不須覆案，亦可以省財費省人力，非以分異為不可也。若夫祖宗之精氣，則以聚于廟中為合，而不在形體之同塚壙為合，明矣。

此蓋極力辯飾，可逆想爾時盈庭耳語之勢。當時吳江吳柳塘祖修有〈聖德〉詩云：

百氏秦燔古制更，漢文有道視還輕。欲終喪禮君王聖，無數廷臣上殿爭。

蓋孝莊大事，聖祖哀慕擗踊，割辮，服布不用帛，欲於宮中行三年喪。羣臣集議，以為天子一身為宗廟社稷所託，祭為吉禮，必除服舉行，不可以太皇太后故，神靈不歆。且君臣兆庶一體，若皇上持服，宮中臣民即吉，甚不可。帝不允。其後太學生劉枝桂五百餘人，又固請循古制，以日易月。裕王福全，恭王常穎，亦以為言。帝不得已，始從之。皇帝固欲行三年喪，而無數廷臣故不許，其中亦顯有張皇偽飾以間執眾口之狀。清時文網既密，作偽亦工，微蒼水一詩，則其所以飾辯者為何事，千秋恐莫能言之矣。

施琅論鄭成功長江之役

繆小山《雲自在龕筆記》，所述康熙時諸漢臣相訐相軋事，至詳，而未言所本。後乃知小山所本，為李榕村日記。《榕村日記》無刊行者，清史館有抄本。繆所錄中，有一段極饒意義者，為：

李光地與施琅語，縱談及海上順治十六年攻南京事。李云：「當時若海寇不圍城池，揚帆直上，天下岌岌乎殆哉。」施笑曰：「直前，是矣，請問君何往？從何處而前？」李無以應。移時又促之，云：「從何處往前？」李曰：「或從江淮，或趨山東，奈何？」施曰：「此便大壞。何言之？直前，縱一路無阻，即抵京師，本朝兵勢尚強，決一死鬥。兵家用所長，不用所短，海寇之陸戰，其所短者，計所有不過萬人，能以不習陸戰之萬人，而敵精於陸戰之數十萬人乎？不過一霎時，便可無噍類矣。試看漢高祖、唐太宗、明太祖，那樣謀臣猛將，亦無不顧形勢而徑前者也。須有一定算計，先有安身處，漸漸再行去。」李爽然自失，曰：「然則奈何？」施曰：「不顧南京，直取荊襄，以其聲威，揚帆直過，決無與敵者。彼閉城不出，吾置之不論。彼若通款，與一空劄，羈縻之。遇小船則燬之，遇大船則帶之。有領兵降者，以我兵分配彼兵，散與各將而用之。得了荊襄，呼召滇粵三逆藩，與之連結，搖動江以南，以撓官軍，則禍甚於今日矣。」施所見如此，真是梟雄。

案：施琅，即小說《施公案》中施世綸之父，平臺灣破鄭成功者。而鄭成功，於順治十六年，率舟師直溯揚子江，歷江陰、鎮江，攻南京，梁化鳳禦於儀鳳門而潰。此節施琅評鄭成功戰略之失敗，極中肯要，可知施實一健者，非僥倖成名，觀其議論，與後來彭雪琴「禦侮須在大門外」一段語相表裏。當時三藩各懷異志，若成功兵力能達上游，則事勢正未可料，至少江以南，當別為一國矣。偶因彭剛直之論江防，憶而錄之，以為論史之一助。

又時人議論，必謂可惜以施之梟雄何不助鄭而助清，必大昧於民族意識。案：此等事後追評，直可勿道。吾儕所當鑑法者，為當時康熙能駕馭施琅，始終不疑，即是清朝有二百餘年國祚處。由來世事，莫不有成敗興衰，互為倚伏。唯主之者，能信賢使能，久而不渝，則必終底於成。反之，舉一事，歷一險，群疑滿腹，眾謗漂山，使負責者須避席自明，或數易其位，則恐終底於敗矣。

屈大均衣冠塚

石濂欲首告屈翁山，事雖不成，而翁山卻終罹文字之獄，續有雨花臺衣冠塚一案。翁山本為遺民，雨花臺衣冠塚，為其依傍望祭之私，初非指斥滿洲，又身後先遭戮屍之禍，亦過酷矣。此案清宮藏檔甚多，今錄高晉一摺，可見大略，亦為南京掌故，增一談助。高晉摺云：

兩江總督臣高晉謹奏，為遵旨訪查覆奏事。竊臣上冬在潘家屯工次，接准廷寄欽奉上諭，因屈大均文內，有雨花臺葬衣冠之事，命臣確訪其處，即行刨毀，並奉欽發密封一件到臣。當經臣密札江寧藩司閔鶚元，先詣該處查驗碑碣，得有確據，即密記看守，俟臣事畢回省親往驗明刨毀，並將遵辦緣由恭摺奏明在案。嗣臣於十二月回署，據該司稟稱，先委明妥教官，以購訪碑版為名，傳集多識舊聞之紳士，並問雨花臺附近僧寺道院，密加訪問，該司又親詣該處上下前後周圍履勘，將所有坟冢碑記，及仆臥殘碑，逐一洗刷查驗，分別標識，並無屈大均衣冠碑冢。臣恐該司查察，尚有未周，隨即率同在城司道府縣，親詣其處，勘得雨花臺在西南山岡，木末亭在東南山岡，兩岡相距半里，中間山坳，係屬街道，居民稠密，兩岡坡上有寺院幾處，舊時坟冢，或有隱埋在內。臣即傳集老僧老道，細加查問，據稱衣冠碑冢，實屬罕見稀聞，況雨花臺、木末亭係名勝之區，山寮梵宇，酒肆茶坊，為游人雜沓之所，如果實有其事，斷無不互相傳播，人人共知，豈敢隱匿不報，自取罪戾。臣又於兩岡山坎，及山坡之下，逐細查勘，凡有碑之坟，均經藩司用石灰標記查看字跡，實無屈大均衣冠墓碑。臣查逆犯屈大均，乃罪大惡極之人，其生前忽而為儒，忽而為道，忽而還俗，形縱詭祕，居心叵測，其死後屍骸，久經粵省刨出剉戮，乃於惡逆經過之地，輒敢虛營狡窟，冀附游魂，實屬天理難容，神人共憤。此冢歷今百有餘年，查無縱跡，或被雷火轟擊，剗削除根，或被犬豕躪蹂，灰飛影滅，甚或此等狡獪之徒，掉弄筆墨，偽飾虛詞，均未可定。但屈大均從前往來江寧，究在何寺為僧，年遠無從根究。除現在一面移咨署兩廣督臣德保，傳問屈稔湞等錄供咨覆究查，一面仍委妥員再加密訪，俟得有實據，驗明刨毀，另行覆奏外，理合先將奉到欽發密封恭繳，並將查勘情形，繕摺具奏，伏乞皇上睿鑒，謹奏。

雨花臺近在咫尺，邇來久無人談翁山衣冠碑塚矣。假令有好事者，一為假築，或亦為望古懷賢之點綴歟？

陳圓圓遺事

曩客滬上治新聞業，延況蕙風先生主副刊，夜深，娓娓談藝甚懽。先生著述夥頤，散見雜誌報紙者尤多，今不知已輯而彙存否？其《陳圓圓事輯》，已刊《曲石叢書》中。其後李印泉《陳圓圓事輯續》，庶幾粲然略備，予覽篇末，則民國五年為同學章君鴻遠求樊山翁題《衝冠怒》傳奇一長歌附焉。當時丁闇公實先成《滄桑豔》傳奇，事在光緒末年，而翁獨為章君作此詩，亦會逢其適耳。幾道先生記亦題三絕句，有「賣國新猷見哭庭」云云。然兩傳奇之前，尚有《商山鸞影》傳奇，此見於長沙楊蓬海（恩壽）《詞餘叢話》。《叢話》云：

> 嘉慶間蘇州鄭生，客游滇，春日踏青商山訪圓圓墓，不得，崩榛荒葛中，忽迷歸路。俄而落照西沉，暮煙籠樹，遙望前途，似有人家，思往借宿。至則朱門洞開，玉瑱金鋪，儼然王侯第宅，乃使閽者轉達。良久而出，導入東廂，為設食，尊酒簋貳，亦極精潔。飯已，有老嫗出問：客操吳音，是何鄉貫？具告之。少頃，嫗秉燭而出，肅客登堂，有女子容色絕代，羽服霓裳，如女冠裝束，降階而迎曰：「妾邢氏，薶香地下，百有餘年，時移物換，邱隴就平。念君是妾同鄉，有小詩十首求為傳播。」因命侍女取詩付鄭。其末章曰：「鴛鴦化盡魚鱗瓦，難覓當年竺落宮。」鄭問竺落之義，曰：「竺落皇笳天為十八色界天之一，載在道經，妾舊時所居宮名也。」取翠玉笛一枝以贈，並吟一詩曰：「歎息滄桑易變遷，西郊風雨

自年年。感君弔我商山下，冷落平原舊墓田。」遂命送鄭出，時東方微明，向之第宅俱無所見，惟四面隱隱若有垣墉，諦視之，則深枝掩映而已。然袖中玉笛故在，視其詩箋，則多年敗紙，觸手欲腐，墨色亦闇淡，迥非人世之物。鄭以幽會荒唐，刻〈圓圓遺詩〉託諸箕筆，東海劉古山傳會作《商山鸞影》傳奇云。

案：此說荒唐，自為文人弄筆之狡獪。今考《商山鸞影》，亦無「鴛鴦化盡魚鱗瓦」兩句，「歎息滄桑」一詩卻有之，「感君」作「諸君」；「平原舊墓田」作「何曾有墓田」；字句有不同。楊，咸豐時人，此節況、李兩輯皆未及，錄之以為談圓圓遺事之一助。

項大任降清考

前談陳圓圓遺事及於《商山鸞影》。按《商山鸞影》，實不足觀，淺薄文人所偽託者。然箕詩並序出世蓋甚早，嘉慶初滇中即有刊本，見陳雲伯《頤道堂詩》自註；商山者，寺之名也。況夔笙圓圓事輯，曾徵引南昌劉健《庭聞錄》，此書記圓圓事最翔實，今刊入《豫章叢書》中。然北平尚傳有殘抄本，為倫哲如所藏，予未嘗見，據馬夷初所記抄本，自卷五起卷六止，其後有〈平南紀略〉，〈陳圓圓始末〉，〈商山鸞影〉各一篇，則《商山》之傳抄本甚久，於此尤可證。而《庭聞錄》卷一乞師逐寇至第四開藩專制，夷初皆未考證，稍足憾，然其中有一事可錄，《庭聞錄》卷五第九頁云：

大任之降康王，則孫旭為之也。旭，湖州人，少而機警，稍知書，入武學，中某科武舉。耿精忠反，總督姚啟聖募士入閩，旭往應募，貌既修偉，又有口才，啟聖悅之。旭請招某山寇，寇受撫，偕旭至縣，縣令以賓待之。縣有捕役素恨旭，白令曰：「旭所招盜，名在捕中有年矣；縣牘具在，公今以為禮，為所欺。」令按故牘良然，於是執旭及盜，鞫訊具服，解赴浙省臬司獄。時軍務旁午，囚多淹禁，旭與解役私相結，久之移旭還縣，出北新關，遂與解役逸，凡七日而至建昌府，詣樂燦軍。燦，耿之大帥也，奉耿令寇江西。旭改名為王懷明，自言聚眾應義師，不幸而敗。燦及參軍周發祥信之，為具衣冠，署偽職。燦敗，發祥以殘卒千人歸大任。大任求幕客，發祥以旭應，一見相契，遂用事，權領一軍。大兵圍城，簡王、安王皆招降，大任猶豫。時康王偕姚啟聖經略閩事，旭欲大任就啟聖，諸招降者阻不允。贛州折爾肯遣魏祥來招降。祥，字善伯，甯都人，號易堂，負重名。旭忌其才，恐大任為所動，則奪閩約，搆祥於大任。大任入其言，怒曰：「二王招我，我且未許，折爾肯何人，乃欲以藩臬為餌耶？」命旭收祥，搒掠慘毒。發祥爭之不得，竟殺祥。旭日說大任入閩，大任亦以諸招降者前已皆不允，非閩不可就，遂從旭言，降於閩。旭以招降功議敘，當以道員用，給假歸里，一門血屬死無子遺，廬舍亦焚燬一空。旭自傷，薙髮為僧，號諦灰，住持浙江靈隱寺，雍正三年，以募化入閩死。

案：此節極足資證發，世但知姚啟聖說降項大任，繇此節言，則大任實先納孫旭之言，而孫旭即為諦暉，尤可補諸家筆記所未及。諦暉作諦灰，義亦長。袁子才《新齊諧》石揆諦暉一則，言諦暉收惲壽平為徒，及與石揆遞主靈隱，事非無稽。惟袁記諦暉再主靈隱，壽至百餘歲，而此言諦暉，雍正三年以募化入閩死，未知孰合。或劉錄所知，即諦暉與石揆爭負氣出走時，而傳聞已道死於閩耶？

和尚太守王樹勳

夏日偶翻《茗柯集》目，見有〈書山東河工事〉一文，初以為言治河者。今歲，河大水為菑，亟索得之，乃書和尚太守事者，與舒鐵雲《瓶水齋集》之歌詩，可相表裏。茗柯文云：

嘉慶二年，河決曹州，山東巡撫伊江阿臨塞之。伊江阿好佛，其客王先生者，故僧也，曰明心，聚徒京師之廣慧寺，詿誤士大夫，有司杖而逐之，蓄髮養妻子，伊江阿師事之謹。王先生入則以佛家言聳惑巡撫，出則招納權賄，傾動州縣。官吏之奔走巡撫者，爭事王先生。河工調發薪芻夫役之官，非王先生言，不用也。不稱意，張目曰：「奴敢爾，吾撤汝矣。」其橫如此。內閣侍讀學士蔣予蒲，王先生廣慧寺之徒也，以母憂去官，遊於山東，伊江阿延之幕中，相得甚，奏請留視河工，有旨許之。巡撫擇良日，築壇於公館之左，僧道士遶壇誦經者，數十人。巡撫日再至，蔣學士、王先生從。及壇，蔣學士北面拜，巡撫亦北面拜，王先生冠毘盧冠，袈裟偏袒，升壇坐，學士巡撫立壇下，誦經畢，乃去，如是者數月。河屢塞，輒復決。其明年正月，王先生曰：「隄所以不固，是其下有孽龍，吾以法鎮之，某日當合龍，速具埽。」巡撫曰：「諾。」先期一日，埽具，役夫數百人維埽以須。巡撫至，王先生佛衣冠，手鐵長數寸，臨決處，唄音誦經呪良久，投鐵於河。又誦又投。三投舉手賀曰：「龍鎮矣。」巡撫合掌曰：「如先生言。」明日水大甚，巡撫命下埽，眾皆諫，不許，埽下，數百人皆死。居數日，王先生又至，投鐵者又三，掃又下，死者又數百人，隄卒不合。張惠言曰：余居江南，輒聞山東河工事，未審。及來京師，雜詢之，多目擊者。嗚呼！佛氏之中人至此極哉！書其事使來者有所儆焉。

文止此，皋文下有附跋云：

王先生既蓄髮，名樹勳，以資入待選通判。本揚州人，或曰，常州之宜興人。當其為僧時，故有妻子也。僧號嘿然，嘿然者，亦其未為僧時號。伊江阿謫戍伊犁，王先生送之戍所，聞其將歸謁選云。

皋文此文，嫉之甚矣，而言之不詳。度文成時，樹勳尚未敗。案：北平之廣慧寺僧，聲氣最廣，明心為僧，喜賂貴人閽者，刺探陰私，於大庭揚之。翰苑達官列其門下者，無算，高安朱文正，亦折節下之。於是以一緇衣，挾氣干事，不意為和珅所忌，摭事下之獄。明心以重金賂刑部司官吉倫，議罪末減，勒令蓄髮還俗，樹勳遂流落江湖間。茗柯此文，殆即言此時事也。後值川楚教匪起，松筠督師武昌，樹勳遂走謁之。既相見，樹勳語多中意旨，松乃命易服為道士裝，留軍中。會有某寨，踞險以守，聞松率大軍至，將就降，樹勳乘間說往使受撫，引為己功，松遂奬以官。然猶懼前獄之未竟也，領虛職而已。踰數年，獄事漸寢，樹勳亦以積功官知府，補襄陽。清制，知府補官，須引見，樹勳始再入京師，雖舊知者，不知其即廣慧寺僧也。而樹勳仍縱恣自言，通於醫，裘馬赫奕，日驅車於權要之門。刑部尚書金光悌，有子病劇，延樹勳往治。金本貪媢，樹勳廉知其事，又出其故技以禍福相怵。金駭然，至長跪請命。其事既聞於外，樹勳復大言以實之，都市之間，譁傳以為笑談。御史石承藻乃奏劾之，連前獄，訊之得實，因褫職遣戍黑龍江。金以先死，得免。其他因案牽涉者，黜降有差。案：皋文歿於嘉慶七年壬戌，而王樹勳之敗，在嘉慶十六、七年，此文亦可謂見微燭隱矣。

石濂

前記和尚太守王樹勳事，秋宵無俚，兒輩詢「出賣風雲雷雨」出處，因又憶石濂和尚事，此實視明心為偉大，且有關於外交也。

考東南各省，與歐洲通商自粵始，其奏許通洋舶，立十三行，便中外人貿易者，則在清康熙中兩廣總督吳留村（興祚）。而吳未督粵，石濂已私與洋舶通貿易，故粵之通商，石濂為之魁。

石濂名大汕，本蘇人，徐氏子，幼無行，為畫師沈朗倩外嬖。沈以畫名於時，石濂亦師其技，龔芝麓一見，大激賞之，遂棄沈而從龔，言者仍以色事。後流轉入粵，自稱浪覺師，居粵西門外長壽院，不薙髮，不誦經，室中不置鐘磬瓶鉢。好大言，專結納，又嘗至安南，走交趾，以祈雨立驗眩其國人，大書榜揭於市曰：「出賣風雲雷雨」。於是募資脩長壽院，粵人安南人輦金助之。院成，窮極土木，結構壯麗，梁上書「大越國建造」字，以歆安南人。所行益不檢，明僮妖倡，相徵逐。其所以媚事諸貴人者，一以多金，一以擅作祕戲圖。寖乃與外舶通，遣其徒眾運貨物於海外，名聞京師，雖王公貴族，亦無不稱石濂。嘗占飛來寺田七千畝，寺僧咸不敢與之訟。石濂既富，乃思以文字緣飾之。於是謀與諸名士遊，竊其所作，攘為己有，不得者，餌以金。亡何，《離六堂集》刻成，為揄揚者，謂為唐之貫休齊已，宋之參寥蜜殊，復見於今。又自念為僧必富通梵筴禪悅，乃請人著一書，言《五燈會元》之誤，一時名士樂為代筆，蓋酬金較豐於鬻文。予聞當時粵屈翁山、梁藥亭皆與石濂交，故《離六堂集》，多竄入翁山詩。後翁山與石濂相失，致書詰其偷詩，又作〈花怪篇〉醜詆之。按〈花怪篇〉，舊刻翁山文尚載之，則可見石濂之狂妄。石濂亦取翁山〈軍中草〉，謂其中有違礙，將以出首。翁山怒，始與絕。不數年，石濂卒為名士所劾治，發難者，則潘稼堂也。

初潘通籍後，久耳石濂名，晚歲游粵，姑往拜之，瞰其虛實。石濂不知潘之名，相見殊落落，不以時答謁。稼堂怫然，以書斥之，石濂崛強不相下。潘遂舉石濂少時無行，及私通洋舶與一切交通隱祕事，又摘所刻《五燈會元正誤》內之悖謬語，作《救狂砭語》一卷，刻而播之。又兩致書，盛相折辱。石濂昧昧，仍不禮。後納人言，謂刻書在於索詐。稼堂既去粵，歸途遇吳留村之廣東按察使任，乃以《救狂砭語》贈吳，面數石濂之過惡。吳納之，甫涖官，即親詣長壽院逮治，院中鐘表象牙以暨鴉片之屬，堆積如山，優伎列屋居，以禪房為窟穴，一時皆籍沒入官。留村將置石濂於重典，而營救者眾，卒減輕其罪，遞解繫吳，下獄終其身。今人所稱出賣風雲雷雨者，實石濂事。然以一髡徒，騰踔顯赫至此，又先得風氣之先，與歐人交接，享用奢侈，亦足豪矣。

夫以淫媒微賤之質，而工心計，善攫取，坐致鉅富厚名者，今日海上，比比皆是，文人墨客，受厚糈供奔走，亦如之。石濂之所為，宜開山為祖師矣。何物潘稼堂，敢瀆視和障，自疏錢神，豈江東名士，曩日尚有氣骨耶？

吳興祚

捕石濂之吳留村，字伯成，其先本浙之山陰人。中順治五年進士，時年十七。其明年即選江西萍鄉縣知縣，遷山西大甯縣知縣，陞山東沂州府知府，以事鐫級，左補江南無錫縣者，十三年。有奸人持制府札，立取庫金三千兩，留村疑之，詰以數語，其人伏罪，乃告之曰：「爾等是極聰明人，故能作此伎倆，若落他人手，立斬矣。雖然，看汝狀貌，尚有出息。」乃畀以百金，縱之去。後數年，吳解餉由海道至厦門，忽逢盜刦，已而盡還之，盜過船叩頭謝罪曰：「公大恩人也。」詢之，即前所持札取庫金者，今投臺灣鄭氏矣。由是其人獻密計，為內應，將以報吳。時閩浙總督為姚啟聖，與吳同鄉，商所以破臺之法。康熙十五年冬，鄭氏亡，姚以吳上聞，特擢福建按察使（註），旋陞兩廣總督，奏通洋船立十三行，實開廣東繁盛之基，與近世革命史通商史有關之人也。

傳留村居官，殊清介，兩廣督卸任歸京師，與無錫秦諭德遇於瓜洲，脫粟枯魚，酸寒相對。諭德曰：「貧乃至此乎？」明日，留村告秦曰：「適有餽米數十石者，不憂餒矣。」然予讀《毛西河詞話》中有一則云：

端州有時製雕漆屏風，功作精巧，貴重一時，然其概不過兩邊緣飾，多鏤刻名人詩畫而已。吳制府獨創作三摺屏，每開一摺，則兩摺隱於其中。一摺垂簾觀劇，一摺山水人物，其左開一摺，凡筆墨楮研書畫棋爐，以及提壺酒琖陸博樗蒲之屬，無不畢具。如應用某物，即開某格子，探取而出，外俱以隔扇掩之。其款式悉仿〈博古圖〉製，一望燦然。時予郡諸名士如呂絃績、宋岸舫、吳伯憩、金雪岫輩，皆朝夕聚其處。有一客新至，怨公希見，且未經治具，作〈水調歌頭〉以嘲之。其詞曰：「與客每隔座，不過一幃褰，何用連環九疊，八面費雕鐫。不是湘山十二，中有洞天福地，一醉幾千年，銀船並螺盌，總貯石屏間。」公得詞大慙，遽加禮謝過。公諱興祚，字伯成，即當世稱留村先生者也。

據此，則留村於屏風之微，尚獨出心裁，似非儉約者。

又傳留村無錫縣落職，途次遇良王，杖策進謁，立授同知劄付。後貴，始終修僚屬禮甚恭。王建邸，奉旨天下督撫贊助，留村初無獻納，王怪之。及邸成，留村進簾榻古玩諸物，價逾萬金，設之庭寢，無不合度，蓋豫令人丈量製辦者。觀此，則吳似為幹吏之才，而非必為清官。以予測之，廣東彼時物質伎巧，已得風氣之先，留村豪侈善於應付，周濟而不居積私財，殆其終於清貧之故歟。

附註

案此處所述有誤，當康熙十三年至康熙十九年時，臺灣鄭氏方與耿精忠合勢援閩，未嘗亡國，康熙十七年，姚啟聖氏為福建總督，吳興祚亦因姚啟聖之保荐，由福建按察使陞任福建巡撫，非擢升臬司也。

陳其年與雲郎故事

散釋前以心畬所摹〈水繪圖歌童徐紫雲象〉屬題，為書二絕句云：

地老天荒一甲申，金甌換得紫雲身（郎以甲申生）。可憐逋髮慵眸際，只憶江淹傳裏人。

金臺淚盡夢成痕，一鏡華顛意尚溫。摹得輕衫天水碧，豈徒惆悵舊王孫。

案：冒巢民徵君家歌童紫雲，與陳迦陵一段公案，世所習知者，祇努力作蘽砧模樣一詞，及漁洋、芝麓諸詩，鈕玉樵《觚賸》一記事而已。近日鶴亭表揚先德，兼輯及《雲郎小史》，始畢詳其首尾。考玉樵所記云：

其年未遇時，遊廣陵，冒巢民延致梅花別墅。有童名紫雲者，儇麗善歌，令其執役書堂，生一見神移。適墅梅盛開，生偕紫雲徘徊於暗香疏影間。巢民見之，佯怒，縛紫雲，將加以杖。生傍徨無計，得冒母片言方解。時薄暮，乃長跪門外，啟門者曰：「陳某有急，求太夫人發一玉音，非蒙許諾，某不起也。」因備言紫雲事。頃之，青衣媼出曰：「先生休矣，巢民遵奉母命，已不罪雲郎，然必得先生詠梅絕句百首，成於今夕，仍送雲郎侍左右也。」生大喜，攝衣而回，篝燈濡墨，苦吟達曙。百詠既就，亟書送巢民。巢民讀之擊節，笑遣雲郎。

今按小史云：

紫雲姓徐，一字九青，又字曼殊。檢討初見徵君時，為崇禎己卯，隨定生先生應制南都，才十五歲。徵君〈哭陳太史〉詩，所謂見君剛覆髮也。至順治丁酉，復於南都再見徵君，始訂水繪讀書之約，以明年戊戌十一月七日至，恰適徵君母馬恭人生日。檢討〈留別冒巢民先生〉詩：「憶我過如皋，太母正懸帨」，是為戊戌冬也。

又云：

阿雲年十五，姣好立屏際。笑問客何方，橫波漾清麗。

由戊戌逆推十五年，知紫雲生於甲申矣。紫雲既歸檢討，隨歸宜興，又曾隨侍至京師，其後先檢討七年歿，蓋康熙乙卯也，小史又云：

〈雲郎出浴圖〉，為五琅陳鵠畫，橫一尺五寸，縱七寸，雲烏三寸許，著水碧衫，支頤坐石上，右置洞簫一，逋髮鬖鬖，臉際輕紅，星眸慵睇，神情駘宕，若有所思。雍正間為吳青原所得，後以贈金標亭。乾隆間有一摹本，為羅兩峯畫，陳曼生手錄題詠，原圖歸端午橋。兩峯摹本，則余少時在番禺葉蘭臺師處見之。

云云。今日心畬所臨寫者，蓋為鶴亭託人所摹羅本。原本為冊頁，今引為直幅，圖中樹石之屬，則心畬所增也。心畬為恭忠親王之孫，名溥儒，鼎革之後，居戒壇十年，博學，工繪事，山水能兼南北宗之勝，松石人物，並駸駸入古。今日江以南，恐舍大千、湖帆外，無能過之矣。

惲壽平爲僧事

前摭《庭聞錄》，知靈隱高僧諦暉即湖州孫旭削髮入山之名。諦暉一作諦灰，併訂袁簡齋《子不語》所記石揆諦暉事。案：袁記諦暉收惲壽平為徒，而不詳壽平出家之故，考壽平之父，名日初，字遜庵，為劉念臺高足，明亡，隨入閩，率兵與清抗，兵敗，祝髮為僧居靈隱寺。壽平之入靈隱，乃其父所招，惲鶴生〈南田翁家傳〉：

> 遜菴遭變故，南田方十餘齡，隨父崎嶇閩嶺，流落相失，旗帥主陳錦，愛其聰穎，欲子之。遜菴既以緇服得免，知子在錦所，其媪酷奉釋氏，將挈之過靈隱，因屬寺僧善言誘接，指此子慧根極深，惜福薄壽促，宜令出家，即日剃染，留寺中，媪泣之而去。遜菴遂攜南田還。南田至孝，事遜菴數十年，賣畫以養。

傳中先受遜菴囑之寺僧，即諦暉也。康熙間沈白漊〈贈毘陵惲正叔一百韻〉云：

> 毘陵惲正叔，書畫今所無。書工羲獻法，唐宋兼臨摹。畫精熙筌理，花鳥多新圖。絕藝高聲價，姓名走東吳。人懷尺幅去，寶貴同璠璵。家貧賴筆研，得錢供朝餔。遊歷公卿門，一囊隨奚奴。今夏觸炎暑，扁舟下姑蘇。云訪西廬老（謂王太常烟客先生），靈光遽凋殂，以此不得意，慟哭投生芻。索居婁江畔，秋老歲將徂。昨從徐郎座，與我識面初。丰神見秀澹，白皙微有鬚。賦詩獨敏捷，灑揮華藻敷。君本古賢人，豈惟弄翰觚。向聞生平跡，奇偉

傳江湖。從君叩其略，欲語還踟躕。憶年在申酉，變亂生兩都。吾父一縫掖，忠憤鬱不舒。跳身浙東走，台頂茅可誅。維時我八齡，實與仲兄俱。錢塘潮水竭，北馬紛騰趨。倉皇復南竄，嶺嶠經崎嶇。轉入甌閩國，偏安猶一隅。吾父迫際會，從王曾執殳。皇天必翦滅，事敗只須臾。由茲託方外，巖谷長逃逋。州縣義兵起，歃盟徧村墟。主將辱推戴，揭竿厲耰鉏。建寧王閣部，旗幟明火荼。遠迎帝室冑，草草稱乘輿。貽書話同鄉，要父同謀謨。小子奉嚴命，偵察前趑趄。此地尚全盛，兵強富儲胥。竊觀王公為，魁傑實丈夫。一見厚款遇，開筵傾玉壺。幕府幸無事，日惟飲醍醐，高會賓朋列，歌舞紅氍毹。中表逢龔生，相留但歡娛。豈知仙霞破，突騎忽長驅。身居圍城裏，矢石交體膚。殺聲動天地，拒守百日餘。士卒多勇敢，大將親援枹。吾父外請救，羽毛急軍符。一朝黃霧塞，對面迷雙矑。敵人遂登陴，誰復能枝梧。短刀夾長戟，格鬬血流渠。烈火復四起，煙燄連街衢。滿城百萬戶，無一存妻孥。我年纔十五，被執為囚俘。饘酪不能咽，飢腸日空虛。彳亍行伍閒，乃見侯門姝。青樓舊相識，憐我千金軀。引入將軍帳，餘餐賜盤盂。後還陳制府，收拔稱掌珠。裝我紫貂冠，飾我繡羅襦，出入照路光，蹀躞乘龍駒。自古有養子，亂離迹難拘。所痛我兩兄，荊榛沒枯顱。自與吾父別，信音各闊疏，一紙偶得書，存亡問何如。他日儻相見，會須還故吾。開緘卻遠望，不識父焉居。制府旋遇難，萬里回喪車。我從阿母行，道出靈山區。山寺聞神僧，幡幢開給孤。母施布地金，雲堂設伊蒲。眾中得吾父，變服已浮屠。欲認不敢前，形勢反多虞。業為制府郎，母威劇於菟。家將繞四旁，臂弓腰鹿盧。密約得私見，哭罷交持扶。神僧為設法，乞母鳳凰雛。此子年命短，宜作釋迦徒。阿母戀不捨，雞鳴戒前途。提攜便去北，京國高門閭。謂當襲遺廕，橫玉紆青朱。長跪向母告，富貴非吾須，願終雲水遊，佛祖言不誣。宗祊自有主，其立親賢且。母意竟感悟，輿辭拜階除。飄然一身歸，奉父尋故廬。曾傳訓誡切，幸未蒙簪裾。旨甘且盡養，手自親中廚。承歡二十年，奄忽終桑榆。回頭念往事，魂夢慘模糊。余坐聽君語，良久為嗟吁。伊昔革命日，綱常委泥塗。頑民及義士，草澤竊奮呼。忘身棄妻子，舉動或近迂，其心亦艱苦，固與鄙俗殊。君能成父志，涅染而不汙。終焉得聚合，身作返哺烏。建寧小朝廷，效死一城孤，睢陽與平原，大節無以逾。悠悠千載後，青史恐荒蕪。君也老布衣，高臥今菰蘆。世人愛風流，一技徒稱譽，如君父子事，遺軼皆堪書。我為作此詩，庶表忠孝模。

此詩敘次詳明，語亦曲摯，不媿詩史，讀之覺南田翁秀澹之姿秉，忠孝之家世，俱躍然紙上。證以《清朝野史》所紀「壽平父之故人諦暉和尚為靈隱方丈」一語，自與沈詩之神僧相符。遜庵與孫旭，本為素識，亦近情理。但諸書多不知遜庵同時亦在靈隱為僧耳。

戴熙罷官事

江翊雲記陳仲恕（漢第）言：穆彰阿當國時，索畫於戴醇士，戴臨吳墨井山水一幅畀之，意殊矜祕。穆彰阿大怒，以其為水墨，不設色也，謂人曰：「戴為某伶畫扇尚設色，視我寧不如優人耶？」竟短戴於文宗，斥其行止不檢，戴遂以侍郎降三品京堂候補。後雖殉難，得謚文節，然請建專祠，卒不准，蓋穆彰阿指摘其臨終詩「撒手白雲堆裏去，從今不復到人間」二句，為怨望也。

仲恕此說，不知何所本？繆小山《雲自在龕筆記》云：

> 道光己酉，兩廣總督徐廣縉、巡撫葉名琛，以廣東紳民不許英人入城入奏，聖心喜悅，賞廣縉子爵，名琛男爵，並各戴雙眼花翎，戴（時直南齋）時奏對云：「臣曾督學廣東，士習民風，頗知一二。該督撫所陳奏，恐多鋪張粉飾。」語畢，天顏甚不懌。旋因詔寫扇，內有一二帖體字，傳旨申飭。逾日復詔南書房翰林寫匾額，內監傳諭云：「要寫字不錯之張錫庚，不要寫錯字之戴熙。」公知恩眷已衰，遂乞骸骨。奉旨責公諱疾欺飾，降三品京堂，准其致仕。

合此觀之，文節之去官，殆以直言與忤權相兩事併案之故。穆為宣宗寵臣，而椎魯黷闇，不知墨筆之尤珍於著色，文節被疑，良出意外。唯穆之讒戴，必在道光末年，翊雲所記微誤。文宗臨朝未久，穆即斥逐，庚申是咸豐十年，穆彰阿以咸豐六年歿，又安得有指摘文節絕命詩之事乎？仲恕所言，末節尤為大誤。

楊乃武之獄

廢曆久不用，而談掌故者，每徵考之。以廢曆言，今年太歲在丙子。更溯六十年前光緒二年之丙子，其時有一大獄，幾於舉國皆知；則楊乃武一獄是也。判決之時，為丙子四月，今又值其年月，故牽綴及之。諸家筆記中，以《清代野記》為詳，其書楊乃武獄一則云：

浙之上虞縣，有土娼葛畢氏者，葛品蓮之妻也，豔名噪一時，縣令劉某之子暱焉；邑諸生楊乃武亦暱焉。楊固虎而冠者，邑人皆畏之，劉之子更嫉之。楊欲娶葛為妾，葛曰：「俟爾今科中式則從爾。」榜發，楊果雋，謂葛曰：「今可如願矣。」葛曰：「前言戲之耳；吾有夫在，不能自主也。」楊曰：「是何傷？」正言間，劉子至，聞楊語返身去，楊聞有人來亦去，次日而葛夫中毒死矣。報官請驗，縣令遣典史攜仵作往，草草驗訖，聞楊有納妾語，逮楊訊，不承。令怒，詳革舉人，刑訊，終不服，遂繫楊、葛于獄，延至四年之久。每更一官，楊必具辯狀，皆不直楊，然又無左證，而劉令子又死福星輪船之難，浙之大吏將以楊定讞抵罪，而坐葛以謀死親夫矣。會有某國公使，在總署宣言，「貴國刑獄，不過如楊乃武案含糊了結耳！」恭親王聞之，立命提全案至京，發刑部嚴訊。原審之劉令，葛品蓮之屍棺，皆提至京。及開屍檢驗，見屍有白鬚，且以絲綿包裹，兩手指甲皆修潔，既不類窶人子，又非少年，又無毒斃痕跡。訊劉，劉亦無從置對，蓋始終未見屍也。于是劉遣戍，楊、葛皆釋放，案遂結。此案到京之日，刑部署中觀者如堵牆，無插足地。陸確齋比部，江西司司員也，亦往觀。據云：葛氏肥白頗有風致云。葛出後，削髮為尼，楊則不知所之。或云：當劉子聞楊語時，即潛以毒置葛品蓮茶甌中，品蓮飲之致死。或又曰：劉子常攜毒備覬便毒楊者。要之，劉子之死于海，似有天道，楊雖非佳士，此案似非所為。又聞楊每於供詞劃押時，以屈打成招四字，編為花押書之。吾以為楊必有隱慝，冥冥中特借此以懲之耳。

按《清代野記》，此節殊嫌略。蓋此案自總督楊昌濬以下褫職者數十人，即如所言，外使在總署謂此案不宜含糊了結，亦可見此中必有較複雜之情節也。近始獲得江陰祝善詒所為《餘杭大獄記》，言此案始末最具，今全錄之：

楊乃武，餘杭人，有文名而佻達漁色，性高伉，好持吏議短長。縣令劉錫彤，老吏也，頗著墨聲，嘗以浮收漕糧為楊所控，革任。錫彤故與朝貴通聲氣，夤緣復任，嗛楊，思中傷之，未發也。有葛品蓮者，業豆腐，妻畢氏，有姿首，稅居楊之別業，楊為畢講解小說傳奇等書，又擁諸懷教之習字，葛見而疑之，遷居五都之市。畢素放誕，以葛人物萎蕤，頗不安於室。錫彤官餘杭久，其子某，與門丁漕書某某，皆與畢往來，而畢戀楊英年俊偉，最稱情密，某等深嫉之。癸酉，楊捷秋闈，錫彤懼，曲意交歡，贈遺豐隆，楊亦時相過從，往還寖密，自謂前郤盡忘矣。是年九月，葛暴死。其母俞氏，再醮于沈，久聞畢氏所為，意其私蓄必多，聲言，子死不明，將控諸縣。既詗畢實貧，欲中止。有醫生陳某，訟師王某，皆諸生，與楊積不相能，教之曰：「汝第以子死可疑控縣請檢，汝媳所歡必將斂貲賄汝求罷，可大得志。」從之。兩人復流言于眾曰：「楊與畢奸情為本夫所見，因使畢毒殺之，以絕後患。」一時互相傳語殆徧。錫彤得俞氏狀，方欲往驗，會署中延陳治病，即以此事訪之。陳具述人言，且謂：「二人有私，舉國皆知，今之傳言，必非無稽。」錫彤大喜，以為宿怨可報。既思逆倫重罪，未可輕率，又以楊舉孝廉，聲勢方盛，殺之不殊，何以自處？乃令門丁漕書，先行察訪。猶慮不足恃，復使其子易服微行，密為刺探。王生以刀筆故，本與門丁漕書善，而陳生又以醫故，得出入衙署，於是諸毒並發，五人言皆同矣。錫彤深信不疑，既檢驗口鼻有黑瀋流出，指為服毒然，竟以砒霜定案，改口鼻黑瀋為七竅流血。仵作不肯具狀，威逼之，始不敢言。時楊以填親供，由會城歸，立捕去，搒楚慘毒，血肉狼籍。楊不勝刑，遂與畢俱誣服，楊論斬，畢凌遲。楊母沈氏歷控府司院為子訟冤，不得直，明年走京赴都察院陳狀奏聞，有旨命巡撫楊昌濬會同臬司蒯賀孫親提研鞫，執奏如前。又明年，楊妻再控諸刑部。時左侍郎夏同善浙人，素稔楊冤，密聞于上，改命浙江學政胡侍郎（瑞瀾）會同巡撫覆讞，皆以砒霜無過付之人，頗動疑念，遣候補知縣顧某親赴餘杭密訪。顧受錫彤金，具以情告錫彤，乃與王生等謀，偽令藥鋪錢保生，承認某月日時楊乃武託言斃鼠，買去信石五錢。保生以人命重大，不敢應，錫彤誘以好語，許以重賄，勉從之。顧歸報，以為情罪確鑿，會銜覆奏，於是鐵案如山，楊與畢延頸待決而已。

當是時，浙人官京師者，無不知楊生冤，又案懸兩載有餘，同鄉書函往復，及京官鄉試之自浙來者，互相察覈，盡得縣令父子與門丁、漕書、訟師、醫生等朋謀仇陷狀。及學政巡撫奏上，浙人大譁，于是翰林院侍讀鍾駿聲、國子監司業汪鳴鑾等二十有八人，合詞赴刑部訟楊生冤，復嗾楊母妻再控于總督府，兩處同時奏聞。時夏侍郎遷吏部，代者為吾蘇翁侍郎同龢，力主駁議，而刑部尚書希要人指，以為事更數官，案無遁飾，何當為此糾蔓？兩公意見不合，相持不下，語頗上聞。翌日翁奏事畢，上問：「此案究竟如何？」翁力言事關逆倫，人命至重，應請敕下巡撫，將棺犯人證解京，聽候覆檢，自然水落石出。上韙其言，特旨著楊昌濬派委妥員，將楊乃武葛畢氏人證卷宗解交刑部，途中加意防範，倘有他故，惟該撫是問。其葛品蓮棺木著刑部派司員前往餘杭，眼同劉錫彤驗明加封，一同解京，時乙亥冬十月也。明年春三月，人犯至，刑部會審，楊痛哭歷愬冤慘，聞者動色，咸謂畢氏毒死本夫，當無疑議，特同謀者非楊乃武耳！夏四月，葛品蓮棺木解至，停于地安門外佛寺，先傳劉錫彤訊問，指劃鑿鑿，毫無怍色。屆期，刑部滿漢六堂都察院大理寺，並承審各司員皆至，順天府二十四屬仵作齊到，又有刑部老仵作某，年八十餘，亦以安車徵至。各官先驗棺上封條，則縣府司院印封重疊，復令劉錫彤親驗是否葛品蓮真正尸身棺木，先行具狀，然後開棺。其尸已朽，僅存白骨一具，老仵作手自檢驗。惟時觀者填塞，萬頭攢望，寂靜無欬。老仵作先取顖門骨一塊，映日照看，即報云：「此人實係病死，非服毒也。」桑尚書大駭，叱令細檢，對曰：「某在刑部六十餘年，凡服毒死者，顖門骨必有黑色，似此瑩白，何毒之有？」逐節檢畢，向餘杭原驗仵作叱曰：「爾等何所見而指為服毒邪？」答曰：「我等原不肯填寫尸格，官立意如此，不敢不遵。」曰：「是何言？官不明檢法，全賴吾輩悉心區別，脫本官別有肺腸，即當力爭，充其量不過責革耳。怵于威而遷就之，與啗以利而逢合之，殺人以媚人，罪不容于死。」復顧錫彤而笑曰：「昔日仵作受官密指，俯首聽命者，畏官扑責也。今且發官私覆，以圖自全，官尚能坐堂皇責之邪？」聞者皆大噱。共視錫彤面色灰敗，默不一言。明日三法司會訊，按律定擬：楊乃武不知避嫌，禍非無因，且平日干與外事，業經斥革，應無庸議；葛畢氏查無通奸實迹，釋放還家；劉錫彤誤聽人言，入人重罪，革職發邊遠充軍；伊子及門丁漕書察訪不實，枷杖發落；錢保生並未刑偪，自認賣砒，恐係挾嫌誣證，已死無從質訊；諸生王某、陳某幫同尸親沈俞氏釀成巨案，應褫革究辦，業已瘐死獄中，勿論；其餘杖責釋放有差。奏上，得旨：楊昌濬身為巡撫，於逆倫重案漫不經心，胡瑞瀾于朝廷交辦重案，並不悉心研究，隨同覆奏，有負委任，均著革職，餘依議。此案既結，人始知畢氏亦冤也。

是役也，自巡撫學政至司道府縣奪職者十有六人，鐫級撤任被議者又十餘人，為百年來巨案。封疆大吏操生殺之權，徇庇屬吏，習為故常，得此懲創，庶知國法之嚴，人命之重，然非二三大臣力持其事，烏能使悠悠長夜，獲此一瞬天光哉？越十餘日，御史某，以錫彤罪重罰輕，再疏參劾，改為長流黑龍江，未幾道死，人心于是稍快云。

案：祝字吏香，亦同光時人。所記與前述有大相逕庭，如劉錫彤子死於福星船，持全案至京者乃恭親王，開葛棺時情狀，皆與祝記有出入。而葛畢氏之近於為土娼，楊乃武之無罪，則同。祝所記老仵作驗屍狀，較入微，辭宜可信。吾國舊日折獄，專恃仵作之經驗談，其有合於科學論證者有幾，自是疑問；抑在昔日社會，其所恃以毒人之藥物者，亦止此數種，故仵作見聞，亦較有範圍。「凡服毒死者，顋門骨必黑」，此兩語，正不妨留待今日之法醫與學解剖毒藥學者之評剖也。光緒丙子刑部尚書為桑春榮，兩筆記皆闕。

再記楊乃武之獄

前記楊乃武一獄，僅摭私家筆記，證以所傳，考其同異而已。旬月以來，詢此獄首尾者甚多，爰取官書，及翁文恭、李越縵兩日記，不限於丙子者，悉鉤稽之，以見其全。更若干年，或有視茲為社會史之珍料者。即不然，初暑旱吻，茶餘縱話，或有以愈於文楸枯對也。記茲獄最詳，為《光緒政要》，今首錄之：

（《光緒政要》）二年二月，刑部尚書皂保等奏，平反重案，按律定擬事；竊臣欽奉諭旨，交審浙江餘杭縣民婦葛畢氏毒斃本夫一案，經該撫將人犯卷宗，陸續解部，楊乃武之妻詹氏，亦自行投到，旋經臣等訊出縣官相驗草率，奏提葛品連屍棺，及原驗之知縣劉錫彤等到京，驗明葛品連屍骨，委係無毒，因病身死，當經據實覆奏。光緒二年十二月十六日奉上諭，刑部奏承審要案覆驗明確一摺，浙江餘杭縣民人葛品連屍身，係屬服毒殞命，現經該部覆驗，委係無毒，因病身死，所有相驗不實之知縣劉錫彤，著即革職，即著刑部提集案證，訊明有無故勘情弊，及葛品連何病致死，葛畢氏等因何誣認各節，按律定擬具奏，欽此。臣部正在審辦間，是月二十七日，復奉上諭，御史王昕奏，大吏承審要案，任意瞻徇，請予嚴懲一摺，據稱浙江餘杭縣民人葛品連身死一案，原審之巡撫楊昌濬，覆審之學政胡瑞瀾，瞻徇枉法，捏造供詞，請旨嚴懲等語，人命重案，承審疆吏，及派審大員，宜如何悉心研究，以成信讞。各省似此案件甚多，全在聽斷之員，悉心研究，始得實情，豈可意存遷就，草菅人命？此案業經刑部覆驗，原訊供詞，半屬無憑，究竟因何審辦不實之處，著刑部澈底根究，以期水落石出，毋稍含混，楊昌濬胡瑞瀾等，應得處分，著俟刑部定案後，再降諭旨，欽此。遵即督飭遴派司員，提集全案犯證，悉心研讞。緣葛品連籍隸浙江餘杭縣，於同治十一年三月，娶喻敬添繼妻王氏前夫之女，畢氏為妻，四月搬入已革癸酉科舉人楊乃武家同住，葛品連在豆腐鋪幫夥，時宿店中。其母沈喻氏，即葛喻氏，先因夫故，改適沈體芒，並不同居。七八月間，葛品連因屢見葛畢氏與楊乃武家同坐共食，疑有姦私，潛在門外檐下，竊聽數夜，僅聞楊乃武教葛畢氏經卷，未經撞獲姦情，曾向沈喻氏喻敬添告述，沈喻氏至葛品連家，亦見葛畢氏與楊乃武同食，懷疑莫釋，每向外人談論，遂至巷閭徧傳。適楊乃武欲增房租，沈喻氏等均勸令葛品連遷居避嫌，十二年閏六月，移往喻敬添表弟王心培間壁居住。王心培留心查看，楊乃武並無來往。八月二十四日，葛品連因醃菜遲誤，將葛畢氏責打，葛畢氏情急，自將頭髮剪落，欲為尼僧，喻王氏及沈喻氏聞鬧踵至，與王心培詢悉情由，喻王氏氣忿，稱係小事，何至如此，沈喻氏當向伊子斥罵，葛品連被罵，始有為楊乃武前事藉此出氣之語。十月初七日，葛品連身發寒熱，膝上紅腫，葛畢氏因伊夫素有流火瘋症，勸其央人替工，不聽。初九日早晨，葛品連由店回家，沈體芒在大橋茶店，見其行走遲慢，有發冷情形，地保王淋在點心店前，見其買食粉團，即時嘔吐，面色發青，喻敬添聞素識朱大告說，在學宮字紙爐前，見其嘔吐，到家時，王心培之妻在門前站立，見其兩手抱肩，畏寒發抖，問係有疾。葛品連進家門，上樓即睡，時欲嘔吐，令葛畢氏蓋被兩床，向稱連日身軟發冷，兩骽無力，恐係疾發氣弱之故，囑葛畢氏攜錢一千文，託喻敬添代買東洋蔘桂圓煎湯服食。喻王氏往視，葛品連臥床寒抖，又復作嘔，詢悉病狀，旋即回家。葛畢氏因葛品連喉中痰響，忙向查問，口吐白沫，不能言語。葛畢氏情急喊嚷，王心培等趨至，葛畢氏告知情由，央其將葛喻氏喻王氏等喚來，見葛品連咽喉起痰，不能開口，延醫診視，料是痧症，用萬年青蘿蔔子灌救，不效，申時身死。沈喻氏為之易衣，查看屍身，毫無他故，亦謂痧脹致死，亦無疑意，此葛品連疑姦遷居復染患痧症之原委也。葛品連年小體肥，死雖孟冬，南方氣暖，至初十日夜間，屍身漸次發變，口鼻內有痰血水流出。葛品連義母馮許氏揚言，速死可疑，沈喻氏心惑，又見面色發青，恐係中毒，盤詰葛畢氏堅稱無故。沈喻氏諗知葛畢氏素性輕狂，慮有別情，遂以伊子身死不明，懇求相驗，地保王淋赴縣喊告，囑代書繕就呈詞，於十一日黎明投遞。該縣劉錫彤，接閱後，正擬訪查情由，適生員陳湖，即陳竹山，來署醫病，提及葛畢氏曾與楊乃武同居，因不避嫌疑，外人頗多談論，搬家後夫妻吵鬧剪髮，今葛品連暴亡，皆說被葛畢氏謀毒。劉錫彤覆加查聽，所聞無異，午刻帶領門丁仵作，親詣屍場相驗。彼時屍身胖脹，已有發變情形，上身作淡青黑色，肚腹腋胑起有浮皮瘆皰數個，按之即破，肉色紅紫。仵作沈祥辨驗不真，因口鼻內有血水流入眼耳，認作七竅流血，十指十趾甲灰黯色，認作青黑色，用銀針探入咽喉，作淡青黑色，致將發變顏色，誤作服毒，屍身軟而不僵，稱似烟毒。門丁沈彩泉惑於陳竹山之說，謂烟毒多係自行吞服，顯有不符，因肚腹青黑起皰，稱係砒毒，互相爭論，未將銀針用皂角水擦試。沈祥不能執定何毒，含糊報稱服毒身死。劉錫彤當場訊問屍親鄰佑人等，均不知毒從何來，當將葛畢氏帶回縣署審問，供不知情，加以刑訊，葛畢氏受刑不過，因伊夫屍身驗係服毒，難以置辨，遂誣認從前與楊乃武通姦，移居後楊乃武於初五日授與砒毒，謀斃本夫。隨傳到楊乃武質對，不認，十二日詳請將其舉人斥革，十六日楊乃武堂弟增生楊恭治並妻弟詹善政等，各以楊乃武初五日正在南鄉詹家，何由交給砒毒，葛畢氏所供，顯係虛捏，赴縣稟訴，批准提犯察奪。葛畢氏畏刑照前供說，楊乃武仍不承認，劉錫彤詳報驗訊各情，捏稱銀針已用皂角水擦洗，青黑不去，稟准將人犯于二十日解省。經杭州府陳魯督審，率用刑訊，楊乃武畏刑誣服，因追究砒毒來歷，憶及伊由餘杭進省，路經倉前地方，有錢姓愛仁堂藥舖，隨口供認，初三日假稱毒鼠，買得錢寶生舖內紅砒四十文，交給葛畢氏等語。二十七日，陳魯飭令劉錫彤回縣傳訊錢寶生賣砒情由，劉錫彤恐其畏累不認，當懇府署幕友倉前人訓導章濬，即章掄香，致函錢寶生，囑其到案供明，不必害怕。及錢寶生到縣，供無其事，且稱名喚錢坦，並無寶生名字。劉錫彤給閱章掄香書信，又向開導，誓不拖累，令其退下思想。適錢寶生之弟錢愷，聞伊兄犯案，素諗陳竹山與劉錫彤熟識，央其代達誣扳冤情。陳竹山遂偕錢愷進縣，甫至門房，探知劉錫彤已在花廳訊供，不便謁見，向沈彩泉索閱楊乃武供單，正值錢寶生退出花廳門外，陳竹山趨問，錢寶生訴說縣官強令承認賣砒，陳竹山詳述楊乃武供詞，並稱買砒毒鼠，不知害人，不過枷責罪名，勸其儘可應承。錢寶生依從，隨照楊乃武所供出具賣砒等結。劉錫丹恐解拖累，寫給無干諭單，未令錢寶生與楊乃武質對，僅將其甘結送府，陳魯即據縣訊甘結定案。其時葛畢氏隨口混供，有八月二十四日楊乃武在房內頑笑，被彼夫撞見，責打，及伊夫死後，經沈喻氏盤問，說出商同楊乃武謀害各情。沈喻氏因葛畢氏供認謀毒伊子，雖知情節不符，急欲為子復仇，即照依混供，致與控縣原呈歧異。王心培不知底細，亦隨同沈喻氏供說，陳魯率憑現供敘入詳稿，未經照顧該縣初詳。劉錫彤又因詳稿內錄取犯供，皆稱口鼻流血，屍格不符，屢被駁斥，遂盡行塗改七竅流血字樣，將葛畢氏楊乃武擬以凌遲斬決，錢寶生擬以杖責，於十一月初六日詳經已故按察使蒯賀蓀審解巡撫楊昌濬親鞫。葛畢氏、楊乃武，因供認在先，勢難翻異，均各畫供，楊昌濬復派候補知縣鄭錫滜赴縣密查，錢寶生先已聞知，商從陳竹山，仍照原結承認，鄭錫滜並不訪察確實，竟以無冤無濫，會同劉錫彤稟覆，楊昌濬遂依陳魯等原擬罪名勘題。此沈喻氏懷疑控驗，沈祥誤報服毒，陳魯、劉錫彤等刑求勒供草率定案，以及陳湖、章濬勸囑錢寶生出結，委員訪查不確之緣由也。臣部正在核題間，十三年四月，楊乃武自做親供，以葛畢氏串誣，問官刑逼，並捏稱有何春芳在葛家頑笑，餘杭縣長子劉子翰令阮得索詐等情，囑胞姊葉楊氏具呈，遣抱王廷南赴都察院衙門呈控，咨解回浙。楊昌濬委原問官覆審，添傳王淋、沈體芒等到案，皆因囚已伏罪，亦隨沈喻氏混供盤出謀毒報驗等情，陳魯仍照原詳擬結。尚未咨部，楊乃武之妻詹氏又以前情，於六七月間赴巡撫臬司衙門具控，歸案訊辦，楊乃武未能申訴。九月，楊詹氏復遣抱姚士法，赴步軍統領衙門續控，奏奉諭旨交楊昌濬督同臬司親提嚴訊，委湖州府知府錫光等詳鞫，楊乃武、葛畢氏均稱冤抑，翻異前供，未能訊結。光緒元年四月，給事中王書瑞，以覆訊重案，意存瞻徇參奏，特旨派胡瑞瀾審辦，調委甯波府知府邊葆誠，嘉興縣知縣羅子森，候補知縣顧德恆、龔世潼，隨同研鞫。楊乃武剖訴冤情，堅稱八月二十四日，委係何春芳與葛畢氏頑笑，被葛品連撞見責打等語，胡瑞瀾因訊係虛誣，徒以餘杭縣原驗葛品連毒死為憑，未究仵作，未加覆驗，晝夜熬審，楊乃武、葛畢氏仍復誣認，雖屢經質對，率多遷就成供。殆訊有八月二十四日楊乃武未到葛家，及初三日買砒改移初二，並沈喻氏盤詰葛畢氏，僅稱楊乃武交給流火藥等情，與原題迥不相符，並查無縣詳所敘沈喻氏報驗呈詞，一稱葛畢氏言語支吾，一稱向葛畢氏盤出，聽從楊乃武謀毒情由，先後互相歧異，仍未澈底根究，竟依原擬罪名奏結，奉旨交議，復因給事中邊寶泉奏稱，案情未協，又奉諭令臣部詳細研求。嗣經查核現訊情節，與原題多有不合，逐層指駁，奏請飭令胡瑞瀾再行確審。十二月，浙江紳士汪樹屏等，以覆審疑獄，迹涉迴護，遣抱聯名赴都察院呈控，奉旨提交臣部，秉公審訊，旋据胡瑞瀾將駁查各節，分晰奏覆聲明，楊乃武又覆翻供，錢寶生已經病故，遽難定讞，此楊乃武家屬兩次稟控，未能辦理，胡瑞瀾草率覆奏，致多疑竇之情形也。臣等自提到犯證卷宗，先將全招詳加綜核，因思謀毒本夫，雖密祕總由戀姦情熱而起，何以學政訊取王心培供詞，堅稱未見楊乃武到過葛家，且沈喻氏控縣原呈，亦未提及楊乃武一字？錢寶生賣砒，既係楊乃武在杭州府供出，自當提到錢寶生與楊乃武質審，何以僅在餘杭縣傳訊取結，即行開釋？葛品連果係毒發身死，沈喻氏當時即應看出情形，何以事隔兩日，始行喊控？案情種種可疑，虛實亟應根究。隨提集犯證，逐款詳鞫，訊出銀針顏色未經擦洗，仵作門丁互執屍毒，則縣官之相驗未真。錢寶生出結，係幕友函囑，生員勸誘，則砒毒來歷未確。當經奏提葛品連屍棺到京，覆加檢驗，骨殖黃白，係屬病死，並非青黑顏色，委非中毒，取具原驗知縣仵作甘結，聲稱從前相驗時屍已發變，致辨認未確，誤將青黑起皰，認作服毒，訊据屍親鄰佑人等，僉稱屍身發變，由於天氣晴暖，檢查學政七月間訊取沈體芢供詞，亦有天熱之語，是原驗官仵作稱因發變錯誤等情，尚可憑信。復經提犯環質，得悉全案顛末，歷歷如繪。臣等誠恐原審官員，有懷挾私仇勒索教供情事，訊据楊乃武堅稱，伊與知縣及役吏人等，素無干涉事件，毫無嫌怨，研詰劉錫彤（阮得），供與楊乃武無仇，實係葛畢氏自行誣扳。且楊乃武於十一日夜間甫經到案，次日即行詳革，如果意在索詐，自必緩辦詳文，既欲挾案作贓，斷不肯未及十日，即行解府審辦，委無勒詐重情。質之楊乃武，亦稱前供阮得串誣索詐等情，係因圖脫己罪，捏詞妄訴，並無其事，實不能指出詐贓確據。傳訊楊詹氏，供無異詞。並據葛畢氏供，因縣官刑求與何人來往謀毒本夫，一時想不出人，遂將從前同住之楊乃武供出，委非挾嫌陷害，亦非官役教令誣扳。並據劉錫彤供稱，賣砒之錢寶生，係憑楊乃武所供傳訊，如果是伊串囑，斷無名字不符之理，現經錢寶生之母錢姚氏供稱，伊子名喚錢坦，向無寶生名字，鋪夥楊小橋供亦相同，可為楊乃武畏刑妄供之證。至原題據陳魯、劉錫彤會詳，有沈喻氏向葛畢氏盤出聽從楊乃武謀毒情由報驗一節，檢查沈喻氏控縣初呈，並無是語，復恐問官有改造口供情弊，嚴鞫劉錫彤，供稱因沈喻氏在杭州供有是語，率謂該氏原報不實，遂憑現供情節敘入詳稿，致與原呈不合，委無捏造供詞情事。提質沈喻氏供認府讞時，曾妄供有盤出謀毒報驗之語，與劉錫彤所供尚屬相符。反覆推究，矢口不移，是此案劉錫彤因誤認屍毒而刑逼葛畢氏，因葛畢氏妄供而拘拿楊乃武，因楊乃武妄供而傳訊錢寶生，因錢寶生被誘捏結，而枉坐葛畢氏楊乃武死罪，以致陳魯草率審詳，楊昌濬照依題結，胡瑞瀾遷就覆奏，歷次辦審不實，皆輕信劉錫彤驗報服毒，釀成冤獄，情節顯然，先後承審各員，尚非故勘故入，原驗官仵作，亦無有心捏報情事。至楊乃武與葛畢氏同住逼姦等情，檢閱浙江案卷，供吐明晰，似非無因，屢經詳審，楊乃武、葛畢氏堅不承認，質訊沈喻氏、喻敬添等，僉稱葛品連僅見楊乃武與葛畢氏不避嫌疑，教經同食，料有姦私，並未撞破，等語；既無姦所捕獲確據，律有不准指姦明文，應毋庸追究，照例勿論。葉楊氏呈內究控沈體芢（容留）已故逃，徒倪錦雲即倪八金在家，訊未滋事，何春芳並未與葛畢氏通姦，劉錫彤長子劉海昇並無子翰其名，亦未干預公事，飭驗楊乃武、葛畢氏刑傷均已平復，確無損傷筋骨情事，陳湖在監病故，業經查監御史驗無凌虐情弊，沈喻氏到部後，身上搜出住址名條二紙，訊係處京中人地生疏，欲找令浙江糧道如山家丁劉瀫臣，並餘杭縣家丁姜位潨之舊主臣部主事文超資助旅費，委無別情，案無遁飾，應即擬結。查例載州縣承審逆倫罪關凌遲重案，如有失入，業經定罪報解者，按律定擬。又例載檢驗屍傷有實，罪有增減者，以失入人罪論。又斷罪失于入者，減三等，並以吏典為首，首領官減吏典一等，囚未決聽減一等。又律載承審官草率定案，證據無憑，枉作人罪者，革職。又律載誣告人死罪未決，杖一百，流三千里，加徒役三年。又例載地方官長隨倚官滋事，慫令妄為，累及本官罪至流者，與同罪。又例載制書有違者，杖一百，又不應而為之者，笞四十，事理重者杖八十，各等語。此案仵作沈祥，率將病死發變屍身，誤報服毒，致入凌遲重罪，殊非尋常疏忽可比，合依檢驗不實，失入死罪未決，照例遞減四等，擬杖八十，徒二年。已革餘杭縣知縣劉錫彤，雖訊無挾仇索賄情事，惟始則任聽仵作草率相驗，繼復揑報擦洗銀針，塗改屍狀，及刑逼葛畢氏等誣服，並囑令章濬函致錢寶生誘勒具結，羅織成獄，僅依失于死罪未決本律擬結，殊覺輕縱，應請從重發往黑龍江効力贖罪，年逾七十，不准收贖。杭州知府陳魯，於所屬州縣相驗錯誤，毫無覺察，及解府督審，率憑刑訊供具詳定案，復不親提錢寶生究明砒毒來歷，實屬草菅人命。寧波府知府邊葆誠、嘉興縣知縣羅子森、候補知縣顧德恆、龔世潼，經學政委審此案，未能澈底根究，依附原題；候補知縣鄭錫滜，係巡撫派令密查案情，並不詳細訪查，率以無冤無濫，會同原問官含糊稟復，厥咎惟均。俱應依承審官草率定案，證據無憑，枉坐人罪例，各擬以革職。巡撫楊昌濬，據詳具題，不能查出冤情，京控交審，不能據實平反，意涉瞻徇。學政胡瑞瀾，以特旨交審要案，所訊情節，既有與原題不符之處，未能究詰致死根由，詳加覆驗，草率奏結，幾致二命慘罹重辟。惟均係大員，所有應得處分，恭候欽定。按察司蒯賀蓀失入死罪，本干律例，業已病故；湖州府知府錫光等覆審此案，尚未擬結，均免置議。劉錫彤門丁沈彩泉，在屍場與仵作爭論堅執砒毒，實屬任意妄為，合依長隨倚官滋事，慫令妄為，累及本官罪至流者與同罪律，擬杖一百，流三千里。沈喻氏因伊子速死可疑，喊求相驗，並未指供何人謀毒，與誣告人謀死人命不同；且府讞時妄供盤出謀毒各情，係由痛子情切所致，應與誣告人死罪未決滿流加徒律上量減一等，擬杖一百，總徒四年。王心培、王林、沈體芒不知底細，輒隨同沈喻氏混供，亦屬非是，惟到案即將實情供明，尚非始終誣證。訓導章濬即章掄香，係杭州幕友，輒為劉錫彤向同村藥舖錢寶生函囑，亦有不合。葛畢氏捏供楊乃武商令謀毒本夫，訊由畏刑所致，惟與楊乃武同居時不避嫌疑，致招物議，眾供僉同，雖無奸私實據，究屬不守婦道，應與王心培等各依不應重律，擬杖八十，章濬革去訓導。楊乃武訊無與葛畢氏通姦確據，但就同食教經而論，亦屬不知遠嫌，又復誣指何春芳在葛家頑笑，雖因圖脫己罪，並非有心陷害，究係獄囚誣指平人，有違定制，律應杖一百，業已革去舉人，免其再議。姜位漋、劉澱臣寫給沈喻氏字帖，訊為資助旅費起見，殊屬多事，各依不應輕律，擬笞四十。此案情節較重，雖事犯在光緒元年正月二十日恩詔以前，所有應得罪名，均請不准援免，以昭懲戒。陳湖即陳竹山，勸令錢寶生誣認賣砒，本干律議，業經監斃，應與在藉病故之錢寶生，均毋庸議。沈體芢（容留）親戚逃徒倪錦雲在家，本有不合，業已擬杖，免其重科，應與訊無為本縣長子索詐之阮得，並未在葛家頑笑之何春芳，並未干預公事之劉海昇，並未與舊僕書信來往之主事文超，及並無不合之錢姚氏等，亦毋庸議。提到葛品連屍棺，既經復驗明確，屍屬並無爭論，仍交浙江原解委員知縣袁來保等，連仵作沈祥、門丁沈彩泉，並原卷仍交浙江巡撫分別定地發配，飭屬領埋。其律應收贖之沈喻氏、葛畢氏，並罪應笞杖之王心培、王淋、沈體芢、姜位漋、劉澱臣等，均由臣部分別折責，追取贖銀，將全案人證，連陳湖屍棺，飭坊遞籍保釋埋葬，未到免提省累。所有臣等審明定擬緣由，謹恭摺具奏請旨。疏入，奉上諭：前因給事中王書瑞奏，浙江覆訊民人葛品連身死一案，意存瞻徇，特派胡瑞瀾提訊，嗣據該侍郎仍照原擬具奏，經刑部以情節歧異議駁，旋據都察院奏浙紳汪樹屏等聯名呈控，降旨提交刑部審訊，經刑部提集人證，調取葛品連屍棺，驗明實係因病身死，並非服毒，當將相驗不實之知縣劉錫彤革審。並據御史王昕奏，承審大員，任意瞻徇，復諭令刑部澈底根究。茲據該部審明定擬具奏，此案已革餘杭縣知縣劉錫彤，因誤認屍毒，刑逼葛畢氏、楊乃武，妄供因姦謀斃葛品連，枉坐重罪，荒謬已極，著照所擬從重發往黑龍江効力贖罪，不准收贖。前杭州府知府陳魯，於所屬知縣相驗錯誤，毫無覺察，並不究明確情，率行具詳，實屬玩視人命。寧波府知府邊葆誠、嘉興縣知縣羅子森、候補知縣顧德恆、龔世潼，承審此案，未能詳細訊究，草率定案；候補知縣鄭錫滜，經巡撫派令密查案情，含混稟覆，均著照所擬革職。巡撫楊昌濬據詳具題，既不能查出冤情，迨京控復審，又不能據實平反，且於奉旨交胡瑞瀾提訊，復以問官並無嚴刑逼供等詞，嘵嘵置辯，意存迴護，尤屬非是。侍郎胡瑞瀾，於特旨交審要案，所訊情節，既與原題不符，未能究詰根由，詳加覆驗，率行奏結，殊屬大負委任。楊昌濬胡瑞瀾均著即行革職，餘著照所擬完結。人命重案，罪名出入攸關，全在承審各員，悉心研鞫，期無枉縱。此次葛品連身死一案，該巡撫等審辦不實，始終迴護，幾至二命慘罹重辟，殊出情理之外。嗣後各直省督撫等，於審辦案件，務當督飭屬員悉心研究，期於情真罪當，不得稍涉輕率，用副朝廷明慎用刑至意。欽此。

《政要》述楊案首尾畢具，不得謂不詳矣，然試取翁李兩日記及《東華錄》各諭旨奏摺，合而閱之，則此案所以成為軒然大波者，良非無故。蓋其中有科名門地之爭，官民之爭，省籍成見之爭，內外官之爭，尤大者為疆吏枉法欺罔朝廷之問題。試觀以下所錄各節，則可見居中主持平反者，確為翁叔平，而李蒓客之先後反覆其詞，邊寶泉、王昕奏摺措詞之犀利，丁文誠為外官之憤爭，桑白齋之兩面不討好，一時雲詭波譎，各方鉤心鬬角之態可掬。證以前所錄《餘杭大獄記》、《清代野記》，兩者所紀，此案翁之背後，或必有恭邸隱為之助，容可信也。當時楊昌濬胡瑞瀾之論調，不知何若，而此案最受傷者，就案內言，劉錫彤心欲陰庇其子，必是一大弱點。就案外言，光緒初年德宗尚孩，王昕謂楊昌濬等藐法欺君，所謂「此端一開，以後更無顧忌，大臣倘有朋比之勢，朝廷不無孤立之憂」，其言最動聽，其得以平反者，殆在此矣。

《翁文恭日記》（八月十一日有攝刑部右侍郎之命）十六日到任。

乙亥十月十八日，浙江葛畢氏謀毒本夫一案，經胡學使瑞瀾擬結，奉旨交刑部速議，今日御史邊寶泉劾奏，案情未確，請提至刑部覆鞫。旨以無此政體，仍飭部反覆研求，作速核覆。十九日，飯後入署治事，索浙江司原奏，不得，怒斥之，僅而得見。細核供招，歷歷如繪，雖臯陶聽之，無疑矣。然余意度之，葛品連聘娶葛畢氏，用洋錢八十元，折筵六十元，品連係豆腐店幫工，烏得有此巨款？此一可疑也。葛品連腳上患流火，葛畢氏買洋參桂元，用制錢一千，付伊母家買藥。夫以貧家患皮毛之疾，竟用千錢買藥，亦屬不倫，此二可疑也。且京控稱，該縣之子曾與葛畢氏往來（再查原控，無此語，但云：少爺索錢而已。），今結僅據皂役供，本官之子早經回籍，並未取有該縣親供，亦屬疎漏。與白齋語，白齋以為此案案外枝節也。廿日，張子騰來，以葛事見示。飯後到署，細閱葛畢氏全案供招，與原揭帖異者四處，今供內情節互異者一條，可疑者二，疎漏者一，皆籤出。紹秋臯到署，與商且緩日再上。浙江司林拱樞者，文忠公之第五子也，亦稱獄有疑。退訪子松，遇吳君仲愚於座。吳君餘杭人也，為楊乃武稱冤，不期而遇，亦異矣哉。歸檢刑例。廿一日午，紹秋臯來，同到署，與桑老前輩商酌，殊不為然。浙江司林君拱樞、秋審總辦余君損，皆以為是，辦論久之，僅擬飛咨問數條不符處而已。又與桑公約，廿六日斷不能入奏，姑緩數日，又催抄楊乃武兩次京控原呈。廿二日，晤朱敏生。敏生於葛畢氏事備知顛末，極稱楊乃武之冤，曰，此覆盆矣。廿三日，函致榮侍郎託催提督衙門抄送楊詹氏京控原呈，榮君以所抄摺底原呈見示，則余所籤與原呈各條，適吻合，然則此次所陳，不免彌縫之迹矣，長官如此，可歎可歎。廿四日，飯後到署，桑、紹兩公皆來，與桑公略言葛畢氏一案辦法。廿六日，飯後入署，與桑公同看秋審處所擬葛畢氏一案奏稿，用余說駁令再審，特措詞委婉耳，更定數字。十二月十八日，浙江司吉君順來回事，因楊乃武一案提人，紹秋皋欲拉余作主，與桑公齟齬。（楊乃武案，浙人十八人連名具控，奉旨提交刑部審訊。）

丙子正月廿三日，有旨擢任農曹，二月初二日到任。四月初三日，得見葛畢氏（前三日解到楊乃武尚未到）一案卷宗，因松姪派審此案也。初八日，以袁保恆為刑部左侍郎，潘祖蔭為禮部右侍郎仍兼署刑部右侍郎。

十二月初九日。浙江葛畢氏一案，轇轕久矣，至是提知縣及葛品連屍棺至。今日檢驗，骨白無毒，五城司坊及一千人證，皆具結無它說，甚矣折獄之難，而有司者之不可不審慎也。此案余首駁議，而松姪司審極用力，故識之。

《越縵堂日記》：

光緒元年四月廿五日辛卯，邸鈔上諭云（見《光緒東華錄》）。聞之杭州士夫言，楊乃武者，本餘杭諸生，無賴習訟，惡迹眾著，嘗以小忿殺其妻，託言病死，其婦家莫之何也。葛品連者，楊之鄰人，以磨豆乳為業，畢氏未嫁時，楊與之通。因為葛娶之，恣其婬。及癸酉楊舉於鄉，因謀殺葛而娶畢為妾。或云：葛病，畢求醫於楊，楊以砒霜與之，而偽言神藥，畢以飲葛，即斃，畢實不知也。或云畢喜楊得舉人，欲棄葛以從楊，楊為之計，殺葛。畢曰：奈事發何？楊曰：我力能庇若，無懼也。畢遂從其計，毒殺葛。其詳弗敢質，而楊之為匪人，則眾口若一。及事露，畢稱砒霜為楊所親購，藥肆供證明白，楊亦自承購藥是實矣。

既讞定，而楊令其妻及姊，兩次京控，言為人所誣。事下巡撫，巡撫檄調紹興知府龔嘉儁、湖州知府錫光，至省會鞫之，尚未報，而長興王給事書瑞疏上矣。於是浙人皆言楊之冤，實餘杭知縣劉錫彤之子某，與畢姦，同謀殺葛，錫彤既懼其子當誅，又一縣人無不惡楊者，因誘畢誣楊，而劫脅藥肆人以證，楊固無行，然與畢則不相識也。其事究不知若何耳。

十月十六日己卯，邸鈔，上諭前因給事中王書瑞奏，浙江餘杭縣民婦葛畢氏毒斃本夫葛品連，誣攀已革舉人楊乃武，因姦同謀，問官回護原審，請派大員查辦，當派胡瑞瀾提訊。茲據該侍郎奏稱，反覆訊究此案，實屬楊乃武因姦起意，令葛畢氏將伊夫葛品連毒斃，供證僉同，案無遁飾，按律定擬，並聲明此案原擬罪名查核並無出入等語，著刑部速議具奏。

十八日辛巳，邸鈔，上諭給事中邊寶泉奏，重案訊辦未協輿情，請提交刑部辦理一摺，浙江民婦葛畢氏謀斃本夫一案，朝廷為慎重人命，特派胡瑞瀾秉公研求，並嚴諭該侍郎不得回護同官，含混結案。現在既經反覆訊究，案無遁飾，已將全案供報奏交刑部，如有彌縫之處，該部不難悉心推究，若外省案件紛紛提交刑部，向亦無此政體，所請著毋庸議。此案仍著刑部詳細研求，速行核議具奏，俾成信讞。

三十日癸巳。邸鈔，上諭前因浙江學政胡瑞瀾奏，覆訊民婦葛畢氏因姦毒斃本夫葛品連分別定擬一摺，當交刑部速議具奏，旋據給事中邊寶泉奏，案情未協，請提交刑部辦理，亦經諭令該部詳細研求。茲據該部奏稱，綮覈此案原題情節，與現供歧異甚多，請飭再行嚴訊等語。著胡瑞瀾按照刑部所指各節，提集犯證，將覆訊與原審情節因何歧異之處，逐一研究明確，毋枉毋縱，總期情真罪當，一切持平，不得稍涉含糊，意圖遷就，並將詳細供詞，聲敘明晰，定擬具奏。聞主此駁者，全出翁侍郎同龢力，與尚書桑春榮爭而得之也。浙人多言殺葛品連者，實餘杭知縣劉錫彤之子某，及其房吏某協謀，而嫁禍於楊乃武，且脅誘藥肆人為之證，縣之幕友某者為之計畫，餘杭士夫言之甚悉。而錫彤者鹽山人，大學士寶鋆之鄉試同年也，故葛畢氏供及劉某，承審官輒置不問，且以非刑怵之。翁侍郎求得其原供，而此次胡瑞瀾所咨送供詞，亦有及劉某者，侍郎因指劉某何以不一傳質為大疑。其餘歧互甚眾，定議駁奏。若侍郎者，可謂不負所職矣。

十二月十四日丁丑邸鈔上諭。（見《光緒東華錄》）

十八日辛巳。前日聞之餘杭人言，葛品連之獄，主謀者糧胥何春芳，下手者捕役阮德之姊桂金，葛畢氏亦不知也。葛畢氏年少而豔，縣令劉錫彤之子夙與一傭婦姦，因謀之婦，誘葛畢氏至婦家而私之，何春芳詗得其事，因脅葛畢氏而與之狎，屢過其家，一日突遇品連，相詬詈，春芳怒而去。桂金者，已三嫁矣，與春芳積有姦，故為之効力。品連既死，品連母及葛畢氏之母，皆再醮失行婦人也，縣令子屬人居間，與品連母洋銀百八十圓，幾息事矣，而品連母及葛畢氏母皆欲得葛畢氏以居奇，相忿爭不可解，品連母遂告官請究矣。春芳、阮德及桂金恐事發累己，乃共詗猲葛畢氏，謂若夫既以毒斃，群指目汝，復誰諉？惟急引楊乃武為若主謀，授若毒藥，若到官矢口不移，則乃武當受重罪，我等力為若營救，可得不死。葛畢氏信之，如所教。而楊乃武者，素喜為歌謠及謗詩詆切官吏，官吏恨之，遂以計召乃武對簿。乃武大怒罵，於是錫彤遽列上其事，請革訊，乃武備諸酷刑，遂誣伏。讞定，至府，浙士之鄉試被擯者，聞新舉人中有此事，幸其災禍，群喜躍樂道。而杭州之士，又多出入官署，或為大府及監司幕友，行省萬口，噂沓如一。於是杭州知府陳魯，夙喜與士人為難，及覆審不容置一辯，如縣擬上，而按察使蒯賀孫、巡撫楊昌濬，皆愚而愎，併為一談，橫入重辟，鐵案定於上，而黑獄沉於下矣。嗚呼，自癸酉十月獄起傳至京即，凡浙之官吏及鄉士大夫，蓋無一不以楊乃武為宜死也。友人中如譚仲修、陳藍洲、楊雪漁，皆自杭州入都者，極口詈楊，備諸惡狀，雖予亦切齒痛恨，惟恐其漏刑，或不速死也。而豈知事有大謬不然如此者，蓋非特折獄之難，而吾人之議論，可不慎哉，可不慎哉。學政胡瑞瀾者，本以墨卷小楷為生，厚養妻孥，粗具耳目，奉嚴詔，莅重囚，而首鼠張皇，一視巡撫意旨。承審官寧波府知府邊葆誠等，扇其虐餤，慘加非刑，定案之時，楊乃武至兩股盡折，其妻詹氏，亦受夾傷脛，懲其去年之京控也。故學政奏疏首曰犯供狡展，連日熬審，明目直言，略不諱飾，其時文之不過，亦可知矣。又聞是獄初起時，楊乃武固茫然不知，即葛畢氏亦不識藥所由來也。比獄急，乃武之姊葉楊氏訴之行省城隍廟，乞示以卟詩，相傳其神明按察使周公新也，卟書一絕云：「荷花開處事方明，春葉春花最有情。觀我觀人觀自在，金風先到桂邊生。」蓋神示以何春芳及桂金姓名也，然則謂天蓋高，鬼神其可欺哉？做人時少，做鬼時多，蒯臬使協力上下造成此獄，今年十一月朔，尚隨巡撫行香祠廟洋洋如平時，歸而遘疾，逮夜暴死，彼楊陳胡邊諸君，其亦弗之思耳。

光緒二年正月初六日。聞浙江學政胡瑞瀾覆奏部駁葛畢氏案，請派大員會訊，時尚未奉到提交刑部之旨也，而摺內稱賣給楊乃武砒霜藥肆人錢寶生，業已病故。錢寶生者，賣藥於餘杭之倉前鎮，聞獄初起時，知縣劉錫彤欲得藥肆為證，逼錢令認之，錢不肯，知縣為好言，且怵以刑，俱不承，知縣揮其門丁挈以出，俄頃而門丁攜錢供狀入，言賣毒藥於楊氏，蓋門丁以利餂之。自後知縣覆訊，以至府訊司訊院訊及學政訊，皆未嘗一提錢對質也。既刑部核讞牘，稱初訊時楊供買藥以十月三日，覆訊楊供云以二日，顯相差互，而錢為賣藥要證，何以僅止本縣初審時傳訊一次，駁令覆實，是此案以錢寶生為最大關鍵也。今其死也，聞實自縊。蓋學政奉駁審之旨，須提錢待質，錢恐到案時，不實言則為鄉里所不容，實言則將被拷掠，不勝官吏之毒，故急而自裁，其家又不敢以實報，懼縣令以驗死狀劫制留難，必破家也。嗚呼，楊昌濬、胡瑞瀾、陳魯、邊葆誠及錫彤父子之罪，真通於天矣。尚有鬼神，恐國法不汝漏也。胡瑞瀾奏稱，十二月初三日，由嘉興試畢回省，照刑部奏駁各節，行提本犯及應訊人證，逐加訊究，葛畢氏等供俱無異，本可擬結，而楊乃武因案經再訊，以為必能翻動，頓改前供。查因姦毒斃本夫，事極祕密，旁人無從確見，自應以本犯供詞為憑。此案本非他人誣指，而楊乃武圖脫重罪，逞其狡獪伎倆，播散浮言，聞者率信為真有冤抑，現在楊乃武刁健更甚，案情重大，人言紛紛，實非愚臣所敢專斷。請特簡大臣，另行覆審，云云。

九月二十六日。復雲門書：「自昔年餘杭獄起，日嘗憤憤，以為法紀不立，人心盡死。今餘杭之獄，刑部窮力研詰，葛品連實以病死，知縣劉錫彤，壹意周內，酷刑陷人，驗屍之隸，賣案之賈，皆已悉吐其實，近雖已提問縣令，而力主殺人之巡撫，死黨同官之學政，俱尚在位，造意羅織之知府，方待選擢，其杭州無恥之鄉紳，不肖之京官，以及奔走招搖承竊乞餘之士人，猶并為一談，熒惑清議，是獄之能昭雪，猶不可知。頗聞己巳庚午間，直隸有夫外出，不告其家人，或控婦殺其夫。時曾文正為總督，太倉錢中丞為臬司，竟磔其婦。越三年，而其夫歸，官吏猲制之，不得白。文正之薨，猝以心痛，而錢中丞之卒於河南，則群言其見鬼為厲，生疽落頭，然則鬼神亦有不可盡欺，而報應亦有未嘗不速者。夫膺高爵，享厚祿，靦然居民上，而民之死生禍福，至懸待冥漠不可知之數，以冀萬一之得直，則生靈之痛，尚有極耶？」

十一月二十六日癸未，作書致紫泉，詢葛品連檢驗消息。以葛品連之柩，已於十七日遞至京，置朝陽門外海會寺，餘杭知縣劉錫彤，及其門丁亦入都待質，聞前日已檢驗，且門丁已鞫訊錄供也。此事關係天下甚大，蓋生民之死活，中外之重輕，皆視此為轉移，儻檢驗一不得實，將外吏益其鴟張，朝官遂以杜口，而天下之冤民，將不勝其慘死，事更不可為矣。區區補救之心，豈止為一夫一婦乎？得紫泉復，以未得确耗為言。

十二月丁亥朔，閱《洗冤錄詳義》，卷一附〈釋骨〉一篇，補正沈果堂之作，學者不可不讀也。果堂經儒，文皆掇拾詁訓而成，自不如目驗之覈。

初二日，閱《洗冤錄詳義》。

初三日，得紫泉復。

初十日丙申，聞昨日海會寺開驗葛品連屍，刑部堂官六人，司官八人，率仵作二十餘人，司官先驗，堂官再驗，其屍牙齒及喉結骨皆白色，絕無毒也。仵作皆具結，言實以病死，劉錫彤亦俯首無辭。聞其先兩次赴刑部質訊，自恃年老，咆哮萬狀，至庭詬問官，謂我乃奉旨來京督同檢驗，非來就鞫，若曹乃先錄我供辭，何憒憒作司官耶？其門丁懼罪，直供如何揑飾毒狀，如何勾串藥證，錫彤直前奮拳毆之。問官叱之，乃自摘其冠擲地曰，我已拚老命矣，若參革我，處置我可也。問官詰以所填屍格，何以先曰口鼻流血，後改七竅流血，探喉之銀籤何以不如法洗滌，皆瞠不答，其強很至此。昨日乃觳觫無人色，口齒相擊有聲。此輩豺狼之性，犬羊之智，刀未在頸，尚欲噬人，一聞執縛，搖尾帖耳，言之可為憤絕。若知府陳魯之未驗屍傷，武斷重獄，巡撫楊昌濬之力庇屬員，顯抗朝旨，至飭提人證，猶敢公言謀害本夫惟當取犯供為憑，而以刑部為多事。學政胡瑞瀾之朋比蒙欺，喪心鍛煉，奉特旨讞重獄，而不一覆檢棺屍，惟以酷刑陷人，至被旨駁問，猶敢堅執。是四人者，原情定罪，實禽獸所不食，有北所不受，皆當肆諸市朝，以謝天下者也。

十六日壬寅，邸鈔上諭，刑部奏承審要案覆驗明確一摺，浙江餘杭縣民人葛品連身死一案，該縣原驗葛品連屍身係屬服毒殞命，現經該部覆驗，委係無毒因病身死，所有相驗不實之餘杭縣知縣劉錫彤，即行革職，著刑部提集案證，訊明有無故勘情弊，及葛品連何病致死，葛畢氏等因何誣認各節，按律定擬具奏。

廿七日癸丑，上諭御史王昕奏云云。（王摺見《東華錄》，本紀附錄於是年卷末，且加圈。）

自海會寺覆驗後，冤誣大白，稍有識者，無不切齒胡、楊，思食其肉。而刑部尚書桑春榮耄而庸鄙，欲見好於外官，又覬楊昌濬之書帕，必欲從輕。比屬司官研訊楊乃武、葛畢氏，強其自伏通姦罪。尚書皂保輕而妄，以劉錫彤為大學士寶鋆鄉榜同年，亦欲右之。時貨藥者錢寶生之母，及佐肆者，皆以質責砒霜有無羈刑部獄，今驗葛品連實病死，於是司官白皂保，可先釋二人，亦不許。適丁寶楨以川督入覲，聞覆驗得實狀，大怒，揚言於朝曰：「葛品連死已踰三年，毒消則骨白，此不足定虛實也。」於是湖北湖南人，以胡、楊同鄉也，合而和之，桑春榮大懼。丁寶楨又面斥桑曰：「此案何可翻？公真憒憒，將來外吏不可為矣。」桑益懼。侍郎袁保恆紹祺，頗持之，不能奪也。王御史此疏，可謂昌言矣，御史荊州人，壬戌翰林。

《光緒東華錄》：

元年四月辛卯，諭：「有人奏，問官覆審重案意存瞻徇，請派大員查辦一摺。據稱浙江餘杭縣民婦葛畢氏毒斃本夫葛品連，誣攀舉人楊乃武因姦同謀一案，經楊昌濬委員覆審，葛畢氏等俱已供出實情，屢用嚴刑逼令照依原供，該氏仍堅稱誤信人言，因仇誤攀，實與楊乃武無干等語。此案情節極重，既葛畢氏等供出實情，自應澈底根究，以雪冤枉，而成信讞。著派胡瑞瀾提集全案人證卷宗，秉公嚴訊確情，以期水落石出，毋得迴護同官，含糊結案，致干咎戾。」

十二月丁丑，諭：「前據給事中邊寶泉奏，浙江餘杭縣民婦葛畢氏毒斃本夫一案，胡瑞瀾覆訊未協，請解交刑部辦理。當以提案解京，事涉紛擾，且恐案內人證往返拖累，是以未准所請，仍責成胡瑞瀾悉心嚴究。茲據都察院奏稱，浙江紳士汪樹屏等，遣抱聯名呈控，懇請解交刑部審訊。據呈內所敘各情，必須澈底根究，方足以成信讞而釋群疑。所有此案卷宗及要犯要證，即著提交刑部秉公審訊，務得確情，期於無枉無縱。至案內各犯，著楊昌濬派委妥員，沿途小心押解，毋得稍有疏忽，致干咎戾。」

二年九月甲戌，諭：「刑部奏，承審浙江民婦葛畢氏毒斃本夫一案，援案請飭提驗一摺，著楊昌濬將餘杭縣知縣劉錫彤，即行解任，同門丁沈彩泉暨葛品連屍棺，並同治六、七年間該縣驗訊陳觀發案卷，派員一併押解送部，傳令劉錫彤眼同檢視，以成信讞。」

十二月壬寅諭（已見《越縵堂日記》）

癸丑，王昕奏：「伏讀本月十六日上諭……。欽此，仰見我皇上欽恤用刑，慎重民命之至意。臣愚以為欺罔為人臣之極罪，紀綱乃馭下之大權，我皇上明罰勅法，所以反覆求詳者，正欲伸大法於天下，垂炯戒於將來，不止為葛畢氏一案雪冤理枉已也。伏查此案奉旨飭交撫臣詳核於前，欽派學臣覆審於後，宜如何悉心研鞫，以副委任。萬不料徇情枉法，罔上行私，顛倒是非，至於此極。現經刑部勘驗葛品連委係因病身死，則其原定供招證據盡屬揑造，不問可知。夫藉一因病身死之人，羅織無辜，鍛鍊成獄，逼認凌遲重典，在劉錫彤固罪無可逭，獨不解楊昌濬、胡瑞瀾身為大臣，迭奉嚴旨，何忍朋比而為此也？胡瑞瀾承審此案，嚴審逼供，惟恐翻異，已屬乖謬，而其前後覆審各摺片，復敢狂易負氣，剛愎怙終，謂現審與初供雖有歧異，無關罪名出入，並請飭下各省，著為律令，是明知此案盡屬子虛，飾詞狡辯，淆惑聖聽，其心尤不可問。而楊昌濬於刑部奉旨行提人證，竟公然斥言應以正犯確供為憑，紛紛提解，徒滋拖累，是直謂刑部不應請提，我皇上不應允准，此其心目中尚復知有朝廷乎？臣揆胡瑞瀾、楊昌濬所以敢於為此者，蓋以為兩宮皇太后垂簾聽政，皇上沖齡踐阼，大政未及親裁，所以藐法欺君，肆無忌憚，此其罪名，豈止如尋常案情，專欲故入誤入已決未決比例輕重也。臣惟近年各省京控，從未見一案平反，該督撫明知其冤，猶以懷疑誤控奏結。又見欽差查辦事件，往往化大為小，化小為無，積習瞻徇，牢不可破。惟有四川東鄉縣一案，該署督臣文格，始為迴護，繼而檢舉，設非此案在前，未必不始終欺飾。可見朝廷舉動，自有風聲，轉移之機，正在今日。臣亦知此案於奏結時，刑部自有定擬，朝廷必不稍事姑容。惟念案情如此支離，大員如此欺罔，若非將原審大吏，究出捏造真情，恐不足以昭明允而示懲儆。且恐此端一開，以後更無顧忌，大臣倘有朋比之勢，朝廷不無孤立之憂。臣惟伏願我皇上赫然震怒，明降諭旨，將胡瑞瀾、楊昌濬瞻徇欺罔之罪，予以重懲，並飭部臣秉公嚴訊，按律定擬，不得稍有輕縱，以伸大法於天下，以垂炯戒於將來，庶幾大小臣工，知所恐懼，而朝廷之紀綱，為之一振矣。」上諭：「御史王昕奏，大吏承審要案任意瞻徇，請予嚴懲一摺，據稱浙江餘杭縣民人葛品連身死一案，原審之巡撫楊昌濬、覆審之學政胡瑞瀾，瞻徇枉法，捏造供詞，請旨嚴懲等語。人命重要，承審疆吏，及派審大員，宜如何認真研鞫，以成信獄。各省似此案件甚多，全在聽斷之員，悉心研鞫，始得實情，豈可意存遷就，草菅人命。此案業經刑部覆驗，原訊供詞，半屬無憑，究竟因何審辦不實之處，著刑部澈底根究，以期水落石出，毋稍含混。楊昌濬、胡瑞瀾等應得處分，俟刑部定案時，再降諭旨。」李復有眉批，云：「此疏義正詞嚴，必傳之作也。御史蘇州籍，聞其先本越人，嘗任山西學政，此疏或云出其姻親邊給事寶泉手，蓋邊曾上疏爭此案，故不便再言，而以屬御史上言。聞兩宮見疏頗怒，刑部奏請定擬時，樞府以皆受楊昌濬厚賄，尚力為之地，據案懇請革留。兩宮舉此疏為言，竟不許也。

續輯楊案公私資料既竟，復贅數言。此案是非，久成陳迹，自可不論。楊石泉因此案革職，閒居二年，旋左文襄奏保，尚擢新疆巡撫、陝甘總督，胡瑞瀾則一蹶不振。胡督浙學極苛刻，士人怨之，已二年餘，官亦至侍郎，竟坐此不起。邊任民以劾此案得名，旋外簡，官亦至閩浙總督。王昕之奏，出邊手說，殆可信。邊、王皆北人，楊、胡則兩湖人也。予所重有感者，一為前清最重視命案，恪守古人勿殺一不辜之訓。此非以政治與司法，混為一談。本來所謂政治法律者，同為人類謀保障，昔人所謂愛民之義，實即自彰政府保障能力之意，故重視之本意，不可厚非。今雖司法獨立，然殺人果皆必緝凶必抵命乎？對於命案不重視，反面言之，即間接使殺人者日多，而人類慄然自危，遂有苟且之念，視前代嚴密仁厚之意義，兩不如矣。一為舊日率崇文治，滿洲雖異族，而帝后皆通文理，每日寅卯視事，臣下奏摺，無不親自閱讀，瞭解其意，故王昕一疏，楊昌濬卒致革職。改步以來，喪亂相尋，所謂宰相須用讀書人之訓，多從拋置，上下皆不求甚解，文詞既失其用，士眾寖成鄙陪，鉤稽但憑口語，決判唯有刀鋌，吾所見者，抑已多矣。此亦使人重思章奏之用，文治太平之相與期也。

晉祠

十二年前，吾鄉江叔海先生居晉祠時，翊雲兄以晉祠照片及詩詞之類，裒印一帙見貽。余報以一詩，並寄柬叔海先生，中二聯云：「想拓涼亭臨碧玉，更聞橫舍竢安車。白亭舊築應驂靳，顧怪前蹤欠揭櫫。」白亭者，宣統庚戌叔海先生在洛陽伊闕，因白傅游址建亭，名之以白，余曾寄題一詩者也。余初頗謂亭林久客并州，晉祠必有顧之題詠，故詩中云爾。前歲沅叔丈招賞海棠，偶與叔海先生談，知亭林與晉祠所涉甚尠，非闕不錄也。

考晉祠之名，當年實專屬於唐叔虞祠，唐太宗〈晉祠銘〉，所謂「惟神誕靈周室，降德酆都」者，是也。《水經注》：「昔智伯之遏晉水以灌晉陽，其川上溯，後人踵其遺跡，蓄以為沼，沼西際山枕水，有唐叔虞祠。」《元和郡縣志》：「晉祠一名王祠，周唐叔虞祠也。」是蓋翦桐頒土之始基，以崇德報功者。酈道元以為是智伯遏水灌晉陽之遺沼，此說雖古，不知何據。川雖上溯，誠足為沼，然設無泉源，沼不自活。按朱竹垞〈游晉祠記〉云：

晉祠者，唐叔虞之祠也，在太原縣西南八里，其曰汾東王，曰興安王者，歷代之封號也。祠南向，其西崇山蔽虧。山下有聖母廟，東向，水從堂下出，經祠前，又西南有泉曰難老，合流分注於溝澮之下，溉田千頃。《山海經》所云懸甕之山，晉水出焉，是也。水流會於汾，地卑於祠數丈，《詩》云彼汾沮洳，是也。

據此則晉祠之泉，乃晉水所導源，而非智伯決水以後始有之沼也，明矣。今日晉祠之名，殆綜合周圍名勝之總稱，而唐叔虞祠則嘑為唐叔祠也。叔海先生所居，名為難老別莊。難老者，泉名也。《水經注》稱祠南有難老、善利二泉，水大旱不涸，隆冬不凍，溉田百餘頃，又有泉出祠下曰滴瀝泉，瀦為晉澤者，是也。酈註此三十七字，唯全祖望本有之。晉祠水最有名，太白詩：「時時出向城西曲，晉祠流水如碧玉。」自後詠晉祠水者，皆稱碧玉。而令狐楚〈不到晉祠三十年〉一詩中，所謂「泉聲自昔鏗寒玉」者，乃無人拾用矣。然叔海先生亦為余言，碧玉之名至佳且切，勝於寒玉也。又難老二字，見於《詩經》，而〈魏都賦〉云：「溫泉毖涌而自浪，華清蕩邪而難老。」是難老二字，亦可借用於華清矣。

古墓

因談極樂寺，而憶明李西涯之墓，即在寺之國花堂。南北相對，則為王文敬之墓。錢西湄詩所謂「李文正對王文敬，千古興亡兩墓門」是也。

西涯墓，初無知之者，翁覃溪、法梧門始覓得之。翁、法各有詩，存集中。往歲湖南京官，於文正生日，例有公祭，民國後此典亦廢。吾國史例，承平則修墓祭掃，亂離則發冢取物，史冊所紀，古人大墳高冢，殆無不被掘者。近七、八年，北方發冢之風尤盛。昨晨讀報，則姚廣孝墓又被掘，西涯終屬文人，或能以酸儒標舉之故，而得免暴露耶。然邇來南方，又盛倡修墓之議，二、三文人，尤致力焉。冒鶴亭前既覓得河東君墳，其後居京，又數祭杜茶邨墓，常於酒座歷數其訪求名墓事，同人戲稱以上墓專家。鶴亭比修志粵中，若聞姚大師墓被發，當大嗟嘆，安得使歷薊郊，一慰纍纍之幽宮哉。

余則謂發墓摸金，固當科罪，修墳題詠，亦止增掌故。時至今日，國內地上之建築物，既多就荒殘，有關藝術之皿物考證，終當遍於地下求之，如日人在高麗樂浪所發古墓，有關秦漢史跡至宏，是其一例。假令國力稍充，土地之徵用更繁，上為田、為路，而下為隧，百年之間，其事可必。其時墓地，當別有章制，今之所謂上墓專家，將益為他年談古撫掌之資，又可信也。

王荊公墓

報載麒麟門外，發見荊公墓，考其地望，雖與志乘及《清波雜志》所載不符。然志稱：「安石三蒞江寧，卜居鍾山，子姓兄弟，多著籍焉。」今觀報稱，金子堰北，姓王者數十家，尚有家譜，則或有可信處。此墓即不為荊公，亦當為其子姓兄弟者。元豐七年，荊公引病，奏乞以住宅為寺，有旨賜名報寧。既而疾愈，稅城中屋以居，不復別造。報寧，即半山寺也。明太祖都金陵，宮囿在城之東北隅，跨接鍾阜，公墓地望，當在孝陵及宮苑之間。凡經始陵囿，士庶墳冢，例當芟平。以誌公功德，始得旨遷葬。荊公墓，在南宋雖為時人所敬。（南渡後，士大夫自金陵來，恆問上荊公墓否？）而元兵南侵，易國百年，後起清議，詬公甚力，其未必如寶誌之得易地，理有固然。前兩年，冒鶴亭主此說尤力。然假令明初王族有人，先期徙半山之墓於麒麟門外，亦非不可能也。

荊公於治平三年乞分司於江寧居住，至熙寧七年，以觀文殿大學士知江寧府，九年以使相再鎮金陵，元豐元年，食觀使祿居鍾山，自是居金陵者十年，以元祐元年四月薨。其與此地緣法相悅，居處流連，既已如是。宋以來千餘年，言詠金陵歌詩，無能出公右者。若使佳城無恙，銘碣可徵，所欣獲者，豈唯故蹟。予嘗愛誦公〈寄蔡氏女子〉詩，所謂「建業東郭，望城西堠，千嶂承宇，百泉遶霤」。以為文字之美，或逾山川。及讀公〈示蔡卞〉詩，「今年鍾山南，隨分作園囿。鑿池溝吾廬，碧水寒可漱。溝西雇丁壯，擔土為培塿」。知當時公宅必引泉遶堦除間，故有百泉遶霤語，疑即宅後謝公墩之泉流也。謝公墩今雖在，而謝公所築土山無可徵。

按《丹陽記》：「晉太傅謝安，舊隱會稽東山，築此象之，無巖石，故謂土山，有林木臺觀娛游之所，安就帝請朝中賢士子姪親屬會土山。」又《謝安傳》「土山游集，肴饌亦屢費百金」。是土山為建康附郭讌游之皐，殆近似咸京之樂遊原，今已不可見其遺構。荊公〈游土山〉詩：「定林瞰土山，近乃在眉睫。」是定林寺與土山相近。今紫金山附近，勝蹟呈豁殊夥，獨不聞有訪定林者。予讀楊誠齋〈游定林寺〉詩：「鍾山已在萬山深，更過鍾山入定林。穿盡松杉行盡石，一菴猶隔白雲岑。」是定林當在鍾山外。考定林有上下二寺，上寺舊基，在鍾山應潮井後，宋元嘉十六年禪師竺法秀造。下寺初建於元嘉元年，其後宋乾道間，僧善鑑重建，在寶公塔西北。又考寶誌之墓塔，原在東麓，獨龍岡玩珠峰前，梁天監十三年冬造。下定林寺在其西北，則約當今孝陵西後紅門外地。以孝陵形勢考之，定林與荊公墓，當並在圈入之內。孝陵昔年木皆合抱，咸豐癸丑後，濯濯如也；定林，今更無論矣。誠齋訪定林時，似由山之東阿取徑而西，故彌覺深迥，與由朝陽門東出者不同。但宋時城小於今日，今中山門附近之岡阜，皆古人所謂萬山之列。荊公詩：「獨龍岡畔第三峰，路轉山迴翠幾重。」可見昔人到蔣山寺（即今明孝陵），山路之如何行折也。

宋城小於今之證甚多，最淺明者，荊公捨宅為寺後，築第於白下門外，去城七里，去蔣山亦七里，是宋舊城去山約十四里也。荊公稅城中之屋，李壁註云：「今江寧縣治後，廢惠民藥局，其地即公城中所稅之宅。」案：清江寧縣署，沿明之舊，為宋東南佳麗樓故址，在今銀作坊。若宋之江寧縣治何在？則不可復識也。（按近有識南京古蹟者，以謝公之土山，強指即為今城東之謝公墩，既援沈約〈郊居賦〉，而輒揣言土山其地與半山寺相當，羌無確據，真訛傳也。不悟定林與土山相距至近，荊公眉睫之言可證。而定林與半山寺相去殊遠，半山即報寧寺，即荊公故宅。至謝公墩，雖舊傳冶城亦有此名，然宋以來，稱謝公墩，皆指報寧寺後之一堆石。荊公「我屋公墩在眼中」句，及李鴈湖親至其地註，證據甚明。豈有謝公之土山，若即是謝公墩，荊公近在屋後，而不知之乎？又別費千百字，為〈游土山詩〉乎？矧今謝公墩，石甚磽确，絕非壘土成，其上又絕無餘地或基址，可以盛建臺觀。況自來詠金陵古蹟，土山與謝公墩，皆明明析為二地，未容以肊牽合傅會。若校以荊公〈登土山〉詩，扶憊遠陟，呼鞍馬以兩黥挾而登，遠眺秦淮廣流，乃如容一艓者。再引證以定林眉睫語，理想遠近中之土山，當在今孝陵附近吳王山諸岡之南，或尚在其南。以舊志言，土山在上元縣南三十里也。）

明孝陵

明太祖營孝陵徙誌公塔，別建靈谷，既自為記矣，而其後傳說甚多，崇禎間張岱《陶庵夢憶》，尤恢詭。其言云：

鍾山上有雲氣，浮浮冉冉，紅紫間之，人言王氣，龍蛻藏焉。明太祖與劉誠意、徐中山、湯東甌定寢穴，各誌其處，藏袖中，三人合，穴遂定。門左有孫權墓，請徙，太祖曰：「孫權亦是好漢子，留他守門。」及開藏，下為梁誌公和尚塔，真身不壞，指爪繞身數匝，軍士輿之不起。太祖親禮之，許以金棺銀槨，莊田三百六十，奉香火，舁靈谷寺，塔之。今寺僧數千人，日食一莊田焉。陵寢定，閉外羡，人不及知。所見者，門三，饗殿一，寢殿一，後山蒼莽而已。壬午七月朱兆宣簿太常，中元祭期，岱觀之。饗殿深穆，暖閣去殿三尺，黃龍幔幔之。列二交椅，褥以黃錦，孔雀翎織正面龍，甚華重。席地以氈，走其上，必去舄，輕趾。稍咳，內侍輒叱曰：「莫驚駕。」近閣下一座，稍前為碽妃，是成祖生母。成祖生，孝慈皇后袵為己子，事甚祕。再下東西列四十六席，或坐或否。祭品極簡陋，硃紅木簋，木壺，木酒罇，甚麁樸。簋中肉止三斤，粉一鋏，黍數粒，東瓜湯一甌而已。暖閣上一几，陳小銅罏一，小筋瓶二，栝棬二。下大几一，陳太牢一少牢一而已。他祭或不同，岱所見如是。先祭一日，太常官屬開犧牲所中門，導之鼓樂旗幟，牛羊出，龍袱蓋之，函宰割所，以四索縛牛蹄。太常官屬，至牛正面立，太常官屬朝牲揖。揖未起，而牛頭已入燖所，燖已，舁至饗殿。次日五鼓，魏國至，主祀，太常官屬不隨班，侍立饗殿上。祀畢，牛羊已腐臭不堪聞矣。平常日進二膳，亦魏國陪祀，日必至之。戊寅，岱寓鷲峰寺，有言孝陵上黑氣一股沖入牛斗，百有餘日矣，岱夜起視見之。自是流賊猖獗，處處告警。壬午，朱成國與王應華奉敕修陵，木枯三百年者，盡出為薪，發根，隧其下數丈，識者謂為傷地脉洩王氣。今果有甲申之變，則寸斬應華，亦不足贖也。孝陵玉食二百八十二年，今歲清明，乃遂不得一盂麥飯，思之哽咽。

案：此節自中元祭以下度皆紀實，末則遺民怨思，託於眚氣之說也。唯定穴及祭誌公事，不知何所據？其言陵寢定，閉外羡，人不及知，則必事實。明祖多猜好殺，故其自營幽宮，必極詭祕。舊志，御座案左朱匣中藏石龜，昂頭曳尾，至咸豐癸丑亂始亡。此龜，度為厭勝物，而世人所傳太祖實葬朝天宮之說，亦非無因。光緒間，蓋有浚朝天宮前河道見壙中鐵緪懸硃棺者。證以全謝山〈從朝天宮謁孝陵〉詩，「鍾阜衣冠是與非」，及「嗣孫底事學曹丕」之句，是明清以來早有此傳聞。其最可疑者，洪武末年，重修天慶觀，改為朝天宮，敕百官朝賀及謁陵，皆先習儀。迄明一代，謁朝天宮者，其禮節與陵陛享祀無異，殆為預謀藏蛻之計。而孝陵寶城之封閉，忽促深邃，無從窺其隧道，斯亦使後人有疑冢之疑也。

康熙朝天主教史料

比日學人，致力於東西交通史料者頗多。良以國史舊製，近於自夸，前人懵於大地實情，侈然自尊，故不足怪。今日西人考古史學者，取材日益完備，援發舊籍，以證歐亞貫連之蹟，固學術界盛業也。曩在故宮，見文獻部樂壽堂陳列康熙朝諭西洋人諭旨一道，似是內閣所擬，經清聖祖硃筆刪改者。此案為天主教徒傳教史上一大事，歐史言之綦詳，中國史則僅留此數種史蹟而已。

考天主教入華時，於祀天、敬孔二事，即有爭論。龍華民等以為異端，利瑪竇以為非異端，後兩派訟於羅馬教廷。一七〇四年，教皇格勒門第十一擇龍議，立禁約七條，並派主教多羅使中國，申明此旨。清聖祖大不懌，以不准傳教抵制之。至是久居中國深通漢學之西洋人，乃請教廷收回成命，一七一〇年後，交議仍如原案。一七一五年後，派主教嘉樂使中國，重申此項禁約。嘉樂以康熙五十九年十一月抵京，此諭西洋人，即康熙未見嘉樂前，特召見在京之西洋人，告以應付嘉樂之法也。原件云：

康熙五十九年十一月十八日，上召西洋人蘇霖、白晉、巴多明、穆敬遠、戴進賢、嚴嘉樂、麥大成、倪天爵、湯尚賢、雷孝思、馮秉正、馬國賢、費隱、羅懷忠、安泰、徐茂盛、張安多、殷弘緒，至乾清宮西暖閣。上面諭：爾西洋人，自利瑪竇到中國，二百餘年，並無貪淫邪亂，無非修道，平安無事，未犯中國法度。自西洋人航海九萬里之遙者，為情願效力，朕因軫念遠人，俯垂矜恤，以示中華帝王，不分內外，使爾等各獻其長，出入禁庭，曲賜優容至意。爾等所行之教，與中國毫無損益，即爾等去留，亦無關涉。因自多羅來時，誤聽教下閻當，不通文理，妄誕議論。若本人略通中國文章道理，亦為可恕。伊不但不知文理，即目不識丁，如何輕論中國理義之是非？即如以天為物，不可敬天，譬如上表謝恩，必稱皇帝陛下階下等語，又如遇御座，無不趨蹌起敬，總是敬君之心，隨處皆然。若以陛下為階下，座位為工匠所造，怠忽可乎？中國敬天，亦是此意。若依閻當之論，必當呼天主之名，方是為敬，甚悖於中國敬天之意。據爾集西洋人修道起意，原為以靈魂歸依天主，所以苦持終身，為靈魂永遠之事。中國供神主，乃是人子思念父母養育，譬如幼雛物類，其母若殞，亦必呼號數日者，思其親也。況人為萬物之靈，自然誠動於中，形於外也。即爾等修道之人，倘父母有變，亦自衷慟，倘置之不問，即不如物類矣，又何足與較量中國敬孔子乎？聖人以五常百行之大道，君臣父子之大倫，垂教萬世，使人知親上敬長之大道，此至聖先師之所應尊應敬也。爾西洋人，亦有聖人，因其行事可法，所以敬重。多羅閻當等，知識甚淺，何足言天？何知尊聖？前多羅來，俱是聽教下無賴妄說之小人，以致顛倒是非，壞爾等大事。今爾教主差使臣來京請安謝恩，倘問及爾等行教之事，爾眾人公同答應：「中國行教俱遵利瑪竇規矩，皇上深知，歷有年所。況爾今來上表請皇上安，謝皇上愛育西人之重恩，并無別事。汝若有言，汝當啟奏皇上，我等不能應對。」爾等不可各出己見，妄自應答，又致紊亂是非。各應凜遵，為此特諭。

考此上諭中西洋人，多供職內廷，其中如白晉、費隱、雷孝思、麥大成、湯尚賢、馮秉正等，則曾派往各省測繪輿圖。穆敬遠，則雍正初與於阿其那、塞思黑之獄。戴進賢則乾隆初與修《靈臺儀象志》。羅懷忠以醫名。馮秉正、殷弘緒有漢文著述多種，此事陳援庵考證甚詳。別有嘉樂攜來教皇《禁約》譯本，聞亦陳列樂壽堂，予未之見。援庵疑此諭旨中有不可解者，筆意有譌誤，不知當時滿中書票擬之諭旨，大率如此，即康熙硃批亦非盡通順，所謂《東華錄》、《清史》，乃幾經儒臣潤色而成，若此諭旨正是初稿，且當時不以入史，故存其真也。宗教威嚴，今日行將隨科學之發明，漸就衰替，回瞻舊鬨，同成陳迹。唯其中理論，有足見東西思想根本之不同者，就其相異者而言，雖謂至今猶留枘鑿競辯之根荄，可也。

顧媚

南京有顧樓街,相傳即顧橫波之眉樓舊地,曩有茶樓榜一聯云:

淚海成桑,如此江山奈何帝。

眉樓話茗,無多風月可憐人。

此民國二、三年事,蓋有以易代之感,託喻於弘光也。陳伯嚴丈曾言之,鶴亭亦於酒座述及,今已不復見,亦不知何人作。《板橋雜記・顧媚傳》:

橫波歸龔芝麓,為亞妻,其元配童氏,受明兩封孺人。龔官大宗伯,童居合肥,不肯隨官,且曰:我兩受明封,以後本朝恩典,讓顧太太可也。

案:《世說新語・賢媛篇》註引王隱《晉書》,言賈充後妻郭槐,謂刊定律令,佐命之功,我有其分,李那得與我竝?李謂賈前妻李婉,時猶在。龔、顧事與此,何其酷類。

前清捐納

蒓客集中與人書及日記，數以貲郎自況，蓋未得進士前，先捐得部曹。《孽海花》中所記，李保安寺街寓所，門榜一聯，「保安寺街藏書三萬卷，戶部員外補缺一千年」，蓋事實也。

按捐納得官，而以漢之貲郎自稱，實微有不類。考《漢書．張釋之傳》：「以貲為騎郎。」蘇林曰：「雇錢，若出穀也。」如淳曰：「漢注貲五百萬，得為常侍郎。」師古曰：「如說，是也。司馬相如傳云，以訾為郎。訾讀與貲同。貲，財也，以家財多，得拜為郎也。」又按景帝二年詔曰：「今訾算十以上，乃得宦。廉士算不必眾，有市籍不得官，無訾又不得官，朕甚愍之。訾算四，得，無令廉士久失職，貪夫長利。」此即所謂以貲多得為郎也。武帝始令吏人入穀補官郎，至六百石，入財得補郎。釋之為郎，在文帝時，相如為郎，在景帝時，其非入錢穀買官，明矣。賣官賣爵，又是二事。漢初有賣爵令，自公士至徹侯二十級，本沿秦制。武帝時始官爵並賣，卜式以入財超拜中郎，賜爵左庶長。左庶長，乃武帝新令，〈食貨志〉所謂令民得買爵，請置賞官，名曰武功爵之第十級也。武功爵凡十一級，式以數入財得拜第十級爵，又如新令賞官，故又超拜中郎，言超者，以入財穀補郎至六百石，而中郎比二千石也。黃霸，武帝末以待詔入錢賞官，補傳郎謁者，亦武帝新令，故沈欽韓謂霸由武功爵補官。由此言之，以貲非納粟入財之比。又按陸放翁《老學庵筆記》云：「漢人入仕，有以貲為郎，司馬相如、張釋之是也；有入錢入穀，賞以官者，卜式、黃霸是也。」入錢，則今買官之類，以貲則非也。蒓客以捐班目為貲郎，恐失翔實。貲郎之性質，殆與清末資政院有納稅多額之議員相類。今日捐納之風已革，亦無敢以資產階級自命者，此名詞殆成廣陵散矣。

又考捐官之例，所以迎合國人熱官倖進之心理，亦為昔時君主籌款之良法。清康熙初年，削平三藩之財源，幾胥視此。繆藝風《雲自在龕筆記》云：

十三年三藩之變，至二十年平定，八年之中，徵兵轉餉，日昃不遑。內有兩事，一舉鴻博科，開一朝文學之盛；一開捐輸例，啟天下倖進之門。捐輸之開，在軍餉浩繁，點金乏術之時，計臣不得已而及此，豈知遂為一朝之秕政哉？自閩、滇、二廣用兵，始開捐納之例，初猶經戶部斟酌，不至過濫，其後陝西賑荒出塞運鑲等事，則漸泛濫矣。商人巴某等，初捐即補知府，言官論之，因革去。其後于振甲為運鑲都統，則不由戶部及九卿集議，徑移吏部銓補。於是僉事方面顯官，亦在捐納之列，初任即得補，不惟知府。後左都御史張鵬翮疏言，州縣守令教職，捐納冗濫。九卿集議，遂欲通改佐貳等官。王文簡公士禎，時為戶部侍郎，謂諸公曰：「朝廷不可失大信於天下，已往可弗論，但當慎之於將來耳。」眾以為然。

當時有識者已深知其非，陸清獻《三魚堂日記》：「近來捐納之例，不但當為朝廷惜官，且當為朝廷惜人。大凡富貴之人，以勤厚起家，往往多忠厚誠樸之子，豈非朝廷之良民善眾乎。若欲獎其急公，加以散秩，可也。今不問能否而官之，所謂未能操刀而使割也，及其僨事，不能不以刑罰隨之，是獎之者適所以害之也。」清獻「獎之者，適所以害之」一語，甚痛切。嗚乎，今日社會，說及前清捐官之例，鮮不笑為惡政，抑豈知集貲之法，獎之適所以害之者，又豈徒捐輸之一途哉？

張佩綸舊宅

前述《廣雅堂・過張繩庵宅》詩，已言其為今立法院。張詩第三首：

憑誰江國伴潛夫，對撫髯龍入畫圖。憐汝支離經六代，此心應為主人枯。

自註：「宅有六朝栝兩株。」此栝至今猶存，前年往觀，邵翼如、張默君伉儷為予言，此樹考定為樅，因有美樅堂新牓。予案：今立法院地名侯府，侯府者，清靖逆侯張勇之府也。府即此園，其由張侯以至於張繩庵，沿革亦有足紀者。

考《白下瑣言》：「張侯府在大中橋襄府巷內，蓋前明襄國公故府，今桐城劉氏賃居之。侯諱勇，康熙間以征三藩功封侯世襲。」又考張繩庵《澗于集・書牘》卷六，復陳弢庵閣部箋：「日內擬遷李氏試館，亦非可久居者。館之前巷，有一廢園，頗多舊樹，侍規為隱遯地，索價頗昂，力不能辦。近屋主以訟累歸桐城，或可典出。能偶之，雖非入山深處，較可遠市遷囂。」又復張楚寶觀察箋：「檢原券，劉買此屋在嘉慶十二年，所謂安園者，非劉家之新榜，乃章氏之舊題也。章亦桐城人，署券之星齋名維極，其父淮樹備兵（攀桂）購此園以奉太夫人，故名安園。存齋〈嫁鶴〉詞云『隨園山瘦稻粱稀，爭及安園飲啄肥』者，此也。淮樹雄於財，晚耽聲伎，兼持戒律，守京口，與禹公習。後居金陵，時與禹卿及子才惜抱共游讌。所謂松山館以松名，有伎名芝者居之。秋桐軒，以桐名，有妾名鳳者居之。齋榜出澹墨探花，皆藏嬌之金屋，何關劉氏祖芬。淮以嘉慶八年示寂，十年卜葬，十二年子孫即售屋還鄉，劉氏並冒其園館之名而有之。惜抱重〈過章氏故宅〉詩，所謂：『門頻畫采迎新主，室有披緇就法王。重到西園苔徑綠，春風猶舞舊垂楊。』絕不云屋歸同邑劉氏者，以劉非雅士，即鄉先生亦不欲挂諸簡端耳。」又復陳弢庵閣部箋云：「或云此園，即丁仲容檜亭遺址，無書可證，而為張靖逆襲侯宗仁廢第，則確有可憑。張之夫人高遠芬能詩，惜篋中無之。如尊處有丁之雙檜亭集，高之紅雪軒集，可以寄假否？」繩庵此三箋，俱可寶。惜弢老復箋，未之見。

嚴範孫註廣雅詩，於金陵古蹟，不甚灼知，遂馳書詢教育廳長胡家祺，問以五松園是否即今侯府？胡報書，於五松園沿革引《白下瑣言》，於侯府一節，答云：「至侯府乃安園故址，待徵錄。安園在義直巷，本吳逆家人薛秉所造，後為靖逆侯張勇子宗仁第宅，園基宏敞，栝樹三四株亦古秀。」云云。考繩庵乃範老之師，而嚴註不徵澗于書牘，殆偶未檢及。丁仲容名復，元人，晚僑居金陵。假使丁之遺址，薛之造園，兩說皆可信，則元明之間，尚有數百年，未審第宅屬於何人？予嘗以詢於柳君翼謀，亦不能有更進於此之考證矣。

朱洪章與李臣典

曾軍入金陵，龍膊子之役，先登者，官書皆據奏摺，以李臣典為第一，即曉暾大父。此事初無異詞，光緒間，張南皮、沈濤園始為朱洪章愬冤，張有專摺、濤園詩及序，皆俊偉沉痛，序中所言：

時威毅所部皆楚將，公以黔軍特立。有危險事，公任其衝，以此知名，威毅亦信任之。開龍膊子地道，垂成而陷，四百人無一全者，公僅以身免。二次地道成，威毅集諸將問誰當前鋒？莫對。公憤，退而出隊，從火燄中躍衝缺口上，賊辟易，以矛援所部，肉薄蟻附而登，諸將從之。城復論功，李公臣典於克城之次日以傷殞，威毅慰公，以李列首，公次之，呈報安慶大營。文正按官秩敘先後，公列第四。故諸將有列封五等，公賞輕車都尉世職，以提督記名而已。公謁威毅，語不平，威毅以鞾刀授之曰：「奏名易次，吾兄主之，實幕客李鴻裔所為高下也，盍刃之。」公笑而罷。湘潭王闓運成《湘軍志》，乖曾氏意，威毅使東湖王定安改訂之，亦緣官書，未改正公前事。時承平日久，公感髀肉之生，不能無觖望於威毅，因論其書，至抵几而罵。威毅雖優容之，新進排擠，幾不能自全，公慷慨為余言，余許為文或詩訟之，久之未就。甲午，東海事起，南皮張公移節江南，檄余總籌防局，以將才為問，首以公應。南皮亦夙耳其名，令募十營守吳淞，在防各營統歸節制。嗣移駐江浙連界之金山衛。修臺築壘，市廛不擾，軍民肅然。公久廢騶用，又嚄唶宿將，同事者輒訾議牽掣之，使不得行其意，未幾創發，沒於幕下。

敘次甚生動。濤園為此詩，朱洪章已前歿，故世多稱之。近友人徐一士考證此案，於《國聞周報》，費數千言，孰為功首，其語孰可信，至今難為平亭。曉暾為忠壯子孫，於此事自極引憾。李審言〈書李忠壯公傳後〉一文，實徇曉暾之請。審言〈暾廬類藁序〉云：

余交曉暾，在光緒壬寅後，館江寧，與曉暾月必數集。坐中友人，則梁公約、吳溫叟、陳宜父、柳翼謀、劉蘧六、龍慧叔姪，堆牀盈案皆書也；諸友談他事，歡笑如沸，余獨尋書觀之，間出一言相角，皆非世外人語。曉暾時已罷官南清河，猶強留客，持衷袓質錢具饌。余每逃去，再見，則曉暾引愧。余曰：適有事須出耳。曉暾有笑癖，見憲臺，無故輒笑，怒其嫚，論劾以此。國變客海上，又與曉暾遇，交益密。一日出忠壯家傳見視，乞余據官私載籍，以糾侯官沈氏濤園集誤信朱洪章讕語之誣罔。余為書後一首，曉暾謂足慰忠壯地下。曉暾再起，官吳江，修嚴夫子墓，剏修縣志，未竟去官，猝得昏瞀疾，起居失常，未幾死。曉暾為人樂易，無町畦，好書如命，謂人皆可友，中有搆己者，亦不與校。蚤年舉甲科，師石埭楊居士仁山，專修淨土。所為詩文，當光緒中葉人士馳騖龔魏，錯綜儒佛，曉暾左右其際，率不為人後，而氣象硉兀自見，喜怒哀樂，物我兩忘，則學佛之效也。曉暾沒逾十年，其中子昌濂，以曉暾類藁屬余論定。余無以名之，詩文雜廁，可仿笠澤叢書之例，仍名類藁，無失舊觀。曉暾已矣，往時諸友，廑有一二存者，皆無能張曉暾置之物論之例。茲特綜其言行大概，非謂舊故之誼，盡於此而已也。民國己巳六月，揚州興化李詳。

觀此序，可見曉暾生平。而一士所謂「助臣典張目而駁沈說者」之〈李忠壯家傳書後〉所繇來，遂大顛豁。曉暾之《暾廬日記》，更有二則，可補作資料。其一云：

曾文正公手寫日記，有記先大父忠壯公事，謹錄於此。同治三年六月二十七日記云，至信字營，見李臣典，該鎮為克城第一首功，而日內大病，深為可憫也，七月初二日巳刻，聞李祥雲（臣典）病故，沅弟傷感之至，蓋祥雲英勇異常，克復金陵，論功第一也。七月十三日，作李臣典請卹摺。十八日，作李臣典請卹摺未畢。按此記，金陵之役，先大父為首功，文正既一再言之，其他官私記載，均無異辭，乃近人有謂首功屬朱洪章者，李孟符作《春冰室野乘》，益引附失實。余到滬始識孟符，一日問及，據云，聞諸湘人某君。余知某君曾居朱幕，習聞其語，是時咸同諸將帥，次第彫謝，朱最後死，黃金滿籯，乃汲汲於身後之名，遍乞人為己表彰，聽者不察，流為丹青，徒啟後人疑竇，甚矣筆載之不可不慎也。壬子冬，湘綺先生蒞滬，余所編家乘呈閱，先生手批簡端云，朱洪章首功之說，余似未曾聞。時衡陽夏繭叟在座，謂世由曰：朱以己未得爵，頗憾蕭公孚泗功列己上，初無與令祖爭首功之意也。

又一則云：

閱《屑玉叢譚三集．園居錄詩鑑》，平湖張金圻（蘭脩），著〈金陵凱歌〉十首之一云：「沙場枯骨臥斜曛，京觀崇封不世勳。畢竟戰功誰第一，應推猿臂李將軍。（謂李軍門臣典）」按此知金陵首功，屬於先忠壯公，當時公私，早有定論也。

此二則皆見上卷，其下卷尚有二則，援引曾文正公《大事記》，語意悉同，不具錄。予按暾盧之述祖德，理實宜然。但此案孰為先登，良有疑義。一，忠壯破城先歿，國人例歸功死者。二，朱洪章以黔將獨廁湘軍中。三，曾忠襄攻克外城原奏，明述先登九將，朱洪章第一，蕭孚泗第七，而李臣典不預。此殆忠襄幕府之初藁，未經雜以私見者。四，沈濤園之詩，張南皮之奏，李孟符之《野乘》，皆非黃金滿籯之武官所得求而表彰者。以予所測，朱洪章首功，當時必有極普遍之傳說，殆可信也。

幕客

幕客之制，由來已久。古稱天子有諍臣，大將軍有揖客。文帝曰：吾久不見賈生，自以為過之，今不及也。武帝曰：吾久不聞汲黯之言，又復妄發。成帝曰：吾久不見班生，今日復聞讜言。三事相似，賈、汲之流，雖臣實幕也。此風蓋起於春秋，盛於戰國。七國之時，士可以立談致卿相，而合從連橫之樞，皆在於說客。幕客與士人之權，至斯已極，及秦起始熸。予嘗謂幕客即士人之得志者，不得志者，即舉旛之太學生也。史稱范滂等非訐時政，太學生爭慕之。申屠蟠曰，昔戰國之世，處士橫議，列國之王，至為擁篲先驅，卒有坑儒燒書之禍，今之謂矣。乃遠迹梁碭之間。居二年，滂等罹黨錮，或死，或刑，蟠獨免。申屠於盛衰倚伏之迹，蓋思之熟矣。

吾國教育未普及，故有士之階級，世所謂讀書人者。或有三君八俊之號，名為黨錮，或方讀書，而已慕訐議政事，舉旛捲堂。治世，仕宦不能盡容，散而為幕，為賓客。亂世，則挾策走四方，為張元、錢江之流。其實皆一也。在今日之名稱，曰知識階級，曰名流，學者，以及所謂愛國運動者，皆括而同之。其始皆憤時訐政，其終皆以奪取政權為的。

吾人生年至促，所讀之史，所睹之迹，當未有能脫此範圍者，吾意更數十年，此風當少變矣。若在一宇宙間，一光年內，此等社會現象之起滅，直一剎那事。思及此，每悔歎讀書識字，真贅疣大患也。

專科治事古已有之

近人論政，漸主專家各治其事之議，此實砭時要義。蓋亂甚則皂隸化為侯王，從其善者言之，固為草野奮興，剗除階級，而從其不善者言，天下紛紛，皆欲為治人者，而不樂為被治者。實際長於勞力者，未必擅於勞心，今之販賣蘇俄學說者，其表面若必使田間邪許之流，咸居政地，抑豈知吾國之病，病在人民什九失學。夫不學何以臨民？無專家治事，何以繕民之生？在昔史冊，固有泗上亭長、皇覺寺僧之勃興；然南面為王，則可，使為牧令治事，恐必僨其職矣。故養成多量專家，乃為救時良策。考專家之選，不必遠言四科，或徵於《周禮》，即瞿曇之教，亦儼有若今日各專其科之大學。予居北方久，就所知雍和宮內容，即其例也。

雍和宮喇嘛，向分四學，曰天文學，曰祈禱學，曰講經學，曰醫學，分隸四殿，以研究之。每學各有經典，文字不能相通，故始入某學，終身不能遷也。此種學制，為雍和宮喇嘛所特有，茲更分述之。

甲，參尼特殿，此殿本為堪布所掌。（堪布，喇嘛教掌教之一。）有教師喇嘛一人，（下列三殿同）專司講授一切經典。

乙，溫度孫殿，此殿為研究一切祕密經咒及祈禱儀式，世人注意之歡喜佛，有一部分即在此殿。

丙，扎寧阿殿，此殿專研究天文氣象數理之學，往年並出曆書一冊，以與欽天監曆書參較。民二時尚出書，以後徒具名而已。

丁，額木奇殿，此殿專研習內外科醫學及割治手術，為一般僧侶診療之用。

觀此可知專科各治其事之風，即印藏教徒，數百年前，已深知其利，蓋與歐洲習尚，亦夙相近矣。

六更

比見報章有誌李六更郭六更軼事，皆近人也。案：昔人言六更者，多以為趙宋故事。相傳宋以陳希夷只怕五更頭之言，命宮中於四更末即轉六更，其實非也。蔡絛《鐵圍山叢談》云：

漢魏以來，警夜之制不過五更。蓋冬夏自酉戌至寅卯，斗杓之建盈縮終不過五辰，故言甲夜至戊夜，或言五更而已。國朝文德殿鐘鼓院，於夜漏不盡刻，既未天曉，則但撾六通，而無更點也。故不知者，乃謂禁中有六更。

然姚勉〈賀新郎詞〉云：「月轉宮牆曲，六更殘鑰魚聲亮。」汪水雲詩云：「亂點連聲殺六更。」殆以在五更之後，而撾六通，故名之曰六更耳。惟談孺木《棗林雜俎》云：「明初南京不打五更，云太祖嘗夢人求還地，許之五更頭，遂遲其刻。」則明亦有此傳說。

按《漢官儀》中之中黃門持五夜，是為五更之始。然夜半亦可謂之子夜，蓋當丙夜之頃，即午夜也。

明代考試之「身言奏事」

晚近考試制中，有口試之制，驗其口齒是否伶俐，此制古稱「身言」，由來已久。明吏部舊有身言奏事二道，云是太祖所遺，其詞至堪發噱。其一云：

後面跪的是午門坐更將軍來奏，昨夜二更一點，有鑰匙四把，遞出。當時遞進，引來奏知。

其一云：

監察御史臣某人，欽蒙差往浙江等處公幹，事完回還復命。臣有題本進奏，本文冊送科。

此二道表，每遇考選之日，吏部大堂，設高皇帝神牌，注授科者念前一道，注道者念後一道，其詞要有節奏容止，以觀其小心靖恭。自崇禎臨軒策士，兼召對策問，此制遂廢，其實召對亦是口試之一種也。

士大夫之枉死

前記柳堂請免外使拜跪一節，曾憶及管韞山咏馬爾嘎尼覲清高宗行跪拜禮絕句。今憶及管韞山之卒，實為和珅所毒，管大言欲劾和珅，故亟殺之，見姚椿〈書管侍御唐詩選後〉。因憶清代類此之事至多，文芸閣《聞塵偶記》云：

包慎伯《藝舟雙楫》言，陸副都錫熊以憂卒。潘文恭《宰輔編年錄》，言大學士于敏中以冬卒。陳蘭甫京卿師亦言于文襄之卒用瞿方進故事。（編者案：文廷式《聞塵偶記》原書未見。據潘世恩所撰《熙朝宰輔錄》云，于敏中於乾隆四十四年「令請疾，尋卒」，此云于敏中「以冬卒」，顯有錯誤，但不知文廷式原文如何耳。）紀文達小說，載仲永檀之死為張得天所毒。徐錢《熙朝新語》載管世銘之死，為和珅私黨所毒。近時杜文正之死，亦有是言，其餘尚有可指數者。士大夫之禍，或為人羅織，或自蹈愆尤，或暗觸機關，或獨持正論，伊古已然，而後世彌深戒懼者也湯文正之死或云被毒於明珠也。。又云，乾隆間曹來殷學士仁虎，文望甚著，其死也，亦有謂以他故自盡者，考之尚未得其故，姑記於此。又云，林文忠之死，世並言廣東伍氏毒之。琦善之死也，或云知前敵戰敗，知治軍無狀，致于嚴譴，倉卒自盡也。

予按林文忠公之歿，世傳廣東之十三行，賄人毒之。而于敏中之歿，則清高宗預賜以陀羅經被，于喻意亟服毒自盡也。

賀年片之演變

近俗歲首，遠近知好，率以柬相貽為賀年，此自緣於賀正之俗，導變而來。予所見清末拜年，止於用大紅名片，或用帖子，易民國後，始別具刺，加以文辭，是此風為晚出矣。然細考之，名片實反晚出。《蒿菴閒話》：

寸楮往來，始於崇禎，以嚴禁請託，於投拔為便。

是小名片不過三百餘年間物，而具刺賀年之辭，見於紀載者，如南宋張世南《游宦記聞》載，其家藏有元祐十六君子墨跡，其中有刺云：

觀敬賀子允學士尊兄正旦，高郵秦觀手狀。

此是秦少游元日賀常子允（立）之刺。是古人賀年，不用名片而用刺，尤鄭重，與今俗合。世南稱：「刺字或書官職，或書郡里，或稱姓名，或只稱名。既手書之，又稱主人字，且有同舍尊兄之目，風流氣味，將之以誠。」信不誣也。

名刺與名片之別，非唯古今殊俗，實亦異形。刺本削木為之，《陔餘叢考》：

古人通名，本用削木書字，漢時謂之謁，漢末謂之刺，漢以後則雖用紙，而仍相沿曰刺。

案：甌北所指漢後之紙刺，實近世之柬或帖子，而只刊姓名之小片，則明末始盛。蓋古人皆親書，明清後始刻木印之耳。又見馬夷初〈跋武林新年雜咏〉云：

拜年帖子，故家大族，輒自尊長下逮孫礽，具於一帖，或云頓首拜，或祇曰拜，仍兼投到謁人剌，其簡率者，不異尋常也。大凡泛交，止雇人力投剌，名曰飛片，親長則如躬詣，戚族且須拜影堂。

此記杭俗拜年甚詳，大抵南方各省皆然，不止武林已也。改曆以來，雖賀東騰沓，而儀節務從簡易。此實世變所策，不但霜鬢無歡，即睹童丱嬉春，似亦無舊時樂事矣。

牋紙之演變

前記賀年刺，論名片始於明崇禎間。因憶牋紙之色澤花樣，變幻不居，亦始於明萬曆、崇禎之際。繆小山《雲自在龕筆記》：「宋元牋簡，大半黃白二色，紙偶有他色，決無花紋，贋作則不知矣。」下援明孫燕詒跋一段云：

聞之前輩云，國初以來，凡敘寒暄，瀝情懷，皆書於正幅之左次，而無副啟。有之，自陽明先生始。即有之，亦不過魁星麒麟螭虎已耳，初無雕飾，大約全幅居多。從萬曆戊子、己丑年來，突書一折柬，上刻小字寸許，有「禮部題請欽定柬式遵古從儉」云云，亦無所謂雕飾也者。及辛丑、壬寅以來，多新安人貿易於白門，遂名牋簡，加以藻繪。始而打蠟，繼而揩花，再而五彩，此家欲窮工極妍，他戶即爭奇競巧，互相角勝，則花卉鳥獸，又進而山水人物，甚至天文象緯服物彩章，以及鼎彝珍玩，窮極荒唐幽怪，無不搜剔殆盡，以為新奇。月異而歲不同，無非炫耳目以求售。於是車馬馳驟之衝要，而汗顏署之曰齋，曰館，曰軒，布滿大市通都矣。噫！文勝而質衰矣，雅鑒而樸散矣！余竹窗蓬戶之間，終日所投之刺，所緘之函，無非是物，剪裁根摭，約有四百餘紙，鄙俗不文者，刪去十之八九，僅存此以驗後來之靡麗，作何底止。崇正己巳長至日，孫謀識。

小山此卷筆記，皆論字畫題跋，其錄此段，不詳所從出，殆收藏箋紙者之題識，小山欲記藏牋之沿革首尾，故甄錄及之。兌之近著《杶廬筆記》，亦錄此為談牋紙之史料。予案：繆所言宋元箋簡大半黃、白二色者，大致不謬，而未詳嬗變。蓋唐尚彩色小箋，而宋則尚素紙。唐人最尚蜀箋，而蜀箋最尚雜色。李濟翁《資暇錄》所記，薛濤箋繇於松花箋，更為小樣，非止松花一色，是也。

《延漏錄》載，益州十樣鸞牋，曰深紅，曰淺紅，曰杏紅，曰明黃，曰深青，曰深綠，曰淺綠，曰銅綠，曰淺雲，又有彩霞金粉，言其品色甚詳。《天中記》：

> **唐中國紙未備，故唐人詩多用蠻箋字。高麗歲貢蠻箋，書卷多用為襯。**

此言唐時製紙未備，當為實情。至蠻箋當指西蜀出品，而高麗所貢，自是蠶繭紙。蓋繭紙入中國甚早，《世說》所言王右軍書〈蘭亭序〉者，吾意即是高麗紙。而雜色箋導源六朝，梁江洪有為傳建康詠紅箋詩，《南史》陳後主使宮人擘彩箋，可知此物六朝時尚為宮闕官府珍品，至唐始粲然大備。段成式自製雲藍紙以贈溫飛卿，韋陟以五采箋為書記，使侍妾主之。李嶠〈咏紙〉詩：「雲飛錦綺落，花發縹紅披。」楊巨源酬崔駙馬惠牋詩：「浮碧空從天上得，殷紅應自日邊來。」皆是唐人尚雜色采箋之證。而廟堂書寫，則用硬黃。《潛確類書》：「硬黃紙，唐人以黃柏染之，取其辟蠹。其質如漿，光澤瑩滑，用以書經。祕閣所藏二王書，皆唐人臨倣，紙皆硬黃。」今觀燉煌所出唐人寫經紙，多黃色，度必亦黃柏染者，是亦唐箋著色之旁證。南唐李後主始造澄心堂紙，亦重一時，史稱細薄光潤，蓋白紙也。陶穀家紙名鄱陽白，長三丈至五丈。而東坡喜書麥光紙，布頭牋，皆白色。梅堯臣〈咏澄心堂紙〉：「焙乾堅滑如鋪玉。」韓維詩：「蜀江玉屑誰復憐。」是則江南之白紙，已奪蜀牋之席矣。米元章有〈硾越竹短截作軸日學書作詩〉

詩：「越筠萬杵如金板，安用杭油與池繭。高壓巴郡烏絲闌，平欺澤國清華練。」言如金板者，意是淡黃紙。繆所言宋元箋，只黃、白二色，殆指此時代而言。

然古來箋紙，亦非全無花紋。《太真外傳》已有金花箋。李肇《國史補》有云，越之剡藤苔箋，蜀之麻面、屑末、滑石、金花、長麻、魚子、十色箋。《雲仙雜記》，有鴈頭箋。是皆與上述松毛箋，及十樣鸞箋中之淺雲相類，度必亦略有紋理花鳥雲物隱隱之狀，特不如後來之具體耳。由崇禎至清初不逾百年，箋簡已踵事增華，後半段與李笠翁有關。李之《閑情偶寄》卷十一，牋簡節，即暢述其製牋之用意。末有云：

已經製就者，有韻事箋八種，織錦箋十種。韻事者何？題石、題軸、便面、書卷、剖竹、雪蕉、卷子、册子，是也。錦文十種，則盡仿迴文織錦之義，滿幅皆錦，止留縠紋缺處，待人作書，書成之後，與織就之迴文無異。十種錦紋各別，作書之地，亦不雷同，慘澹經營，事難縷述。海內名賢欲得者，倩人向金陵購之。是集內種種新式，未能悉走寰中，借此一端，以陳大概。售箋之地，即售書之地，凡予生平著作，皆萃於此。有嗜痂之癖者，貿此以去，如偕笠翁而歸，千里神交，全賴乎此。只今知己遍天下，豈盡謀面之人哉。下註：金陵承恩寺中，有芥子園名箋五字著門者，即其處也。

笠翁此文，其費力求精，與刻意宣揚者，皆合於近代之商業化矣。然笠翁生時，頗不為時人所重，名賢用其箋者不多覯。由康熙迄光緒，牋紙變嬗，收藏家案：視名人尺牘，皆可得之。其間差可紀者，怡邸有角花牋一種，特大方雅妙。此牋晚近真者已罕覯，予於民國初年，從德寶齋得數百張，今已散失略盡。前數年徐志摩曾來索，贈以少許，其後輓詩中仍及之。大抵工書親筆墨者，或自製箋，或不甚措意，隨意拉雜皆可，其間相去甚遠。以予所見，同治光緒間，雜色箋又盛行。李蒓客、彭剛直作書，皆五色繽紛，然亦只用坊肆所出四時花卉箋。至光緒中葉以後，又盛行小牋，小信袋，唯用紅、白二色，花卉外，多鉤模碑帖。其時梁節庵之箋簡，已傳於世，民元後，坊間已多仿製，紙亦漸闊。其後有仿唐人寫經者，又後印鑄局出影印宋槧信紙，則加寬廣矣。近數年風氣漸熸，南來所見，以西洋箋為夥，過此以往，恐無復人用國中紙墨者。瑣屑拾此，亦他年考證文房之史料也。

又案：孫燕詒所記，謂新安人貿易於白門，李笠翁售箋，則於金陵承恩寺，兩者皆在南京，是又談新都故事者，所宜摭及。

秦淮河往事

秦淮近已為鐵路橫截，南京城內諸水，多以人力鑿成，其終也，亦往往為人力所遮斷。青溪本三國所鑿，一截於南唐，再截於明。運瀆吳時鑿，而《運瀆橋道小志》稱：前明塹城，斷不復續。楊吳城濠，楊吳所鑿，而鍾南《淮北區域志》稱：「北水關所引西來之水已斷，土人謂之乾河沿。」此皆剏造新工後之變遷，秦淮何能獨逃此例。《板橋雜記》所紀秦淮風景，已成史跡。所謂：

> 長板橋在院牆外數十步，曠遠芊綿，水烟凝碧，迴光鷲峰兩寺夾之，中山東花園亘其前，秦淮朱雀桁遶其後，洵可娛目賞心，漱滌塵襟。每當夜涼人定，風清月朗，名士傾城，簪花約鬢，攜手閒行。憑欄徙倚，忽遇彼姝，言笑宴宴。此吹洞簫，彼度妙曲，萬籟皆寂，游魚出聽，洵太平盛事也。

皆等於樊川杜曲，閣浮可壞，此景不可復觀矣。所謂舊院者，即前所記之富樂院。《國初事蹟》：「太祖立富樂院於乾道橋，復移武定橋。後以各處將士妓飲生事，盡起妓女赴京入院。」與《板橋雜記》所稱：「舊院與貢院，遙對僅隔一河，原為才子佳人而設。逢秋風桂子之年，四方應試者畢集，結駟連騎，選色徵歌。」兩相印證，可見富樂院之用意，迺在供士流游衍，使但有六七成風雅，而儒酸便寫成十分也。予前曾追論西湖之游艇，與秦淮之燈船，大小喧寂，互為消長。今則劃入一新時期，其變化不易測臆。顧昔日之燈船，今日之游船，則必成廣陵散，亦無可疑。

予於前記秦淮燈船詩，舉杜茶村鼓吹歌，而未錄其詞。秋晨覆讀，覺其中所含掌故不少，因錄其全詩。讀者慎勿謂餓死之窮措大，苦搜心血，以文詞頌歌舞也，其中所包含明末興亡史蹟及社會風尚，良不在少。杜濬〈秦淮燈船鼓吹歌〉云：

一聲著人如夢中，雙槌再下耳乍聾。三下四下管弦沸，鐙船鼓聲天上至。居然列坐倚船舷，驚指遙看相詫異。鼓聲漸逼船漸近，亦解迴環左右戲。急攢冷點槌猶瀝，春雷坎坎初驚蟄。吹彈節鼓鼓倔強，中有間聲闌不入。吁嗟此時聽鼓止聽鳴，誰能打搯聲裏情？誰能眼底求精妙，乍許胸中見太平。太平久遠知者希，萬曆年間聞而知。九州富庶無旌麾，揚州之域尤希奇。誰致此者帝軒羲，下有江陵張太師。江陵初年執國政，樂事無多廟謨競。爾時秦淮一條水，伐鼓吹笙猶未盛。江陵此日富強成，聖人宮中奏雲門。後來宰相皆福人，普天物力東南傾。豪奢橫溢散向水，此水不須重過秦。王家謝家侈紈袴，湖海遊人鬥詞賦。廣陵女兒絕可憐，新安金帛誰知數。舊都冠蓋例無事，朝與花朝暮酒暮。水嬉不待二月半，炫服新裝桃葉渡。高樓夾水對排窗，捲起珠簾人面素。騰騰便有鼓音來，鐙船到處遊船開。燭龍但恨天難夜，赤鳳從教晝不回。皇天此時亦可哀，龜年協律生奇材。善和坊接平康巷，弄兒狎客多渠魁。船中百甕梁溪酒，膽大心雄選鋒手。蘇州簫管虎邱腔，太倉絃索崑山口。鎮江染紅製纓絡，廿椀珠鐙懸一角。當前置鼓大如筐，黃金釘鉸來淮陽。此聲一驩眾聲集，不獨火中聞霹靂。風雨叢中百鳥鳴，旌旗隊裏將軍立。熬波煮火火更然，積響沉舟舟未溼。可憐如此已快意，未到端陽百分一。記我來時卯與辰，其時海內久風塵。石榴花發照溪津，友人置酒我作賓。下船稍遲渡口塞，踏人肩背人怒嗔。鐙光鼓吹河河徧，銜尾蟠旋成一串。蔽虧果覺星河覆，演弄早使魚龍顫。眾人洶洶我靜賞，初奏此時差可辨。須臾光響相糾結，惟聞森森沈沈直上翻雲漢。東船西舫更交加，下視何由睹寸澗。偶然閃儵透水處，如金在鎔風掣電。樓樓堂客（白下稱內人為堂客）船船妓，近不聞聲遠察面。嗚乎此時鐙船更難動，但坐飽食揮槌調絲按孔相凌亂。侯家別攜清商部，那得於中聞唱嘆。復有劣鼓與劣吹，就中藏拙誰能見。爆竹聲低煙霧濃，暫借香風解霑汗。露零雨下不能退，樂極生悲真可厭。酒醒忽迷此何地，魂銷略記伊堪戀。直至明朝日亭午，船鬆卻退人相羨。歸來沉眠須竟日，流鶯啼破河陽戰。此後遊人數日稀，清淮十里流花片。記得坐中客，能說王穉登。穉登撾鼓湘蘭舞，賞音擊節屠長卿。後來好事潘景升，晚節猶數茅止生。絕藝於今誰作主，李小大歌張卯舞。當時惆悵說於今，忍見於今猶說古。年復年來事可歎，鐙船伐鼓鼓不歡。辛壬之際大饑疫，惟見鳳陵烽火照見秦淮白骨橫青灘。桃葉何須怨寂寞，天子孤立在長安。吾聞是時宰相薛復周，黃金至厚封疆讎。公卿濟濟咸一德，坐令戰鼓逼龍樓。甲申三月鼓遂破，斷管殘絲復誰和。半閒堂裏起笙歌，平章舟上稱朝賀。試問當時雷海青，階下池頭還幾個？新劇惟傳燕子箋，殺人有暇上遊船。行人何必近前聽，荼毒鼓中無性命。同時阿誰伎畜爾，惟有劉黃高左五侯耳。君不見師延靡靡濮上水，未若玉樹後庭美。賞音何人丞相嚭，相對掀髯復切齒。一撥絃中半壁亡，一棒鼓中萬人死。鼓急絃驚曲不長，兩年歇絕隨漁陽。有客徒憐橋下水，無人不斷渡邊腸。及此相看真分外，何許藏舟一舟在。拂塵捍撥光初輝，奮槌揚袖藍褸衣。不鐙漫乘夕波出，無伴知從何處歸。爭新誇奇各有故，君看西風桃李枝。西風一枝眾稱異，東風萬樹空爾為。入耳悲歡難具說，醉裏分明寸心熱。於戲，漢代金仙唐舞馬，此事千年無有者。興亡不入心手閒，然後聲音如雨下。探湯撾鼓蒺藜刺，應有心肝礙胸次。餘音漠漠攪飛絮，鐙船鐙船過橋去。過橋去，傷鼓聲，長歌短歌歌當成。隴西李賀抽身死，舉杯相屬樊川生。此生流落江南久，曾聽當時煞尾聲，又聽今朝第一聲。

此歌一腔悲憤，噴薄而出，詞采有豔者，有獷者，盡為所掩矣。其言：「舊都冠蓋例無事，朝與花朝暮酒暮。」此是正面描寫廢都人士心理之頹靡，耽於燕樂。今亦有舊京冠蓋，讀之可為炯鑒。梁溪酒，蘇州簫管虎邱腔，太倉絃索崑山口，鎮江紅纓絡，淮陽鼓，以及王百穀鼓，馬湘蘭舞，暨屠長卿、潘景升等等，皆掌故也。

予按秦淮燈船伐鼓，以及河房宴飲，清初已歇絕，康熙朝禁令尤嚴，余澹心已有「閒一過之，蒿藜滿眼，樓館劫灰，美人塵土」等語。乾隆末始弛而復盛，然此時已無鼓吹之俗。道光中葉英兵犯寧又衰，咸豐間洪楊之役後又極荒涼，有興廢代嬗，昔已如此。

隨園

前記〈天發神讖碑〉，袁簡齋以拓本寄王蘭泉，此自簡齋以金陵石刻酬贈朝貴之慣例。然蘭泉究心金石，得此饋遺，正資研求，未可厚非。予賃居城西五台山，去小倉山不遠，今日隨園祇餘簡齋一墓，兒輩或問何以荒圮至是？案：《石城山志》：

> 隨園舊為隋織造園，既歸袁氏，易隋為隨。四山環抱，中開異境，樓臺皆依山構造，如梯田狀，雖屋宇鱗次，而占地無多。四圍皆倚峭壁，不設牆墉，入園必循山坡，迤邐而下，因天然形勢也。今則平原一片，雙湖水僅一泓可辨，以外絕無坡陀處。相傳洪寇因糧餉告乏，填平洞壑，資田以供給偽王府之食米。及克復後，復有棚民墾種山穀，其土日壅日高，遂不能按圖而考其迹矣。

據此，則園夷為平地，迺坐兵燹。秣陵古來名蹟，無慮數千，其蕩為寒煙衰草，僅存其名者，何啻什九？隨園猶得保一抔土，未始非幸。昔聞鶴亭言：在京師廠市，得批本《隨園詩話》，不知誰氏所批，中有一則，言幼時隨其母至江寧，見袁簡齋之夫人于隨園。談次，袁夫人自詆所居，荒煙蔓草，與鬼為鄰，入市購物至艱，為良人風雅所累。又云：見其姬妾，貌皆寢陋，頗識簡齋名士風流，殊不相稱。今按簡齋有與其妹婿胡書巢書云：

> 來書諄諄以買妾見委，僕自庚辰後，往來吳會，思以蘭蕙之新姿，娛桑榆之晚景，橫搜苦

索，千力萬氣，可謂既竭吾才矣。乃或者將牢太過，而驚鴻已翔，或者急就成章，而悔之折骨。今雖充位之員，羣雌粥粥，而寸心許可者，卒無一人，自指雙眸，常呼負負。多疾之醫，屢敗之將，何勞足下北面而問之哉？平生入金門，登玉堂，為文人，為循吏，求則得之，惟娟娟此豸，不可求思。想坤靈扇牒，別有前緣，不可以氣力爭也。

簡齋此書，必非自謙之語，園居以僻故易勝，姬媵則充下陳而已，簡齋歿不久，園即就蕪，其幼子又重新之，見《梅溪叢話》。隨園本非素封，所得皆鬻文錢，至多亦不過俗所謂秋風一二，豈能長護此亭館？即無太平軍，及今亦必成墟矣。唯簡齋生時，聲名殊烏奕。距隨園不半里，有橋名紅土橋，《炳燭里談》稱：「達官貴人來訪袁隨園者，至橋屏去旗仗。」可見當時之粧點山林大架子也。

南京倉山

隨園在小倉山，故簡齋自署曰「小倉山房」。題札咏詩，或逕作倉山，刪去小字，則誤矣。南京本有倉山，今名倉頂，《鳳麓小誌》：

花盝岡，一名倉山，明驍騎衛屯糧之所也，俗呼倉頂。《金陵瑣事》云，倉有一井與江河通，大旱不竭，井中四方，有鐵金剛托之，即此是已。

小倉山正別於倉山而言，未容混以為一。又案：因山為倉，江南所常見者，古稱虎踞之石頭城，中即有一倉，謂之倉城，是也。倉山側舊傳有阮步兵墓，今不知存否？

金陵酒樓

紅土橋，即南乾道橋。《肇域志》，引《南畿志》，「有北市樓在南乾道橋南，即宋和熙樓基」，可見當時西門一帶已漸形繁盛。案：金陵在宋時，承南唐遺俗，酒樓官妓之制尚存，安遠樓和熙樓之外，尚有佳麗樓層樓等。至明初，始有南市樓、北市樓等十六樓。南市樓，今南京仍存此地名，北市樓，則甫落成即燬，其幸不幸如此。案：《明實錄》：

洪武二十七年八月庚寅，新建京都酒樓成。先是上以海內太平，思欲與民偕樂，乃命工部作十樓於江東諸門之外，令民設酒肆以接四方賓旅。既又增作五樓。至是皆成，賜百官鈔，宴於醉仙樓。

《秦淮廣記》：

酒樓本十六，其一北市樓，建後被焚，此實錄止言增建五樓也。

讀此，可知昔人詩「花月春風十四樓」、「輕煙澹粉十三樓」者，并誤。十六樓者，在城內者曰南市，北市；在聚寶門外之西者，曰來賓；在聚寶門外之東者，曰重譯；在瓦屑壩者，曰集賢，曰樂民；在西關中街北者，曰鶴鳴；在西關中街南者，曰醉仙；在西關南街者，曰輕煙，曰淡粉；在西關北街者，曰柳翠，曰梅妍；在石城門外者，曰石城，曰謳歌；在清涼門外者，曰清江，曰鼓腹。此見《金陵瑣事》。《藝林伐山》，遺南市北市；陳魯南《金陵世紀》，遺清江、石城；皆因晏振之詩十四樓之誤，而曲為之說也。

酒樓之設，所以徠遠人，盛都市，此制古已有之。曹植詩：「青樓臨大道」，疑即是官建歌樓，與民同樂。《南史・李安人傳》：「明帝大會新亭樓，勞諸軍，主摴蒲官賭。安人五擲皆盧，帝大驚，目安人曰；卿面方如田，封侯相也。」新亭樓，疑亦是酒樓，故可犒軍，可以摴蒲。唐時漸多，樓名不悉舉。如《酉陽雜俎》所載，長樂坊安國寺紅樓，睿宗在藩時舞榭。此亦恐是酒樓。中有妓舞，故曰舞榭。至宋則此制大備，如《東京夢華錄》所載，集賢樓、蓮花樓、豐樂樓、宣德樓之類，三層相高，五樓相向，各有飛橋欄楯，是也。此制不限於京城，凡名都大邑，多有酒樓。說部水滸火燒翠雲樓，予頗疑當時大名府必夙有此樓。觀范石湖《攬轡錄》：「過相州市，有秦樓、翠樓、康樂樓、月白風清樓，皆旗亭也。」《陸放翁集》卷十三，〈對酒詩〉自註云：「寶釵樓，咸陽旗亭也。芳華樓，在成都合江園。」以此類推可知。明祖既建富樂院以處教坊，又以十六樓供搢紳承值宴集之用，良有女閭霸齊之遺旨。蓋教坊女樂，最易誘集商旅，臻於茂盛，以官力為之，則整齊富麗，便於稽察，而可資征榷。又昔人禮防最嚴，教坊聚處，則良家有所分別，風俗反不至潰決，下至曾文正之恢復秦淮燈舫，壹皆此意也。

宣南洗象故事

居舊京日久，初伏浴頻，兒輩頗叩宣南洗象故事。此須六、七十歲人，光緒中葉，曾居北京者方及見之。予入都晚，但見宣武門內迤西之象房橋，云象房在茲，後改為法律學堂、貴冑學堂，其後又改為參議院、眾議院，二十年來，即北京人，亦無話洗象者矣。考北京象房之設，遠在永樂、宣德間，當由成祖平安南，以象入貢，始建此，與豹房相埒。明蔣一葵《長安客話》載：象房在宣武門西，城牆北，每歲六月初伏，官校用旗鼓迎象，出宣武門洗濯。而劉侗《帝京景物略》載：

> 三伏日洗象，錦衣衛官以旗鼓迎象，出順承門浴響閘，象次第入於河也，則蒼山之頹也，額耳昂回，鼻舒糾吸噓出水面，矯矯有蛟龍之勢，象奴挽索據脊，時時出沒其髻，觀者兩岸各萬眾，面首如鱗次貝編焉。然浴之不能須臾，象奴則調御令起，云浴久則相雌雄，相雌雄則狂。

可見晚明已重視之，今考梅村〈題崔青蚓洗象圖〉詩，有云：「京師風俗看洗象，玉河春水涓流潔。赤腳烏蠻縛雙帚，六街士女車填咽。」康熙《大興縣志》亦云：「六月六日曬鑾駕，民間衣物悉曝之。三伏日洗象，鑾儀衛以旗鼓迎象，出宣武門浴響閘，象次第入河，如蒼山之頹也，額耳軒昂，舒鼻吸噓水面，矯若蛟龍，象奴挽索據脊，時時出沒，觀者如堵。浴未須臾，奴輒調御令起，浴久則相雌雄，致狂。是月海淀蓮甚盛，就蓮而飲者，採蓮市者，絡繹交錯焉。」此是因襲《景物略》，而稍損益其詞，其後吳升東〈浴象行〉云：

六月望後之四日，天街簇擁行人疾。爭傳浴象御河濱，畫鼓喧闐簫管集。金吾肅領佽飛軍，宣武門東隊隊出。象奴控馭何馴良，屈指約略近五十。來自六詔萬里餘，西南臣服諸邦國。不次恩從格外加，錦繡為韉金為飾。月給俸錢向水衡，九重拜爵同官秩。早朝立仗著勤勞，車駕前驅賴警蹕。以此宣承眷顧殊，殿最無煩分黜陟。當茲盛夏苦炎蒸，塵懷暑氣或相逼。有水一泓澄且清，長流不斷亦不溢。薰風時至生縠紋，安瀾望去徹底湜。青柳綠槐千百株，波光掩映琉璃色。差堪蹀躞於其中（編者案：此處原有脫誤，初版未能檢得原文，致未校改，今已補正。），如賜湯沐之世邑。三兩成群逐浪游，深者及肩淺過膝。巨牙利齒各分張，周身舒卷任鼻息。偶然噴沫動成珠，彷彿鮫人夜半泣。踴躍昂首欲長鳴，牝牡追隨自儔匹，聚觀若堵騁縱橫，夾岸紅裙雜遝立。笑語沸騰辨莫真，羅衣香汗重重濕。四顧含情最可憐，指點樓頭誰第一。

讀此，可知後來寖成盛會。戴璐之《藤陰雜記》且云：「洗象詩，名家集中歌行詞賦，無美不備，獨漁洋竹枝一絕云：玉水輕陰夾綠槐，香車筍轎錦成堆。千錢更賃樓窗坐，都為河邊洗象來。可作圖畫。」至後此如彭蘊章〈松風閣詩・幽州土風吟・洗象〉云：「宣武城南塵十丈，揮汗駢肩看洗象。象奴騎象遊玉河，長鼻捲起千層波。昂頭一歕一天雨，兒童拍手笑且舞。笑且舞，行蹇蹇，日暮歸來洗貓犬。」方朔〈金臺遊學草・洗象行〉云：

六月三日初伏交，傳呼洗象西河坳。方子乘輿出城去，車馬兩岸如風翱。喧闐寂處人爭讓，三匹兩匹迢遞見。壯哉雄物此大觀，立地平山拖一線。紅旗搖曳金鼓鳴，摧頹蹴踏驅之行。泥深水淺足力重，陡然潮漲東西平。一蠻奴跨方騰踔，眾蠻奴搏渾漿躍。雨作濤翻十丈飛，何處蛟鼉掀大壑。前者未起後者趨，水中岸上交讙呼。金聲一震波成⿰谷炎，化出鏖兵赤壁圖。蠻奴馴象如調馬，以鈎為隨月上下。蠻奴洗象如浴牛，拳毛濕透歸悠游。最憐得潤尤更色，湖石巍峨不斷頭。

則力求變調，其實亦無甚新語。其見諸筆記者，晚清黃鈞宰《金壺浪墨》云：

六月十日，與紫垣觀洗象於宣武城西。至則遊騎紛沓，列車如陣，如蜂房，如文闈號舍，車中人襜帷半掩，袛露頭面，如牡丹，如繡球。道中食貨絡繹，百戲如雲。喧擾間，忽見數人高與簷齊，冉冉前進，眾人左右辟易，有執紅棍者前導，則象奴雄踞象背，邱山不動，次第緩步而來。及河，伏其前足，候象奴既下，司事者鳴鼓數通，然後入水。計先後二十有四，游戲徵逐，浪沸波騰，錢塘射潮，昆明習戰，不是過也。洗畢鳴金登岸，猶以鼻捲水射人。都人知其馴習，畀錢象奴，教以獻技。象必斜睨奴，錢數滿意，乃俯首昂鼻，嗚嗚然作觱篥銅鼓等聲，萬眾鬨笑而散。

此與前諸詩，可相發明，其云六月十日，與吳升東詩之六月十九日，方朔詩之六月三日，互有不同，度是伏日之遲早。然伏日縱遲，不至如吳詩之望後四日。予意洗象號為初伏，實則須視護城河之水勢。宣外城壕，冬春半涸，唯盛夏大雨時行，西山山洪迸發，由高粱河灌入遶城諸河，以入於二閘之通惠河，此則洗象時也。

光緒甲申後，安南緬甸併非我屬，貢象久不至，象房餘一老象，時人有南荒遺老之詠。至己亥，此象亦斃，遂永絕響。區區小點綴，亦有六百年以上之史實，且與吾國聲威制度之消長相關，暑中輯拾及之，彌為歎息。

又考明沈德符《野獲編》稱：

> 六月六日本非令節，但內府皇史宬晒曝列聖實錄，列聖御製文集諸大函，每歲故事也。至於時俗，婦女多於是日沐髮，謂沐之不垢不膩。至於貓犬之屬，亦俾浴於河，京師象隻，皆用其日洗於郭外之水濱，一年惟此一度。

此則以洗象屬於六月六日，且不止洗象，且及於曝書、洗貓犬。案：元明舊制，本有六月六日洗馬之俗，《燕都游覽志》：每歲六月六日，由貴人用儀仗鼓吹導引洗馬於德勝橋之湖上，三伏皆然。《北京歲華記》亦稱，六月十二日，御廄洗馬於積水潭，導以紅仗，中有數頭錦帕覆之，最後獨角青牛至，諸馬莫能先也。〈燕都雜詠〉：「古潭連內苑，御馬洗清流。夾岸人如蟹，爭看獨角牛。」自註云：「德勝門內積水潭伏日洗御廄馬，末有獨角青牛。」此則歷代舊聞所采，四五百年前之舊話，所謂獨角青牛，度是一時畸形異產，必非犀屬。至清代殊不聞及伏始洗馬也。

眞武廟旗竿

故宮中現代遺構至夥，而不甚為考古家所注目，實乃可珍者，為神武門內順貞門南御花園真武廟之兩旗竿，此明代遺物也。

案：旗竿俗多為旗杆，杆雖與竿同音，訓木挺，《漢書》「被鎧杆」是。旗竿制出佛門，予昔〈遊西山〉詩，有云：「亂呼蒼柏為騶從，時有霜鐘來剎竿。」客或有疑，不知騶即訓從，剎即訓竿，正是一物。剎為梵語瑟剎之簡稱，佛寺所立之幡竿也。《釋氏要覽》：「沙門得一法，便建旛告四遠。」此即旗竿之起原。其後道觀亦傚之，正如剎本旗竿之專名，寖假六朝人呼塔為剎，唐人呼寺為剎，皆字義之引伸也。

故宮真武廟旗竿，高過紫禁城數丈，使非景山為障，數里外皆可見之。試從北海白塔東南望，獨此兩竿傑出黃瓦綠陰間，可見當年庀材之偉大。惜比年已西欹，更數十年不修，恐將折壞矣。清宮所建旗竿，以西苑時應宮者為最修。據光緒年間承修匠人言，時應宮旗竿通體高六丈七尺五寸，則真武廟者當在八丈左右。夾竿為漢白石，寶頂為綠琉璃，灰漆麻布凡七匝，透漬以油，使不透風日。蓋歷祀數百，而裏木猶新，昔人營造之勤摯，亦可書也。

清代宮殿

繆小山《雲自在龕筆記》，多采自李榕村日記，故述康熙時事特詳。有一節云：

康熙二十九年，大內發出前明宮殿樓亭門名摺子，又宮中所用銀兩，及金花鋪墊，並各宮老媼數目摺子，令王大臣等察閱。諸臣等覆奏：「查得明故宮中每年用金花銀共九十六萬九千四百餘兩，今悉以充餉。又故明光祿寺每年送內所用各項錢糧二十四萬餘兩，今每年止用三萬餘兩。明每年木柴二千六百八十六萬觔，今止用六七八萬觔。明每年用紅螺等炭，共一千二百八萬餘觔，今止有百餘萬觔。各宮牀帳輿輪花毯等項，明每年共用金二萬八千二百餘兩，今俱不用。又查故明宮殿樓亭門名，共七百八十六座，今以本朝宮殿數目較之，不及前明十分之三。考故明各宮殿九層基址牆垣，俱用臨清塼，木料俱用楠木；今禁內修造房屋，出於斷不可已，凡一切基址牆垣，俱用尋常塼料，木植皆用松木而已。」四十九年諭大學士等曰：「明季事蹟，卿等所知，往往皆紙上陳言。萬曆以後，所用太監，有在御前服役者，故朕知之特詳。明朝費用甚奢，興作亦廣，一日之費，可抵今一年之用。其宮中脂粉錢四十萬兩，供應銀數百萬兩，至世祖皇帝登極，始悉除之。紫禁城內，一切工作，俱派民間，今皆現錢僱覓。明季宮女至九千人，內監至十萬人，飲食不能徧及，日有餓死者，今則不過四五百人而已。」又諭戶部曰：「國家錢糧，理當節省，否則必致經費不敷，每年有正額蠲免，有河工費用，必能大加費用，方有裨益。前光祿寺一年用銀一百萬兩，今止用十萬兩，工部一年用二百萬，今止用二三十萬，必如此，然後可謂之節省也。

讀此，可知明代宮殿規模之弘大。不論康熙所述九千宮女十萬內監之細事，駭人聽聞，吾人案：行南京，覺洪武改創南京之偉大，視永樂規拓北京為尤侈，以南京當時尚有外城，今日所稱堯化門，即外郭門之一也。

滿洲人創造力殊不及漢人，但頗能保守。以北京言，順治因明城修繕後，諸城門樓，垂百年無大壞，可見剏始工料之固，然亦繇康熙力主節省，如李記所載諭也。自乾隆三十二年修葺永定、廣寧二門樓，四十六年修正陽門箭樓城臺，四十七年重修內城西北角樓，五十二年修崇文、安定二門樓，五十四年修西直門樓，嘉慶元年修東直門門樓城臺，二十四年議修正陽門城樓，道光二十九年修正陽門箭樓，光緒庚子後復修建正陽門兩樓，計有清二百餘年中，城垣樓櫓之興修，犖犖大役，不過此數。則其上承明制，基扃固護，可想見矣。又清諸陵，求如昌平長陵坊碑饗殿之宏偉者，殆不多覯，永樂創構，亦可驚人。觀康熙諭中言：「一切工作俱派民間。」一恣其暴力，易此偉觀。清不敢厚役漢人，良為明智，而乾隆中改建壽皇殿，竟盜明陵大木，則又其好施小慧，唯襲前人而無力創造之一證也。

相傳乾隆壞明陵饗殿，取其大木為宮室，一日戲問侍臣：掘墓何罪？答：見骨當斬，不見骨發遣。帝笑曰：吾其以江南為配所矣。遂再幸江南。此雖委巷讕語，然可徵當時盜用明材傳說之不能掩。案：明嘉靖間，景山有殿四，曰，壽皇殿、永壽殿、觀化殿、觀德殿；其中惟壽皇殿，清時屢脩建之，但非其舊址。（《清會典事例》載：壽皇殿恭奉列祖列后聖容，舊在景山東北云。按舊壽皇殿前門五間，門內之西為龍王廟，中為壽皇殿，殿五間，殿後為臻祿堂，下為萬福閣，左為永康閣，《日下舊聞考》誤為康永閣，閣下為聚仙室。清雍正間復於景山建壽皇殿，見《清續宮史‧訓諭五》，乾隆六十年十月二十一日諭。乾隆十四年改建於景山中峯之北，蓋以十二年起建，至是告成也。事見《皇朝文獻通考》。殿門外正中及左右，有寶坊各一，石獅二，甎城門三，門內戟門五間，正殿九間，左為衍慶殿三間，右為綿禧殿，東西配殿各五間，碑亭井亭各二，神廚神庫各五間，殿之東北為集祥閣，西北為興慶閣，閣後即景山之北牆也。至乾隆二十四年十一月，是殿四角大木錯出，柱礎沉陷，遂又脩繕。據《蕪史》載：與御馬監相對者，壽皇殿之東門，萬曆中年始開者也。據此，則明代之壽皇殿，似仍偏東，與今之景山東門相近，而雍正年所建之壽皇殿，已非明代舊基，乾隆所改建者，實為雍正年之壽皇殿也。）至民國十八、九年間，殿所藏畫像，廢帝與故宮博物院尚有爭執，而壽皇殿復有名於世。試登景山一望，薊門煙樹，彼鬱蔥蔥者，正悉為朱明經始之烈，而自命遺老者，乃臨睨而思滿清，豈非數典而忘其祖耶？

雍和宮歡喜佛

考雍和宮，本額爾哥叭派（即黃教）喇嘛之中心，各殿所供奉偶像，除一般喇嘛所崇奉者外，更有教祖宗喀巴高踞殿中。然「豨叭」祕教之歡喜佛，亦燦然具陳於溫度孫等殿中。宗喀巴號稱改革喇嘛教者，乃彼派中心之雍和宮，亦帶有「豨叭」祕教色彩，亦一怪事也。又考豨叭教之起源，在西曆七一四年，約當天寶初，西藏王璣爾孫惕安時代，有北印度烏仗那之僧侶，散汰拉噶希塔，及巴突馬散摩叭都者，齎陀羅尼祕密修法至西藏，始傳豨叭派之祕教。此教，偶像多作羅刹變相，及擁抱猥褻狀，女神牡牛合體狀，蓋為密宗之支流也。

雍和宮佛像，除常人所注意之「歡喜佛」外，尚有二事可紀者。一為後殿萬福閣之邁達拉佛，一為法輪殿中之能仁寂默（即釋迦牟尼）也。邁達拉佛，即來日降生之佛，高五丈五尺許，係獨木雕成，為北平第一大佛像。大佛胸前，舊有大朝珠，長三丈有奇，重二百餘斤，每球圓徑三寸許，凡百八枚，係乾隆官窯紫色寶料製成。原懸於胸前，清宣宗見之，以其質重，乃易以木質者，今此物已藏於庫。邁達拉，度即彌勒一音之轉，以經言來日降生者，為彌勒佛也。能仁寂默雕像，高尺餘，乾隆十年西藏郡王頗羅鼐所進，奉旨供奉於法輪殿中，亦殊有歷史價值。此皆言整理舊都文物所不可不知者。

雍和宮今殘毀已甚，予數過其地，地鄰國子監，俱為燕京勝蹟。憶與叔雍同游，予有詩云：

「儒佛平分夾苑牆，密宗演揲說荒唐。眾生今日無遮甚，不用天花作道場。」蓋為世游雍和宮率談歡喜佛者作也。以今日都會之舞茵燈榭，沉酣萬態，若區區西來變相，若《元史》之演揲兒者，宜為五陵少年所樂道，而或猶以為不足者矣。

北平西黃寺

居北都日久，旦夕所摭拾縈憶者，多為燕市故實。比年頗聞北平當宁，甚知修飾壇廟宮觀，以致游客，獨未聞有修葺東西黃寺者；蓋黃寺在安定門北郊，淪為營舍，已久矣。光緒三十二年曾往遊，及今猶憶其梗概。兩黃寺以西黃寺為尤弘敞。考西黃寺，清雍正元年因喀爾喀哲布尊丹巴胡圖克圖四十九旗扎薩克及王貝勒貝子之請，乃鑄像建寺，乾隆三十六年再修。寺中有樓，仿烏斯藏式為之，凡八十一間，霧閣雲窗，屈曲相通。《天咫偶聞》載：

乾隆時，聞班禪將入朝，詔仿西藏布達剌式建此。既至，日居於上，飲食湢浴，不在平地。樓上正中為臥室，錦罽厚半尺許，陳設眩目，雜七寶為之。樓有御座，蒙以龍袱，金銀佛像若干軀，富麗為諸寺冠。

今樓已頹圮，其毀也，實為咸豐十年英法聯軍入京之役。當時聯軍駐兵此寺，樓上寶器，掠取一空。蓋八十年前，歐軍紀律至壞，不止焚掠圓明園之為酷也。

北平清淨化城

歐軍多有紀律弛壞，行為殘酷者，至庚子猶然。余以庚子後年餘至北都，都人士猶縷言各國軍紀優劣狀。大抵日軍最嚴，俄軍最弛，眾說所同。圓明園一役，雖在東方美術文化史上為巨創，然發蹤指示有人，勾結剽掠有人，猶可說也。若黃寺清淨化城彫刻諸佛像，一一皆為槍所擊損，則又何說？

清淨化城者，乾隆時後藏班禪之瘞地。乾隆四十五年七月，後藏班禪額爾德尼第三世羅卜藏丹巴爾伊什入覲，駐錫西黃寺。《天咫偶聞》載：

班禪來朝，駐達賴廟，王公卿士往問道者，領之而已。時達天和尚方卓錫於賢良寺，亦往問訊，與之參證，班禪極折服之。達歸，明日遣人盤餐饋之，堆作塔形。班禪見之大驚，自知不得復返矣。未幾入寂，遺命留葬京師。詔建塔於此，賜名清淨化城。

案：震在庭此條微誤，班禪三世卒於乾隆四十五年十一月癸未，其骸骨焚而歸葬於西藏，衣缽則藏於清淨化城中。清淨化城為西藏式之塔，其作風與印度相似，惟塔頂為穹窿狀，與印度相反。頂為螺旋形，共十三層。塔以銅鈕結頂，塔之下，以八角石基承之。周圍雕刻精緻，皆班禪生死情狀，初剃度時攘異端護法教之事跡，余見時已多為聯軍所毀。今別此寺，垂三十年，未知所毀隳，又作何狀也。

北平五塔寺

北平為游覽區之議，五六年來，時繭吾耳。庫儲不給，以勢度之，必不能遽有成就。然林苑居室，能有人實之，旦夕除芟，稍加髹飾，亦可苟完。至於大建築物之修繕，余意不必定以宮殿壇廟為限，累朝掌故，多屬於僧窗，一松一石，每有佳話，浮屠幢塔，所繫尤弘。銘字體勢，刊泐月日之外，營造作風，更足供鑒別。余前記清淨化城之塔，為西藏式，其作風與印度相似。然平市尚有五塔寺，乃純為印度作風，不可不知也。

正覺寺在西直門外農事試驗場之西，明永樂年間，為印度高僧板的達建，初名大真覺寺，後有浮圖五，故俗呼為五塔寺。英人Bushell氏所著《中國美術》（Chinese Art）卷上〈建築篇〉，敍其建築史頗詳。今據戴嶽譯本錄之於下：

……五塔寺，在北京城西，明永樂時仿印度之伽耶山寺而建者也。（按《佛國記》：「佛初得道，在摩伽陀國伽耶山寺。」後因就其地建塔以紀念之。）斯時有印度高僧名板的達者，來遊中國，至北京，謁見明帝，呈金佛五軀，及金剛寶座規式。金剛寶座者，印度人紀念釋迦得道處所建之寺名也。其寺久已荒蕪，近日英人復修葺之，煥然一新。板的達呈貢之金剛寶座，即此寺舊日之雛形。帝見而嘉異之，因詔封板的達為大國師，賚以金印，建寺居之，賜名真覺寺，乃就元人之舊寺改建者也。又詔準中印度式，建寶座五，以供佛像。

此述五塔源流，視明孫國敉《燕都游覽志》，劉侗《帝京景物略》所記尤詳。考《順天府志》寺院門，稱寺大殿五楹，後為金剛寶塔，塔後殿五楹，塔院東為行殿，清乾隆廿六年重修。余以辛酉三月探海棠於極樂寺之國花堂，因訪正覺寺遺址。至則殿宇悉圮，僅餘五塔與金剛寶座而已。金剛寶座，高五丈，以石為之，藏級於壁，左右蝸旋而上。頂為平臺，上列五塔，中置五佛。塔高二丈餘，以中央者為最高。塔刻梵佛，梵字，梵華，梵寶，備極精美莊嚴。寶座週圍，浮雕小佛像無數，層層相因，俱此五佛法相，其刻花雕砌，純為印度作風。據明〈成化御製碑〉稱：「其丈尺規矩，中印度之寶座無以異。」可知此寶座之構造及雕刻，咸仿伽耶山寺無疑。余周歷諦視，知壁間之級，已梗塞不通，而石塔嶷嶷，猶倚天耀日。自英人此書播布，歐美人士來觀斯塔者甚夥，皆以為有世界宗教藝術上之價值。辛酉迄今，又十餘年，未知官中有人修葺及此否？

寺與極樂寺鄰。極樂寺海棠，清初有盛名，漁洋、竹垞所常觴詠，文酒游賞之地，每形於詩歌。近聞海棠已補種成林，顧咫尺間震旦天竺藝術宗教交通之瑰跡，迺惛然縱其頹圮，殆亦文字之習，中人至深，附庸風雅，輕而易舉，而真實之美藝，或非久惰之民性所喜歟？

日本考

常熟楊子無恙，淹雅工詩，游日本歸，著《海國叢談》，中有一則云：

長崎梨，其大如瓜，皮粗黃而質細嫩，食之如飲瓊漿。東方朔《神異經》：「東方有樹，高百丈，敷張自輔，葉長一丈，廣六尺，名曰梨，其子徑三尺，剖之少瓤，食之為地仙。」其或餘種也。任昉《述異記》，日本國有金桃，其實一斤。

無恙自註云：「按日本隋時尚無國號，稱日出處天子，《新唐書》咸亨元年，遣使賀平高麗，稍習夏音，惡倭名，更號日本。《述異記》乃唐人偽託。」予案：謂隋時日本尚無國號，恐未盡然。日本建國頗早，而中國所接觸者，乃為北九州一帶之倭奴國，及倭面土國。《漢書・地理志》稱，樂浪海中有倭人，分為百餘國，以歲時來獻。《後漢書》載，中元二年倭奴國奉貢朝賀，光武賜以印綬云云。考乾隆四十九年，即日本天明四年，在筑前國掘得漢倭奴國王金印，事已鑿然。但日本始終不以北九州之倭人，視為一體，其紀載亦極有系統。日本自稱，自神武天皇至開化天皇，九代之間，勢力僅及近畿，與北九州之倭國無涉。今考《舊唐書・東夷傳》，亦謂：「或云，日本舊小國，併倭國之地。」已劃日本與倭為二，不過以遼東高麗先通北州之地理關係，而中國多數皆認倭即日本，或認倭大於日本耳。至隋時日本遣使中國，此乃推古天皇之聖德太子所為事，日本盛稱之。據傳隋時中日通使，殆近十次，而世但傳日出處天子致書日沒處天子無恙一書，實此書者，為日人小野妹子。而日人之《善鄰國寶記》，乃云原書作日出處天皇致書日沒處天子，《隋書》改天皇為天子，以從吾國文義，理或然也。煬帝覽書不悅，謂鴻臚卿曰：蠻夷書有無禮者，勿復以聞。然仍使文林郎裴世清等十三人，隨小野妹子來日本。煬帝之書云：

皇帝問倭皇。使人長吏大禮蘇因高等至，具懷。朕欽承寶命，臨御區宇，思弘德化，覃被含靈，愛育之情，無隔遐邇。知皇介居海表，撫寧民庶，境內安樂，風俗融和，深氣至誠，遠修朝貢，丹款之美，朕有嘉焉。稍暄，比如常也，故遣鴻臚寺掌客裴世清，指宣往意，並送物如別。

此書可相發明者有二，一為書內稱皇，可證日本來書，原作天皇說之確。一為稱倭王，可證中國爾時始終以為倭即日本。蘇因高，即小野妹子之譯音。又案：日籍所載，聖德太子甚惡隋黜天子之號為倭王，而不賞其使。是蓋不知中國爾時，初未知倭與日本之別也。

奸細

幽燕烽燧，北望驚心，事勢之亟，四、五年前已然，彊搘至今，不能免於相搏，亦意中事。此後併力制勝，在於當前。委蛇時日以修戰備之功，則究在疇曩。異時飲至論功，當有公言，唯此浩刼，為可嗟閔。昔元人諭日本書云：「和好之外，無餘善焉，戰爭之外，無餘惡焉。」言簡意賅，三復詞令之妙，重為愾歎。

元師征日時，日本已利用間諜。木宮泰彥《中日交通史》云：「當時兩國關係，雖極險惡，而日本商舶之赴元者，仍不絕。日本利用此種商舶，使弘安之役，被俘之宋人，潛作間諜，往探元之動靜，故得知一切情形。竹林院左府記弘安六年七月一日條云，異國之事，近日其聞候今年秋可襲來之由。」讀此可知彼邦早慣於勾買無恥施技刺探，即世人所謂奸細也。

案：奸細，又可作姦細，沈欒城詩「一朝姦細竟南奔」，此指秦檜。考《宋元通鑑》：翟汝文雖為檜所薦，然性剛不為檜屈，至對案相詬，目檜為金人姦細，是沈詩所援。覽此可知吾國與外族戰爭，恆為姦細敗事。今日當先為炯鑒。

又案：秦檜之為奸細，乃由金派歸。撻懶攻楚州，檜與妻王氏，自軍中趨漣水軍，自言殺金監己者，奪舟而來，欲赴行在。遂航海至越州。帝命先見宰執，檜首言，欲天下無事，須是南自南，北自北。朝士多疑其與何㮚、孫傅等同被拘執，而檜獨還，又自燕至楚二千八百里，踰河越海，豈無譏訶之者，安得殺監而南？又考《金國南遷錄》，亦言秦檜始終言「南自南，北自北」，可見此姦細乃金特以遺宋者，病在高宗賞而用之耳。

又《晉書》：「獎羣賢忠義之心，抑奸細不逞之計。」此卻用奸字。案：姦多作奸，因與奸通。《書》，寇賊姦宄，註：「刼人曰寇，殺人曰賊，在外曰姦，在內曰宄。」故奸細作姦細，義較長。

琉球遺臣

關於緝捕漢奸，文芸閣《聞塵偶記》中，亦有一節云：

甲午之役，有奏請緝奸細者，言其人住南城外羊肉胡同，謝姓。廷寄命給事中唐椿森（尚有滿給事不記其名）緝之。唐至，飭兵役勿遽，先檢其來往書札，則琉球遺臣求援於中朝者，流寓京師十二年矣，每歲皆有表文，而總督不為達。其旅費則琉球遺民佽助，間有奏致其舊君，則間關由粵漁船轉達，流離瑣尾，備極可憐。至是方作函牘，冀中朝之大捷，而中山之復國也。唐據實奏聞，始免捕送刑部。此事如稍鹵莽，則含冤者莫可詰矣。唐君字暉庭，廣西宣化人，余會試房師。

芸閣所記如是，可知即指名奸細者，鑑別正自不易，尤不可遽以辣手為快。

古建築物之廢壞

吾國雖以舊邦著於世界，然大建築物，除長城外，鮮能保全，以殿宇廨舍，率用木材，故也。然吾國都會公私宇舍，不盡以荒而圮，其毀之亦尤力，殆亦世界所寡有。吾友楊千里常為余言洛陽，謂昔人之經營，殆由一瓦一木始，以迄於名園砥道，莫不殫精極力。其後之毀隳，亦自名園砥道，以迄於一瓦一木，莫不使為灰塵。故今日之洛陽，彌望塵埃而已，其言絕可悲。試考有史垂三千餘年，而國中名都之有宮殿者，今止餘北平一城。開封宋宮，止餘龍亭。金陵明宮，止餘東西華門。泱泱大邦，重基傑構，所留遺後世者，大抵皆為荒煙蔓草，此非為剗除封建思想，直以自曝吾族破壞力之特偉。此習不革，何以自全於悠久哉。

究之，吾國哲人所垂訓者，何莫非以因為創。其所以每經大亂，一切文物即蕩然無存者，類皆以民間教學兩失之故，但知毀廓，以申怨毒，而不悟已成之結構，皆為國寶。相習成風，視為固然，易代之際，始勇於破壞。抑知每經大亂一度，民失教養者愈眾，後者之學識，未必遽逾於前，所形於建築者，則已必遜於前。延陵季子游於晉曰：

吾入其都，新室惡而故室美，新牆卑而故牆高，吾是以知其民力之屈。

顧亭林云：

予見天下州郡之為唐舊治者，其城郭必皆寬廣，街道必皆正直。宋以後所置，時彌近者制彌陋。

兩賢所言，已成古今通例。以吾論之，末季制置，必苟簡於盛時。夫苟與簡，未有能成大業者，此實關全民族之氣運，亦即全民族心思才力之所表現，非細故也。二十年來，圓明園故址，文礎雕欄，暨於山石（中有艮嶽之遺），為豪強攫取略盡。瞿兌之常言：京城道上，常見大車曳宮殿木材花石而過，不知所往，因舉元遺山〈癸巳五月三日北渡〉詩：「虜掠幾何君莫問，大船運載汴京來。」與吳梅村「易餅市中金殿瓦，換魚江上孝陵柴。」謂為同一沉痛。余則謂，不有所廢，其何以興？廢者可痛而非可痛。以殫力美藝之作，而悉供苟簡塗附焉，若興者悉如斯，適真可痛者耳。

導淮

導淮之議，聞之數十年，近年蘇省始實行，其功將蕆。案：左文襄晚年督兩江，以導淮為急務，以為淮居四瀆之一，本以獨趨入海為義，議引淮水仍歸雲梯關入海，將於清江設復淮局，先疏黃河，宣減泗沂，兼疏大通口，暢出海之道，就後加濬張福碎石諸河，引湖水入黃，而修堰盱智信林等三壩，建閘陳家集，操縱湖水，衛盱眙五河民田。會乞病，代者為曾忠襄，其議遂寢。文襄主導淮，使由舊黃河入海也。康熙時，南靖莊亨陽，知徐州府，建議淮徐水患，病在壅毛城鋪，而徐州壞，壅天然減水壩，而鳳潁泗壞，壅車邏昭關等壩，而淮陽之上下河皆壞。方今急務，宜開毛城鋪以注洪澤湖，則徐州之患息。開天然壩以注高寶，則上江之患息。開三壩以注興鹽之澤，則高寶之患息。開范公堤以注之海，則興鹽泰諸州縣之患俱息。按范堤，自鹽城北接阜寧南抵海門，亙六百餘里，莊亨陽所主，在黃河未北徙以前，則仍由江入海也。今日導淮垂成，然兩說皆自可存。予意今後水利待興，尤亟於造路，世無水利不修而國能興者。治水之難，百倍於築道，功亦倍之。前二年，予有雨後書懷詩，中有云：「時賢憚治水，馳道侈交貫。經邦始溝洫，禹迹誰解案。急功反逐末，終恐遘菑難。」此誠罪言，抑亦江河歲歲為患，昏墊之憂，不能自已者耳。

談藝

讀經當通大義

治學之中，以考據為最樂；愈瑣屑，愈有趣味，此學者所共喻也。予竊謂經書之考據，不宜過瑣，過瑣則大義不彰。西人謂孔子之書，具備憲法之主要條件，所謂孔子之書，意即指六經。夫六經昔日之政治寶典也，而讀經者但講考據字句，支離瑣碎，不可究詰。研《易》既雜象緯之談，誦《詩》尤昧比興之旨，馴使世人皆以經書艱奧枯晦，無裨實用目之。讀書人既什九不通經，不能致用，國乃日弱矣。又昔日之政治家，能用世者，史率稱其讀書但觀大略，謂但繹大義所在，不斤斤於章句訓詁，壹如日本謂鳥瞰。譬之今事，又如航空測量，言其於書中內外義理，作者身世淵源，皆洞瞭在目，然後能以所得理解，施於實用也。比見適之論學近著，有〈說儒〉一篇，考證新銳，而見解甚大，庶幾可為孔學新詁。予則謂：《孟子》近人輒援其民為貴、誅一夫等語，頌為革命家。夷考其實，子輿氏迺為極端之非戰論者，蓋生當戰國，目擊列國爭奪相斫之慘，故最惡戰。曰民賊，曰殃民，曰糜爛其民，曰大罪，曰罪不容於死，曰服上刑，曰戰勝然且不可，曰焉用戰，皆深惡痛絕之詞。同時闡明以辟止辟之義，即所謂以政治上軌道後之武力，遏絕外侮。其言曰：「國家閒暇，及是時明其政刑，雖大國必畏之矣。」「省刑罰，薄稅斂，深耕易耨，壯者以暇日修其孝弟忠信，入以事其父兄，出以事其長上，可使制梃以撻秦楚之堅甲利兵矣。」陳蘭甫謂：「及其時三字，其意甚急，閒暇之日，不易得也，即所謂迨天之未陰雨也。」此言最是。觀此段，可見孟子非戰論之主張，即勸為國者亟宜明其政刑，而勿失機會。固可想見戰國時，國際相吞相噬之切迫，國家不易得閒暇。而從明其政刑一點觀之，亦足證明孟子非革命家，而為嚴格之法治論者。孟子雖曠觀歷史，以一治一亂推論循環之定律，同時卻標出曰，「我亦欲正人心息詖行」，其具體政策，當為上脩道揆，下謹法守，朝信道，工信度，上興禮，下勤學之類。（案：此從〈離婁〉首章反求得之。）所謂道揆法守，正是嚴守法律，同時施行教育，以杜賊民之興。其正人心之術，東塾曾舉亭林之言以釋之。亭林與人書曰：「目擊世趨，方知治亂之關，必在人心風俗；而所以轉移人心，整頓風俗，則教化紀綱，為不可闕矣。百年必世，養之而不足，一朝一夕，敗之而有餘。」此言紀綱，亦即指法治。蓋治喪相禮之儒家，至於孟子已蛻化為法律家、教育家，其所舉各政治原理，至今猶卓然不磨，亦不能舉隅附會，為隳突破壞之革命論者也。

以上所記，非汎論孔孟，乃謂經書應如此讀法，始不呆滯艱苦，而得以其精義，見諸實用。又如《詩經》，昔日學者所諳誦，今則已成古代文學，寖假非專家莫曉其義。然《詩》三百篇，其用意實極明豁，善讀者疏瀹其義，則皆尋尺間語。昔儒論《詩》，最平易雅馴，莫如陳季立《讀詩拙言》，其言曰：

詩三百篇，牢籠天地，囊括古今，原本物情，諷切治體，總統理性，闡揚道真，廓乎廣大，靡不備矣，美乎精微，靡不貫矣。近也實遠，淺也實深，辭有盡而意無窮。故誰適為容，閨怨之貞志也。與子偕作，塞曲之雄心也。於女信宿，戀德之悃衷也。投畀豺虎，疾惡之峻語也。樂子無知，傷時之幽憂也。携手同行，招隱之婞節也。斷壺剝棗，田家之真樂也。魚鼈筍蒲，餞送之情致也。示我周行，乞言之虛懷也。周爰咨謀，遠遊之博采也。實命不猶，自寬之善經也。我思古人，拔俗之卓軌也。後世風流文雅之士，言之能若此之典乎？好樂無荒，恬淡而慮長。匪我思存，紛華而不亂。泌之洋洋，素位而止足。在水中沚，跡近而心遐。振鷺，想君子之容也。白駒，縶嘉客之馬也。後世清隱高遯之士，言之能若此之婉乎？濟濟多士，美得人也。有嚴有翼，修戎政也。公孫碩膚，昭勞謙也。萬邦作孚，廣身教也。此盛世之風，綦隆之泰也，變雅所詠，尤可繹思。潝潝訿訿，百官邪矣。亶侯多藏，寵賂彰矣。婦有長舌，女謁盛矣。莫肯夙夜，庶政隳矣。為鬼為蜮，讒夫昌矣。俾晝作夜，酒德酗矣。自有肺腸，朋黨分矣。民亦勞止，百姓困矣。此周之衰也，亦漢唐宋之所以亡也，後世經綸康濟之士，言之能若是之詳乎？反是不思，亦已焉哉，謀始之箴也。靡不有初，鮮克有終，令終之戒也。孝子不匱，永錫爾類，行道之徵也。夙夜匪解，以事一人，策名之則也。白圭之玷，尚可磨也，何言之可輕。民之失德，乾餱以愆，何微之可忽。秉心塞淵，騋牝三千，何事之非心。既作泮宮，淮夷攸服，何教之非政。古之人無斁，譽髦斯士，何化之不可行。盡瘁以仕，寧莫我有，何變之不可正。及爾出王，及爾游衍，何天之不為人。噂沓背憎，職競由人，何人之不為天。是合內外，貫始終，一天人，道德性命之奧也。後世講學談道之士，言之能若此之審乎？故《詩》也者，辭可歌，意可繹，可以平情，可以畜德，孔門所以言《詩》獨詳也。

此篇所云，今人或病其夸，或病其晦，實則斯為通大義之言，能言文而意邇者也。使治羣經者，皆隱括大意若此，其於致用，遮幾不遐。

論文字學術之隨世而變

文字學術，隨世俱變，有不可挽者。今人所治之學，所讀之書，與前數十年皆大異；故欲求昔日之學術文章，不易得，亦不必得。必欲執古而病今，傎也。有昔日駢儷聲律典故之苛細，物極終當反之。今日之語體文大行，此自為不可爭之趨勢。繇白話，而大眾語，而左行書，而提倡寫別字，皆亦勢所必至，不必詬，亦不必爭。使其能自存，能致用，則自甚善，雖欲毀之不可得。使其不能自存，則終必有折衷之一日。散釋為余盛詆提倡書別字者，余笑謂：「若欲提倡別字，至少須先識字，若不識字，別字將無所用。能識字，已大佳，先生何奢責焉。」

因思文筆之途，各有其美，學者就所愛憎品第，質言之則可。欲沕為教條，正須仔細。兩都二京之賦，固不必教人學步，必詬為死氣，亦恐不能。遞降而言，詞曲一道，門殊戶別。晚近王靜庵《人間詞話》，陳義絕高，宋詞自白石以下，皆致不滿。二十餘年前，刊於《國粹學報》，余讀之覺極精闢，而隘處疑必有流弊。及適之為文學史，旨在推行國語，排斥用典，理所固然；而於疏影暗香二詞，詆為「不成東西」，似先輸靜庵之我見，而倍為鹵莽，貽誤後生，良非淺鮮。靜庵所舉隔與不隔之義雖精，然須知不隔者，僅為畢篇之晶粹，即清真，亦不能首首皆如「葉上初陽乾宿雨」也。況所謂隔者，亦有造句之別裁，本非隔乎。至於暗香二詞之工力，非此短札，所能細論。龍榆生為余言，靜庵先生，老年深悔少作，惜未睹其晚稿也。

又近人言詩，咸主如白傅之作，老嫗都解。其實白詩在今日，承學之士，亦未必都解之。山谷在宋詩中，號為奧衍。然吾聞贛州昔有清音班，七、八人坐唱，絲竹咸備，頗類蘇州之灘簧，但不唱土風，說時事。其唱《張公百忍圖》劇，道白有「母慈家人肥，女慧男垂紳」二語。又唱《鄧伯道白》，有「蓋世功名棊一局，藏山文字紙千張」，皆山谷句。度必昔年西江通人所指授，寖播成口頭禪。可知詩語以習見故，聞者自覺其淺，固不必皆需俚言別字，然後詡為通俗也。

儂字解

幼讀東坡詩，「吳儂生長湖山曲」，心便羨之。後讀昌黎〈瀧吏〉詩，「鱷魚大於船，牙眼怖殺儂」。檢《玉篇》：「儂，奴冬切，吳人稱我曰儂」。意以為吳人自稱，皆必曰儂也。近十年間，兩客吳下，試究方言，乃無以儂為我者。如〈子夜歌〉之「郎來就儂嬉，負儂非一事，許儂紅粉粧」者，今皆無之。凡言女者，音皆作儂，此則為渠儂之別訓。案：字典：渠儂，他也。《六書故》：吳人謂人曰儂，如〈尋陽樂〉：「雞亭故儂去，九里新儂還。」〈讀曲歌〉：「冥就他儂宿。」皆謂他人曰儂之解，與今之吳人讀音正合。可知即此區區一字，變遷亦甚大。

太炎謂：《詩・大雅》箋，而猶女也，音轉為乃，為若。今蘇州謂女為而，音如耐，浙東謂女為若，音如諾，音又轉為戎。〈大雅〉：「戎雖小子，纘戎祖考，以佐戎辟。」箋皆訓戎為女。今江南浙江濱海之地，謂女為戎，音為農。然則儂者，本音農，乃戎之轉，久訓為女矣。昌黎之詩，《玉篇》之訓，或猶在後也。又案：昌黎此詩中，亦有生還儂，此儂字，即指他人。

夏字解

恢台之夏，行將炙人，天邊趙盾，赫赫可畏。詞流下筆，往往於茲襲用結夏坐夏者。案：僧夏之夏，非作暑解。考《翻譯名義集》，引《西域記》云：

印度僧徒，依佛聖教，坐雨安居，或前三月，或後三月。前三月當此從五月十六日至八月十五日，後三月當此從六月十六日至九月十五日，前代譯經律者，或云坐夏，或云坐臘。

是此夏，與臘同義，即作年解。證以《南部新書》：「道士杜義回心求願為僧，敕賜三十夏臘，以其乍入清流，須居下位，苟賜虛臘，則頓為老成。」兩說並符。而黃梨洲別有結夏之釋，其《金石要例》，引《因話錄》云：

釋氏結夏，隨其身之輕重，以蠟為其人，解夏之後，將本身驗於蠟人，輕則為妄想耗其血氣。故為塔銘，書僧臘若干，世壽若干，今作伏臘之臘，失其義矣。

按伏臘與夏，同為紀時，唐時譯文，正用此意，猶詩詞中之幾秋幾霜；僧臘，即僧夏，作伏臘解未必為失義也。若詮釋作及夏而製蠟人，既出夏而驗之，則斯夏字始如本義。然當夏不易結蠟，故以從作年解為是。

論禪與心性

趙明遠日以七事自考：一切妄念，稍止息否？一切外緣，稍簡省否？一切觸境，能不動否？一切語言，能慎密否？一切黑白，咸分別否？夢想之間，不顛倒否？方寸之間，得恬愉否？《宗鏡》有十問，以定紀綱，還得了了見性，如晝觀色，似文殊等否？還逢緣對境，見色聞聲，舉足下足，開眼合眼，悉得明宗與道相應否？還覽一代時教，及從上祖師言句，聞深不怖，皆得諦了無疑否？還於差別問難，種種徵詰，能具四無礙辨，盡決他疑否？還於一切時，一切處，知照無滯，念念圓通，不見一法，能為障礙，未曾一剎那中，暫令間斷否？還於一切順逆好惡境界現前之時，不為間隔，盡識得破否？還於百法明門心境之內，一一得見微細體性根源起處，不為生死根塵之所惑亂否？還向四威儀中，行住坐臥，欽承祇對，著衣喫飯，執作施為之時，一一辨得真實否？還聞說有佛，無佛，有眾生，無眾生，或讚，或毀，或是，或非，得一心不動否？還聞差別之智，皆能明達，性相俱通，理事無滯，無有一法不鑒其原，乃至千聖出世，得不疑否？又《妙喜禪師語錄》，其〈與李漢老書〉：

不識日來隨緣放曠如意自在否？四威儀中，不為塵勞所勝否？寤寐二邊，得一如否？於仍舊處，無走作否？於生死心，不相續否？但盡凡情，別無聖解，公既一笑豁開正眼消息頓忘，得力不得力，如人飲水，冷煖自知矣。然日用之間，當依黃面老子所言，刳其正性，除其助因，違其現業，此乃了事漢，無方便中真方便，無修證中真修證，無取捨中真取捨也。古德皮膚脫落盡，惟有一真實。又如旃檀，繁柯脫落盡，惟真旃檀在，斯違現業除助因剗正性之極致也。公試思之。

案：此皆禪家明心見性之談，實即儒門三省吾身之旨，此義今人久不談矣。放觀當世，唯力與質相眩逐，相矜尚，雖曰救死，抑其皇皇疲怖，亦足以自病而殗殜也。若不於平旦清明，下一反省，則雖急裝挺劍，何預於八識田根本之計哉？唯善知識，乃有四威儀，可惜塵勞人，不會此意。

鬼子母非九子母

驚蟄後三日，偶值休沐，復游招隱竹林，因至焦山。見定慧寺枯木堂前，辛夷花盛開。此樹枯而復華，堂所由命名也。辛夷玉光頎頎，別有倚海照天之概，與炫晝縞夜者，又不相同。憶去年在靈峯寺，見一樹茂絕，欲以花時來觀，今又蹉跎過矣。於焦山見〈鬼母揭缽圖〉，筆墨精細。考鬼母，即鬼子母，內典所載，事跡繁多，音譯為訶利底。揭缽事，出北魏曇曜所譯《雜寶藏經》，經云：

鬼子母者，是老鬼神王般闍迦妻，有子一萬，皆有大力士之力。其最小子，名嬪伽羅。此鬼子母，兇妖暴虐，殺人兒子以自噉食，人民患之，仰告世尊。世尊爾時，即取其子嬪伽羅盛著缽底。時鬼子母周遍天下，七日之中，推求不得，愁憂懊惱，傳聞他言，云佛世尊有一切智，即至佛所，問兒所在。時佛答言，汝有萬子，唯失一子，何故苦惱愁憂，而推覓耶？世間人民，或有一子，或五三子，而汝殺害。鬼子母白佛言，我今若得嬪伽羅者，終更不殺世人之子。佛即使鬼子母見嬪伽羅於缽下，盡其神力，不能得取，還求於佛。佛言，汝今若能受三歸五戒，盡壽不殺，當還汝子。鬼子母即如佛勑，受於三歸，以及五戒，受持已訖，即還其子。

此即揭缽之繇來。鬼子母，梁以來，又作九子母，又作九子魔，皆一音之轉。考九子母者，別是吾國舊日神話。屈原〈天問〉：「女歧無合，夫焉取九子。」王逸註，女歧神女，無夫而生九子也。《漢書・成帝紀》：「元帝在太子宮，生甲觀畫堂。」師古註，引應劭曰：畫堂，畫九子母，或云即女歧也。此自為秦漢以上舊傳說。《楚辭》九子，隱指九星，故屈原以入〈天問〉。《史記・天官書》，索隱引宋均曰：「屬後宮場，故得兼子，子必九者，取尾有九星也。」九子母，古殆言九星之神，以其兼子，屬於後宮，故畫壁以為螽斯之兆。又《列女傳》：「魯九子之母，號為母師。」應劭所言畫堂，今雖不可見，以理揆之，非女歧，即母師。或云母女篆形近，歧師音韻通，殆二而一者，此容可信，而必非印度之訶利底，則可斷言。

復考，《佛說鬼子母經》、《雜寶藏經》、《諸天傳》、《根本說一切有部毗奈耶雜事》、《西域記》、《法苑珠林》，皆作鬼子母，不作九子母。唯《荊楚歲時記》，始作九子母神。推想魏晉以後，佛法大興，訶利底神話，流行中國，鵲巢鳩居，殊源而合流，遂以有子一萬食人子之神，而變為九子且主求嗣之神矣。因記〈揭鉢圖〉，瑣瑣論之如此。

近日寰球棣通，眾說郛合，學者往往執末以揣本，類此考據者，甚多。吾嘗聞有歐西漢學家，考定孔子為日耳曼人，固不獨有堅持墨翟之為黑種者也。

新唐書減字損色

歐陽公作文，務從簡古，世所傳逸馬殺犬於道之例，誠字簡而意賅。然文章之道，繁簡因時，有損一字而失其義者，有損一字而失其美者。例如《新唐書・狄仁傑傳》，武后召謂曰：「朕數夢雙陸不勝，何也？」於時仁傑與王方慶俱在，二人同辭對曰：「雙陸不勝，無子也。」雙陸不勝，何以為無子？讀書每不得解。及觀《雲谷雜記》引《狄仁傑家傳》云：「雙陸輸者，蓋宮中無子也。」又引《唐國史補》，亦云宮中無子之象。然後知歐公將宮中二字節去。按《雙陸譜》云：

雙陸局率以六為限，其法，左右皆十二路，號曰梁，白黑各十五馬，用骰子二，如其采行。白馬自右歸左，黑馬自左歸右，以前一梁為門，後六梁為宮。馬歸梁，謂之入宮，宮中有子，則勝，無子，則不勝。

觀此，則仁傑與方慶之對，當曰：「雙陸不勝，宮中無子也。」歐公節宮中二字，是所謂損一字而失其義者。

又《容齋五筆》，舉數例，謂楊虞卿兄弟恃李宗閔勢，為人所奔向，當時為之語曰：「欲入舉場，先向蘇張。蘇張尚可，三楊殺我。」新書減去先字。李德裕〈賜河北三鎮詔〉曰：「勿為子孫之謀，欲存輔車之勢。」新書減去欲字。於文字之姿勢，及解譬，皆減色，是所謂損一字而失其美者。

劉貢父所嘲歐九不讀書，殆指此類事矣。

談書法

黃石齋有論書卷子，是居皐圖時隨意所書，考其年月，為崇禎七年甲戌。首節云：

作書是學問中第七、八乘事，切勿以此關心。王逸少品格在茂弘、安石之間，為雅好臨池，聲實俱掩。余素不喜此業，只謂鈞弋餘能，少賤所該，投壺騎射，反非所宜，若使心手餘閒，不妨旁及。趙松雪身為宗藩，希榮索虜，特以書畫，邀價藝林。後生少年，進取不高，往往以是膾炙前哲，猶循五鼎以啜殘羹，入閒門而懸苴屨也。余自歸山來，作書不逮往時，而泛應益眾，猶君山之笛，安道之琴，時時不拒耳。然自是著述意倦，講論期疎，風日氣調，筆研具采，屬致及之，似有波瀾。每遇敗素惡楮，羅列當前，潑墨塗鴉，真為市朝之撻。又自古傳流，筆墨所存，皆可垂訓。如右軍書〈樂毅論〉，〈周府君碑〉，顏公〈坐位帖〉，尚有意義可尋，其餘悠悠，豈可傳播。去年曾得一帖，極是佳本，入手便臨子敬〈洛神〉、右軍〈曹娥〉，至十數帖，甚為要緊，何常見刀劍窗几，聖蹟神銘，留至今日。近來子弟，間有雅好，衹看標題，不辨法意，間譚法意，不尋文義，雖把筆握管，俯仰可觀，自反身心，有何干涉。某廷試時，亦嘗竭力字規，剜心墨矩，撤榜之後，閣中尋卷，全篇之中，分為數段，或亦嗜痂以文義見私，大約風塵，何關出處。人讀書，先要問他所學何學，次要定他所志何志，然後淵瀾經史，波及百氏。如寫字畫絹，乃鴻都小生，孟浪所為，豈宜以此溷於長者。必不得已，如今日新詩初成，抑如曩時長篇閒就，倩手無人，濫草難讀，筆精墨良，值於几案，如逢山水，時重游之耳。雅尚之倫，便當尋其意義，別其體況，安能闇然食汁腐毫，與梁鵠、皇象之儔，比驪齊轍乎。老大人著些子清課，便與孩子一般，學問人著些子伎倆，便與工匠無別。然就此中有可引人入道處，亦不妨閒說一番，正是遇小物時通大道也。

其言真鞭辟近裏，予每誦之，輒怳然自失。予不工書，而頗嗜之。憶九歲時，先君教予懸腕作擘窠大字，其後讀書漳州，晨起臨池，凡六寒暑。自入校庠，此事遂廢。二十以後，塵俗鞅掌，平生所能，而無一稱意者，不止學書一事也。性好博觀，耽覽帖跡，頗觕識其理，竊以為自館閣書體一出，而字大變，變之為優為劣，於古固不易言，今後更無專治此道者，亦不必言矣。然古今書體，清代為一鴻溝，自為定論。石齋書法，實掩華亭，觀其論斷若此，信非董叟之鄉愿可比。近來沈寐叟，晚年全得力於此，學人所共知也。趙撝叔書，入能品，而其論書亦甚精。王志盦年丈，舊藏撝叔手寫《章安雜記》，中有一節，即論館閣體書，其言似淺實深。略云：

古人書爭，今人書讓，至館閣體書，則讓之極矣。古人於一字，上下左右，筆畫不均平，有增減，有疏密。增減者，斟盈酌虛，裒多益寡，人事也。疏密者，一貴一賤，一貧一富，一強一弱，一內一外，各安其分，而不相雜，天道也。能斟酌裒益不相雜，其理為讓，而用在爭，人不知為爭也。今必排字如算子，令不得疏密，必律字無破體，令不得增減，不惟此，即一字中亦不得疏密，上下左右筆畫不均平，反取排擠為安置，務遷就為調停。

亦非深知近世字書之敝，不能作此警語。今日館閣書已亡，而以墨以穎書者，亦行將淘汰。夜窗執筆，偶憶黃趙此兩節語，皆世間不恆覩者，錄之以告知者。且欲以告學人，今日作書，已是第七、八、十乘事矣。

羅惇曧論學書門徑

關吉符見示癭庵一札，迺論學書初入門之術，語雖淺近，在今日，亦不啻金鍼。書云：

委評字課，評畢奉繳。乙班最多佳者，惟所臨帖太惡劣，少坊間木刻，至有臨最曠俗之黃自元者，其屢經翻刻之成親王帖，亦不足學也。初學筆畫宜平直，宜選唐碑中之結構端麗，不尚奇態者數種，定為常習，或一年、半年一易，最易進步。平原之不甚露角者，可習，誠懸太瘦露骨，非少年所宜也。若誤習惡俗體，先入為主，貽誤終身，無藥可治也。少年書寧放，不必求太斂，疏野處可取，局促最病。或不合法度而神氣開展者，最佳，引之法度，則成矣。如體格已成，俗不可醫，為最下矣。臨帖格，最宜一寸以外，亦不宜太大，如坊間之三行四行方格，善矣，或由會中專刊一格，品評甲乙，較便也。吉符足下——惇曧上。

案：癭公書學六朝，旁摩魏碑，晚學南海，予所見以中年之徑寸楷書，及晚作筆札為最佳，不及乃弟孴菴之工力，而疏朗之韵味則獨擅。此札所言，平易近道，後半所論尤中時人之病。唯帖格尺寸不宜太大之說，予不謂然，當分別論之。臨六朝者，不必甚大，倣唐碑者，乃不妨以二三寸格作大字，以極其姿趣。能懸腕作大字者，則作小字無不工，識者當頷予言。

唐宋詩之源流與演變

培老自是一代大師，其史地之學，何減潛研，耽精內典，又非尺木所及，於詩亦力破玄關，不作猶人語。予於癸丑秋，濤園先生挈往樊園鐘集，云培老、病山、完巢、雪澄、節庵諸先輩俱在，磬折作禮趨出，見猶未見也。其後十年，培老託人言，欲觀予所為詩，不記諸貞長，或瘿公，為述此旨。予因寄一詩，並附叢藁。培老覽既大喜，特寄一箋，題予集云：

有所悟者，能入；有所證者，能出。歐蘇悟入從韓，證出者，不在韓，亦不背韓也，如是而後有宋詩。作者清才窅思，悟處極多，此後皆證分矣，發菩提心，行菩薩行，字字華嚴法界來，豈不快哉。

案：其中誘掖語，自逾分，不必言，其論悟證及宋詩源流，極可為後生闢一法門。凡學佛者，以信解行證為四級，培老所謂悟，即信解，證，即行證。禪門證果最難，以詩喻禪，亦須卓然成一家，庶可謂證，此豈孱筆，所敢企及。至宋詩導源於韓，此說已舊。從其大處言：唐與宋本不當區別。開天極盛，難乎為繼，故中晚取徑於穠麗流轉，寖尋靡極，宋初西崑，已漸參硬語，至於荊公、歐公，皆從太白、子美、昌黎、柳州，直求法髓，不復步趨中晚。眉山崛起，追踵前規，復參禪偈，宗風大暢，沾溉一代。其後哲匠輩出，或毗於剛，或毗於柔，雖態有萬殊，而理祇代嬗。故與其以朝代為區分，不如謂為文質之相代，尋其源委，一以貫之，譯以新詞，各求出路而已，非云唐別有唐，宋別有宋也。從其小處言：則所謂時代作風，儼有鴻溝，莫之能越。緜斯立論，所謂宋詩源於歐蘇，歐蘇從韓悟入者，如培老所說，亦自是一條線索。夫唯中晚之綺弱不足師，杜、韓之雄腴無以加，不得已，則就其蕭疏真率處，求得餘地，此種假定，必為歐、蘇悟入時之用心。今觀昌黎詩中，如〈聽潁師彈琴〉，如〈歸彭城〉，如〈嗟哉董生行〉，如〈南山有高樹行〉，皆六一詩所從出。如〈秋懷〉，如〈贈劉師服〉，如〈贈張籍〉，如〈華山女〉，如〈讀皇甫湜公安園池詩〉，如〈南溪始泛〉，如〈游城南〉十六首，試讀東坡詩，往往似之，即可知東坡得力處。然歐有歐之韵與度，東坡有其氣勢與機鋒，又絕不類韓，故知培老之言，信也。

至宋詩雖不能以歐、蘇概之，然試尋蘇門之法乳，則陳、張、秦、晁，各有絕詣，即山谷之巨刃摩天，要不能不朝宗於東坡。下逮南渡後之尤、楊、范、陸，前之如晁具茨，後者如姜白石，其氣味終如中泠泉之與昊天寺井水，曾無大異。至元遺山、薩都剌、高季迪，則其味不同矣。然則培老有歐蘇而後有宋詩之界說，亦信也。唯培老所示者，似未完全。歐公所宗有太白，不止於韓，東坡綜合太白、柳州，亦不限韓，而韓與一切宋詩，又皆從老杜各體變化脫胎而成。此說予意培老復生，必不能易。

辛酉培老下世，予亦輓以一詩，起云：「元長齋壁柳惲句，千古才人為歎羨。」即言培老相賞予詩。其後有云：「獨嗟杜韓證分語，造膝無由究動變。」言予意有未饜，而始終睽隔，末由造譚也。我思尊宿，復歎蕪疏，證道無期，根塵俱鈍，即字句之微，亦不知《華嚴》十玄門在何許？瑣瑣詮憶，不覺累紙。若云說詩，則皆膚論，世之作者，必喻諒之。

詩句之割裂與搭截

實甫先生〈六月初十日紀事〉詩，中之「銖衣迷霧原無質」句，自用義山之「無質易迷三里霧，不寒長著五銖衣。」然割裂下半句之足，以安於上半句頭上，此真搭截題矣。且五銖衣不能作銖衣，猶三里霧，不能作里霧也，但求對仗工，不顧文字典實之理解，此等處誠不可為訓。而先生晚年此類之作絕多，直是嬉戲，不當以詩論。若論割裂搭截題之巧妙，在文人遊戲中，別作一種無理性之解釋。相傳「士農工商角徵羽」，對「寒熱溫涼恭儉讓」，蓋上四下五，九項併作七項，而又各別一字（上聯宮別作工，下聯良別作涼），誠巧作之合。朱彊邨先生嘗言，唐詩三百首中集句，有云：「雲峯古木無人徑，風岸危檣獨夜舟。」蓋取二五言句，截去上三字，遂成七言之佳聯，是又切足安頭，而有理解者。

昔日讀書人，以文為戲，往往有絕頂妙語。陳伯弢謂：「此中國美術，非歐西博物中學士所能格。」其言嘲而虐也。

題十二生肖圖詩

詩中有建除體、八音體，及十二辰肖體，皆游戲狡獪，因難見巧，非學者所尚。然唐後唯陳簡齋喜為建除、八音諸體，而朱晦庵亦嘗為十二辰肖體，偶亦涉筆，固無傷大雅也。

夢白既工寫生，一日及門李漪，出紙求其繪十二生肖，皆其擅長，頃刻而就。李又乞予題詩，念此體有明晦兩種，舊以此詰乩壇，咏孫、袁、黎，所謂「飲河故事君休嗤」云云，是每句隱一生肖，不如仿文公所作，句必嵌一字，為狹而難。為題云：

世情偃鼠已滿腹，詩藁牛腰卻成束。平生不帝虎狼秦，晚守兔園真碌碌。龍漢心知刦未終，賈生痛哭原蛇足。梨園煙散舞馬盡，獨賸羊車人似玉。子如獮猴傳神通，畫課雞窗伴幽獨。板橋狗肉何可羨，當羡東坡花猪肉。

末二句，別有本事。作此詩時，太歲在己巳，予居舊京，主報社筆事，而李蓋能歌能畫者。稿久佚，近以檢夢白畫，憶得之，輒附錄於此。

碧棲詩之作者王又點

碧棲丈曩居舊京時，先住南池子，後又遷北池子，僦屋皆曲房連簃，小有花木，瀹茗談藝，永夕忘勌。記曾示予和又錚數詞，又輓濤園，和詩廬數詩，制作絕妙。後七、八年，從拔可見〈花影吹笙室圖〉，丈有三絕句，沉痛雋爽，意筆俱化，諷誦不忍釋。前年遺集出，始得見其短序，今並錄之。題為「題李穉清女士花影吹笙室填詞圖」，序云：

予十八、九歲，與李君佛客游，自村入城，恆主君家。君盛言詞，有作必見示，於是亦試縱筆為之，取徑不盡求同，而心實相許。君之女公子穉清，髫齡絕慧，亦喜為詞。佛客既沒，予過視拔可兄弟，穉清出所作請業，吐秀詣微，深契音中言外之旨，尤以石帚碧山為歸，予無以益之也。適孫生翊南，不數載，先後俱歿，一女亦繼殞。拔可悲穉清甚，既梓其稿，復屬畏盧老人為之圖。短世露電中，追念香火前蹤，一如夢幻，泚筆記此，不自知涕之何從也。

詩云：

然脂執卷記垂髫，千刼晴窗影未銷。坐斷秋風來往路，是身爭免似芭蕉。

阿兄江雁久離羣，一世清愁付左芬。頭白還鄉無哭處，斷墳衰草沒斜曛。

並世何由見此才，寸腸迴盡便成灰。唯餘小淑無言在，生死天涯共一哀。

註云：

小淑，石門人，年家子林亮奇之婦，曾從予習為倚聲者，今亦嫠居久矣，因並及之。

案：拔可為其尊人《雙辛夷樓詞》跋，末節有云：

附《花影吹笙室詞》一卷，則為孫氏妹慎溶之遺作，曩者南陵徐積餘觀察，曾為刻入《小檀欒室閨秀詞》中。妹以光緒戊寅生，癸卯卒，年僅二十有六。所填〈蝶戀花〉一闋，有「颯颯牆蕉，恐是秋來路」之句，當時傳誦，稱之為李牆蕉。府君嗜倚聲，而宣龔未能承學，妹工此，復不永年，良可追痛，校竟謹志卷末。時距府君之歿已二十有六年，妹之即世，亦十有八年矣。庚申九月二十日，宣龔謹記於海上觀槿齋。

觀此可見穉清女士之家學，其〈牆蕉〉一詞，調寄〈蝶戀花〉，詞云：

一夕涼颸辭舊暑。颯颯牆蕉，恐是秋來路。轉眼薰風時節去，不知燕子歸何處。抽紙吟商無意緒。短檻疏窗，難寫黃昏句。今夜夜深知更苦。階前葉葉枝枝雨。

此詞自非夙慧妙詣，不能道，並可知碧棲第一詩之佳處，以適用內典身如芭蕉為雙關語也。然牆蕉句，雖思致秀穎，而予卻愛結二語，沉厚透紙，是真得漱玉神髓者。蓋名句妙造自然，信關偶得，而非必作者錘鍊見工力處。前者觸機而得，後者思之深也。

《碧棲詞》，與佛客先生之《雙辛夷樓詞》，為閩詞晚近之雙流兩華，但取路頗不同。《碧棲詞》其娟潔密緻處，與其云學碧山，不如云學玉田。其甲午十月〈水龍吟〉一闋，不用雕飾，尤疏俊有高致。拔可刊丈遺集，序云：

光緒乙酉，余方十齡，從塾師林蔥玉先生遊。先生獨行士也，性介，貌傲岸，觸其微睨，有不謂爾者，則夏楚隨其後。余鈍讀，艱於背誦，又好弄，跳踉不止，師故繩之不稍寬。一日嚮晚，有客至，黑衣袴褶，挾其田間之容，闖然就高座，席未暖，索餳飴餅餌之屬，不絕口，急若弗及待者。師雖峻，亦不禁匿笑，而心異乎客之所為。客為誰，則吾王丈又點碧棲先生也。丈籍長樂，世居南江之亭頭鄉，距省五十里許。是秋掇乙科，意甚得，每入城輒詣其舅氏邱賓秋先生。先生吾戚串，館於吾家者，故丈與吾暱，引之為小友。逾年閩有文酒之會，曰支社，黃子穆、周辛仲、林怡庵、黃欣園、林畏廬、高媿室、卓巴園、方雨亭、陳石遺，諸長者實號召之。月三四集，集必吾家之雙辛夷樓，先世父先君子皆與，倡和為樂，丈亦與焉。齒雖末，然周旋壇坫間，與老宿相接，齗齗不稍下。時會城書院林立，凡課藝丈自為之，強使余任其莊書之勞，往往至夜深忘倦。丈祖諱有樹，故夔州太守也。丈席其餘蔭，徜徉村居，垂三十年矣。厥後累躓春官，境漸困，悉以其幽憂之疾，發之於倚聲。初為王碧山，因自署曰碧棲。嗣復出入白石、玉田之間，音響悽惋，直追南宋。濰縣張公韻舫，亦能詞者，守興化，耳其名，延為山長，既而選授建甌教諭。居恆鬱鬱，復偕雨亭方丈杖策出塞，應奉天將軍依克唐阿之招，籌筆之暇，始放手為五七言詩。初喜貢父排奡，山谷奧密，積而久之，復肆力於東阿嘉州，故意境高遠，不可一世，是真能以少許抵人千百者。當丈入北洋海軍幕府時，密邇畿輔，人物輻輳，與王幼遐給諫、朱漚尹宗伯輩相過從，接其談論風采，又目睹戊戌、庚子之變，孤憤溢懷抱，故其所著無一非由衷之言。改革後，南北傳食，訖無甯歲，迨宰皖之婺源，則管領山水，意稍有所屬，能以吏事入詩，而詩境又一變。歸休偃蹇，耽悅禪誦，遂不復作。而其畢生悲歡愉戚跌宕慷慨之志之所蘊結，一寄之於詩若詞。

而所獲僅此。歿二年，公子泳深奉遺稿，陳弢庵太傅編定付校刊，惜滬亂轉徙，為手民錯簡稍失次，然大體無損。丈年少時灑落不羈，看花長安，雅有杜書記之癖，中歲遭際，頗似劉龍洲之於辛稼軒，晚而折腰，非其志也。

此言碧丈生平頗曲肖。丈負絕俗之才，而能同塵，晚歲放棄文字，居鄉間，逐什一之利以自贍，日唯坐南街茶肆，嘲詼孳孳，今所見詩詞皆五十餘歲所作。丈歿年垂七十矣，歿時遘小病，眾謂無恙，而自知解脫，晨作一書，致弢奄先生訣別。蓋丈以庚申出都，與弢老情誼敦篤，而疏懶無一字，至是忽莊寫累紙。弢老晚年常作詞，遂亦以詞輓之。題為：「碧棲臨歿，手書見寄，捧讀慼痛，為賦〈水龍吟〉一闋哭之，庚午七月二日。」詞云：

十年望斷來鴻，發函乃出彌留頃。蒼涼掩抑，死生之際，一何神定。我欲招魂，海天飛雹，巫陽焉訊。念百迴千結，那得情味盈眶，淚如泉迸。石帚清狂無命。恁荒波，日親蛙黽。頹唐爾許，不應真箇，江郎才盡。叢稿誰收，審音刊字，吾猶能任。卻自憐老耄，君還舍我，就何人正。

此詞後半闋，前五句皆言碧丈晚年之頹廢自放也。拔可言丈似劉龍洲，予則謂似張子野，以其老壽工詞喜游治，又碧棲丈先有寵姬後遣之，甚似子野之晚遇也。癸酉秋，予有〈琵琶仙〉追和丈韵，有云：「歎渾似三影清才，奈桃杏飄零老詞客。」即用「不如桃李杏，猶須嫁東風」故事。

桃李詩說

荊公〈寄蔡氏女子〉詩二首，茂密悱惻，千古雄文。《西清詩話》：

> 元豐中，王文公在金陵，東坡自黃北遷，日與公游，盡論古昔文字，又以近製示坡。坡云，若「積李兮縞夜，崇桃兮炫晝」，自屈宋沒，曠千餘年，無復《離騷》句法，乃今見之。公曰，若非子瞻見諛，自負亦如此，然未嘗與俗子道也。

觀此可知昔賢推挹之精，縞夜二句，誠未為人道過。方春野色，莫若桃李花，《石遺室詩話》稱：

> 少陵詩喜說桃花，昌黎荊公詩喜說李花，殆以桃花經日經雨皆色褪不紅，一望成林時，不如李花之鮮白奪目。所以少陵之愛桃花，亦在深紅間淺紅時。余作〈法源寺丁香〉詩，所謂「昌黎半山總愛李，愛其縞色天不晡」也。

老人此論，闡發自無遺蘊。昌黎詠李花，至云「獨繞百匝至日斜」。又以玉枝霜葩，縞裙練帨擬之，其狀穠李之穠，可謂十分著力。而北宋後申論此說者，已有楊誠齋。誠齋有〈讀退之李花詩〉，其序云：

> 桃李歲歲同時竝開，而退之有「花不見桃惟見李」之句，殊不可解。因晚登碧落堂，望隔江，桃皆暗而李獨明，乃悟其妙，蓋炫晝縞夜云。

誠齋此序，不唯言昌黎，且徵及荊公詩矣。而予更有進者，義山〈李花〉詩：「自明無月夜，強笑欲風天。」此十字，凝情切響，體物入微，亦何減韓王乎？

讀黃晦聞甲子中秋詩誌感

讀晦聞〈甲子中秋〉詩：「雲意深陰失月明，始知兵氣滿秋城。十年北客唯傷亂，雙柝南街不斷聲。」一覺舊時光景，黯然在眼前。是歲奉與直戰於山海關，吳子玉來居四照堂，閭巷咸有肅殺之氣。中秋夜，雲影森沉無月，居者皆極難為懷。余亦有一詩云：「年時愁對月淒清，視此夢夢愜我生。收影山河荒戰氣，捲簾兒女怯商聲。也知皎潔情常在，便恐高寒夢不成。撫事賸徵坡老說，直應萬里共陰晴。」末用東坡詩「嘗聞此宵月，萬里同陰晴」說，即《使燕錄》所紀東坡述海賈語也。越十有二日，癭公歿，余與宰平視其殯於法源寺，余亦有詩哭之云：「淒風黯日共禪關，真歎彌天戢一棺。亂世才人餘固疾，衰時高義在伶官。修名自殉終何預，後死相哀恐未闌。欲過士龍談往夢，秋蟲瓦屋助悲酸。」晦聞詩尤高抗不忍卒讀，翻紙棖觸，今日宣南一流竝盡矣。

黃晦聞題扇詩

舊京書來，吾宗晦聞化去，年當在六十外，與周印昆（大烈）之歿，俱為深足嗟惜者。君節概亮潔，其詩亦如之。昔年余數過瘿菴兄弟所居四印齋，屢遇君。憶諸貞壯北居時，亦與之最相稔，頗見其緣情之作。貞壯詩出入晚唐盛宋，君則致力宛陵、後山至深，筆極剛峭，晚年始多為五言古體，取徑大謝。嘗寄余數葉新詩，悉橫行鉛字，蓋其校中授課時所印。北都公園，靜穆明瑟，朋儕中有長日澆茗聚坐之者，晦聞亦其一也。嘗命余寫扇，余亦乞之。憶為余書箑上有一詩，特闕一字，此為恆人寫扇，所不嘗覯者，故可掇入筆記。晦聞此詩題云：「立秋日園坐得句，欲寄贈某君未果，姑存吾詩。」詩云：

口君有書未暇讀，乃復奔走豪率間。廿年交誼我不道，異日相求嗟莫還。（自註擊鼓詩義）集林暝雀朝飛失，山谷秋恨壁立閑。蹤跡各殊老俱至，可憐衰草滿江山。

晦聞此詩，不知其手定《蒹葭樓詩》曾收入否？其題中園坐，即言公園之茗坐也。

黃晦聞集外詩

昨見晦聞為張孟劬五十作一詩云：

相看百歲到中年，子有文章且更賢。甲厤可從修史得，癸尊能助晉觴妍。北來我為留稱祝，上壽天將與靜便。如此春江復相別，滄波無盡各悠然。

此詩集中不載，蓋癸亥所作，末二語，獨擅勝場。

梅花

余八齡里居，僦法海寺街何家。記廣除之西，老梅一株，高五、六丈，大合抱，花時光直過粉牆，及今思之，覺宋人以「層玉峨峨」詠此花者，為不謬。北居三十年，中或南行，雖不值花時，亦未嘗不憶萼綠仙人也。丁巳入杭州，於嘉興道中，匆匆見一樹，斜枝極勝，遂有絕句云：

入越穿吳總為春，水邊初見玉精神。勞生休索南枝笑，輸與鴛湖繫纜人。

蓋久別則易歡於所遘，後於孤山蘇文忠公祠牆角，覩一本透骨紅，甚古豔，余〈西湖詩〉，所謂「苔枝五百年，頳骨瑩玉膚」者是，今此梅已不可見。後游無錫梅園，園新成，梅皆拱把，殊以稚且密為病。有〈黿頭渚〉一詩，起四句云：「梅園插梅如插籬，橫枝周立形躨跜。具區仙人意閔之，浮空擲翠瑩雙眉。」實致此意。亦繇少時心目中所憶者，唯有虬幹高花，故疑今見者之委瑣也。其後畏廬先生數為余言超山梅花之勝，云：今日香雪海之名當屬是，出所為記示余，此情忽然十年。去春聞超山寺僧新戕於盜，寺半燼，驚蟄後遂由杭州往遊。車過臨平，蒼烟欲合，道傍花已雜得數叢，意大悅，謂當與暘臺之杏媲麗。及抵寺門，花方盛開，然逈非大覺花光之浩博。宋梅一樹，繞以石闌，其奇崛逋峭狀，殆不如幼時所見故鄉之花也。徘徊林中久之，澗翠壓枝，松篁浮動，暗香相襲，自有清寒曠妙之致，此則南方溪谷春姿，異於北方者也。歸宿湖上，翌晨更詣靈峰尋梅，迎門三五株，酣紅當稱茲游之最。余有七詩，以放翁「中有萬斛江南愁」句為韵。其後眾異有二古體詩，余併次其韵，述超山寺僧被盜，茲事世所習知，不具錄。既返南京，偶發篋，則林記墨拓具在，急取再讀，乃知余游所見者限於前山，而花悉在後山，且當以舟游，且當以一二日從容上下攬賞。今錄畏廬記與跋於下，以為再游之券。記云：

夏容伯（同聲），嗜古士也，隱於棲谿。余與陳吉士、高歗桐，買舟訪之，約尋梅於超山。由谿上，易小舟，循淺瀨，至超山之北，沿岸已見梅花。里許遵陸，至香海樓，觀宋梅，梅身半枯，側立水次，古幹詰屈，苔蟠其身，齒齒作鱗甲，年久苔色幻為銅青。旁列十餘樹，容伯言皆明產也。景物淒黯，無可紀，余索然將返。容伯導余過唐玉潛祠下，花乃大盛，縱橫交糾，玉雪一色，步武高下，沿梅得徑，遠馥林麓，近偃陂陁，叢芥積縞，彌滿山谷，幾四里，始出梅窩。陰松列隊，下聞谿聲，余乘船已停瀨上矣。余以步，船人以水路盡，適相值也。是晚仍歸棲谿。遲明，復以小舟繞出山南。山南之花，益多於山北，野水古木，渺瀰滯翳，小徑岐出為八九道，抵梅而盡。至乾元觀，觀所謂水洞者，潭水清冽，怪石怒起水上，水附壁而止，石狀豁開，陰綠慘淡，石脉直接旱洞。旱洞居觀右偏，三十三級及洞口，深窈沉黑，中有風水蕩擊之聲。同游陳寄湖、元概兄弟爇菅入，不竟洞而出。潭之右偏，鐫海雲洞三大字，宋趙清獻筆也。尋丁西軒父子石像，已剝落，詩碣猶隱隱可讀。容伯飯余觀中，余舉觴太息，以生平所見梅花，咸不如此之多且盛也。容伯言：冬雪霽後，花益奇麗，過於西溪。然西溪余兩至，均失梅候，今但作超山梅花記，一寄容伯，一寄余友陳壽慈於福州，壽慈亦嗜梅者也。林紓記。

跋云：

成此記後十年，歗桐卒。更十二年，吉士病廢，亦卒於京師。張公綬（章合）諸同志以書來，索余記，以香海樓新修，將鐫斯文於壁間，然尚未知吉士之已逝也。尋郭春榆來言，塘栖人將祀吉士於香海樓，以吉士宰仁和有惠政，塘栖，其所治也。嗚呼，老友林迪臣太守葬孤山矣，今復祠吉士於斯樓，浙西父老人士醇厚之風，足令人感涕也。今夏余來游聖湖，並赴西台弔鄉人謝皋羽。惜容伯已逝，且超山非梅候，故不至。重違張公雅意，姑以醜劣之書，聽之鐫石。辛酉夏四月，閩縣林紓附識。

此記石刻，余游時未之見。大抵梅花可別為二，閩粵古梅，累數十尺，柯幹鐵色者，極可賞，然不易得群生。其漫野千萬樹，如煙如海者，則鄉人資種以為利，若斯之梅，不易得真態。故宋人稱梅，率以野生者為美，所謂「竹外一枝斜更好」，所謂「但夢想一枝瀟灑，黃昏斜照水」者，皆節取其傾斜照映之致也。陳吉士名希賢，曾知仁和縣，有惠政。塘栖河流，陳所疏鑿，超山有今日，唯陳之賜，故祀於祠，朋輩為作〈超山遺愛圖〉，李拔可詩最佳，蓋去年事。又吳倉碩葬超山梅花中，建宋梅亭者，周夢坡，亦已捐館。離超山不遠，臨平安隱寺，云有唐梅，邵潭秋有詩，余未之見。

論斜陽

前記石景山斜陽，彌戀光景。比數過潤州，每逢落日，因復抒說之。

「向晚意不適，驅車登古原。夕陽無限好，只是近黃昏。」此唐人之詠斜陽，北方高原之斜陽也。「休去倚危闌，斜陽正在煙柳斷腸處。」此宋人之詠斜陽，詠南方江國之斜陽也。斜陽，自以在小山在江國者為尤勝。樂遊原之斜陽，名於漢唐者，正以為小阜四敞，有園亭其上也；觀《西京雜記》及杜詩，可知。因此，悟凡小山完完，有樓觀參差，林木蔽虧其顛者，皆宜於斜陽。石景山以適如斯狀，故斜陽特奇麗。若潤州之金焦，則既為山原，又臨江水，既有煙柳，又有樓臺，其尤宜於斜陽也，固矣。

東坡〈金山詩〉：「山僧苦留看落日。」此猶為江上之斜陽。近散原、蒼虬竝有〈車過鎮江看落日〉之作，又有詩云：「金焦於我豈有私，每過常看斜陽好」云云，此皆遠玩小山之斜陽。十餘年前冒鶴亭榷鎮江，余有詩寄之，中有二句云：「斷腸煙柳正斜陽，一角飛甍過北固。」正取稼軒詞意以寫之。顧其時余實僅見煙柳之斜陽，未嘗登北固，如坡公之留金山看落日也。今年重九前二日，始以日暮登臨北固，一攬斯勝，遂有長詩。起句：「多景樓頭看落日，江山意態清秋出」，五、六句「斷霞只擁焦山青，北望濛濛雲水一」者，皆紀實語。至若車次所見之彌天煙柳，雖無斜陽掩映，其蒼涼意境故常在。今秋余車過鎮江，有感於渚蓮凋謝，曾和白石〈惜紅衣〉一詞，起云：

曳柳鶯秋，層陰替日，晚蟬無力，望裏嵯峨，樓臺自金碧。殘粧鏡浦，應慣見鷗邊羈客。

此皆特狀暮景，謂雖層陰替日，而自有危闌腸斷之意也。若純特狀落日者，余頗以李易安之「落日鎔金，暮雲合璧，人在何處」為佳。鎔金句易，合璧思奇，接以人在何處，便有悠然惘然之意，宜劉須溪、張叔夏輩之折服此詞也。

咏斜陽詩

老杜詩，咏月，咏雨，皆絕勝，咏斜陽者不多。然「絕壁過雲開錦繡」，此中有斜陽在，真傑句也。鄭谷夕陽詩，亦平常。起云「夕陽秋更好」，卻是實言。秋江蘆雪，得斜照更佳。古人咏此，皆片詞隻句，其長言侔揣者，余甚喜俞恪士丈〈西溪〉一詩。詩云：

西溪暝煙送歸客，艇子落湖風獵獵。蘆花淺白夕陽紫，要從雁背分顏色。頹雲掠霞沒山腳，一角秋光幻金碧。欲暝不暝從天容，疑雨疑晴我蕭瑟。憶看君山元氣中，滄波一逝各成翁。請將今日西湖影，寫入生平雲夢胸。

丈此詩蓋和散原翁者。乙卯丈在北都時，數為社集，南歸後，聞每作詩，腦必痛，故不恆作。余以己未春至西湖俞莊，去丈歸道山，才旬日也。

陳仁先落日詩

前談斜陽，舉陳仁先「金焦于我豈有私，每過常逢夕陽好」句，後檢《蒼虬閣詩》，是乙卯秋所作者也。仁先別有〈次治薌觀落日詩〉五首，第一首，言西山落日，第二首言海中落日，第三首則言金焦落日。其云：「江山第一區，夕陽萬古綺，雲水合空明，晃漾千翠紫」者，即東坡「微風萬頃韡紋細，斷霞半天魚尾赤」之觀也。第四首之：「下界氣空濛，回光生暮紫。孤行青冥中，風雷旋不止。呼吸萬星躔，如海納眾水，何者為坤輿，微塵一黑子。」第五首之：「太行何高高，塵寰失秀綺。我數乘飛車，側度千嶺紫。聞君觀落日，立馬井關止。獨見天下脊，俯視衣帶水。一線走金蛇，絕倒龍門子。天風一裴回，迴盪九萬里。纈眼射寒光，太古雪不圮。雲幻兩三峯，全晉作旖旎。禹力不到處，金輪下無底。」皆酷肖今日乘飛機觀落日情況。其實言井陘斜陽，但造句極用力，遂似翔空俯瞰者。前者恪士丈〈西溪〉夕陽詩，仁先同遊，亦有詩，所謂「落日千峯橫紫翠，中流一葉在虛空」者是。又伯嚴丈游西溪，見水草蔓延，土人呼為革命草，因入詠，詳《散原精舍詩》自註。余謂革命草可對寄生蟲，亦可對斷腸花，以皆西溪故實，因連類記之。

丁傳靖記磨盤松文

前憶覺生寺松，因而兼憶及磨盤松，則并憶丁闇公（傳靖）矣。闇公初過從在民國二年之寒山社集，亡何，有同學章君，持其友人所為《衝冠怒傳奇》求余索樊山翁題。隔夜樊山題一長歌見示，又告余，闇公昔有《滄桑豔傳奇》，亦言吳三桂、陳圓圓事，子見之否？余唯唯。其後與闇公同官殆十年，至相得，常以文字之責轉求其代。其為人訥然，蕭然，美鬚髯，諳近代掌故，能為陳其年、王仲瞿之駢文，尤工七言詩。闇公之歿，去今殆七、八年，夏蔚如（仁虎）言：闇公前一日殉於北都，蔚如方自南京來，止於天津，途遇闇公，立談良久，初不知其已死，其事絕可怪，或時日外，記憶誤也。

舊都多古松，如報國寺松，戒台寺松，慈恩寺松，皆見於詩文載記者，而阜成門外又有磨盤松一株，高不逾五、六尺，樹幹臥地，群枝糾結，如盤著地，如團鳳方翥。往歲闇公有〈記磨盤松〉一文，其遺集，余未之見，錄此文，非唯傳松也。記云：

去年成澹庵告余，阜成門外有古松，屢訪不得。今年初夏，鼓興再訪，得之。松在阜成門外，偏北半里許，其地似人家墳園，土人呼為磨盤松。高不過五、六尺，樹身臥地，屈曲盤拏，如古藤之糾結，倘舒而直之，約可五六丈，樹頂上可坐數人，想黃山所謂蒲團松，亦不過如是，洵奇物也。京師有名之松，皆見記載，此獨闕如，殆以生長曠野，無園墅名跡之依附，遂無人品題。吾想其地，或本低窪，後來積土高過樹腰，今所見者，皆樹之頂。否則樹未甚巨時，為風吹倒，後來即據地盤曲而生，計其年，極少亦在前明。松本難長，屈則更難。常松芽春夏間，長幾及尺，然後放針。此則新芽極短，針已全綠，且隔年之針多枯瘁。蓋根本屈曲，本性不能條達，計一年所增，不過一寸，以五丈計之，已五百年矣。余齋有松，出土不及一尺，即折而橫出，縱橫約六七尺，每年新針，亦蒽倩，及秋則漸減蒼翠，亦以木曲之故，況此樹盤屈至數丈耶。松旁多雜樹，環繞遠觀不見姿態，必宜刪除。數尺之外，荒塚纍纍，雖有力者，亦難以建築園圃。謂宜於附近構一小菴，令僧主之，而松之四周，則以短垣護之，俾郊外又增一名跡。惜今之守土者，未暇及此也。

闇公此文之成，度在甲子、乙丑間，以文中所舉成澹菴（多祿），先闇公卒也。闇公未嘗買宅，僦西城八旗舊貴人家，亭榭陰翳，花木扶疏，記中所云余齋者，即指此。澹菴，一字竹山，吉林人，自有園在燕都西城，曠爽宜月。甲子月當頭夕，竹山觴余於園，志盦丈、闇公並在。使今日再得北游，殆不能辨門巷。酒罏雖在，撾策無從，悲夫。

古小說中故事之出典

坊肆近取《三國志》、《水滸》、《說岳》等八九書，彙印小册，頗便於攜觀。然吾國小說，佳者不止此數，揭此行將失彼。其實明清小說，有甚佳者，而間有敘述床笫，近人謂為穢褻，什九刪芟，大失其真。他不必言，昔日原刊流布，而俗不加濫，今日之俗，尚幾於觸處橫陳，舊小說又何能尸其咎？塗改遷就，徒見拘墟而已。秋夜偶為兒輩檢舉《三國志》、《說岳》所述事，為之考證史籍，示以出處，戔戔小言，亦自有味，擇尤者，彙存之。

讀《三國志演義》者，多喜言武侯制作木牛流馬，演義中，又載其廣狹尺寸，此皆有所本。考《北堂書鈔》引《蒲元別傳》，元與諸葛亮牒云：「元等輒率雅意，作一木牛，廉仰雙轅，人行七尺，牛行四步，人載一歲之糧。」云云。今演義載之，不言為蒲元奉武侯意製，又輒言其宛然如真，又言扭轉其舌，即不能行，此則不明事物，故神其說。予案：木牛非象牛，流馬更非類馬，名以馬牛，取其能運輸耳。《古今事物考》云：「諸葛亮作木牛流馬，木牛即今小車，前有轅者。流馬，即今獨推者，民間謂之江州車子。」疑亮之創，始作於江州，當時云然，故後人以為名也。《獨醒雜志》云：「江鄉有一等車，隻輪兩臂，以一人推之。隨所欲運。別以竹為部，載兩旁，束之以繩，幾能勝三人之力。登高度險，亦覺穩捷，雖羊腸之路可行。」《夢溪筆談》：「信安滄景之間，行人以獨輪小車，馬鞍蒙之以乘，謂之木馬。」《九朝野記》：「永樂中曾有造木牛流馬行數步而止。」《棗林雜俎》：「成化二十一年，戶部左侍郎隆慶李衡，總督陝西邊備，兼理荒政，發廩賑饑。作木牛，可水耕，可山耕，可陸耕，一日可耕三、四畝，作木牛圖布之。」據此，則木牛流馬，即是小車。流馬之為獨輪小車，世所稱羊角車，已無疑義。木牛之制，前有轅，雖不詳，以李衡用木牛之名，而可水耕、陸耕測之，必是東坡所謂踴躍滑汰者。蓋劍閣山路，不可方轂，故武侯以獨輪小車之類運輸。古人稱奔走者，皆曰馬牛，如秧馬兒，何嘗是馬，至檐前之鐵馬，更無涉於象形，尤可見命名時之觀念。今乃刻舟求之，謂木牛流馬之諸不傳，而孰知獨輪車固仍流行南北耶？

又演義有〈武侯彈琴退仲達〉一回，世人稱為空城計，演劇者盛相稱播。考《蜀志・諸葛亮傳》註，引郭沖條亮五事，其三事云：

亮屯於陽平，遣魏延諸軍並兵東下，亮唯留萬人守城。晉宣帝率二十萬眾拒亮，而與延軍錯道，徑至前，當亮六十里所。偵候白宣帝，說亮在城中，兵少力弱。亮亦知宣帝垂至，已與相逼，欲前赴延軍，相去又遠，回跡反追，勢不相及，將士失色，莫知其計。亮意氣自若，敕軍中皆臥旗息鼓，不得妄出幕幔，又令大開四城門，掃地卻洒。宣帝嘗謂亮持重，而猥見勢弱，疑其有伏兵，於是引甲北趣山。明日食時，亮謂參佐，拊手大笑曰：「司馬懿必謂吾怯，將有強伏，循山走矣。」候邏還白，如亮所言，宣帝後知，深以為恨。

案：此說，裴松之疑其非實，而於事理可能，陽平所餘萬人，亦非空城也。

演義又載曹嵩本姓夏侯，為曹騰養子，此說亦具有本原。考《魏志・文帝傳》註，引孫盛《魏氏春秋》評，文帝幸鄴東城門，為夏侯惇發哀云：「在禮，天子哭同姓於宗廟門外，哭於城門，失其所也。」以夏侯為曹同姓，是其一證。又《吳志・大帝傳》註引《魏略》，權與周浩書云：「今子當入侍，而未有妃耦，昔君念之，以為可上連綴宗室，若夏侯氏。」以夏侯宗室同列，是又一證也。

《說岳傳》，謂內使齎著金字牌，遞到尚書省劄子。案：金牌召岳，已具見紀載，世或以為金字牌，乃專為尚書省遞劄之用，此則不知其制。《夢溪筆談》云：「驛傳舊有三等，曰步遞，馬遞，急腳遞。急腳遞最遽，日行四百里，唯軍興則用之。熙寧中又有金字牌急腳遞，如古之羽檄也，以木牌朱漆黃金字，光明眩目，過如飛電，望之者無不避路，日行五百餘里。有軍前機速處分，則自御前發下，三省樞密院莫得與也。」據此，則金字牌殆高宗親發，不能盡出自秦檜也。

近人考證說部者，至多且詳，予今所談，不過隨意掎摭一、二星宿，實不足概其全。其中尤以《三國演義》所援據傳聞，尤為浩博，惜不暇條求出處耳。

周春論紅樓夢（上文參考述古類，「張佩綸舊宅」條。）

侯府之為安園，鷗園，其沿革固已瞭然。至若云安園有關《紅樓夢》，世人乍聞之，必將瞠目而譁。顧斯說緜來，實鑿然可據。浙人吳君伯迂，淹雅富收藏，所居署為萬華盦。其家傳有《閱紅樓夢筆記》一巨冊，為其鄉前輩周松藹先生手書原本，筆述井井，總題為《閱紅樓夢筆記》。內分〈紅樓夢評例〉、〈約評〉，若干種，下署海昌黍谷居士周春松（靄甫）著。原文近數萬言，不能具錄，今錄其弁首一節如下：

乾隆庚戌秋，楊畹耕語余云，雁隅以重價購鈔本兩部，一為《石頭記》八十回，一為《紅樓夢》一百二十回，微有異同，愛不釋手，監臨省試，必攜帶入闈，闈中傳為佳話。時始聞《紅樓夢》之名，而未得見也。壬子冬，知吳門坊間已開雕矣，茲苕賈以新刻本來，方閱其全。相傳此書為納蘭太傅而作，余細讀之，乃知非納蘭太傅，而敘金陵張侯家事也。憶少時，見《爵秩便覽》，江寧有一等侯張謙，上元縣人。癸亥甲子間，余讀書家塾，聽父老談張侯事，雖不能盡記，約略與此書相符，然總不敢臆斷。再證以《曝書亭集》、《池北偶談》、《江南通志》、《隨園詩話》、《張侯行述》諸書，遂決其無疑也。案：靖逆襄壯侯勇，長子恪定侯雲翼，幼子甯國府知府雲翰。此甯國、榮國之名，所由起也。襄壯祖籍遼左，父通，流寓洋縣，既貴，遷於長安，恪定開閫雲間，復移家金陵，遂占籍焉。其曰「代善」者，即恪定之子宗仁也。由孝廉官中翰，襲侯十年，結客好施，廢家貲百萬而卒。其曰「史太君」者，即宗仁妻高氏也，建昌太守琦女，能詩，有《紅雪軒集》。宗仁在時，預埋三十萬於後園，交其子謙，方得襲爵。其曰「林如海」者，即曹雪芹之父楝亭也。楝亭名寅，字子清，號荔軒，滿洲人，官江甯織造，四任巡鹽。曹則何以廋詞曰林？蓋曹本作⿱㯥曰，與林並為雙木。作者於張字曰掛弓，顯而易見，於林字曰雙木，隱而難知也。嗟乎！賈假甄真，鏡花水月，本不必求其人以實之，但此書以雙玉為關鍵，若不溯二姓之源流，又焉知作者之命意乎？故特詳書之，庶使將來閱《紅樓夢》者，有所考信云。甲寅中元日黍谷居士記。賈雨村者，張鳴鈞也，浙江烏程人，康熙乙未科，官至順天府尹而罷。首章明云雨村湖州人，且鳴鈞先曾褫職亦復正合。此書以雨村開場，後來又被包勇痛罵，乃《紅樓夢》中最著眼之人。十月望日又記。

考周先生為海鹽人，字芚兮，號松靄，晚號黍谷居士，乾隆間進士，官岑溪知縣，潛心著述，四部七略，靡不瀏覽，有《海昌勝覽》、《松靄遺書》等。此文中之庚戌，是乾隆五十五年，壬子，是五十七年，甲寅，則五十九年也。松靄作此時，《紅樓夢》始行世，上距康熙不及百年，故所云決然有可信者。蓋筆證具存，為史料之最上選，而以比較同時之人，言同時之事，其近得真相，又遠過於三百年後之摸索擬議。

以予所知，晚近紅學大師，無過孑民先生及適之；適之考證，尤博且精，惜此絕佳材料，乃未得寓目，不可謂非憾事也。然就周記而言，今日適之所考曹楝亭云云，不但無礙，更可互相闡明。蓋小說家言，往往有兩三層根據，而皆未可刻舟求劍。《紅樓夢》之根據，必有絕對為楝亭家事者，亦必有張侯家事者，此說殆最持平。周氏〈約評〉中，尚有數節可采者。一云：

> 錢竹汀宮詹云，金陵張侯故宅，近年已為章攀桂所買，章曾任江蘇道員。

又一云：

> 李紈，為李守中女。按李廷樞，字守中，江甯人，順治丁亥進士，官翰林。然宮裁必非守中女，或曾孫女耳。究之，總是半真半假，悟此方可閱此書。

又一云：

> 趙嬤嬤對鳳姐說，賈府在姑蘇揚州監造海船，修理海塘舊話，正為松江提督時事。鳳姐云，我們王府裏，也預備過一次，蓋為王新命而言。案王新命潼川人，官至總督。

右三節中，第一章，章攀桂，即安園之緜來，已詳前筆。後兩節，確否不可知，要可備一說。而以「半真半假讀此書」之一語，尤為破的。蓋自來釋《紅樓夢》者，多病於拘泥文義，不知數百萬言之小說，所影射者，絕不止一人一事也。周先生能知此書半真半假，則其見解既高，言紅樓屬於張侯家事，度其耳目聞見，必有相當範圍可信，惜未為條舉也。予意，張曹兩家，當為戚串，兩家故事，康乾間，江南士夫咸能道之，故周於童時，即飫聞各說。若使適之得見此手寫稿，必可平添許多強有力之材料。

又曹之〈楝亭圖〉，凡四大卷，禹之鼎等畫，姜宸英等題，此物有人質於吾友張伯駒家，亦紅學一珍祕，適之亦惜未見之。吳君聞久作舊都寓公，此稿或猶存北地也。

續記周春所談紅樓夢掌故

前記侯府為張侯故第，因憶周松靄先生有《紅樓夢》迺張侯暨曹楝亭家事之說，為撮周氏筆記之序，質於世。比見報章，有謂予主張此說者；實則予僅舉發此一段故事，俾知乾隆末年，讀《紅樓夢》者有此推測而已。此書所擬肖諷刺者，必不止一家一事，憶昔人有言其闡易理者，又有言其闡金丹大道者，與近有言其闡種族大義者，皆冥心戛造，羌無左證，起雪芹於九地，想亦瞠然，不特淺陋如予，莫能有一詞之贊也。上月適之南來，談及茲事。適之為言，松靄，清乾嘉間名儒，著有《杜詩雙聲疊韵考》，又知周序中所舉一為八十回，一為一百二十回，因詢周作序年月；予告以為乾隆五十九年，適之謂，此說信矣，非乾隆末年，不能見此百廿回之本也。惜周稿非予物，不獲出以相證，因告適之以藏主姓名，此物度尚存北平。嗣憶篋中尚摘抄有周評若干則，今悉暴之，以供談紅學者之研究。松靄先生原評，有云：

新正閉戶不拜年，粗閱此書一過，元旦起，初三日午後畢。時從盧抱經學士借《十三經注疏考證》，約望後即寄還，緣急於考證此書，無閒圈點也。

又有云：

看《紅樓夢》，有不可缺者二。就二者之中，通官話京腔尚易，諳文獻典故尤難。倘十二釵冊，十三燈謎，中秋即景聯句，及一切從姓氏上著想處，全不理會，非但辜負作者之苦心，且何以異於市井之看小說乎？一笑。乙卯正月初四日。

又有云：

黛玉二字，未詳其義，或云即碧玉之別，蓋取偷嫁汝南之意，恐未必然。案：香山〈詠新柳〉云：「須教碧玉羞眉黛，莫與紅桃作麴塵。」此黛玉二字之所本也。我聞柳敬亭本姓曹，曹既可為柳，又可為林，此皆作者觸手生姿，筆端狡獪耳。

又有云：

此書曹雪芹所作，而開卷似依托寶玉，蓋為點出自己姓名地步也。曹雪芹三字既點之後，便非復寶玉口吻矣。

又有云：

林如海，即曹楝亭。案：楝亭非科甲出身，由通政使出差外任，此曰探花者，假也，曰蘭臺寺大夫者，真也，書中半真半假，往往如此。漢時蘭臺令史，主章奏。

又有云：

雨村授應天府，仍南京舊名，亦半真半假，下仿此。

又有云：

白玉為堂金作馬，金馬暗用張騫故事。阿房宮，三百里，住不下金陵一個史。案：阿房宮下可以建五丈旗，隱語高也。高氏旗籍，故云，住不下金陵。

又有云：

十二釵冊，多作隱語，有象形，有會意，有假借，而指事絕少，是在靈敏能猜也。若此處一差，則全書皆不可解矣。可見書貴善讀，即稗官小說，莫不皆然，而況於經史子集哉？今略詳其大概如後。金陵十二釵，又副册，第一晴雯，第二襲人，副册第一香菱，正册第一林黛玉，薛寶釵。然曹字《說文》作㯥，乃兩株枯木，上懸一圍玉帶之象，不可真認為雙木林也。第二元春，第三史太君。案：放風箏者，高也，大海者，渤海也，史太君本不在十二金釵之列，然借以點湘雲之姓，不可誤認探春。第四史湘雲，第五妙玉，第六迎春，第七惜春，第八鳳姐。案：詩中一從二令三人木句，蓋二令冷也，人木休也，人從月從也，三字借用成句而已。第九巧姐，第十李紈，第十一鴛鴦，第十二秦可卿。

又有云：

袁簡齋云：大觀園即余之隨園。此老善於欺人，愚未深信。

又有云：

燈謎兒，寶釵「鏤檀鐫梓一層層」，余擬猜紙鳶。第三句「雖是半天風雨過」，暗藏高字。寶玉「天上人間兩渺茫」，擬猜紙鳶之帶風箏者。黛玉「騄駬何勞縛紫繩」，擬猜走馬燈。至薛小妹懷古燈謎十首，第一赤壁懷古，擬猜走馬燈之用戰艦水操者「內徒留姓載空舟」，暗藏曹字。第二交阯懷古，擬猜喇叭，末句「銕笛無煩說子房」，暗藏張字。第三鍾山懷古，擬猜肉。第四淮陰懷古，擬猜兔。第五廣陵懷古，擬猜簫。第六桃葉渡懷古，擬猜團扇。第七青塚懷古，擬猜枇杷。第八馬嵬懷古，擬猜楊妃，冠子白芍藥。第九蒲東寺懷古，擬猜骰子。第十梅花館懷古，擬猜秋牡丹。新正無事試為一猜，當日大家所猜，皆不是的，恐我所猜，亦未必是也，安得起諸美人而問之？

又有云：

如今兄弟，又自為曹唐再世了。唐詩人不少，而獨及堯賓，可見往者之姓曹矣。

又有云：

湘黛中秋聯句，著書者多寓深意。如「爭餅嘲黃髮，分瓜笑綠媛」，爭餅用高少逸事，見《唐書・高元裕傳》，分瓜二字，本段成式戲高侍御詩。綠媛二字未知何本，觀此聯但用高姓事，則史之為高，明矣。此明明說老太太分曹爭一令借點曹字。「骰彩紅成點，傳花鼓濫喧」。六博分曹，說骰子，暗點曹字。傳花事用南卓《羯鼓錄》，參玉溪句，又暗點高字，所以黛玉稱好也。「寶婺情孤潔」，逗出寶字，所謂景中情也。「藥催雲兔搗，人向廣寒奔」，藥催一聯使事無迹。「犯斗邀牛女，乘槎訪帝孫」，犯斗乘槎又藏張字。吁！天下閱《紅樓夢》者，俗人與《金瓶梅》一例，仍為導淫之書，能論其文筆之若何，已屬難得，然亦究歸癡人說夢耳。試問此〈中秋夜即景聯句〉，誰作鄭箋者乎？蓋此書每於姓氏上著意，作者又長於隱語廋詞，各處變換，極其巧妙，不可不知。

又有云：

南韶道張小姐欲與寶玉說親。案：南韶道張韶美，陝西武進縣人，捐班。

又有云：

蘅蕪慶生辰，鴛鴦於行令時戲對寶玉說：這教做張敞畫眉。明明白白說張侯家事。

又有云：

兩次看册，前後照應，至册中有個好像林字，便非真林字矣。此參活句。又見圖上隱隱有個放風箏的人兒，余益信放風箏之非實事，所謂象形而兼會意，不過點高氏之姓也。

又跋云：

余作此記成，以示俞子秉淵，亦以為確指張侯家事。翼日即集古作歌一首題之，包括全書，頗為剪綃蕃錦之巧，因錄存於此。詩有云「金陵自昔擅繁華，況是通侯閥閱家。畫戟東南開甲第，朱輪朝暮遇香車」云云，詩長不具錄。

案：周先生評中，亦有頭巾氣，亦有望文生義處，然以去雪芹才數十年之人，有此手稿，故是極強有力之資料也。

甌香館

洪北江《外家紀聞》：「甌香館，為穎若字啟宸從舅氏宅中臨溪小築。惲南田居士貧時，常賃居之，故所作書畫，多署甌香館。余幼時曾於外祖父亂書帙中，得南田居士〈乞米帖〉，今尚存，字仿褚河南，古秀入骨，故世傳南田三絕云云。」據此，則甌香館並非南田所自有。近人江浦陳亮伯譔《匋雅》，謂館名甌香，是甌香（甌是香瓷）非香茶，殆未必然。〈乞米帖〉，可與雅宜山人〈借銀券〉並傳，惜未得見。北江外家姓趙氏，是甌香館，實趙家軒牓也。

宜興茶壺

因談甌為香瓷，而憶及近有友人詢予以宜興瓷源流者。案：宜興壺，始於供春，光大於時大彬，益昌於陳曼生，而供春其法又實傳自金沙寺僧。考許次紓《茶疏》、張岱《陶庵夢憶》、陳貞慧《秋園雜佩》諸書，皆言而未詳，即徐喈鳳《宜興縣志》，于琨《重修常州府志》，亦未精博。言之較全者，當以《桃溪客語》為最。客語云：

陽羨瓷壺，自明季始盛，上者至於金玉等價，百餘年來，名輩既盡，時工所製率粗俗不雅，或塗以丹黃，無一可入清玩者。夷考古來名手，其姓氏尚可指數。如金沙寺僧（不知其名）、供春、董翰（號後溪）、趙良（亦作梁）、元暢（或作袁錫）、時朋（亦作鵬）及子大彬（號少山）、李養心（字茂林）及子仲芳、徐士衡（字友泉）、歐正春、邵文金、文銀、蔣時英（字伯葵）、陳田卿、信卿、閔賢（字魯生）、陳光甫、陳仲美、沈士良（字君用）、邵蓋、周後谿、陳俊卿、周季山、陳挺生、承雲從、沈君盛、陳辰（字共之）、徐令香、項真（字不損，嘉興人，諸生）、沈字澈，竝勝國名手。至其品類，則有若龍蛋、印方、雲雷螭罫、漢瓶、僧帽提梁、卣、苦節君扇面、方蘆席、方誥、寶圓珠、美人肩、西子乳、束腰菱花、平肩蓮子、合菊花芝蘭竹節、橄欖、六方冬瓜、段分蕉、蟬翼柄、雲索耳、番象鼻、鯊魚皮、天雞篆珥、海棠香合、鸚鵡螺杯、葵花茶洗、仿古花罇、棋花爐、十錦杯，等等。大都炫奇爭勝，各有擅場，姑舉其十一耳。

又周樹《臺陽百詠》註：

金沙寺僧，久而逸其名矣。聞之陶家云，僧閑靜有致，習與陶缸甕者處，摶其細土，加以澄練，捏築為胎，規而圓之，刳使中空，踵傳口，柄蓋的，附陶穴燒成，人遂傳用。

又云：

供春，學憲吳頤山家僮也。頤山讀書金沙寺中，春給使之暇，竊仿老僧心匠，亦淘細土，摶坯茶匙穴中，指掠內外，指螺紋隱起可按，胎必累按，故腹半尚現節膆，視以辨真。今傳世者，栗色闇闇如古金鐵，敦龐周正，允稱神明垂則矣。世以其龔姓，亦書為龔春。

又考《五石瓠》云：

宜興砂壺琊於吳氏之僕曰供春，乃久而有名，人稱龔春。其弟子所製更工，聲聞益廣，京口談長益為之作傳。

今案：周樹《臺陽百詠》註云：

臺灣人茗皆自煮，必先以手嗅其香，最重供春小壺。供春者，吳頤山家婢名，製宜興茶壺者，或作龔春者誤。一具用之數十年，則值金一笏。

周高起曰：

供春，人皆證為龔春，予於吳冋卿家見大彬所仿，則刻供春二字，足折聚訟云。

吳騫云：

頤山名仕，字克學，宜興人，正德甲戌進士，以提學副使擢四川參政。供春實頤山家僮，而周系曰青衣，或以為婢，並誤，今不從之。

薈以上諸說，供春之本源，已釐然可見。至時大彬，號少山，或陶土，或雜砂，諸款具足，諸土色亦具足，不務妍媚，而朴雅堅栗，妙不可思。初自仿供春得手，喜作大壺，後遊婁東，聞陳眉公與瑯琊、太原諸公品茶試茶之論，乃作小壺。几案有一具，生人閒遠之思，前後諸名家，並不能及，遂於陶人標大雅之遺，擅空群之目。今考張燕昌《陽羨陶說》云：

先府君性嗜茶，所購茶具皆極精。嘗得時大彬小壺，如菱花八角，側有款字。府君云壺製之妙，即一蓋可驗，試隨手合上，舉之能吸起全壺，所見黃元吉沈鷺雝錫壺亦如是，陳鳴遠便不能到此。既以贈一方外，事在小子未生以前，迄今五十餘年，猶珍藏無恙也。予以先人手澤所存，每欲繪圖勒石記其事，未果也。

又考陳鱣《松硯齋隨筆》云：

客耕武原，見茗壺一於倪氏六十四硯齋，底有銘曰：「一杯清茗可沁詩脾，大彬。」凡十字。其製朴而雅，砂質溫潤，色如豬肝，其蓋雖不能翕起全壺，然以手撥之，則不能動，始知名下無虛士也。既手摹其圖，復系以詩云。

至陳曼生壺源流，則考《前塵影夢錄》云：

陳曼生司馬（鴻壽）在嘉慶年間，官荊溪宰。適有良工楊彭年，善製砂壺，刱為捏嘴，不用模子，雖隨意製成，亦有天然之致，一門眷屬，並工此技，曼生為之題其居曰阿曼陀室，並畫十八壺式與之。其壺銘，皆幕中友如江聽香、高爽泉、郭頻伽、查梅史所作，亦有曼生自為之者。銘字須乘泥半乾時，用竹刀刻就，然後上火。雙款則倩幕中精於奏刀者，加意鐫成。若尋常貽人之壺，每器只二百四十文，加工者須值三倍。越卅年，上海瞿子冶（應紹）欲燒砂壺，倩鄧符生至陽羨監造。子冶善蘭竹，有詩書畫三絕之稱，符生則善篆隸。所製雖不逮曼壺，然留傳不多，市中亦以之居奇。

又考《畊研田齋筆記》云：

宜興素產砂壺，製作精巧，儲大柄後，傳人特少。曼生作宰是邑，公餘之暇，辨別砂質，並自製銘鐫句，人稱為曼生壺，俾工人楊大鵬之名遠近著聞，刻錫亦佳。

今案：儲大柄，顯係時大彬之訛。楊匠之名，亦誤。彭年弟寶年，技亦精，子晉稱其一門眷屬並工，此技不虛也。又按唐陶山先生，亦嘗仿古製茗壺，吳槎客有詩贈之，此在陳曼生前，而人無知之者。宜興今為江浙孔道，車憩陽羨者，輒就買茶壺。而宜壺雖名天下，百年來尠新手名製，故特詳之，以勸陶工。

林紓譯茶花女由魏瀚之啓導

世但知畏廬先生以譯《巴黎茶花女遺事》始得名，不知啟導之者，魏季渚先生（瀚）也。季渚先生瑰迹耆年，近人所無。時主馬江船政局工程處，與畏廬狎。一日季渚告以法國小說甚佳，欲使譯之，畏廬謝不能。再三強，乃曰：「須請我遊石鼓山，乃可。」鼓山者，閩江濱海之大山，昔人所艱於一至者也。季渚慨諾，買舟導遊，載王子仁先生竝往，強使口授，而林筆譯之。譯成，林署冷紅生，子仁署王曉齋，以初問世，不敢用真姓名。書出而眾譁悅，畏廬亦欣欣得趣，其後始更譯《黑奴籲天錄》矣。事在光緒丙申丁酉間，高夢旦先生有〈閩中新樂府書後〉，略及而未詳，予蓋聞之於季渚先生哲嗣子京云。高書後云：

甲午（一八九四）之役，我師敗於日本，國人紛紛言變法，言救國。時表兄魏季子先生，主馬江船政局工程處，余館其家，為課諸子。仲兄子益先生、王子仁先生，歐遊東歸，任職船局，過從甚密。伯兄嘯桐先生、林畏廬先生，亦時就游讌，往往亘數日夜，或買舟作鼓山方廣游。每議論中外事，慨歎不能自已。畏廬先生以為轉移風氣，莫如蒙養，因就論議所得發為詩歌，俄頃輒就。季子先生為出資印行，名曰《閩中新樂府》。（畏廬、子仁二兄合譯《巴黎茶花女遺事》，亦在是時，署名冷紅生及王曉齋。）迄今三十年，散失殆盡。姪女君珈，獨有一冊，珍同拱壁，因為記其本末如此。

《閩中新樂府》，予尚記其版本行數，此書己酉庚戌尚在北京寓中，其後不知如何佚去。予最記戊戌年，畏廬先生僦居東街老屋前進，一夕三鼓，先生排闥入後廳，大呼先君起，詫語哽咽，聲震屋瓦。予惶駭屏氣，久之，始知得六君子就義之訊，扼腕流涕，不能自已也。

林紓閩中新樂府

畏廬先生《閩中新樂府》，夢旦丈始以示適之，乃著錄於《晨報》，得三、四篇，未饜讀者之望也。今錄其〈渴睡漢〉、〈關上虎〉二篇，以實吾札。〈渴睡漢〉，原註，諷外交勿尚意氣也。

渴睡漢，何時醒？王道不外衷人情。九經敘自有柔遠，加之禮貌庸何損。縱是國仇仇在心，上下一力敦根本。奈何大老官，一談外國先衡冠。西人投刺接見晚，儒臣風度求深穩。西人報禮加謾詞，又有大量能容之。所得不償失，易明之理暗如漆。我聞西人外交禮數多，一涉國事爭分毫。華人只爭身分大，鑄鐵為牆界中外。挑釁無非在自高，自高不計公家害。我笑富鄭公，區區爭獻納。若果趙家能自強，汴梁豈受金人踏。須知勾踐能復仇，驕吳始取吳王頭。奉告理學人，不必區夷夏。苟利我國家，何妨禮貌姑為下。西人謀國事事精，兵制尤堪為法程。國中我自宗王道，參之西法應更好。我徒守舊彼日新，脅我多端氣莫伸。群公各有匡時志，不委人為委天意。人為一盡天意來，王師奮迅如風雷，西人雖暴胡為哉？西人雖暴胡為哉？

〈關上虎〉，原註，刺稅釐釐丁橫恣陷人也。

虎來！虎來！關上人多安有虎？蠹役作威挾官府。小民負販圖營生，截路咆哮聞虎聲。虎吃肉，不留骨，官縱虎丁偵繞越。官豈全無愷悌心，當關縱虎妨行人。無如比較急於火，寧我負民勿負我。堂皇飛籤責虎丁，有船到關船須停。虎丁得錢實腰槖，詐言船過船無錯。既將膏血濡爪牙，私貨過關關不譁。有私易行無私滯，小民私納成常例。丁飽其餘始及官，官丁附麗如肺肝。民間罰稅重於稅，二分歸官八歸吏。罰款儲為比較資，虎丁長飽官不臞。臣思皇帝憂民瘼，不知此輩窮形惡。不行比較弊更深，專行比較丁復虐，只有加稅全免釐，釐金統向進口索，庶幾虎患無由作。

此二篇，近人著錄未及之，予則以為，所言至今猶炯然作鑑。如「一談外國先衝冠」，則今日暴怒僨舉者，固數見之。「投刺接見晚」，則五、六年前，傲謾以招鉅失者，亦具有之，所謂「挑釁在自高」也。其餘如勾踐復仇，在於驕吳，人力能盡，天意始來，則今日哲人之反覆丁寧，亦不外此旨。惜去翁作《新樂府》時，國家蹉跎憂患，又四十年矣。至〈關上虎〉末段，可見彼時畏廬先生已主張免釐加稅。年來兵戈遍地，苛政繁多，征斂之殷，政府或有不及察者，誦虎來之詞，又為爽然。

桃花扇之寄託

偶遘予倩，云：方導演《桃花扇》。問是雲亭傳奇邪？答云自製本事耳。前代逸聞雖極可喜，以服飾傔從制度等皆不易仿，故鮮能演為電影。憶前見日本有演《水滸》林沖事者，雖刻意雄傑，終隔一塵，尚古之難，如是。記七、八年前受綴玉之託，為翻《桃花扇傳奇》，易崑為亂，已成提綱至三本而止。此劇描寫興亡，極有足觀，惜北伶廢頽，配比難得佳材，恐亦不能副其沉痛。其卷末〈餘韻〉一齣，寫老贊禮及蘇崑山、柳敬亭三人以結束全書者，中有數語云：「那些文人名士，都是識時務的俊傑，從三年前已出山去了。」謔而近於虐，然在當時確有此情景。猶憶有詩刺諸生應順治丙戌鄉試者云：「聖朝特旨試賢良，一隊夷齊下首陽。家裏安排新雀帽，腹中打點舊文章。當年深自慚周粟，今日幡思吃國糧。非是一朝忽改節，西山薇蕨已精光。」則云亭非無感而然矣。

憶李蒓客〈題扇頭李香君小影〉詩云：「粉本南朝絕可憐，扇頭璧月尚嬋娟。清流何與人間事，花下長翻燕子箋。」「傾城一笑太情多，十斛明珠奈若何。畢竟秀才空嫁與，輸他一品顧橫波。」「秋柳情深大道王，掌中猶見舞時粧。只憐曲裏桃花扇，唐突當年鄭妥娘。」頗楚楚可誦。因憶漁洋諸絕句，鋪敘秦淮風景寄慨興亡，自是出色當行。而當時極稱其〈秋柳〉四律。夫以詩言，〈秋柳〉不及〈冶春〉諸作，而諸老盛譽，或必有故。考漁洋詠秋柳，在濟南明湖北渚亭，而首聯即謂云：「殘照西風白下門。」則此詩明是詠明末事，其得名殆即以其有寓意。瘦公曩從其鄉人朱聘三假得手錄曲阜鄭鴻舊註，鴻稱生長新城，聞於漁洋後人號秋峯者，自堪傳信。今撮錄兩首，以與雲亭傳奇相表裏。鴻原註云：

娟娟涼露欲為霜，萬縷千條拂玉塘。（此即弘光君臣也。自建位南都嬉娛顧影，已不勝衰象矣。）浦裏青荷中婦鏡，（馬阮諸人豈勝棟梁，所謂持荷作鏡也。）江干黃竹女兒箱。（弘光詔選民間美女入庭，校尉入民家大恣搜索，遠近驚皇，朝議婚而暮嫁，或自溺焉，民間少女一空，江干黃竹滋可憐矣。）空憐板渚隋堤水，（弘光自河南失守奔淮慶，轉徙淮上，馬士英、徐宏基等迎立南都，未及一年而喪滅，板渚之水依然，而滄桑已變矣。）不見瑯琊大道王。（古詩云：瑯琊復瑯琊，大道王。晉元帝以瑯琊陟位，與弘光同都建業，而與亡殊轍，復聞大道之歎耶。）若過洛陽風景地，含情重問永豐坊。（洛陽為福恭王分封地，李自成陷落陽，獲福恭王常洵，臠割之，勺其血雜鹿肉以食，曰福祿酒。弘光不思討賊復仇，而荒淫無道，宜其失國也。）

東風作絮糝春衣，太息蕭條景物非。（明末諸臣柔媚闒茸，國危無足恃者。大好家居，纖兒日事撞壞，殘山賸水，祇益喟然耳。）扶荔宮中花事盡，（宮闕園亭一時灰燼，花木寧有幸耶。）靈和殿裏昔人稀。（南都君臣國亡共盡，遺老亦不可復歸矣。）相逢南鴈皆愁侶，（南都失守而唐王改元隆武於福州，魯王監國於紹興，永明改元永曆於肇慶，皆不久淪滅，故言南鴈皆愁侶也。）好語西烏莫夜飛。（西烏莫夜飛，言鄭成功、李定國輩奮其螳臂皆不能久持也。）往日風流問枚叔，梁園回首素心違。（梁園指侯朝宗。侯生從史可法軍中，有所建議，惜其不用也。）

案：癭公於鄭註外，又援據甚博。而石遺先生曾聞南皮言：山東巡撫署為明濟南王故宮，〈秋柳〉為故王作，不知廣雅所據何書也。又云：南雁實指南中遺老，西烏則指亭林，風流枚叔、回首違心指錢牧齋。則皆說得通，皆不知所本。其實即為《桃花扇》下一正面註腳，已頗不易，況為詩人作鄭箋耶？總之，明亡已近三百年，其可歌可泣者，亦唯有讀書識字之酸寒能言而識之。江南之龍蟠虎踞，頑山賸水，又焉知有弘光遺恨者。況今日戲劇電影，皆唯取其通俗相習，如西人之拜金唯知汎愛，如適裸形之國，更數十年，所謂詩與傳奇詞曲，皆如手工業浸成絕響矣。區區訓詁，為東塘、阮亭以意逆志，政自不易覓解人，而為今之能人所笑也。

李漁的著作權主張

笠翁製箋售書方法，皆極用意，極合近代商戰之理。言箋簡一節，後有一短跋，則儼然今日之主張版權專利也。跋云：

是集中所載諸新式，聽人傚而行之，惟箋帖之體裁，則令奚奴自製自售，以代筆耕，不許他人翻梓，已經傳札布告，誡之於初矣。倘仍有壟斷之豪，或照式刊行，或增減一二，或稍變其形，卽以他人之功，冒為己有，食其利而抹煞其名者，此卽中山狼之流亞也。當隨所在之官司，而控告焉，伏望主持公道。至於倚富恃強，翻刻湖上笠翁之書者，大海以內，不知凡幾。我耕彼食，情何以堪？誓當決一死戰，布告當事，卽以是集為先聲。總之，天地生人，各賦以心，卽宜各生其智，我未嘗塞彼心胸，使之勿生智巧，彼焉能奪吾生計，使不得自食其力哉？

蓋當時無此項法律條例，對於著述製造所有權，為明文之保障，故不得不詈以中山狼，而以決一死戰等語為後盾。然律雖無專條，而事實卻可呈控，至於訟之得直與否，則又視有司之意，或援用成案，或竟斥為淫巧無益，乃至於敗訴，皆因人而定，羌無把握。史册所載，如《呂氏春秋》懸之國門，能易一字，予以千金，眾憚威勢，莫之敢易。反之，其無威勢者，則向秀一亡，郭象卽竊其《莊子解義》。其於器具，亦莫不然。陸羽《茶經》所列風爐、水方、鹺簋、都藍諸製，唐宋茶具，無不仿行。遂使其他手工製法，可祕者，罔不益自慎密，馴至方餌器物造法，什九失傳。又有製法稍流於外，而坊肆卻自號世家，更相炫鬻，或互詆諆，以混真偽者，比比皆是，此風至今猶未已。常見十步之內，兩店同名，標門醜詈，各詡正宗，是皆無專利、無版權之結果，使民族自暴其短，貽外人笑。讀笠翁此跋，乃歎舊日法律、科學，兩皆不昌，必使稍有頭腦如李漁者，不得不戟指怒呶，以自保其生計也。

李笠翁售箋處

笠翁售箋處，據自註在承恩寺前，案：承恩寺今尚在。《南都察院志》：「景泰二年，內官王瑾住宅，奉改為寺，賜額承恩。」《客座贅語》：「承恩寺踞舊內之右，最為囂華之地，游客服賈，蜂屯蟻聚，而佛教之木叉剎竿蕩然盡矣。」繇此觀之，笠翁擇地售書售紙，正以其最為囂華也。然考新刊之《首都志》卷十四：「承恩寺，景泰中建，在鍼功坊。」按鍼功坊昔名奇望街，今名建康路，而承恩寺則今別為街巷之名，在內橋一帶。前者今屬第三警察局貢院街分駐所，後者，今屬第三警察局王府園分駐所，則兩者所記，必有一誤也。芥子園故址則在石觀音，與周處讀書臺為鄰，予曾與盧冀野、梁眾異乘醉訪之。

豐坊趣事

吾國書史陳陳相因，尤以瑣聞逸事，自《太平廣記》以來，互相販襲。如錢梅溪《履園叢話》載，吳梅村為東門皮匠書闌坡樓扁，以乾隆人述康熙事，且為同鄉，宜可信矣，然此實明季豐南禺事，非梅村所為。卽此極委瑣笑談，亦輾轉訛述，可見古今學人辭必己出之難豐南禺事，見《南雷文定》，殊可笑，傳云：

余讀嘉靖實錄，十七年六月，致仕揚州府通判同知豐坊，奏請上興獻皇帝廟號，稱宗以配上帝，心鄙其為人。蓋坊之父熙，嘗以議大禮廷杖，其忍於背父，他又何論。坊有書名，甬上故家多藏其底草相誇示，每黜而不視也。已見坊所著《五經世學》，其窮經誠有過人者。徐時進書其逸事，惜文不雅馴，暇時另為一通，以發嗢噱。

坊更名道生，字南翁，別號南禺外史。五歲時，董侍御問以所讀書，曰，〈大學序〉。誦至淳熙五年，故漏熙字。侍御問之，曰：「此大人名也。」由是長老多奇之。當其讀書注目而視，瞳子嘗度眶外半寸，人有出其左右，不知也。自考功遷謫失職而歸，書淫墨癖，無所不知，亦遂目空今古，滑稽玩世，淌洋自恣而已。有方仕者，從坊學其書法，假坊名以行世，坊知之，恨甚，曰須抉其眼，始不能作偽耳。以是語舍中兒，皆曰：諾。久之，舍中兒捧一物至，曰：「此方仕之眼睛也，吾等夜俟之荒郊，抉之以來耳。」坊大喜，厚勞之。再日而方仕至，舍中兒告之，故令勿入，入則吾等欺敗矣。仕曰：「無傷也。」坊見仕，大駭，曰：「聞君遇盜傷眼，今如故，何也？」仕曰：「曩者夜行，盜抉吾眼以去，方悶絕間，叢祠中有鬼哀吾，取新死人眼納吾眶中，今雖如故，猶苦楚耳。」坊亦信之，置酒，賀其再生。坊欲下鄉收責，僕不利其往。農家簸穀，有大扇，僕執之以告曰：「鄉人聞主至，各家製此以待，使其男婦搖之，主必中寒而死。」坊曰：「譎哉鄉人，使吾死而驗傷之無從也，需之，以六月往，其奈我何。」每年必召黃冠設醮，以驅蚤蝨，客至，則問之曰：「自吾醮後，覺蚤蝨減於昔否？」客曰：「尤甚，吾方怪之，豈知公家蚤蝨驅而之吾舍乎。」坊乃大喜。當其醮時，黃冠賂侍者，陰捕蚤蝨不使近坊，坊確然以為醮之左驗。龐侍御求書，餽金三十，坊曰：「吾正需此。」卽設醮三壇，一滅倭寇，二滅偽禪偽學，三滅蛇虎蚤蝨，聞者無不大笑，而坊匍匐祈請，出於至誠。姜宗伯求墓志，坊撰文，并書，將授使者，食所餽粉羹而咽，大呼姜某毒我，趣令燬文返幣。其門僧德祐，潛易原文，而以別紙焚之，幣亦未嘗返也。坊以杜元凱故事，楷書《法華》、《華嚴》二經，錮之鐵函，沉於大海，同行者亦潛易之，竟不知沉者為何物也。嘗於譚觀察坐間，徵異事。坊曰：「弘治五年，鳳凰集在正陽門樓上，移時而去，脫一羽，長二丈。」觀察不信，坊指其童曰：「彼亦見之。」童子曰：「然。」又嘗納涼僧舍，謂僧曰：「我在通州穴巨瓜，置小杌其下，側身入坐，仰面承漿飲之，膚生粟，乃出。」僧不信，亦以徵之童子。童子年十三四，坊之倅通，相去且三十年矣。東門皮工王姓者，事坊甚謹，歲時餽遺不絕。坊感其意，問其所欲於嘗所往來者。或曰：似欲向公乞一號耳。坊手書蘭坡二字以號之，而坡字之土肥頭，皮工得此珍甚。有見之者，曰：「析之為東門王皮，公蓋惎汝耳。」皮工聞之，甚喜，曰：「吾於東門猶蟣蚤耳，公乃以東門畀我。皮固吾業，道其實耳。」踵門以謝，言狀。坊曰：「此人安得有此言，可以師我矣。」延之上坐，皮工惶恐而出。閒過聞祠部，天雨，止之宿。坊曰：「須吾榻乃可。」祠部卽令人移榻。而榻製甚煩，用四小舟載之。安榻方竟，而忽稱腹痛，必不可留，仍移榻而返，意怪祠部之求書也。性鄙人口道錢物，侍者故靳之，謂梅雨須暴藏金。坊曰：諾。畢暴而數之，亡一笏，以責侍者。侍者再竊一笏，坊復數之，曰：「是矣。」蓋但論其奇偶也。

時進之所傳如此，余則以坊之怪誕，此猶其小小者爾。其大者，在偽造六經，或託之石經，或託之別傳，而訾毀先儒，放言無忌。謂朱子食貧無計，賣書餬口，掠取新說，其價易增，所言子見南子為衛靈公之繼室，是儕於宋朝之倫，獵較為奪禽獸，是擬於禦門之盜，其卦變圖，真牧童之陋戲。又曰，晦翁果生於混沌初闢，真為伏羲受業之師，手授卦變圖，親見伏羲據之以畫卦，而演為先天四圖，歷壽數萬餘歲，至宋慶元庚申為始卒也。楊榮纂修《大全》，以其妻是朱氏，故盡用朱子之說。其於《書經》，則謂其祖慶正統六年官京師，朝鮮使臣嬀文卿、日本使臣徐睿入貢，以《尚書》質之。文卿曰：吾先王箕子所傳，起〈神農政典〉至〈洪範〉而止。睿曰，吾先王徐市所傳，起〈虞書帝典〉至〈秦誓〉而亡。笑中國官本錯誤甚多，其中國所無者，令嚴不敢傳，而正其錯誤一二，故坊之世學一依外國本。文卿言其國《商書》有四十一篇，言其國《周書》有八十二篇，而《周書》第七十八，為〈孔子之命〉，敬王命仲尼為魯大司寇相魯而作，其八十二，方為〈秦誓〉。書依年而次，

〈秦誓〉之作，在魯公三十三年，孔子生於襄公二十二年，相去七十六年，焉得以孔子之命先之乎，其偽不待辨。慶果信之，亦取笑於外國矣。坊一官不得志，無所不寄其牢騷，人紿己還以紿人。至於經傳，亦復為拊掌之資，其罪大矣。

案：國中久以誦經習字為儒，於是古之迂儒塞天地。若豐坊者，不幸而入梨洲之筆，不足傳而竟傳，徒資撫掌而已，後來全謝山仿南雷例，為《蕭山毛檢討別傳》，盛詆西河。然西河雖放誕，而學力才思皆絕倫，鮚埼亭亦未足以奪毛甡二百四十餘卷之浩博也。近代人率言文學家多患精神病，若南禺者，殆病之尤深者歟。

呂留良多藝能

呂晚村行略，其子公忠述，末稱：「先君博學多材，凡天文、讖緯、樂律、兵法、星卜、算術、靈蘭、青烏、丹經、梵志之書，莫不洞曉。工書法，逼顏尚書、米海嶽，晚更結密變化。少時能彎五石弧，射輒命中。餘至握槊、投壺、彈琴、撥阮、摹印、斲硯技藝之事，皆精絕，別有神會，然人卒不見其功苦習學也。」讀此可見晚村天資之高，博習多能，與石齋不相上下。明季多奇人，於茲益信。

晚村有〈賣藝文〉、〈反賣藝文〉，皆詼奇可喜。〈丘震生筆說〉，則談製筆入微。此雖小文，亦可見晚村之諸藝信咸精絕也。筆說云：

山谷老人曰：良工為筆，其擇毫也，猶郭泰論士然。毫為兔，次羊，次狸，又次輔之以䅯。兔最貴，必雜以羊狸，輔之以䅯，收中材也。然是物也，終日握而不敗，卒無損乎擇毫之道，則最貴多與有工焉，聚䅯而束縛之，參以羊狸，渲氄為衣，固儼然毫也。于是乎蛣蛤蒸獺、猩毛、鼠鬚、雞翮之族，則皆得起而嚇毫，毫又無如何也，然而其工則賤矣。茗上丘震生，蓋精于擇毫者，於南國知書善屬文之士，無不歷歷能指其名。庚子季夏，過予，袖尺幅云，欲通于其所能指名者。余謂，此曹方為世所嚇，恐未能厚子，且勿去。然丘子既精擇毫，又能慕知書善屬文者，真無愧為工之有道矣。知天下之不為䅯與羊狸者，于丘子又有神合也，書以果其行，且一一致語。

下條註云：一、繞指柔（妙手脫丸，無形有劍。殺人如麻，何須百煉）。二、游戲自在（長年蕩槳，羣丁撥棹，有何老子，大悟于僰道）。三、欬珠（腷腷膊膊藜藿腸，磊磊落落生夜光。曾不若一囊坐北堂）。四、姥胎髮（西抹東塗，奈何為婆，獨不見黃口小兒鼓嚨胡）。五、金僕姑（翻身向天仰射雲，雲中委羽何紛紛）。六、無心散卓（不立文字，指揮如意，天花墮地）。七、鶻落（秋風震翮，草枯眼疾，為君前驅，百不失一）。八、小梯媒（為神智騮，何如望火馬，不見黑頭公滿天下）。九、橫行（起赤城，流丹精，破宛陵）。十、醉鶴（飛飛摩蒼天，實不持一錢）。案：此祇是晚村為賣筆丘震生介紹作文字耳，後列十種筆名，每筆係以贊語，其文恢詭如此。中所謂姞蛤、蒸獺、猩毛、鼠鬚、雞翮之族皆得起而嚇毫，自有惡紫亂朱之寓意，遺老口吻，往往如是，晚村獨為清所仇視，亦會逢其適耳。

檾，去穎切，音頃。《說文》：枲屬。《爾雅翼》：葉似苧而薄，實如大麻子，今人績為布，或作蘔；唐本草作苘。苘麻，一名白麻。筆雜以麻，近唯水筆如此，取其善吸墨，多寫字，但書竟不即滌，則麻易折，若軟毫則用雞翮矣。

近代名藝人陳師曾

舊京畫史，予所記者，庚子後，以姜穎生、林畏廬兩先生為巨擘。大雄山民，純學耕煙，蒼勁密蔚。補柳翁則師田叔，間學大、小米。論工力，姜自在林上。林則譯書，作古文，能事多勞，畫以人重。予於民國初年，始識穎生翁，不久遂聞其下世。畏廬先生，則住居連巷，數來談讌，極口詆姜畫麤獷。文人相輕，畫家尤甚，無足怪也。

民國三、四年間，武進陶寶泉畫殊有名。至五、六年間，陳師曾肆力於畫，筆力高古，為一時推重。其人溫雅而有特行，友朋星聚，姚茫父、王夢白、陳半丁、齊白石，最數往還，而金北樓、周養庵、凌植支、顏韵伯、蕭謙中、羅復堪、凌宴池，次之，湯定之、汪慎生，亦偶來。其時蕭厔泉與謙中竝稱二蕭，拱北長於細筆，倣宋逼真，夢白寫生近新羅，半丁博而精，白石草蟲絕代，韵伯規模宋人，膽手壯勁，然皆善師曾。師曾以癸亥病歿金陵，自後十年間，畫家派別分歧，諸子亦風流雲散。惟有溥心畬，自戒壇歸城中，出手驚人，儼然馬、夏，余越園法度簡古，而有韵味，餘人未有能出上述諸子之範圍也。

師曾初居新華街張棣生家，院有大槐，故自署槐堂。所作山水，多尚黃鶴山樵，花卉則視華新羅為乾勁，人物則變陳章侯之法，而以粗筆出之，竹石亦極簡妙。民國六、七年間，記有某省水災，都人士聚議，各出金石書畫展覽助振。師曾因讀畫圖，盡繪展覽游客往來翫賞之狀，几案縹緗外，人物可二十許，眉目衣服，各有所肖，某也瘠，某也頎，某也御厚衣，某也短髭俯案，讅者一望脫口呼其姓名，莫不拊掌叫絕。又為〈妙峯山進香圖〉，繪同游形狀及林壑擾擾之態，亦絕妙。此圖為任公先生所得。又為〈美人彈箜篌圖〉，美人頎頎，衣絳綃，抱箜篌而彈，筆意雄厚。或觀而疑其名，予案：師曾所畫不謬，箜篌有手箜篌、擘箜篌兩種。《舊唐書・音樂志》：「豎箜篌，胡樂也，漢靈帝好之，體曲而長，二十有二絃，豎抱於懷，用手齊奏，俗謂之擘箜篌。」是也。今日本正倉院，尚存仿製品，師曾曾留學日本，必覩其形，此畫日人亦歎賞之。

其詩承伯老家學，而自具風格，一變散原精舍面目。憶民國三年冬，予與晦聞、宰平、師曾等，祭陳後山於法源寺，師曾詩成，石遺師歎為第一，有贈詩云：「詩是吾家事，因君父子傳」云云。師曾自日本歸，其詩饒有新思想，記有數首五言古，落想甚奇，今不悉記。葉玉虎輯刻其遺詩一卷，前年粗為披覽，似篋中所存詩札，尚有可輯補者。師曾又長於刻印，筆畫雄傑，平視缶廬。其作畫又喜采風，描寫唯妙唯肖，所為《北京風俗畫冊》三十四種，茫父各綴一詞，藝林傳寶。三十四種者：一旗下仕女，二餹胡盧，三鍼線箱，四窮拾人，五坤書大鼓，六壓轎嬤嬤，七跑旱船，八菊花擔，九煤掌包，十磨刀人，十一蜜供擔，十二冰車，十三話匣子，十四掏糞夫，十五山背子，十六二絃師，十七喪門鼓，十八趕驢夫，十九火媒撣帚，二十老西兒，二十一潑水夫，二十二算命子，二十三鬻簾手，二十四橐駝，二十五慈航車，二十六喇嘛僧，二十七糕車，二十八人力車，二十九頂力，三十烤番薯，三十一牆有耳，三十二大茶壺，三十三執事夫，三十四打鼓挑子，此皆舊京街頭巷尾習見之諸等腳色也。中須稍詮釋者，如壓轎嬤嬤喜事所有。山背子，則背一高可數尺之竹籃於背，內盛物，以走山路者。火媒撣者，以頂肩承物，俗呼抗肩。牆有耳，師曾言茶館門外竊聽者之名。大茶壺，乃妓寮夫役之魁。打鼓挑子，乃收買什物者。頂力帚，乃以紙媒供人吃水烟，以撣帚為人掃拂者。老西兒，鳥名，最善鬥。慈航車，乃收私胞者，額標曰陸地慈航。此三十四冊，不記為何人所得，後曾以登某畫報。又前人集詞為聯，多摘四字八字為偶對，至多十餘字，師曾始專集姜白石詞為長短聯語數十。記嘗一日遇予，舉〈揚州慢〉中「波心蕩冷月無聲」，謂可對〈琵琶仙〉「春漸遠汀洲自綠」否？此聯後竟緝成，驚采絕豔，即任公先生後此所舉者也。

師曾之歿為驟患腹疾，訃至，知者罔不愴然。記爾時追悼在江西會館，予輓一聯云：「道旁躑躅一詩癯，京國十年，贈畫忽憐難再得。天上淒涼此秋夕，鍾山一老，寄書不忍問何如。」頗誦於人口，時散原先生居南京二條巷。平生所為聯語，何啻數千，此或賴師曾以傳也。

畫家王夢白

豐城王夢白（雲），年未四十，鬢長過頷，自號彡道士，與湘之齊白石（璜），皆以他業中途學畫，而各臻精詣。夢白最工寫生，尤善狀難狀之物，如鴉龜豬猴之類，皆著墨不多，而神態逼肖。花卉固純師新羅，偶作小幀山水，則儼然漸江之雋削也。所居署曰破齋，几閣凌亂，殘書禿管，良稱其名。畫雖馳譽異邦，性乃嗜摴蒱，又使酒嫚罵，於物多忤，坐此貧困不自給，攖病以歿，計年不過五十左右耳。予有輓君詩云：「寫生禿穎迅無前，咫尺明膏遂自煎。兀諤故應違末世，鬑鬑終不預天年。頳顏苦索新篘酒，吮墨難償博進錢。莫向舊京思樂事，姚陳相見定悽然。」字字自謂皆事實，姚謂茫父，陳謂師曾。

猶憶一日與集曾仙舟家，君指壁上師曾畫謂予曰：「師曾畫無懈可擊，必欲索瘢疵，唯恨太老到，與齒不相稱，所以不永年也。」予然其說。孰知君畫天機旁溢，而享壽亦不過與師曾伯仲，甚矣文人臆評之不足為據也。

黃晦木撰小友詞并序

人生宇宙間，真同駒之過隙，彭殤一例，夫何俟言。凡人又莫不生老病死，其速若矢，而在此一瞬內，又輒有少年老年之界限意見，真擾擾若蚊蚋，可哀也。然「陛下好少，而臣已老」，古人已慨乎言之；以言乎今，則思想之逕庭，訓育之巧拙，體質之同異，又益以在上者之好惡，老與少間，儼若有鴻溝焉。實則每人之德業才智，當視其經驗與體力，能否久擔不鈍，未可以年齡為進退之準也。梨洲之弟晦木，學者所稱鷓鴣先生，有〈小友〉詩，竝序，于少年心術，致疑太過，予頗病其隘。然少年德養未到者，手亦倍辣，晦木所歎，非無此等人也。其詩，則怨悱而忠厚矣。黃詩及序，今併錄之，以告駒隙中之作老少短長論者，序云：

今之求友者，不能得耄耋之人而事之，亦必尋斑白者而定交，或十百千萬中有一二可信者。若夫少壯之人，與弱冠童子之屬，其餔肝吮血，不持寸鐵而得當，上觀下獲，無非陷人殺人之機穽，吾故曰，老而不仁者，多矣，未有少而仁者也。然而為日已久，其可從游者，始而閭閈相望，繼也晨星落落，今則絕無而僅有矣。如綿延數載，童子皆少壯，少壯盡斑白矣，寧復有十百千萬之一二耶？吾能求之孩提之間，以為肺腑心呂乎？子曰：「後生可畏。」先虛心小友之席以待之，預贈以詩。

詩曰：

貧賤荒蕪子若孫，傳經傳道與誰論。一番乖沴推移過，三代人民醞釀存。種在田疇仍不匱，學成人我本同根。伏生何必憂遲暮，老發書倉授及門。

案：晦木此題共十二首，以杖為執友，族弟道傳為老友，寬甸石印為信友，夏天錫琬、琰二硯為石友，陸文虎、萬履安為死友，持以易粟之紅雲端硯、宣銅乳鑪為亡友，忠端公所遺銅鑪為同心友，酒為畏友，茶為損友，冶鳥木客為益友，所作憂患學易六書會通為端友，竝上述小友，為十二首七言律，各系以序，唯小友虛無其人。〈小友〉序中，言餔肝吮血、陷人殺人云云，疑晦木心目中有所指。其言：「老而不仁者，多矣，未有少而仁者也」兩語，則世路久經，深察情偽之言。

鄭文焯論古明器之用途

廿餘年來，予所見友朋亭館几案間，以出土陶器為陳飾者，與日俱增。此昔人所不甚尚者，而今人爭寶之，於以見考古之風日熾。及至今日，如甲骨文字，如殷墟遺物，其所發見，咸為文獻𥘆紀初元，後此言吉金，言陶器，亦必輝發日新，一闢前人未獲之域，可為斷言。蓋今後考古，不當抱殘守缺，專肆力於斷簡殘篇，而當於地下求其物證。樂浪發冢，所得已資日本學界以豐收，國中若日趨暢謐，則窮石窌之封，搜雲亭之簡，涸河竭泗，越磧絕湘，力求古人所不敢摧陷豁露之事物，亦國家所當提倡也。

憶十五年前，於廠肆見一陶器，腹彭亨而貯土，雜以穀若錢，意其為罌也，或以為殉葬，或以為厭勝，說久不決，因捨去不復置意。比見鄭叔問遺著《鶴翁異撰》中，有一節，乃予目所覩而足破吾惑者，亟錄之。叔問筆記云：

明器用陶，蓋昉於喪禮有甕甂，其制由來舊已。近今士大夫家，博古搜奇，多尚陶器，如缶甕瓶罍鼎彝之屬，形質堅緻，古色盎然，往往得之崩塚頹塋間，有銘刻如籀文不可盡識，或疑為三代之物，為之考辨，則近鑿矣。光緒丁酉之秋，湖北襄陽錢仲山（名葆青）孝廉，於峴山南村古墓中，得一烏銅鏡，有隱起文，銘曰：「嘉平三年，三月丙午日造。」鏡鈕上有縹瓷碎片粘合。仲山為余言，當耕者發土獲鏡時，有一甕高尺許，四耳，旁附橫置鏡背，其色黝碧，中有陳米百餘顆。蓋當時與鏡並葬，入土歲久，遂黏結鈕端。又吳中橫山頂，一巨塚，出晉太康三年磚甚夥，中一瓦罏，四周作龍文，製甚古樸，今猶藏余石芝西堪，以之植花草不凋。此二器，碻是漢晉時塚中物，以有銅鏡及博銘紀年，可信也。嘗考宋洪邁《夷堅志》乙集，記義烏古甕一事云：「金華俞葆光，字如晦，義烏人也，紹興丙辰正月，命奴江陸耕所居之南前郊園。耕未竟，土中洞然有聲，乃輟耕掘地，深二尺，得瓦缶，廣六寸，厚一寸，形模甚古。下覆一甕，甕正圓，可容三斗黍，四耳附口，口徑四寸。視之，其色蒼然，扣之，其聲鏗然。然發甕窺之，枵然無有也。洗滌滓垢，置几案間，莫有別其為何代物者，遇客至，則以盛酒。葆光之子良，能文，嘗作〈古甕賦〉，至今存焉。」此近世好古之家所蓄之漢瓶，或疑為軍持者無異，皆古之葬時盛水米之器，所謂糧甖是也。後漢范冉傳，臨終勑其子，有云：「歛畢便穿，穿畢便埋，其明堂之奠，干飯寒水飲食之物，勿有所下。」是古之葬者，例下水米，可證。盛宏之〈荊州記〉載，張詹墓七世孝廉，刻其碑背曰：「白楸之棺，易朽之裳，銅鐵不入，瓦器不藏，嗟矣後人，幸勿我傷。」是古之葬者，例用陶器可證。北齊顏黃門《家訓・終製》，亦云糧甖明器，故不得營，碑誌旒旐，彌在言外。是糧甖之名，碻為古制，葬時載糧之器，又可證。而今之類瓶類甖之出於土中者，皆古之糧甖，亦信有徵矣。先康成公〈三禮圖〉喪器有甕甒，註云：瓦器既夕，禮云甕三醯醢屑，甒二醴酒，皆加冪覆之，顧此言喪器所需，未嘗謂葬者有之。今北俗，喪者於殯之前夕，家人既奠，各以飲食之物置一甕中，覆以疏布巾，執以如墓，既入壙，則霾於柩前，此猶古初甕甒加冪之遺意，雖在富貴之家，器必用瓦，蓋存古制也。觀於洪容齋記義烏古甕，漫無所考，詫為異玩，豈糧甖之制，至宋時已為世廢，抑物以罕見而珍耶？余家藏凡十數具，形製並同，附口有兩耳四耳者，中有一甖，土實其腹之半，得五銖錢五枚，其漢之所謂瘞錢歟？海寧吳壽暘〈黃岡古泉歌〉敍云，道光二年，黃岡石佛寺橋農家，于麥隴中得古錢一甕，中多五銖，此亦糧甖中有錢之一證。

案：叔問以蘭錡舊家，流落江國，見聞既博，考證亦工，故所獲古物，多自加箋證，以時轉鬻，而得善價，時人頗有議其虛造者，然亦無以折之也。如此節所援，自翔博飽滿，非儉腹所能辦。因歎後此國家，不唯當厲行提倡發掘考古，同時且當獎掖保護博學敏求之通儒，乃能使新物證與舊史冊，相為貫穿。如叔問者，惜今日不置之研究院也。嗟夫，舊學藝文，皆已成專家，而猶薄之，新中求舊，豈易言哉。

辟邪神獸

近讀朱希祖〈天祿辟邪考〉中云：

《漢書・西域傳》云，「烏戈山離國，有桃拔師子。」註：「孟康曰：桃拔，一名符拔，似鹿，長尾，一角者或為天祿，兩角者或為辟邪。」《後漢書・章帝紀》，章和元年，月氏國遣使獻扶拔師子。〈和帝紀〉，章和二年，安息國遣使獻獅子扶拔。〈班超傳〉，月氏貢符拔師子。註引《續漢書》曰：符拔，形似麟而無角，前漢稱桃拔，後漢稱符拔，或作扶拔。孟康三國時人，故云桃拔一名符拔，明桃拔、符拔名雖不同，且有有角、無角之殊，然其種則一也。桃拔來自烏戈山離，符拔來自月氏、安息，桃拔有角，符拔無角。桃拔之一角者，漢別名天祿，兩角者，漢別名辟邪，總稱曰桃拔。無角者，漢未有別名，蓋仍稱符拔也。

案：漢武帝得天祿、辟邪，故於未央宮建天祿閣，此獸貢自西域，自鑿然可徵。又考王先謙《漢書補注》，謂《後漢書・德若傳》下云，烏戈山離國地方數千里，時改名排特。《西域圖考》云：在今波斯國南境，給爾滿、法爾斯、古爾斯、丹剌郡四部地。據此，則符拔乃為波斯之獸，符拔、桃拔，俱是譯音，予意兩者實是一物，有角、無角或是雌雄之別，而非兩種。桃與符，當為一音對譯之轉。古來此例至多，如騶虞，或作騶牙，又作騶吾，又名酋耳。獬廌一作獬豸，又作獬東，又作貙貐，正是此例。以予臆度，其原始皆當為譯音。又如北周楊忠傳之捔于，《舊唐書・波斯傳》之沽褥，亦同為譯後存音不存義之獸名。古人于西域輸入之物，其翻譯，恆刪去尾音或首音，為製兩字之名，至多三字，或譯以吾國文義。時代緜遠，當時彼邦之產物，至今或已絕迹，或易新名，今人據舊譯之名，以溯索彼時之真音義，恐已不易蹤跡。而史冊筆記，展轉翻說，形音數易，尤不可究詰。尤著之例，如胥紕二字，《史記》謂為瑞獸名，《漢書》則作犀毗。今考《史記・匈奴傳》胥紕註云：

徐廣曰：或作犀毗。《索隱》云：《漢書》作犀毗，此作胥者，犀胥聲相近。或誤。張晏曰：鮮卑郭落帶，瑞獸名也，東胡好服之。《戰國策》云：趙武靈王賜周紹具帶黃金師比。延篤云：胡革鉤也，則此帶鉤，亦名師比，則胥、犀與師並近，而說各異耳。班固〈與竇憲牋〉云，賜犀比金頭帶，是也。

而王益吾《漢書補注》，《漢書・匈奴傳》犀毗條云：

孟康曰：要中大帶也。張晏曰：鮮卑郭落，瑞獸名也，東胡好服之。師古曰：犀毗胡帶之鉤也，亦曰鮮卑，亦曰師比，總一物也，語有輕重耳。《補注》云：沈欽韓曰，趙武靈王賜周紹胡服衣冠，具帶黃金師比。（鮑彪云：帶飾之佩也，猶具劍。）案：具當作貝，《淮南王・主術訓》，趙武靈王具帶鵕鸃而朝，趙國化之。（〈佞幸傳〉，孝惠帝時郎中冠鵕鸃，具帶，[illegible]，蓋鸃之偽。）高誘註，以大具飾帶胡服，鵕鸃讀曰私鈚頭，二字三音，曰郭落帶。案：誘此註當有脫文，云私鈚頭者，指師比言之，其云郭落帶一名鮮卑帶，與張晏說合。《東觀記》，詔賜鄧遵金剛鮮卑緄帶一具。《魏志》註，《典略》，文帝嘗賜劉楨郭落帶。班固〈與竇憲牋〉云，賜犀比金頭帶。又延篤《國策註》云：胡革帶鉤為師比，蓋賜帶必連鉤，故徐廣曰犀毗，或無一字。光謙曰，《史記》飭作飾，此誤，犀毗《史記》作胥紕，具疑當作貝。

又考阮芸臺《積古齋鐘鼎彝器款識》卷十，〈丙午神鉤解〉云：

> 右丙午神鉤七字，銀絲填文，元所藏器。案：造銅器必於丙午日，取干支皆火。元所見帶鉤，有作丙午釗君宜官者，有作五月丙午造者，此云丙午，亦鑄鉤之日也。君高遷者，頌禱之詞。此鉤嵌金銀絲，作神人，鳥喙抱魚食象，首作獸面，故曰神鉤。考《山海經・大荒南經》云，白水山生白淵，昆吾之師所浴，有人名曰張宏，在海上捕魚，海中有張宏之國，食魚使四鳥有人焉，鳥喙有翼，方捕魚於海，郭註：昆吾，古王者號。《音義》曰：昆吾山名，谿水同出善金，蓋當時取善金作鉤，因象其地之神人以為飾也。首作獸面，蓋師比形。《史記》，漢文帝遺匈奴黃金閣紕一，《漢書》作犀毗。張晏云：鮮卑郭落帶瑞獸名。《戰國策》趙武靈王賜周紹黃金師比，以傳王子，延篤云：師比革帶鉤也。班固〈與竇憲牋〉云：復賜固犀比金頭帶。《東觀漢記》，鄧遵破匈奴，上賜金剛鮮卑鉤帶一。然則師比、胥紕、犀毗、鮮卑、犀比，聲相近，而文互異，其實一也。

綜合諸說，胥紕者，或以為瑞獸之名，或以為帶飾之佩，或以為胡帶之鉤，或以為腰中大帶，或以為革鉤，莫衷一是，其病皆在不得真詮。予案：胥紕本為胡語，雖亦作鮮卑，作犀毗，作師比，作犀比，作私鈚，皆同一語之對譯。張晏註云：「鮮卑郭落帶，瑞獸名也。」似其真意。鮮卑郭落為胡語，而瑞獸則其漢譯。試檢《唐韻正》卷一，鮮字條云：

鮮，相然切，古音犀。《漢書・匈奴傳》：黃金犀毗一。師古曰：犀毗，帶鈎也。亦曰鮮卑，亦謂師比，總一物也，語有輕重耳。《楚辭・大招》：小腰秀頸，非鮮卑只。註：鮮卑衮帶頭也。此即古所云犀毗，亦曰鮮卑者也。《爾雅・釋畜》疏，引魏時西卑獻千里馬，西卑即鮮卑也。《詩》有兔斯音箋云，斯，白也，今俗語斯白之字，作鮮。齊魯之間，聲近斯。《尚書大傳》，西方者何？鮮方也。《白虎通》，洗者，鮮也，西本音先，今讀犀。鮮本音犀，今讀仙。洗本音詵，今讀先禮反。三字互誤，今霹字在五支韻，音斯，《說文》從雨，鮮聲，上聲則先禮反。《詩・新臺》首章，新臺有泚，河水瀰瀰，燕婉之求，籧篨不鮮。當改入齊韻。

此釋最精，鄙意桃拔所以嬗為符拔者，正如胥紕之為犀毗，非從其音譯上悟其一貫之流變，不可。若以有角、無角，為區分，正如釋胥紕者，若從帶鈎獸面上立論，非無發明，恐不易得當耳。

盆景始於北宋

盆景，近世咸稱日本特工，實則吾國早有之，其導源在北宋末。《吳風錄》云：「宋朱勔創以花石進媚，建節鉞，役夫賜郎官。至今吳中富豪，競以湖石築峙奇峯陰洞，鑿峭嵌空，為妙絕。下戶亦飾小小盆島為玩。」是此風實受花石綱之賜。南宋時中日交通已繁，此業或於是時傳播，未可知也。《五石瓠》云：「今人以盆盎間樹石為玩，長者屈而短之，大者削而約之，或膚寸而結果實，或咫尺而蓄蟲魚，概稱盆景，元人謂之些子景。」《姑蘇志》云：「虎邱人善於盆中植奇花異卉，盤松古梅，置之几案，清雅可愛，謂之盆景。」顧詒祿《虎邱志》紀盤松云：「繩約其枝，盤結作虬龍狀，久之遂若天成，高有五、六尺，低二、三尺，凡剔牙羅松皆然。」又《虎阜志》盤檜云：「盤檜亦以人工盤結如松，每一本上，其枝屈曲作五、六層者，勝。」以上皆盆景見於著錄者。國人未嘗無發明，不肯踵一改良，久之，遂甘落人後，非徒此類瑣事已也。

朱勔後裔世業栽花

前記盆景，知此風創於宋末，蓋花石綱一役之遺也。近閱徐仲可《康居筆記》云：

宣統辛亥孟春，遊虎邱，遇花傭朱經葆，自言遠祖為宋之大官，珂目笑之。一日檢閱乾隆《虎邱志》，始知為朱勔之裔。志引《元和縣志》云，郡中人家園林欲栽培花果，編葺竹屏草籬者，非虎邱人不為功。相傳宋朱勔以花石綱誤國，子孫屏斥，不與四民之列，因業種花，今其遺風也。又引《吳風錄》云，朱勔子孫居虎邱之麓，以種藝壘山為業，遊於公卿之門，俗呼為花園子，歲時擔花鬻於城市。又清沈德潛〈過虎邱花衖偶作〉詩云：綠水園中路，由來朱勔家。子孫遭眾譴，竄伏業栽花。艮岳久成劫，山塘轉鬬華。可能存隙地，留與種桑麻。

據此，則朱勔子孫均在矣。然《元和縣志》所云，亦不全確，朱勔蓋本非士族。《雲麓漫抄》：

朱勔之父朱沖，吳之常賣人。方言，以微細物博易於鄉市，自唱曰常賣。一日至虎邱，主僧聽其聲，甚驚，出視之，延之設茶，語以他日必貴，自是主僧頗周給之。

觀此，則朱本是虎邱叫賣什物之小販，其遭際乃分外事，亦意外事。金兵陷汴，勔敗，則子孫復歸故鄉。以勔創花石綱，工於園藝，其族子弟必因而有經驗，故業堆石蒔花耳，所謂屏斥，所謂眾譴，恐皆追加之詞。今艮嶽諸石，尚有存於北海瓊島者，玲瓏剔透，信出精鑒。又《鐵圍山叢談》載：

艮嶽陽華門，夾道荔枝八十餘株，當前椰實一株。每召儒臣游覽，則一璫執荔枝簿，立石亭下，內使一人宣旨，人各賜若干，於是主者乃對簿按樹以分賜，朱銷而奏審焉。吾一日偶侍從魯公入，時許共嘗椰實一，小璫登梯就摘而剖之，諸璫人荔枝二枚，於是大璫梁師成者，盡愕然。吾笑而顧之曰，諸人久飫矣，且饒吾一路。蓋是時羣璫多尚文字，妄相慕仰，咸以吾未始得嘗故也。語此一事，令人愴悵。

以荔枝、椰樹，而能植於汴梁，使之結實，其於樹藝之術，必大有發明。由此可證〈上林〉、〈西京〉諸賦，所羅舉動植品類，漢苑中亦必皆有之。不第爾時陝西、河南氣候或有不同，且豢養種植，必有專術，可以推定。朱勔與花石綱，雖皆不足為訓，若生於今日，用所長，舍所短，未必非載譽之園藝專家也。

雙忽雷

比見七月二十日京滬報載：有安徽某故家以所藏唐樂器質於美國，得價三萬，今擬呈求政府贖回，否則此物行入外人之手，云云。又聞若渠言，古物保管會曾論及此事。予案：此必貴池劉聚卿所藏之雙忽雷也。予不識聚卿，而與介弟蘧六友善。民國初元，聚卿已避居滬濱，故聞雙忽雷名而未見。今劉氏兄弟已下世，所居北平西堂子胡同屋，曩以居張季直、梁任公者，亦久易主，其後嗣不通音問，雙忽雷轉徙海外，亦意中事耳。

凡覽《羯鼓錄》者，必豔稱唐文宗宮女鄭中丞死而復甦得嫁梁厚本事。中丞自言善琵琶，其琵琶在南趙家修理，號大忽雷、小忽雷，是為雙忽雷始見紀載之始。後此流傳，斑然可考。清初，小者歸曲阜孔聘之（尚任），岸塘自記雙忽雷云：

胡琴本北方馬上樂，亦謂之二絃琵琶，蓋琵琶所託始也。《南部新書》載：「唐韓晉公滉入蜀，伐奇樹，堅緻如紫石。匠曰：為胡琴槽，他木不能並。遂為二胡琴，大曰大忽雷，小曰小忽雷，後獻德皇。」《樂府雜錄》云：「文宗朝，兩忽雷猶在內庫，內侍鄭中丞特善之。訓註之亂，始落民間。」康熙辛未，予得自燕市，乃其小者，質理之精，可方良玉，雕鏤之巧，疑出鬼工，今八百年矣。頻經喪亂，此器徒存，而竟無習之之人，俗藝且然，傷哉後之欲聞韶樂者。

其後乾隆間陳雲伯（文述）有〈小忽雷記〉，記曰：

大小忽雷皆唐樂器，韓滉官江淮轉運日所進。大忽雷，元代尚存，楊鐵厓〈謝呂敬夫紅牙管歌序〉，所云：「泰娘善倚歌，以和余大忽雷」是也。小忽雷，是唐宮女鄭中丞物，準漢建初尺一尺九寸四分，龍首鳳臆，蒙腹以皮，柱二雙絃，吞入龍口，一珠中含，頷下有篆書「小忽雷」三字，次有「臣滉手製恭獻，建中辛酉春」正書十一字。兩牙軸下面各有字，首詠云：「古塞春風遠，空營夜月高。將軍多少恨，須是問檀槽。」次詠云：「中丞唐女部，手底舊雙絃。內府歌筵罷，淒涼九百年。」皆款署東塘。東塘嘗為小忽雷院本，以中丞為鄭注妹，因及甘露之變，並裴晉公平淮蔡事，以中丞為唐宮女官名，以盈盈為中丞字，以白香山集中琵琶商婦楚潤娘為中丞教師，詞曲之妙，不減《桃花扇》。

其後東武劉燕庭，有自記小忽雷一文，云：

唐小忽雷，逊羅檀槽，龍首蟒皮，面廣七分，下篆「小忽雷」文三字。牙軫二，面廣四寸，背正書「臣滉手製恭獻，建中辛酉春。」國朝康熙辛未岸堂得諸燕市，鐫五字絕句於牙軫，別系以傳，其題詞則竟莽所作也。夢鶴居士。譜為小忽雷傳奇四闋。又二闋曰，大忽雷傳奇。後歸長白繼蓮龕方伯，攜至秣陵，余訪之，未獲覯也。時方伯輒許相贈，旋又移節桂林，蓋三年於茲矣。今夏函致贈余，媵以岸堂傳奇一冊。余屬南叔拓其形，裝池為幀，並補書原敘一通於幀端，且以詩志之，屬同好和焉。時嘉慶庚辰七月中元日也，東武劉喜海燕庭父書於都門嘉蔭簃。

此物歸於聚卿後，曾屬畏廬老人作圖，圖成，老人為作〈枕雷圖記〉，記云：

北平袁玨生太史，為余文字之契，一日寓書於余，以劉參議蔥石所藏唐建中小忽雷，請余為〈枕雷圖〉。參議淵雅通贍，名聞當世，余心折久矣。圖成，歸之參議，遂集飲於小忽雷閣，因得觀所謂小忽雷者，長僅逾尺，駢二軸於左，雙絃，撥之鏘然發奇聲，木質作深紫色，軸上鐫曲阜孔君詩。余因詢大忽雷所在？則云已屬之瑞山張君。張君今年七十有五矣，精於胡樂，能為〈秦王破陳〉諸曲，顧以病莫至，時庚戌九月九日也。逾兩月，再面參議於忽雷閣，則大忽雷亦歸參議家，狀如常用之琵琶，髹文甚古，二軸軒輊為左右，聲洪壯而清越，余惜不能得張君而彈之。參議笑曰：「前圖無大忽雷，今二雷駢隸吾錦囊中，畏廬當於水邊林下，補一鬚眉蒼皓之老翁，遠來歸雷，足成吾家韵事，可耶？」余諾為更製一圖，圖成書其後曰：「（中略）參議獨抱古懷，摩弄二雷，不勝太息，且約明年人日，將大集詩流，賦詩紀之。今預更閣名曰雙忽雷，屬余為紀其顛末如左。宣統二年夏至日，閩縣林紓記。

案：林記所述未若聚卿自記之詳，聚卿於〈枕雷圖〉中，自記雙忽雷云：

年來搜集元以來傳奇卅種，彙刻行世。去年繆藝風丈，自江寧寄孔東塘、顧天石合譜〈小忽雷〉傳奇鈔本，閱卷首桂未谷著〈小忽雷記〉，乃知東塘得原器而作。今年春晤太倉陸應庵談云，華陽卓氏寓京師者，藏有小忽雷，並有譜兩本。亟屬其蹤跡，得見之。龍首鳳臆，中含一珠，木理堅緻，雕刻精絕，項間鐫「小忽雷」三篆書，下刻「臣滉手製恭獻建中辛酉春」真書二行十一字，與桂氏所記悉合。所謂譜者，乃劉燕庭味經書屋校鈔〈小忽雷〉傳奇也。後有〈大忽雷〉傳奇，二折以後，殘闕不完，繆寄本缺字得以互校，不禁狂喜。卷尾附國朝嘉慶時名人為燕庭題小忽雷諸詩詞，知此器曾為東武嘉蔭簃藏弆，即購獲之。浭陽匋齋尚書，有葉東卿手拓忽雷墨本，知器已歸余，遂以持贈。古物精靈，翕然會合，洵非偶然。此器所以歸華陽卓氏，蓋燕庭嫁女卓氏，取此媵籢，乃為卓氏所有。海帆相國曾以小忽雷名其齋，其未入劉氏以前，據朱椒堂詩註，舊藏伊小尹處，繼蓮龕由粵西贈燕庭，然亦未詳言也。吳中懌年丈云：濰縣陳簠齋太史藏山谷〈伏波神詞〉墨蹟卷後，劉文清跋云，成邸以此卷並小忽雷易其一銅琴，則此器又曾藏成邸。……椒堂詞註，燕庭自記，皆未道及，殊不可解。冬十一月訪大興張瑞山琴師，與之縱談古集，曾言三十年前於京師市上得一古樂器，為大忽雷，似琵琶而止二絃，鑿龍其首，螳螂其腹，制極古雅，與小忽雷同。牙柱齮齕，左右相向，背施朱漆，上有采繪，有金縷紅紋蹙成雙鳳。瑞山能彈之，其聲清越而哀，與小忽雷亦類。大忽雷，元時猶存，見《鐵厓逸編・謝呂敬夫紅牙管歌序》中，又有「大雷怒裂龍門石，雙絲同心結龍首」等句，形製更可想見。二器並陳，望而能識，且斷紋隱隱，與余藏唐雷威雷霄斲琴髹漆絕似，其為唐物益信。瑞山以小忽雷在余所，樂為歸之，因倩畏廬老人為作〈枕雷圖〉，名余閣曰「雙忽雷」。小忽雷以東塘傳奇始著於時，東塘得器製傳奇，余刻傳奇而得器，且復於無意中，更得大忽雷，亦云奇矣。宣統二年，貴池劉世珩（蔥石）。

蔥石即聚卿之別字，圖成後，題詠坌集，今不具錄。予所悵觸者，長沙章曼仙（華）舊曾示予以〈題枕雷圖〉一詩，相與商榷。其時癭公尚存，曼仙與書衡丈最善，相與文字讌飲，予將南來時，尚聚於東興樓，其化去距今不過數載。此詩與序，似為加意之作，並附錄之，以見鱗爪，不止資談忽雷之助也。章華〈雙忽雷行〉，並序。

唐韓滉使蜀，得逊邏檀，製大小忽雷，以進德皇。文宗朝女官鄭中丞，特善之。後忤旨縊投溝水，甘露變後，人物俱杳。康熙中，曲阜孔東塘得小忽雷，材堅潤如紫玉，上有文曰：「建中辛酉臣滉恭獻」，東塘作《小忽雷》院本傳奇，與《桃花扇》並行，蓋幸之也。光緒末，歸貴池劉蔥石。琴師張瑞山者，藏唐時大忽雷，舊矣，蔥石復購得之。二雷復見於世，乃建雙忽雷閣以誌其盛，並寫〈枕雷圖〉，屬題。代異時移，蔥石高臥不出，殆與雙雷老矣，因作〈雙忽雷行〉。」詩云：「冰絃牙柱紫玉材，蔥石示余雙忽雷。建中辛酉臣滉進，誰歟善者中丞鄭。中丞一朝忤聖顏，身隨溝水流人間。曲散霓裳甘露變，雷乃收聲人不見。千年重覩逊邏檀，甲痕猶識纖指彈。好古神交視莫逆，前有東塘後蔥石。東塘只得小忽雷，大雷羽化如金杯。還分扇底桃花淚，院本新詞譜落梅。雙鳳孤鸞無匹偶，茫茫燕市落誰手？畫中白髮歸雷人，七十琴師瑞山叟。我聞唐時大雷內庫藏，小雷已落崇仁坊。逆瑞賊泚不能壞，南內西宮幾斷腸。一日龍津神劍合，世上紛紛有哀樂。貞元時事不堪言，獨枕雙雷臥高閣。

曼仙早以神采俊奕名，從其《倚山閣集》中，可見其少年風神。然予所見叔寶神清，無如蘧六。君為聚卿弟，廣雅之婿，長予不數年，舉止都雅，文筆亦清曲，曾為《神州日報》通信，汪允宗所約也，以肺病先聚卿逝，垂十五、六年矣。聞公渚言，聚卿生前，曾輯《枕雷圖題跋》，印為一帙，今不得見。此帙中，又不審有釋忽雷之義否？

予案：《洽聞記》：「鰐魚一名忽雷。」此兩器腹所蒙皮，予意非蛇而實為鱷。鱷不易得，故當時即以名琵琶；言大小者，猶甲乙之義，非僅指形狀之鉅細也。忽雷，或謂為歐西鱷魚母音之譯詞，入中國後變為強悍之義，觀《廣異記》歐陽忽雷與雷師鬥一節，可見。鱷雖為熱帶動物，然我國固有之。今年六、七月，太湖漁人，捕得鱷魚二、三尾，以市於上海歐人，誘起研究中國鱷之興趣。不獨潮洲惡溪之鱷，著於唐時，而取其皮膜蒙樂，尤為意中事也。

說陶

叔問不第文彩殊異，其鑒賞亦極精，於瓷器尤深。有〈說陶〉一文，外間不常覩，今全錄之，以為收藏家之助覽。此文亦見於《石芝西堪札記》中，文曰：

許書訓瓷為瓦器，《類篇》以為陶器堅緻者。古瓷色初尚青，潘岳賦所謂傾縹瓷以酌醽，《釋名》：縹，淺青色，此瓷字入文辭之始。《隋書・和稠傳》：稠博覽古圖，多識舊物。時中國久絕琉璃之作，匠人無敢厝意，稠以綠瓷為之。其流傳於今，見之著錄者，王漁洋山人《池北偶談》，記萊陽宋荔裳（琬）藏漢瓷盞二，中有魚藻文，云在秦州時耕夫得之隗囂故宮中。曹貞吉珂雪詞，詠隗囂宮瓷杯云：「色映琉璃，聲隨哀玉，淺碧嫩黃交射」數語，專賦杯色，是漢瓷之尚青可證。唐陸天隨〈詠祕色越器〉，有「九秋風露越窯開，秀奪千峯翠色來」之句。又明崑山葉九來《金石錄補・集異》云：「唐靳英希誌石，於崇禎末出滹縣定子邨。碑下有瓦杯三，其色如秋山著雨，作純碧色，光浮瀲灎。杯中各有紅點，如桃華。」此唐窰之重青器，又一證也。若杜老詩所稱大邑白盌，特邛州之一種耳，非時尚也。至五代柴世宗，則以「雨過天青雲破處，這般顏色作將來」明示廠官。迄今柴窰之名品，雖不可復得，其物色猶可想見也。《宛委餘編》載：「宋初，以定州白瓷，有芒不堪用，遂命汝州造青窰器，唐、鄧、耀州悉有之，而汝為冠。」政和間，京師自置窰燒造，曰官窰，文色亞於汝，今汴梁猶有汝窯，青瓷殆其遺製歟。至南宋時，有邵成章提舉，號邵局，於修內司造青器，名曰內窯，模範極精，釉色瑩澈，為世所珍，是又宋官窯尚青之證。它如山谷所詠，建安茶盌之鷓鴣斑，及底有三七九等數者，為絕品，近則為海客以重值搜求殆盡焉。元瓷大率因宋以受名，博古家鮮所考見，俗估每見一器，質蒼樸而斷文多者，輒稱為元窯。惟《宣德鼎彝譜》明禮部尚書呂震等奉敕編。中，有倣元朝樞府瓷款式鑄連珠法盞鑪。又世所名泰定窯者，其器率乏精采，第以底無元號，等諸不足無徵云爾。明初，始有花文畫瓷，器口或底，以蔚藍正書國號紀元，其式出自宮樣，美妙絕倫。陳其年檢討〈滿庭芳〉詞，賦宣德窯青花脂粉箱，殆龍德殿故宮嚴具也，萊陽姜學士所珍閟者。至正統三年，乃以青花白地瓷器為祭品，詔云敢仿造宮樣及貨賣饋遺官家者，處以死刑，全家戍邊。十二年，又禁約兩京及各行省沿途驛鎮軍民客商人等，不許私將白地青花瓷器，賣與外夷使臣。是知當時此品獨貴，求之者眾，民間徇利冒死，私造擅市，肆行靡憚，雖嚴網莫能弭之。迨嘉靖、萬曆時，復令饒州窯場，以五采繢施瓶罍槃洗諸器，所作花鳥人物，工好寡雙，粲溢千古，而青瓷乃為減色。國朝仁廟初服，猶仿明製，多署宣德成化之款。其後乃刱造美人霽紅，脫胎粉采，及蘋果綠、豇豆紅、蒲桃紫、金星蠟茶諸色。因物象形，辟灌精采，珠光寶色，萬國咸珍。而黑質采章之品，最為西人所重，不惜鉅萬高貲，購致一器。據所徵述，當官窯燒造之初，數色雕文，極難合制，經進樣瓶，僅有此數，自後巧工不能繼美，故希如星鳳，匪它器所得擬倫。洎夫雍、乾兩朝，名陶佳製，刻意作新。有程國治者，以雕瓷名家，曩見所造一方寸合，而煙雲樓閣，動植庶物，維妙維肖，信可謂別具匠心，巧藝善化者已。凡斯蒙拾，粗涉原流，雖不賢之識小，庶亦釋器之駢枝，治陶之於別墨歟。

叔問收藏金石字畫及名瓷極富，王子後始以次鬻去。今考所藏有唐宮脂盝，先生自為考云：

余家藏一器，表裏有縹瓷精造，昔在秦中，有估客得之驪山唐故宮。器形圓，類合，作淺青色，無花紋，蓋周徑五寸餘。底足微射其外，中有三小盞，隅列而黏合，繚以花枝，蟬聯嬝娜，制作奇麗，油色晶瑩，洵宮闈嚴器中之美製也。諦審小盞中，的的朗潤，似有粉黛餘漬，古香澤手，殆為美人之遺。考《唐書‧李德裕傳》，敬宗詔浙西供脂盝妝具。《太平御覽》：「多羅，匳器名，本名脂盝。」按《南史‧海南諸國傳》，毗騫王遺扶南王食器，形如圓槃，又如瓦塸，名為多羅，是知脂盝之名義，蓋取諸梵語，可證。因歎驪宮金碧，千餘年蕩為寒烟，獨此玉臺妝抹之遺，猶存薌澤，豈惟玉魚金椀，流恨人間哉！

先生於此節外別附以一跋云：

近見滬上博古之家，因海西大腹賈，搜致中國佳瓷瓶尊諸器，歲以重值收購，載出重溟，不可悉數。好事者，懼華夏之不競，葆古物於憖遺，兼蓄并收，粲然大備。顧徇於匭董習尚，炫博矜奇，尟所考辨，其所謂古瓷者，僅僅以宋均窰之瑪瑙釉、玫瑰斑為至寶，問以定、汝、官、哥，輒蒙然未詳所自，並柴窯雨過天青之色，且不獲一覩，況等而上之者乎？間嘗譔舊聞，證之名賢紀錄，不揣寡闇，作〈陶說〉一篇，雖不賢者之識小，猶賢於無所用心，聊為甄家之別子，釋器之技言云爾。

云云，此則可為〈說陶〉一篇動機之說明。昔人侈言文以載道，輒不願為小文。自吾觀之，此文視空談性理者，有功學術多矣。

故宮所藏宋廣窯琴

故宮珍物，近有慢藏之糾，信否雖未可知，而夥頤法器，自為後世所不可再得者。蓋清代諸主，多好貨，往往縱令滿洲大吏搜括，囊橐充牣，則舉而籍沒之，名若懲貪，實則假手，故內府所收，冠於歷代。又自革命以還，舊日巧藝名工，以進御為業者，已日少，眼前事物，若瓷繡紙墨之屬，質料亦已非故。繇是以言，清宮所藏，匪特空前，抑且絕後，其為寶，宜也。其量既多，品類自不盡純，贗造尤數見不鮮。又御府鑒定，亦非無訛，往往有遜於今日專家考訂者。友人鄭君穎孫，以音樂名，曩示余以宋廣窯琴照片，故宮物也。言琴質至佳。後數月，余游景陽宮，得覩此琴，淵淵寶器，信為異物，惟清高宗舊題為瓷琴，近北平郭世五君，則考定為宋廣窯沙胎，非瓷。郭記云：

其為器也，象制中程，修短合度，胎骨畢露。其質紫沙，徽中有文，填以白泑，維軫與足，悉皆白玉為之。龍池之中，有銘曰：「維沙陶瓦，制從鴻濛，鳶飛魚躍，為歌南風。」前述其制，後言其用也。鳳沼之內，則題「修身理性」四字，蓋用〈琴操序〉語。字作秦篆，深雕而罩以薄泑，其色月白，極晶瑩澄澈之致。意者泑本周身，或以不盡平勻，或以滑不宜指，初以琴面礱治，寖淫遂及全體，觀於臨岳之下，餘泑微存，自是明證。審其制作沙質而瓷泑，以指扣之，聲如瓦缶，在宋惟廣窯製器如此，他窯則否。間嘗歷覽前代官私圖籍，於匋瓷之器，其辨未嚴，故督瓷之官，說瓷之作，概蒙匋名，品目鑒別，遂易淆亂。究之，匋始古初，厥後精進為瓷，其別在骨，而不在泑。匋骨為土，土之用隨在可資。瓷骨則採石製泥而成，產地有定，以質辨之，二者迥異。至於廣窯沙胎，是又別出於匋瓷之外者。考廣窯之設，始於南宋，在粵之陽江，以其地不毓瓷質，而特產紫沙，故製器即用作胎，泑仿鈞窯月白，俗因名之曰沙鈞。昔人未嘗細審，往往稱之為瓷。御製詩於是琴目為宋瓷，蓋沿舊稱，弗深考耳。

又云：

埏埴之難，工作之巧，千百年未必能得一二。南宋至今數百年，僅存此器，不可謂非曠代之寶也。

郭君昔為項城庶務司，精鑒別，尤長瓷器。景德鎮之洪憲瓷，即郭君監燒。今居北平，自設工廠燒瓷，蓋好古而有力者。其所交福開森君、故蒼梧關伯珩、連平顏韵伯，皆余友生，博雅富收藏，其門客能文字者亦有之，故其記精審如此。而昔日所謂宸題御覽之不可盡信者，亦於此可見一端也。

鈞窯

因記廣窯琴事，而憶及鈞窯。鈞窯，此書作均窰，近日歐人最尚之。前兩年見歐人精印《中國瓷器》一書，五彩爛然，註釋煩冗，知外人致力於華瓷至深。考鈞窯，產於河南禹州。項子京《瓷器圖譜》，原刻難致，今所見者，多作瓷鼎瓷鐙之屬。瓷資不厚，周身純作玫瑰紫，或茄皮紫，並不雜以雨過天青色。曩見武英殿有玻璃罩，列盤盌五件，周身純作紫色，即係此類。盌底露胎處，並不敷芝麻醬泑，僅露黃褐色，胎骨上偶灑二、三泑點，以示非磨底之證。至於近代所寶貴之花盆連渣斗，鼓釘洗等，青紫相間，芝麻醬底，並綴號碼者，皆為粗物，故瓷質亦特厚。光緒初葉，樂亭劉氏極豪侈，飼貓犬飯盆，悉用鈞窯，取其質厚，不易損，海王村商人有以賤值得之者。彼時內府鈞窯花盆內，亦不過種三文一棵之六月菊，絕無寶貴意。曾不二十年，以歐人最重此瓷，騰漲至萬金以上。識者云：更二十年，鈞窯恐將絕跡於國中矣。

宣鑪

談宣鑪者，莫詳於秦暘谷之〈宣鑪說〉，秦名東田，有《梁溪詩鈔》，今摘其說云：

明宣德間，詔訪秦漢以來鑪鼎彝器古式，命司禮監會同工部督造，凡千百十件，以供大內暨各官釋道之用。其質料之美，鍛鍊之精，皆非民間所能辦。其料乃暹羅風磨生礦之洋銅，及日本之紅銅，加以倭源之白黑水鉛，賀蘭國之洋錫，至天方之番磠砂，三佛齊之紫硃，渤泥之紫礦臙脂石，琉球之安瀾砂，以及石青、石綠、硃砂、文蛤、古墨、雲南白黑碁子等，皆所以助其色澤之用。爰自八鍊、十鍊，以至十二鍊，而後成。有棠梨、熟梨、豬肝三色，其式有商夔、龍九子、鳳九雛、再蚰、龍耳、沖天耳、三足乳、雙魚耳、釜底天雞、錦邊九鳳、穿花飛鳳、貼耳、環耳、獅首、象首、豸首、角天雞、馬蹄、戟金、戟耳、橋耳、三足、朝冕、四足、三元、太極，并雜款、井口、獸面、九箍桶子、如意、方式、夔龍、梵書、虎面、百摺、沖耳、橘囊、朝官、馬蹄、大小臺几等。鼎鑪鑄成，分進陳設乾清宮、坤寧宮，暨各妃王府各官府衍聖公府。其索耳一種，則分賜各神廟祠壇，并學宮。押經、法箋、鉢盂三種，則分賜各廠各經寺觀，為釋道二教用者。以上各種，或大字款，或小字款，或無款，或鍾王體，或歐體。而其正色，則有鏒金、流金、蠟茶、藏金四種。蠟茶以水銀浸搽入肉，薰洗為之。藏金，以金爍為泥，數四塗抹，火炙成赤。鏒金、流金，金銀絲片嵌減，俱實用赤金白銀若干兩。其在上半名覆祥雲，下半名涌祥雲。若流金單傳本色，則有蠟茶、藏金本色，又有蠟茶，鎏金最佳。又有蟹殼青、栗殼色、堂梨色、熟梨色、棗紅色、硃砂斑、雞皮皺。其藏金栗殼，更有淡者一種。硃砂斑者，用番硃砂點入，名金帶石榴。鑪雞皮色者。跡如雞皮，拂之實無跡，火氣久而成也。或謂鑪之舊者，為覆手，必有青綠色，卻不盡然。余家索耳宣鑪，覆手頗黑。押經鑪，有高脚碁二種，謂棠梨子，白果赤，以赤為主。梨色，生者青，熟者肉白皮黃，若煑熟者，又不然，此當樹頭以霜打熟者為主。熟梨色，嫩黃，豬肝色深紫。三代及秦漢間器，流傳世間，歲月浸久，色微黃而潤澤者，曰蠟茶色，可知原是古銅器也。藏金黃色極亮，類赤金色。總由質料之美，鍛鍊之精，故質純而嫩，晶瑩透脫，而無一膜之隔，色嬌而雅，鮮潔膩潤，而有油然之光，真足為希世寶。明末國初間，有周文富、湯子祥二家，湯用補法，周則鑪身耳底，三什裝就，宣廟時本然，二家亦稱好手。餘則施家北鑄，其偽造宣鑪，誠有如《日下舊聞》所云者。而文啓美《長物志》、高深甫《遵生八牋》內，歷叙鼓鑄各家，如元時杭城姜娘子、平江王吉，及明時雲間潘銅、胡銅等，種種不一，互有低昂，未能殫述。今時下又有對銅鑪。予因今之賞鑒家，以耳為目，故特表出，並系以詩。

案：秦此說，於鍊銅雖詳其材料，而不詳鍊法，唯於辨色頗晰。昔後周製瓷，請世宗定色，世宗援筆題詩云：「雨過天青雲破處，這般顏色作將來。」此即柴窰雨過天青色之祖。蓋古人心目中欲得某色，而不得其名，觀宣鑪之佳者，亦實難名其色也。比見報章，歐人區別顏色，謂共得七百餘種，則亦難為定名矣。

無錫惠山聽松菴竹鑪

客有詢惠山聽松菴竹鑪者，此無錫一小掌故也。明洪武間詩僧性海，手製竹鑪，王舍人孟端繪圖，並首唱為詩，和之者皆一時勝流。歲久鑪亡，成化中，秦武昌（中齋）訪得之城中楊氏，有《復竹鑪記》。嗣復淪落人間。據《竹垞集》，此鑪後歸成容若，容若復舉以贈顧梁汾。容若既逝，梁汾與朱竹垞、周青士為竹鑪聯句。然又相傳梁汾之鑪，乃倣製者，同時盛冰壑、宋漫堂，皆有倣製。其真鑪，乾隆中山僧靈源松泉于斗門張氏訪得之，按之《武昌記》中規制，無爽毫髮，乞姚柏南上舍，為賦〈再復竹鑪詩〉。松泉為性海裔孫，善屬文，臨摹竹鑪詩卷孟端已下諸名蹟，王虛舟亟賞之。別有邵文莊溫硯鑪，銅質形方而橢，虛中受水，上二穴承硯及盂，篆文為膠西安桂坡製，邗江方西疇（士康）得之市集，藏之三十餘年。乾隆丙戌，年踰七十，謂鑪宜歸二泉，乞揚州太守移文錫山，遞致聽松菴，與竹鑪並藏弆焉，王涵齋作歌記之，和者甚夥，此皆乾隆間事。至孟端所繪圖，康熙間顧梁汾得於容若所，復歸諸菴。乾隆辛未駐蹕惠山寺，汲惠泉，用竹鑪煎烹，因和明人題者韻，即書卷中。丁丑、壬午、乙酉，皆有高宗留題。四十四年，無錫知縣丘漣，以錦贉薦舊，玉籤損折，攜至署中，欲重裝。值署西民居失火延燒，失於防護，孟端卷，及履菴一卷、吳珵一卷、張松岑補圖一卷，均燬於火。四卷既被燬，巡撫楊魁、布政吳壇，自請議處，劾丘漣，命罰銀二百兩，給寺僧，御筆補寫首卷，命皇六子永瑢及宏旿、董誥分畫二、三、四卷，並令補寫前人題詠，仍付山寺收弆，復取孟端〈溪山漁隱圖〉償之，有記事詩。咸豐十年，無錫城陷，罏卷散失。同治二年，秦緗業得御筆圖卷於上海，時城復，庵址僅存。明年，即惠山寺地建湘淮昭忠祠。又數載，秦恩延得漁隱卷於洞庭山人家，會黃埠墩僧舍落成，併付住持華翼綸，卷首有乾隆「頓還舊觀」四字。今惠山尚有竹罏山房，位於第二泉上，不悉其果為聽松庵舊址與否也。

壽山印石

予性迂疏，陋於收庋，平生於書畫雖似結契，實無心得，不足言矣。於壽山石章，頗有微嗜，以吾外祖家甚愛藏此物，外大父蒹秋先生，鑒別尤精，故得竊其緒餘，以資品玩。貧不能蓄，則人事豐嗇之常理也。蒹秋先生之言曰：

九峯、壽山、芙蓉、稱三山。萬曆八年以前，屬懷安縣，後省入侯官。其石質純而潤，易攻不泐，志載康熙時採取一空，至嘉慶初，諸坑復產，今錄其目擊者。

壽山石以田石為第一品，產於山田，無根而璞，蓋地氣挾土力所結者，故隆寒不泐。耕者偶得之，有黃、白、紅、黑四色，重七、八斤，多硬田，雕山水人物，備陳設。輭潤者，不貲矣。道光初，新出之都丞坑，地屬壽山，且黃、白、紅三色，質之輭潤次於田石，亦隱隱然現蘿蔔絲，其挂皮者，亦青黑色，略似田石之蝦蟆皮，賞鑒家且混真贋。連江黃，產連江，似田黃，色黯質硬，油漬即黝，宦閩者誤以都丞坑、連江黃為田石。然田石是璞，不論黃白紅黑，皆由外結氣，蝦蟆皮，即璞也，氣迫於外，文成於中，故成為蘿蔔絲。若都丞坑，乃片片雲根，割而斷之。至以連江黃偽田黃，則函石知謬矣。

水坑，產於澗曲坑竇，為第二品。如雲、如藕、如栗、如棗，有內白外斑者，有劃然中斷者，有文理分明而淺深異色者；因其色，配作人物山水花卉蟲鳥，可玩也。水坑中所得水凍，尤為妙品，不取晶瑩，但求其白如凝脂者，黃如油蘸者，即魚腦凍。次則天藍凍，即柴窰雨過天青色也，愈淡愈佳。次則牛角凍，色如牛角，而通明過之。牛角凍中，有紋如犀角者，亦有微黃挂皮如定窰之油墜者，或以高山晶浸油偽水凍，然亮而不凍，須玩凍家方知抉擇。

產於山洞者曰山坑，為第三品，半山、高山之類是已。半山多白色，偶亦似芙蓉，惟芙蓉細膩，半山硬實，不如芙蓉之凝結晃朗耳。高山質堅於半山，多紅、白相間，有純紅純白者，有藉糕地而點者，似昌化之星星然，但不作雞血色，有白而晶瑩者，名高山晶。凡高山皆宜油漬，各洞所產，有肉紅、有美人紅，如薄紗籠肉；有瓜皮紅，色如瓜瓤；有牛尾紫、有豬肝紫；有艾綠，有石綠。奇艮，亦山坑，多黃、白二色，黃者光彩煥發，似蜜浸老橙；白者似蘋婆；雜黃白者，似瑪瑙，皆堅而易攻，寒而不泐。芙蓉石，如白玉而純粹，玉不受刀遜於芙蓉矣。有新舊洞之別，舊者勝，取於將軍洞尤美，價亦不貲。皮挂秋葉者，名芙蓉黃，為芙蓉之極品。

黨洋，亦壽山鄉名，所產淡青藕合，極似青田。有淡綠者，呼黨洋綠，遜於艾綠。梁叔子所稱花石坑，今產絕矣。其最下者為圖書石，隨地可拾，市上雕玩器圖章者，是也。另有一種名煨烏，以高山、奇艮、黨洋之硬者，煨以稻殼，火色正，則純黑如漆；火色偏，則拖白如漢玉；火色過，則碎矣。石客選其光潤有白地者，偽黑田。其餘因象命名，隨色取號，各石譜所載，多虛詞。

上所述，見所著《閩產錄異》中。自予墜地，外大父即下世。然四十餘年間，外家中表諸兄弟，承祖父說，以辨別取舍，所得猶精粟無倫也。壽山石見於諸家紀載者，最稱前後《觀石錄》；《觀石錄》為高固齋撰，《後觀石錄》，則毛西河所為，今竝節錄之。提綱挈領，侔色揣稱，間及製術，視近人《壽山石譜》，不可同日語矣。

《觀石錄》云：

出北門六十里，芙蓉峯下，有山焉，連亘秀拔，溪環其足。長老云：宋時故有坑，官取造器，居民苦之，輦致巨石塞其坑，乃罷貢。至今春雨時，溪澗中數有流出，或得之於田父手中，磨作印石，溫純深潤，謝在杭布政常稱之，品艾綠第一，卒歎其未見也。謝歿五十年，吾友陳越山，齎糧采石山中，得其神品，始大著。去秋予江左歸，好事家伐石於山者，凡三月矣，日數十夫，穴山穿澗，摧岸為谷，逵路之間，列肆置儈。於是名流學士，懷瑾握瑜，窮日達旦，講論辨識，錦囊玉案，橫陳齋館。予往往命駕周覽故人之家，心目既蕩，嗜好為移。迺憶所見，錄為一卷，聊以自娛，且慨茲山焉。（中敘朋輩得石姓名及石數，不錄）

石有絡，有水痕，有沙隔。解石先相其理，次測其絡，於是避水痕，鑿沙隔以解之。石質厥潤，鋸行其間則熱，行久熱迫而燥，則裂。解法水解為上，鋸行時，一人提小壺，徐傾灌之。石理不一，相石為難，膚黃中白，膚白中白，膚蒼中黃。中玄黃，膚黝然，不可以皮相。石有水坑，山坑，水坑懸綆下鑿，質潤姿溫，山坑發之山蹊，姿闇然，質微堅，往往有沙隱膚裏，手摩挲則見。水坑上品，明澤如脂，衣纓拂之有痕。

潘子和、謝奕，硯工高手，攻石能得理。好事家獲石既夥，二人益自矜，以禮延致，不可卒至。或造廬焉，映門一諾，童子負器先驅矣。每解一石，摩肩圍繞，心目共注。幸得妙品，傳觀閨閤，交手喜妬。石初剖，須琉球礪石磋之。既磋，磨以金閶官甎。磨竟，以水浸檞葉，縱橫揩拭，無有遺痕，然後取麤鞹平置几案，運石鞹上，徐發其光。湛一詣陟廬竹堂看石，方開篋，趣令收卻。予訝之，笑曰：「不敢久視，恐相思耳。」予戊申作此錄，錄中吾友六人，客三人，方外二人，共十一人，今亡其四，雜見之友人，亦亡其五。嵩山、陟廬、越山之石以貧散，湛一一石歸予，為十叟奪去，十叟亦亡，今不知處。木厓石最多，亡後不能守。李某晚為石賈，頗得錢。君寵，越人。去聲與雜見者，皆不可問矣。予最後有七枚，今秋燬於火。火後者玄堅如玉，白者多崩碎。丁巳後大開山，役民一、二百人，環山二十里，邱隴甽畝皆變易處。石舁至大者，鑿鞍轡，小者為韘珌，較之宋坑造器，民勞百之。

按伐石之始，自陳公某，某之石，人不得見，既沒，家無一枚。自戊申迄今一紀，伐鑿之禍未息，近五行石妖云。或曰：山以壽名，十年中郡人恆夭折不壽，理或然歟？己未臘夜跋。

毛大可《後觀石錄》云：

明崇禎末，謝在杭嘗稱壽山石，以艾葉綠為第一，丹砂次之，羊脂、瓜瓤紅又次之，顧名不大著。至康熙戊申，閩縣陳公子越山名日浴，字子槃，故黃門子，忽賫糧采石山中，得妙石最夥，載至京師，售千金。自康親王恢閩以來，凡將軍督撫，下至游宦茲土者，爭相尋覓，上者置几榻把弄，次者鏤刻追琢，與寶石、珊瑚、瑇瑁、硨渠、螺蛤、齒貝同嵌什器，遍飾纓繙、韘珌、鞓帶、念珠、牙筒、藥管諸物，其最下者，摩符雕印，雜鏤人獸缾盂以為供具，而於是山為之空，近則入山無一石矣。然後收藏家分別其舊藏者，以田坑為第一，水坑次之，山坑又次之。每得一田坑，輒相傳玩，顧視珍惜，雖盛勢強力不能奪。石益鮮，價值益騰，而作偽者紛紛日出，至於假他山之石以亂真者。予入閩最晚，私心欲得上品一觀而不得。當是時，有估人販兒，攤門捱巷，爭以贋物來衒，概卻之去。既久，忽從營丁得二石，既又從通家世友宦茲土而未歸者，得五石，又既與此間友人賭棋，得三石，然尚妍媸之間也。既則友人有貽贈者，有轉覓其親黨之舊藏而願售者，雖稍勝於前，非上品也。又既，則有有力者託人覓致，因貿得八石。而許子不棄，則予世通家子也，瀕行江西，遣估者私覓閩城之佳者來售，又得九石。連前後陸續所得，通計得四十九石。大概上者十三，中上十四，中十二，中下十一。偶於諦觀之次，共錄一箋，以當展翫。當見友人高固齋作《觀石》一錄，流傳人間，因謬題之曰，《後觀石錄》。

艾葉綠二，平直橫徑各寸，而臥螭紐，楊玉旋製。楊名璇，閩追師名手。紐綠色通明，而底漸至深碧色，獨其住處稍白，則艾背葉矣。駱幼重曰：驟觀之，但見兩螭環首掉足蜿蜒綠波中。上半如碧玉，下半如紅毛玻璃酒缾，又如西洋玻璃缾。

羊脂一，高二寸半，徑二寸，橫一寸，白澤紐，玉質溫潤，瑩潔無纇，如搏酥割肪，膏方內凝，而膩已外達。時寓開元寺鐵佛殿側，端陽前四日得此，座中同觀者，各為擬似。一云，如脫殼之卵；一云，如新羅出機未就練濯；一云：如辨明看婦人肌肉絕去粉澤，而晨光膚色，帖帖牀簟。

鴿眼砂一，此舊坑也，高二寸半，橫徑各寸，辟邪紐。通體荔紅色，而諦視其中，如白水濾丹砂，水砂分明，粼粼可愛。一云鵓鴿眼，白中有丹砂，銖銖粒粒，透白而出，故名鴿眼砂。

蔚藍天一。蔚藍天又名青天散彩。高二寸半，橫徑各一寸半，紐作三狻猊，二蔚藍色，一白色，各相搏噬，而藍俯白仰，分明不雜。其石身下方，初露蔚藍三分許，漸如晚霞蒸鬱，稍侵紫焰，而垂以黃雲接日之氣，真異觀也。夏雲翳照處，類高郵皮蛋黃色。又一，分寸同前，亦三狻猊紐，而兩白一黃，毫氂相判，白如蕎粉，黃如豌醬，殊質並弄，猙獰出脫。至其蔚藍之妙，一若歸雲乍斂，倒影微薄，而中界以白虹者，造物之入神乃爾。

瓜瓤紅二，橫徑各一寸三分，而高倍之，蟠螭紐。紅沁若西瓜瓤子，流滑融溢，入手欲化。一頂上黃螭，似瓜蒂，小黃近蜜色者，腰下血浸淋瀝，漸至流漫，紅中有白，白中有紅，淺紅非黃，深紅非赤，謂之瓜瓤紅。

蝦背青一，高二寸六分，橫徑各一寸二分，獅紐，獅頂立稚獅，墨色，蠕蠕自得，而母獅首承之，唯恐其墮。通體淺墨如蝦背，而空明映徹，時有濃淡如米家山水。舊品所稱春雨初足，水田明滅，有小米積墨點蒼之形，是也。

肉脂一，一名肉紅，本羊脂玉，而略翳紅影於其間，望之晻罩熒熒，如時世宮粧，預施臙于頰，而尚以胡粉，彷彿舊詩所稱芙蓉脂肉綠雲鬟者，此最上神品也。惜吉光片羽，不滿覯耳。紐二螭顛倒臥，一紅一白，長徑各一寸，橫四分。相傳狐白裘有臙脂雪名，當類此。鍊蜜丹棗一，此舊坑也，百年前流傳至今之物。百鍊之蜜，漬以丹棗，光色古黯，而神氣煥發，以方番珀則憎其紅，以視緬葫則卻其黑。高二寸，徑一寸，橫七分，圓身彪紐。

桃花水一，高一寸五分，橫徑各七分。石有名桃花片者，浸于定磁盤水中，則水作淡淡紅色，是其象也。或曰：如釀花天，碧落濛濛，紅光晻然，宜名桃花天。舊名所稱桃花雨後，霽色蘢蔥，庶幾似之。臥貙紐。

三合一，首青豭立紐，如碧落蔚藍色，獨兩角拳大通明，而色微淡。西羊名豭者，大角大蹄，是羊注蹄處，皆偉然可驗也。特石身如羊脂，垂以藥黃，恍青羊踏石著黃土中。想金華道上，方平狡獪，故自有此。高二寸八分，橫徑各一寸。

晶玉一，殷於菜玉，而白于蕨粉，然故明透，曰晶玉。高二寸，徑二寸五分，橫一寸三分，辟邪紐。

白花鷹背二，又名灰白花錦，高二寸半，橫徑各一寸三分，一葡萄紐，一瓜紐，其紐為楊璿所製。葡萄瓜俱純灰色，獨取其白色，而略滲微紅色者為枝葉，其葉中蠹蝕處，各帶紅黃色，淺深相接，如老蓮畫葉然。且嵌綴玲瓏，雖交藤接葉，而穹洞四達，真鬼工也。石身如冰裂，灰白花錦，平曼間，亦似有枝葉橫披紛拏盤攫之勢。白如磁色，灰如舊錦，中紫灰色，且各有血浸紋，如宣和紅絲硯，于灰白質中朱纏紅絡，備極景象。

二合一，紐蜜魄色，身瑪瑙色，高徑各二寸，橫五分，金猊紐。通體朗徹，而二色截然，其為瑪瑙色者，如櫻桃紅，如霞紅，深淺流漫，焴爚不定，真是妙品。

灑墨一，高一寸五分，橫徑各八分，天青色，而隱以紅暈，濛濛然如日隙灑雨，螭虎紐。

泥玉一，玉之類建窰白滋泥者，高徑各一寸八分，橫六分，螭虎紐。

杏黃一，如杏之初熟，于黃湛中一面微紅，滲滲若曬色然。白澤紐，高二寸，廣半之。

硯水凍一，高一寸五分，廣八分，獅紐。硯池水微黑，而凍似之。

藏經紙一，高一寸八分，廣一寸，白澤紐。金粟山藏經紙色，入手作木蓮凍。

桃暈一，蹲獅紐，高一寸半，徑一寸，橫半之。紐有暈紅而身微淡，桃塢夕陽，崑石俱帶紅色。

紅粉一，如臙脂之漬粉，又如莧汁沁白縻中，苧蘿村旁有紅粉石，應如是矣。特西施去後，江枯石爛，不能多得耳。高徑各五分，橫三分，狐紐。

蘋婆玉一，當庚紐，高二寸半，橫徑各一寸半。獸肥腯如豕，而光澤可鑒，其通體白色，大類蘋果初白時，尚晻青氣，而淡紅點染，見之指動。

筍玉一，儼會稽象牙筍初脫衣時，高一寸半，廣一寸，螭紐。

象玉一，高二寸三分，橫一寸半，徑同之，立馬紐，有象牙紋。

蜜蠟一，高徑各一寸，橫三分，天馬紐。

秋葵蜜蠟一，高徑各一寸，橫三分，圓身貙紐，一名枇杷黃。

甘黃蜜蠟一，又名渣黃，獅紐，高徑各八分，橫三分。

天蓏瓤一，俗名天荔支，鷹紐，高一寸四分，徑一寸，廣五分。

玉蒂茄花一，三足能紐，玉色而下以茄花色承之，高一寸五分，廣一寸。

玉柱一，高二寸半，徑八分，橫五分，圓身臥獌紐，儼端門兩傍所稱擎天柱者。

落花水一，一名浪滾桃花，高二寸，橫徑各一寸，辟邪紐。石類水色，中有紅白花片隨水上下，一面界白，痕如迴波然。或曰，此石花之紋，非沙隔也。

洗苔水一，與前高廣同，亦辟邪紐，本對石也。石類碧水色，而中有苔痕，微閒礠石，亦非沙隔。

玉鎮一，高二寸半，橫徑各一寸半，方正如鎮子，螭虎紐，與前蘋婆玉高廣相似，似對石。

紫白錦一，高二寸，橫徑各一寸，狐紐。紐白色，而石身紫白相間，類嘉興錦。

蜜楊梅一，蚩吻紐，類蜜蠟，色黃澤可愛，而一面有瘮粟，如楊梅粒，滲以朱點。高二寸，徑一寸半，橫八分。

其他礬石一，高方，神羊紐，兩角明瑩如羊角燈片，而面作枯礬色。水墨玉一，蒼玉一，皆小方獅紐。豆青一，小長方狐紐。枯綠一，又名乾箬綠，小長方狐紐，與豆青同，似對石。豆白一，小方白澤紐，凡白色而微帶蔥色曰荳曰。硃砂磁壺色一，長方蚩吻紐。鐵色磁壺色一，又作棕色，中方，辟邪紐。

磁白一，大方，母子狻猊紐，與象玉高廣同，似對石。

石膏一，小長圓螭紐。小晶玉一，高八分，橫徑各四分，瑩徹如晶，獅紐，高固齋所藏物也。偶讀予所著曼殊別志感之，取以贈，曰請藍公漪篆曼殊二字，繫之摺扇之骨間，日摩挲之。

西河所記，視固齋為細。固齋以人舉，故不具錄；西河以石狀為主，故備詳之。田坑，即田黃，今與黃金同價。予所見有大逾拳，值可二萬金者，故宮所陳列者，不與焉。然謝在杭以艾綠為第一，予生平未嘗見，亦不聞賞鑒家稱之。觀蒹秋先生所言，可知田坑之可寶，乃歷閱年所，以其品近璞之故，得大名非偶然也。田黃以外，石多以油漬，然不得法，質且變。舊京古玩鋪不以油，而以手工細拭之。閩中石貴製紐，而外省人不察，以為製紐者，必石之有疵，乃為紐掩之，其實殊不爾爾。晚近三十年，田石及芙蓉多以無紐為尚，抑亦矯枉防弊之過也。民國七、八年間，有人自洞中又獲一石，重百觔許，剖之深黃。然實山坑，並都丞坑不如，以質頗近栗潤，遂解得二百餘石。此物流轉南北，冒充田坑，受紿者不少，舜卿表兄言之歷歷。三年前秣陵市上予亦邂逅之，但不作田黃觀，以新坑高山例之，則亦自可愛也。

又觀高、毛兩錄所載，康熙之初，大伐山取石時，以至佳者同嵌什器，最下者乃雕為印章。然則今所見宮中珌帶、珠筒等，世所指為舊玉嵌飾者，其中必有一部分壽山佳石在。此通明似玉之石，其品質實在田黃上。惜其物已罕，無人能辨之，遂以為古玉，價且遠不如田黃矣。

鼻煙與煙壺

鼻煙來自中亞細亞，蓋波斯、阿拉伯之風尚，傳入吾國甚早，其後乃由東而復西。若鼻煙壺之製，則吾國特工，磁玉繪飾，窮極巧麗，不能不謂為美術也。藏壺之風，以北都最盛，《兒女英雄傳》說部中言，侍衛相示煙壺，所述良不妄。八旗貴家，恆以此競夸，近年袁珏生丈，及邵伯絅，皆有文字，為壺專述。前此則趙撝叔有《勇盧閒詰》一書，被收入《仰視千七百二十九鶴齋叢書》中。北海鄭叔問先生（文焯），於此道亦行家，曾手批《勇盧閒詰》書眉若干條，於鼻煙與煙壺之珍祕，極有闡發。今撮舉七節，以見舊日審美製器之隱微，與太平時代之習尚掌故，後此數十年，恐漸成廣陵散，即言亦無人能喻矣。

鄭批，其一云：

西洋新製，以舊煙釀成油，入新煙，便作酸味。但入鼻則燥，別有異氣臭，實損鼻功德也。一薰一蕕，知味蓋寡。（酸味也節，上欄。）

其二云：

凡藏煙，佳質經久，微含燥氣，當即密置近體單衣一袋內，三日必回原味，此經驗者。昔人善藏者，謂遇煙乾，則以新發菉豆芽一、二莖插入即潤，此不宜南方卑濕之地，鼻選家當慎之。又凡置藥物，皆宜近人，日以佩帶裏衣，夜以密藏臥榻。蓋懷袖枕席間，時得人氣，

即煙壺瓷玉之屬，亦藉以涵泳精華，醖釀膏澤。萬物人為貴，惟精氣感物至神爾。（識款品類節，上欄）

其三云：

辛、勒、袁，皆製壺人姓，未詳其名字里貫。近廿年又有揚州新料，色式與前工無小異，亦有精縷疊采，間能亂真，但其雕紋不整，且乏寶光，識者自能辨之。舊製玻璃料壺，腹寬而皮薄，壺口與足，皆精緻合度，所鏤花紋隱起處，能以手爪甲搯之，使不墮。以壺置案水中，輕能自浮，此其微妙，非後作所得混也。一物之微，良工心苦，孰謂奇技，必遜泰西耶？（沈豫節欄上）

其四云：

京城東四牌樓鐵獅子胡同，是當時袁家造煙壺之所。同治初，有居人掘得寶料甚多。（沈豫節欄外）

其五云：

密蠟，近有關東人能偽造，器中亦具物象，如昆蟲之屬甚多，質柔而疏。多以扣脂合成，拈一蟲豸和入，薶地經年，鑄以祕藥，成器後眎之，蟲蠕蠕然，宛在其中，惟易剝蝕耳。（玉之屬節，上欄）

其六云：

海鹽陳氏，妃藕如藏有石濤和尚鼻煙壺一具，乃貝多樹子製成者。色蒼黝，微紫，體圓，徑寸許。腹本空空，背刻石濤小象，并銘云：「貝子西藏栽，西方僧帶來，紋銀二十兩，石濤和尚買。」款泐「弟子程鳴」。背刻「松門題，并刻」。松門舊屬新城王阮亭詩弟子，丹青超逸，與石溪、石濤輩交契最篤。道濟為勝國楚藩後，以書畫逃禪，名迹自足千古。當康熙初，始聞鼻功德，即有濟勝具，亦足多已。余從陳氏易得，極畜祕之，且賦〈天香〉一曲紀事。鶴語，丁巳仲冬。又剔紅，蓋雕漆之類。（木之屬節，上欄）

其七云：

燒料及瓷瓶，底有古月香篆文，固足名貴。余見瓶內底足，有淺刻朱文，「乾隆年製」，或「古月軒篆」，則尤奇絕，不知如何游刃於其中，刻棘鏤塵，不是過也。

又云：

昔班孟堅謂孝宣之世，正于器械工巧，元成以來，尠能及之。余謂本朝雍乾兩朝，所造名物，工妙寡雙。迄今垂二百年，內窯精瓷，海西估客，每以重金購求一器。比歲流傳海外者，益夥，其國人至開盛會以賞之。吾中華無保存古物之律，慮神州國粹有限之菁華，將悉為異域之寶，吁！可慨也已。

案：大鶴山人所批，甚多，此所摭者，不及什一。末節所言，尤慨當以慷，今日悉已大驗矣。

面具與鈎臉

劇中所謂花面者，以采鈎臉，謂之臉譜，由來已遠。蘭陵王、狄武襄面具兩故事，皆其祖也。姚茫父（華）嘗語余，最喜鈎臉，常入劇場臺後偷觀，謂頭臉與手筆相迎相縱，如書譜所謂「智巧兼優，心手雙暢」，其言甚妙。茫父辛亥與余同曹郵司，其後常與師曾相過從，物化亦六七年，晚年畫漸進，而余篋中所藏君畫止餘一幅。君嘗言，繪畫與面具，展轉相師。六朝及隋唐造像，石刻所畫伽藍像，又唐高昌壁畫殘紙伽藍像，皆與面具相近，不過面具更雄厚而已。今劇場率去面具，而用鈎臉。蓋宋元古劇，上場人但舞蹈表情，其歌辭皆坐場人之職，如今日本能樂，而弋腔接腔，猶其遺意。今日神鬼諸戲，戴面具皆不歌，亦可見也。自上場人連歌並舞，則面具不適，以面具後有啣枚，不便出腔，故也。

鈎臉既興，繪畫之施，以漸採入。綴玉軒藏有臉譜，考是明末，亦有清初者，洵不如今鈎臉之美。北京伶工錢金福，鈎臉為時所稱，實曾受故畫家陳阜民之指點。阜民清季為理藩院吏員，汰吏之後，日以窘促，遂貧死，此阜民所自述者。茫父曾得其所繪臉譜數紙，但寫大略，意態俱足。蒙古王塔旺布理甲拉，亦善為之。

又古器物中有饕餮形，於吉金古玉多見之，往往雜諸變化，一形而具數觀，最與面具鈎臉相似，以此為最古之淵源，決然可信。而今海西人所講求之圖案，中土所謂花紋者，其術至與面具鈎臉脗合，亦嘗採中土古器物以益之，皆以一形具數觀為美，茫父至為賦以張之。實則此寥寥數言，已能深發其祕也。

裱褙

今世言裝褙業，不外蘇裱、京裱兩派，蘇裱久有名，京裱則裱匠久居燕京者，亦擅專長。大概蘇裱骨肉停勻，京裱格局軒敞，是其大較也。大千為予言，裱工以蘇為最，補工以京為最。補工者，言挖補填剔修整之類。大千嘗蓄裱匠四，京、蘇各半，各矜為第一，而不相下，因而各取其最良之技用之，莫能偏廢也。

案：裝褙字畫言之最詳者，莫如張彥遠之《法書要錄》、《圖畫見聞誌》。（編者案：張彥遠曾撰《歷代名畫記》，中有論裝褙之事。若《圖畫見聞志》則係宋人郭若虛所撰，此所云有誤。）大抵裱褙以製餬為第一義，彥遠論裝背畫軸：「煮餬必去筋，稀緩得所，攪之不停，自然調熟。入少細研薰陸香末，永去蠹而牢固。」又云：「勿以熟紙背，必縐起。宜用白滑漫薄大幅生紙，紙縫相當，則強急舒養有損，要令參差其縫，氣力均平。」又云：「宜造一太平案，漆板朱界，制其曲直。」案：今裝池家即如此，葉鞠裳謂此法可推之褙帖，葉云：「曩見明初文淵閣書籍，外裝錦函，皆卍字挖嵌式，五百餘年，毫無損脫，亦無蠹蝕，此其煮餬，必有奇祕之法，惜不得其傳耳。」此言自是細心領會。然古來祕法失傳者，無慮千萬，煮餬其尤小者耳。

又彥遠言裝池書畫之法甚詳，惜不言褙帖。葉氏補之。其言曰：

今人藏帖，用翦裱，豐碑直行，分條合縫，聯綴無痕，世謂之簑衣裱。四圍鑲邊，多用白

紙，或黑或紫或藍，亦間用虎皮箋，或用五色檳榔箋，或用古藏經箋。背後襯紙，最上用東洋皮紙，其次用粉連紙，劣者用麄黃紙。然漿性漓則易脫，且生蟲蟻，不能經久，或僅墊薄紙一層，每一葉接縫處，以紙黏合，循環舒卷，謂之巾摺裱。書條橫幅，或古碑之逐層橫列者，即可整裱，不分條，不割字，接縫處亦不用鑲邊，此較能耐久，且不損字。小造象，及彝器拓本，宜用挖嵌裱，大者一葉一通，小者多至三、四通，空地可寫釋文，或隨意題識。字之極大者，或用推篷式，或一葉一字，或一葉二字。擘窠書，及石刻圖畫不能翦裱者，可用方勝摺疊之法。諸山題名，及唐墓誌，或以數十通，合裝一冊，亦可隨其大小長短而摺疊之。又有用裝訂書籍之法，線穿成冊，工值既省，且便臨池，然中間褙字之處，必隆然凸起，亦需用挖嵌法背後再墊紙一層，庶幾妥帖平不皺。古人得佳碑喜整裝，既免脫落，且不失原碑尺寸，誠為善法，然非鋪案掛壁，無從展閱。余謂收藏碑版，須有兩本，以正本整裝，留原石制度，以副本翦裱，明窗淨几取便摩挲。整裝之法，亦有二，金題玉躞，所費不貲，或僅用皮紙一層托之，不加桿軸，摺疊平勻，外貼藏經紙籤，寫碑目及年月書撰人姓氏，以一、二十通為一集，或加夾板，或青布函。凡收藏稍富者，此法最宜。拓手之精者固不易，裝池更不易。凡碑文左行者，粗工不省，往往仍從右起，行字顛倒，不復成文。《醴泉》、《皇甫》諸碑，尚有舊本可為依據，稀見之碑，分條割字，偶失原序，前後即致舛午。剝泐之處，或僅存半字，或微露殘筆，輒割棄如敝屣，分書行草，波磔飛動，或致跳行，或越方格之外，亦多割損，如伐遠揚。故余每裝一碑，雖豐碑僅存數十字，其無字處亦諄諄戒其留空提行，空格必依原式。凡字口陷內，皺痕不可過求熨貼，若舒之使太平，曳之使太直，古人筆意必盡失，如墨豬矣。此皆非俗工所能知也。

案：吾國藝事，久有特徵，百年以來，機器勃興，加以舶來學說，推倒一世，舊學黯然，行與手工業俱盡矣。然手工業之能成名，亦未必不科學。今日言滿盤西化者，方出全力唾棄踐踏舊俗，唯恐往日習俗工業不速盡。昔日吳紈蜀綺，民以章身，今則胡俗短後，爭用氈衣，而江浙絲業掃地以燬，此其彰彰者。至其他諸工，隨時俗好尚而就凌替者，不可勝數，蓋不揣本而齊其末，則蹙地千里，理所固然。文字語言，行亦并盡，他更勿論。不悟不自愛者，縱能碧其瞳隆其準，亦不足救亡。苟能自愛，則舊日習慣職業，亦不必廓除，而後始能為國也。裱褙一業，非自舶來，新人物所不道，更數十年，或竟絕跡，然亦未必遂不科學。舊時文學，最為畸形發達，故涉於藝文之筆記特多，而其間所述，法度規矩，有極合於科學原理者。苟得寸暇，悉為鉤稽記錄之，異時或未始無裨用處也。

古代造紙之法

竹垞康熙間，曾取道吾閩，觀造紙。因與查夏重聯句五十韵，其中警句，如云：「信州入建州，篁竹冗於篠。居人取作紙，用穉不用老。遑惜簫笛材，綠坡一例倒。束縛沈清淵，殺青特存稿。五行遞相賊，伐性力揉矯。出諸鼎鑊中，復受杵臼擣。不辭身糜爛，素質終自保。汲井加汰淘，盈箱費旋攪。層層細簾揭，燄燄活火熇。舍麤乃得精，去濕忽就燥。壁來風舒舒，暴之日杲杲。」皆能寫出造紙之次序，詩也，而可作手工業之簡說觀，然猶未盡也。錢塘黃興三，過常山，山中人為道其事，因詳摭其始末，為之說。又撮其要十二則，曰折梢、曰練絲、曰蒸雲、曰浣水、曰漬灰、曰暴日、曰碓雪、曰囊湅、曰樣槽、曰紙簾、曰剪水、曰炙槽，贊而系之以詩。黃說云：

造紙之法，取稚竹未枅者，搖折其梢，逾月斲之，漬以石灰，皮骨盡脫，而筋獨存，蓬蓬若麻，此紙材也。乃斷之為二，束之為包，而又漬之，漬已，納之釜中，蒸令極熱，然後浣之，浣畢暴之。凡暴，必平地數頃如砥，砌以卵石，灑以綠礬，恐其萊也，故暴紙之地不可田。暴已復漬，漬已復蒸，如是者三，則黃者轉而白矣。其漬也，必以桐子，若黃荊木灰，非是，則不白，故二者之價，高於菽粟。伺其極白，乃赴水碓舂之，計日可三石，則絲者轉而粉矣。猶懼其雜也，盛以細布囊，墜之大谿，懸版於囊中，而時上下之，則灰汁盡去，粲然如雪，此紙材之成也。其製，鑿石為槽，視紙幅之大小，而稍寬焉。織竹為簾，簾又視槽之大小尺寸，皆有度。製極精，惟山中唐氏為之，不授二姓。槽簾既備，乃取紙材授之，漬水其間，和之以膠及木槿汁，取其粘也，然後兩人舉簾對漉，一左一右，而紙以成。即舉而覆之傍石上，積百番，并醡之，以去其水，然後舉而炙之。牆之製，壘石堊土令極光潤，虛其中而內火焉，舉紙者，以次櫛比於牆之背，後者畢，則前者乾，乃去之而又炙。凡漉與炙，高下疾徐，得之於心，而應之於手，終日不破不裂，不偏枯，謂之國工，非是莫能成一紙。水必取於七都之球谿，非是，則黯而易敗，故遷其地弗良也。至於選材之良楛，辨色之純駁，鳩工集事，惟老於斯者悉之，不能以言盡也。自折梢至炙畢，凡更七十二手，而始成一紙。

讀此可詳我國四五百年來製紙之法，竹垞詩，不俟箋矣。案：古人嘗以海苔為紙，今不傳其法。製紙首重槽，故〈紙槽諺〉云：「片紙非容易，措手七十二。」清朱笠亭有〈紙槽五十韵〉，予未見。百年來斯業日落，後此文字，將悉用旁行，紙必舶來，或改用機製，瑣瑣記此，一轉燭間，亦成考古之資矣。

南唐澄心堂紙

予前記製紙沿革，同曹孫君希文，嘗叩今日尚有澄心堂紙否？予率然曰：當已亡之矣。既而思之，潔好之紙，必不易逢，然宋元之名人墨蹟，存天壤者尚不少，其中必有以澄心堂紙書之者，特不能辨別之耳。近讀會稽金埴所著《巾箱說》，適得一證，亟錄之。《巾箱說》云：

予家有世傳李後主澄心堂紙一番（內有經緯），乃曾王父太常府君所珍，世父子嶔諱炯公藏之數十年，從不以示人，予未一見也。弟墨香（堂）攜之至長安，諸名公卿索觀者，日日屨滿。陳太守（奕禧）香泉，不惜百日之功，手書册子十幀與予弟易之去，而題詩於一幀之後曰：「南唐澄心紙，一番值百金。當時歐與梅，品題赫藝林。更有黃白麻，用之宣玉音。桑根兼布頭，古製不易尋。子族浙東舊，遺縢儲夙購。面腴滑澤顏，中含經緯皺，落墨心手融，膩欲貼肌膚。我以書易之，行狎勞爬梳。若賞幽深際，應求古雅餘。追慕護机難，祛篋呈瓊琚。曾聞一鬻字，滿價五十萬。興到曇礦邨，羣鵝即酬願。儻得家法傳，脫手復何恨。」墨香素工書，雖輕棄先人法物，而從此盡得香泉衣缽，其書署香泉名，香泉幾不能辨。嘗舉以示人曰：「得吾書法者，海內十八家，吾兒第一，次則金墨香矣。」後香泉進于內庭，御鑑甚褒，遂以染濡宸翰焉。

按金苑孫與陳六謙同鄉里，故墨香以紙贈陳，以易其筆法。陳官止南康知府，不知何以能以紙進御？度必經南書房翰林之手，據此則乾隆御筆中，必有一幅為澄心堂紙無疑。就金所記測之，高宗下筆時，亦必言為南唐之紙。故宮尚存此幀與否，尚無可考，然清時尚有此紙，則斷乎不謬也。

又按李後主製紙，本名玉屑牋，求匠於蜀，於江南選水，惟六合最宜，即其地製之，藏於澄心堂，故名。澄心堂，即今內橋中兵馬司遺址，見《稗史類編》及《五代詩話》。南宋以後不多見，明郎瑛《七修類稿》云：「澄心堂紙，陳後山以為膚如卵膜，堅潔如玉，此必見之而言之得如此真也。予嘗見一幅，堅白則同，但差厚耳。」是明人猶間有此物。清則舍金苑孫所記外，不聞詳之者。晚清繆小山，號為精鑒，而《雲自在龕筆記》亦祇云：「澄心堂紙光潤滑膩，故劉原父云，斷水折圭作宮紙。李伯時作畫，好用澄心堂紙，嘗見舊時真蹟，亦莫能辨。」藝風此言，蓋謂李畫雖識真，而所用究為澄心堂紙與否，亦漫無依據，不敢資以斷定。然則即云澄心堂紙已亡，亦非不合理之論斷也。

筆之演變

茫父於筆之舊制，頗有創論，其說謂：

兔毫未興，則用剛毫，有毫無毫，亦別剛柔，有毫者柔，無毫者剛，故雖剛毫，亦稱柔翰，要皆謂之筆，沿秦名也。柔筆之制，蓋與紙並興，而剛筆所施，適於竹帛。秦謂之筆者，楚謂之聿，吳謂之不律，燕謂之弗，本《說文》。筆於文从竹从聿，聿所以書也。書畫二字，皆以聿，則楚語最先最廣。聿从聿一聲，聿，手之疌巧也。从ㄔ持巾，ㄔ手也。予謂聿非持巾，乃持⅄在聿之前，所以書也。⅄未成名，故不為文。聿訓手之巧疌，於誼為事，从又持⅄，於六書為象事。剛筆之制，有漆筆，用之於漆書，有刻筆，用之於書契。漆筆，予見之吳大澂《古玉圖考》一百十三，瑞玉二具說曰，是玉四方而錐首，相傳以為漆筆。又曰父乚角文有ㄔ字，陳壽卿曰，肘有懸聿，猶後世之櫜筆。又吳大澂輯《說文古籀補》，收聿貝父辛卣，⺺與父乚角文意同，漆筆之可考者如此。刻筆，他無可證，惟以聿从聿，聿从又持⅄，繹之，⅄當是刻筆，制如⋔形。《說文古籀補》，又收聿貝，父辛觶⋔ㄔ，釋為聿，說云，古聿字象手執⅄，⅄不律也。《古玉圖考》一百十三，又云：竊疑古之不律，旁有兩懸鉞，惜不得見耳。是吳亦以筆為不律，即謂筆也。⅄之為刻筆也，其說如何？夫上古結繩而治，後世聖人易之以書契，結繩之術，利用柔克，體物寫狀，從心所欲，無不宜也。及易為書契，則利用剛克。規矩未立，方圓異度，方易為切，圓難為周，刻畫之時，無所取則，刻筆銳出，耑必有枝，有所規畫，立錐以求中，欹枝以取廓，於事疌巧，故文从又持个為个，謂手之疌巧，个無成名，附箸於聿，逮於名立，則書為聿，聿之用在耑，於耑識之。聿，从聿一聲，予謂从聿从一，一即其識，與刃朱同意，非聲，或亦聲耳。石器之後，易之以金个者，刻筆，以金為之，式猶錐形，故今語筆曰毛錐，尚沿古式，而加之形容。古刻筆有枝，以便規畫，習之既久，雖無規而自圓。予嘗習古文籀篆，作為規形，以漸而適，古今無異，故益練達，乃去旁枝，因傳四方錐首之製，今語持筆，猶曰操觚，其遺語也。（陸機〈文賦〉：「或操觚以率爾。」註：「觚，木之方者，古人用之以書，猶今之簡。」予謂觚不必簡，當謂筆，如《古玉圖考》四方錐首之式，操觚，揮翰，搦管，執筆，古今文章所敘，語皆相類。）是以古筆二式，有枝無枝異焉。二式之中，不知幾變，惟旁枝錐首，與四方錐首傳。而四方錐首，已入漆書之世。予見商遺龜版，上刻文纖穎，猶是刻畫。則漆書之作，必當姬周。蘸漆書簡，尤省而速，猶作佉盧右行之書，其筆頭彷彿可想，不過受筆之地，剛柔異質，其所濡筆，濃淡殊科，中外源流變遷不同，要是古代遺製，可互證也。神州石刻古蹟，周前不傳，正緣刻筆不能巨製，漆書繼作，稍便涂飾。壇山四字（吉日癸巳），岐陽十鼓，所以冠冕石文，而世傳岣嶁禹蹟，紅崖殷刻，（紅崖刻石，在貴州永甯，舊說以為殷高宗，獨山莫友芝為潘氏賦詩，以為禹蹟。）以筆之沿革校之，未見其然也。由此以言，則刻筆用个決然無疑。

芒父此說，謂刻筆遠在漆書之前，極有思致，惜除悫齋旁有兩懸針一語以外，無他確證。予今秋于役舊京，福開森君堅邀觀所藏古物。獲見首如錐而四方之筆，蓋以銅製，非玉為之，福謂此為最古矣。予意亦然。若錐首四方漆筆以前，尚有如⅄之刻筆，則其時冶鐵之工業必發達。以漆書時代推之，夏商時，鐵工未盛，未必每筆必鑄附兩旁枝，因以為規也。予意古人刻字，例如刻龜片甲骨，皆只用刀，或用如錐之筆。而刻字之刀，殆即削屬。刀與削，今雖不易睹，然予案：宋張世南《游宦紀聞》稱：

己丑秋孟，訪一親舊，出示古物數種，皆所未見。一刀長可七、八寸，微彎，背之中有細齒如鋸，末有環，予退而考諸傳記，乃知其為削。《考工記》，築氏為削，長尺博寸，合六而成規，此所以微彎也。鄭氏謂之書刀，以滅青削槧，如仲尼作《春秋》筆削是也。蕭曹皆秦刀筆吏，師古曰：刀，所以削書也。古用簡牒，皆以刀筆自隨，鄭氏又謂三分其金，而錫居一，謂之大刀，五分其金，而錫居二，謂之削，如此是刀與削分為二物也。鄭氏曰：刄，刀劍之屬，削，今之書刀。孔安國曰：赤刀，赤刄，削。《少儀》曰：刀卻授拊。鄭氏曰：穎環也，拊把也。《釋名》曰：刀到也，其末曰鋒，若鋒刺之利也。其本曰環，形似環也。然則直而本環者，刀也，曲而本不環者，削也。予所謂有齒如鋸者，正《釋名》所謂若鋒刺之利者，但其本有環，又不可以名之以削，古人製作精微，必有所本，更俟請教於博洽君子也。

案此，則削之製大略可得而言，其云若鋒刺之利者，實彫刻之用，初似無旁加兩針之繁複也。

雞毛筆

楊惺吾先生工書，其險勁有味處，得魯公〈爭座帖〉之髓。晚年至北京，予求得一短幅，腕力似病木強，不久先生果下世。然視華陽顧印伯先生，辛壬間數獲陪吟集，而未嘗丐其一字者，為有墨緣矣。去年忽覯惺老書一手卷，迺錄元李洄《廬山遊記》，筆極秀拔，神彩生動。以仲鳴新於匡山營精舍，慫恿易得之，竝為題兩詩，識其顛末。而李洄楊書作李洞。案：李洞，唐人，即鑄金祀島之李才江。元無李洞，必洄之誤。考洄，滕州人，字溉之，泰定初除翰林待制，天曆初授奎章閣承制學士，《經世大典》，洄所修也。走叩吳靄林，信然。靄林云，《江西省志》，及舊《廬山志》，皆訛作洞，前年編新志始校正，收其《遊記》。然則一字之訛，未可為鄰蘇老人責。

予聞惺老作書，喜用雞毛筆，光緒中，黃岡筆工吳德元製雞毛筆，極工。宜都自謂書以逸勝，又自謂腕弱與山谷同，雞毛豐而柔，以柔濟柔，轉可救其不足。羅田周（伯晉），故張南皮門下士，嘗以雞毫獻之。南皮大喜，謝以一詩云：

古人貴硬筆，刻畫等錐印。取材穎與鬚，剛健生神駿。宣城傳散卓，能使少師困。今人矜柔毛，困難乃得順。墨采常有餘，曼緩藏堅韌。新意縛雞氄，三錢非鄙吝。盤辟尤如意，得自弋陽郡。芥羽殺餘怒，草翅涵朝潤。毫齊力亦齊，馬服忘其迅。刷勒無不可，繭栗至徑寸。細筋自露鋒，豐肌轉成韻。萬物無剛柔，善役隨所運。投筆揩眼花，忘我椎指鈍。

按伯晉名錫恩，癸未進士。而南皮又嘗以黃州雞毛筆，課經心書院，取江東洪子東（德榜）第一。今翫楊書，露鋒成韵處，或亦雞毫所作也。

按《潛確類書》：「嶺外少兔，以雞雉毛作筆，亦妙，即蘇長公所謂三錢雞毛筆也。」按東坡《跋資深書》云：「此卷實用三錢買雞毛筆書。」雖意輕之，然東坡確已用雞毫。廣雅詩字皆師法長公，故有三錢非鄙吝語。

雜說諸筆

因話雞毫筆，而雜憶筆之諸說。友人姚茫父謂兎毫始於思翁，今以羊毫為常，此蓋指明清以來，柔毫之沿革。考《史記》稱，蒙恬取中山兎為筆，是兎毫最古。右軍書〈蘭亭序〉，用鼠鬚筆，遒媚勁健，蓋硬毫也。《唐書》，歐陽通書亞於父，以貍毛為筆，覆以兎毫，此似用兼毫矣。然自右軍以鼠鬚書蘭亭，後世最重鼠鬚，蔡君謨為永叔書〈集古目錄序〉，歐以鼠鬚栗尾筆為贈。山谷〈諸葛筆〉詩：「宣城變樣蹲雞距，諸葛名家捋鼠鬚。」是其明證。至猩猩毛筆，乃變相取新。王隱〈筆銘〉：「豈其作筆，必兎之毫。調利難禿，亦有鹿毛。」鹿毫蓋難禿者，予喜用之。舊都筆工有名李福壽者，製狼毫，被以鹿毛，最耐使，但使字瘦耳。

墨與石墨

由筆而及墨，芝父於此，亦主古用石墨之說。其言曰：刻畫既成，必施采飾，使其顯著，則用拂拭，因於聿而飾之。《說文》：聿，聿飾也，从聿从彡。予謂色采所以飾之也，故聿，燕謂之弗，弗與拂同。所施采飾為朱為墨，殆不可定。案：《說文》墨，書墨也，意是用墨於文，墨从土，从黑。王筠《句讀》曰：赤之古文，烾，從炎土，墨從黑，篆文⿱罒炎土者，蓋鍾氏染羽，由赤入黑，又疑石墨自古有之也。桂馥《義證》，則謂古者漆書之後，皆用石墨以書，《大戴禮》所謂，石墨相著則黑，是也。又顧炎武說：今人謂石炭為墨。桂氏按：《水經注》冰井臺，井深十五丈，藏冰及石墨焉，石墨可書，又然之難盡，亦謂之石炭，是知石炭、石墨一物也，有精麤爾。予謂刻筆之書窊，漆筆之書隆，漆書既罷，墨書代行，仍為隆書，雖與刻筆之填墨為窊書，所用不同，而石墨之與刻筆，當隨書契並興，不在漆書後也。石炭今語曰煤，亦曰烏金，顧氏石炭為墨之說，未詳也，煤字晚出，惟《呂覽‧任數》有云：煤炱入甑中，註，謂煙塵也。此煤字之始見載籍者。其後燒松取煤，以代石墨，因謂墨為煤。漢尚書，令、僕、丞郎月賜隃麋墨。麋，墨，或即一字之叚。後世又轉以煤名石炭，而與墨異稱矣。今日本語，猶曰石炭，不謂煤也。歐洲製筆，有以木為表，以鉛為裏者，譯曰鉛筆，予詢之日本學者，亦云鉛之質，石炭也。然則石炭為墨，無古今中外之殊，其取材之同有如此者。芝父此說，不如未谷之簡明。未谷舉石墨事，最詳。《說文義證》，卷四十四，〈墨字下〉，云：

戴延之《西征記》，石墨山北五十里，山多墨，可以書。顧微《廣州記》，懷化郡掘塹，得石墨甚多，精好可寫書。《潯陽記》，廬山有石墨，可書。《輿地志》，上洛山有石墨可書。《寰宇記》，虔州贛縣上洛山，有石墨，可書。《元和志》，壽安縣石墨山，在縣西南三里，山石如墨，可以書。又云：黟縣有墨嶺，出墨石。《寰宇記》，黟縣墨嶺山，嶺有穴，中有墨石，軟膩，土人取為墨，色碧甚鮮明，可以記文字。又有石墨井，昔人采墨之所。《輟耕錄》，上古無墨，竹挺點漆而書，中古方以石磨汁，或云是延安石液。楊慎曰：〈魏都賦〉黑井鹽池，玄液素滋，註：鄴西高陵，西伯楊城西有黑井，今在彰德府南郭村，井產石墨，可以書。陸士龍〈與兄書〉云，三台上有曹公石墨數十斤，云：燒此復消，可用，然煙中人，不知兄頗見之否。今送二螺，即此物也。又宜陽縣，有石墨山，汧陽縣有石墨洞，贛縣興國縣上洛山皆產石墨。廣東始興縣小溪中，亦產石墨，婦女取以畫眉，名畫眉石。按古者漆書之後，皆用石墨以書，《大戴禮》所謂石墨相著則黑是也。漢以後松煙桐煤既盛，故石墨遂湮廢，并其名，人亦罕知之。

下文即芷父所引著，不具錄。觀此，石墨，即今之煤，或含煤之土，其質稍軟，可以研汁作書者。古人或範黑土作墨，懷化郡掘塹所得者，或即製造之石墨。其質硬者，古則謂之石炭，實即一物。亭林石炭為墨之說，試與陸雲〈與兄書〉對較，甚顯易曉。而芷父謂為未詳，抑又何也。

袁漱六藏書

前談袁海觀所語曾文正逸事。因憶海觀先生之族人漱六先生，實與文正莫逆，又結為姻親。漱六名芳瑛，道光間名翰林也，工文能翰墨，其生平有一大事，則為藏書，號為近代第一。

初漱六出為松江府知府，時江南遭洪楊之役，公私赤立，文獻掃地，常州、蘇州諸故家藏書以次流布於外，漱六銳意收羅，有見必設法得之，莫能與之競。江南北舊家典冊，以及卷葹閣、問字堂之片紙隻卷，皆攬有之，以故所藏書，甲於一世。近日藏書，世稱傳沅叔丈之藏園，然以予所知，尚未逮李木齋先生（盛鐸）之精。而木老尚言，袁漱六之藏書，其盛為二百年所未有，則其真價可想也。漱六之後人有為章行嚴記室者，常舉其往事以告，而行嚴又常詢於木齋，故所記特詳。據云：袁罷官歸里，書載數十船以西，盡移存長沙第中。逮歿，未能清釐就緒。其子榆生不喜故書雅記，以五間樓房閉置諸籍，積年不問。光緒初朱肯夫（逌然）督學湘中，任滿離湘前，曾親蒞五間樓房者勘驗，擇兩層自下至棟，皆為書所充塞，非由書叢踏過，莫移一步。以書縱橫堆垛，即移亦無從徧閱，惟隨手翻之，輒是宋元佳槧而已。最可痛者，白螘纍纍可見，想其中蟲蝕已自不少。肯夫出後，為言於木齋，時木齋隨宦在湘，（尊君諱明墀為湘撫）方以扢揚自許也。肯夫且謂：「東南文獻菁華，蓋在此五間樓中，聽其殘毀以盡，吾輩之罪也。吾力不及，時亦不許，子其善為謀之。」一詞類託孤，意極珍重，木齋計往宅中驗視，一切如肯夫言，顧安所出其書而理之者？榆生豪邁飲博，境固不裕，然人以鬻故籍請，必為所挾。客為木齋記，先出重金請榆生所狎友居間，恣其取用，用罄又復餌之，以是往復積數千金。所狎友稍稍吝之，榆生不樂。友因曰：「天下有借無償，宜難復借。」榆生曰：「償乎？吾焉得辦此者。」客曰：「君乃無產足以議抵者乎？」曰：「盡之矣。」客曰：「人言君家書多，吾固未信。」榆生距躍曰：「書乃可易錢乎？」客曰：「是未可料，姑試為之。」明日，客齎書數十冊詣木齋所，大抵康乾間版，無甚佳者，然姑如其價留之。榆生果大喜。木齋求觀目錄，客攜四大本至，以蠅頭小字書之，非精本且不錄，一望知為藏家老冊，非榆生所新編也。木齋指名求書，不得，則運數箱來，令其自理。自是展轉，木齋獲袁氏書不少。明年，榆生罄所有數百箱載漢皋競售，購者麕集，浙江丁氏亦在其列。木齋盡力求之，如量而止。據其所言，亦志在與蠹魚爭勝，取天下之物還與天下共之已爾，前後所得，蓋不過原藏十分之一二也。惟中多名家校本，行家決未聽其逸去，木齋據此，勤加搜討，版本之學，遂乃獨步一時，邵次公推服無已，至執弟子禮往請其業。

上皆行嚴述，而行嚴親聞木老語及此。四大本目錄，云在葉煥彬手，次公慫恿刻出，尚未成議。朱肯夫後知袁籍未卒剝蝕至盡，老懷頗慰，朱、李二人晤於京師，猶道及互慰云。行嚴所指剝蝕者，殆言其焚佚泯絕，天壤間不可再見。若論袁氏所藏，則已散盡。以予所聞，最後一宗，為鈔本祕籍四大箱，售於易寅村，得價近萬，而漱六所網羅者，至斯已畢矣。葉煥彬以民十六年被戕，木老目錄，未知尚存否？

吾國號稱有史四千年，先民所貽留之建築不多；所謂文化者，率繫於書籍金玉文玩之類，其聚散存佚無恆，而書籍尤甚，牛宏五厄之說，思之憮然。木老年逾八十，暌別已久。憶二十年前，與何邕威、劉蘧六聚談木老版本之精夥，胣謂宜刊行目錄以示世間。歲歷電奔，此事業故不宜再緩也。

李盛鐸

木老早參戎幕，奉使東邦，今猶隱居丁沽，西江僅存之長德也。與文芸閣為同鄉世好，故文筆記中，有述木老言兩節。其一云：

張蔭桓之賀英也，亦乞讓地之權而後行，蓋欲以西藏予英抵借洋債也。李高陽力爭之，遂復中風疾。已而借款定，事亦不行，此李木齋前輩為余言。

其二云：

慈安皇太后宮中，一切碎事，皆用宮女。及穆宗晏駕後，尤感慟，退朝後，謐然無事，雖年老太監，未有能進一言者。崩逝之時，事出倉猝，天下遏密，出於自然。榮仲華協揆（祿），是時為內務大臣，親與殮含。慈禧皇太后諭之云：「爾等詳細視殮，勿令人有疑辭。」蓋欲推責當時侍疾之宮娥太監也。協揆唯唯而退。此事甲午冬間，榮仲華親告李木齋編修（盛鐸）於督辦軍務處，故詳記之。

按此兩節，皆頗有關。慈安為那拉后所毒，近人筆記，已有言之者。此述那拉后之語榮祿，實際即煩榮作一見證，以欺後世史官，所謂欲蓋彌彰。木老所聞語，必稍質實，惜清時人執筆記事，只能潤澤隱護，見其大概也。所記張樵野使英用意，則頗可商榷。樵野當時意氣甚盛，為科甲中人所不喜，故其計畫易滋物議；至其計畫是否可行，又當別論矣。

袁漱六藏書軼聞

壽丞黎君，名門茂學，彊記工書，今之虞伯施、歐陽通師也。比遺函於予，述袁漱六藏書數事，見聞精碻，亟錄以實吾札。其一云：

偶見《花隨人聖盦摭憶》，言袁漱六先生家藏書事，予里居距袁家崎頭灣故宅數十里，惜未嘗一登其書樓。唯聞榆生觀察歾後，其家自省城歸老宅，家有老姨太太者（不知為漱翁妾抑為榆生妾。），宗守書數廚，扃閉唯謹，不許家人窺。年久屋漏，水自廚頂灌入，而不之知，書悉浸透。某年曬書，則皆黏合不能揭，遂盡焚之，可謂浩刼，不知其中有幾許孤本也。

其二云：

袁家書經李木齋購去後，其餘歸湘潭曾子倫上舍（紀綱）家。迨曾家中落，葉煥彬、王佩初（禮培）、李郁華（瑞奇）又從而選購其精本；今長沙書估手，猶偶見有臥雪廬藏印之書，皆袁家物也。

其三云：

榆翁有諸孫，為英文教員者，予一日見其案頭有《山中白雲詞》，戈順卿（載）通本墨筆批校，小行楷絕精，因從乞之，許舉全書贈我，後亦未踐斯諾。以此觀之，漱翁藏書之富，誠不可思議，其家人不甚愛惜，誠堪浩歎。

案：黎君與袁漱六同里閈，故所述翔細若此。然予又聞叔章言，漱六之書，亦有數箱，為郭葆生（人漳）所有。葆生亦朋輩中最恢奇者，元二年數從宴游，文章浩瀚，意氣奮迅，不可一世，未意其俄焉長埋也。所藏書，聞尚封識未動，其得逃毀汙，亦已倖矣。又前錄散原與伯弢手札，註通隱度是何慶瀚，蝯叟之子。頃壽丞為訂其誤云：「通隱為衡陽何承道，字樸園，其自刊詩稿曰《通隱堂集》，光緒乙酉優貢，官四川定遠縣知縣。若何伯原先生諱慶涵，咸豐時已鄉舉，與伯弢年輩不相埒。」此則一洗向來之惑，尤足紉也。

鎮庫書

前記袁潄六藏書，客因言近有陳登原君輯《古今典籍聚散考》一書，頗詳賅，買翻數遍，信具梗概。陳君雖於潄六、木齋，未及知之，予未敢病之也。近數年間海上藏書家，亦稍有流變，予意後此圖書館之業當日昌，私人庋藏將日替。因憶宋人逸事一則，可以補好談藏書故實如陳君者。

案：宋臨安府尹家書籍鋪刊本《卻掃篇》下卷：

南都王仲至家藏書最富，其目至四萬三千卷，而類書之卷帙浩博者，皆不在其間。其繕寫必以鄂州蒲圻縣紙為冊，以其緊慢厚薄得中也。又別寫一本尤精好，以絹素背之，號鎮庫書。鎮庫書不能盡有，纔五千餘卷。宣和中，御前置局求書，仲至孫問，以鎮庫書獻。

鎮庫書，名頗穎而切。凡號收藏家，至少必有若干帙鎮庫書。蒲圻紙近已不著，惜未就賀履之一叩之也。

紀遊

北平石經山

北都西畿，山名石經者，凡二。一為小山，自阜成門出八里莊，望戒台翠微間，蓊蔚參差，介處其隩者是。山一名石景，峙於渾河旁，其大不如華不注，而金閣寺踞其巔，寺壁嵌石經，故以此名。山麓河水湍急，然濟河必於斯，則以鐵絚亘兩岸，渡者捉索撐篙以達。余數游戒壇，道皆出是間。舟次望渾河上游，萬山騰沓回抱，峯顛斜日輝映松隙，光景絕奇。舊有詩云：「石景山頭落日赭，扁舟鐵索桑乾下。僕夫亂流競千喧，迎面眾峯勒奔馬。」云云，蓋寫西望之景物也。癸亥九月三十日，曾一登金閣寺絕頂，有絕句云：「青山如幕裹河聲，窈窕秋原十里明。欲擲積哀人境外，當頭落日尚崢嶸。」一窈窕句是寫東望之狀，山雖不高而西負羣嶂，東瞰薊郊，氣象殊勝，尤宜於斜日。南來三載，每過金山、崑山，皆觸念石經山之暮色也。一為大山，在涿州雲居寺側，一名白帶山。余昔自房山返途，以騎南行二十餘里至此，盤桓兼日。考此山藏石經累數千方，著錄於圖誌者至夥，自隋迄遼，各有寫補，工作瑰異，甲於寰中。山巒秀抱，若有紫氣，雲居則水木蓊蔚，清溪白楊，曖然窈遠。余來時方逢急雨，入寺泉聲濺濺，而禪房花木，端妍無比，敷席一晌，塵妄並釋。既夕雨霽，月出東山，松杉影地，鐘梵乍闐，夜光如銀，鳴玉繞階，歌吟微和，真水晶淨域也。

石經山諸洞，世雖傳自南嶽慧思大師弟子靜琬法師所鑿，實亦非一人之力。志稱石經山洞凡七，傳為七龍所穿，說固荒怪。而隋圖經稱：「智泉寺僧靜琬，見白帶山有石室，遂發心書經十二部，刊石為碑」云云，是石室實在靜琬以前，或遠為石器時代所遺，特「摩四壁以寫經，又取方石別更摩寫，藏諸室內，每一室滿，即以石塞門，鐵固之。」則緐琬導其始，自隋以來千年間，眾沙門之宏作耳。余登山時，六洞皆錮，獨雷音洞縱闢。後以清人謝振定游記對校，知當時雷音洞亦啓。惟謝記又稱，明初邑令強啓之，版溢不可復位置，乃別闢一小洞庋之，董思翁題為「寶藏洞」。是石經有第八洞，今已不可尋。

余游石經山之次年，春游大工探杏花。徐森玉言：石經山洞中《妙法蓮華經》諸石，為京兆尹劉某檄知事索若干方去，將以鬻於東人，駝以北行。余歸審事碻，亟為言於當局，止之。傳聞端陶齋督直時，石經已取二方，其後日本亦重價購得其二。以千載龍象大力，僅而得成之工作，國家不知寶惜，官府又從而劫奪之，事之可歎，無逾於此。

余游迄今，又十餘年，上方泚題諸山，迭為變兵地匪窟，事雖稍定，未知存毀幾何。曩有長歌紀游，中有云：「創原大業逮貞觀，涅槃經始完彫鐫。礱磨方石錮以鐵，縋鑿甘井巖為穿。祖堂五代踵將作，佛力所向無至堅。」云云，皆紀實。末又有云：「眾生已在瞋恚窟，孰發龍藏消冤愆？袈裟變白度不遠，文字刊落言無詮。」云云，及今重思之，殆亦將成紀實矣。

北平壽安山退谷

舊京壽安山退谷，今為吾友周養庵所有，花木水石，幽好茂美，曩每歲春游必及之。十九年庚午，九日大雪，又二日弢老自津沽來，與鶴亭同游壽安，有詩云：

香山抵作雪山看，延目晴嵐入壽安。臥佛閱人殊未倦，退翁專壑可勝寒。前游如夢承平舊，宿約頻移命嘯難。猶及殘年見巖檜，風林況尚有餘丹。

弢老自註云：「曩與壺公、偶齋、蕡齋再同尋得退谷於榛莽中，石罅古檜，前游未及見，相傳明季即許大。」據此，則孫北海之退谷，至清季已荒。客座曾再叩弢老，知前游在光緒初年，乃以吳穀人西山游記為藍本，初遊為戒壇潭柘，至壽安之游，則其次也。始覓得退谷時，一片烟荒蔓草，水源頭之名，亦無知者，視今養庵所經營，盛衰之跡，抑何速也。孫北海有《退谷記》，今節錄之。退翁記云：

京西之山，為太行第八陘，自西南蜿蜒而來，近京列為香山諸峯，乃層層東北轉，至水源頭一澗最深，退谷在焉。後有高嶺障之，而臥佛寺及黑門諸剎，環蔽其前，岡阜迴合，竹樹深蔚，幽人之宮也。水源頭兩山相夾，小徑如綫，亂水淙淙，深入數里，有石洞三，傍鑿龍頭，水噴其口。又前數十武，土臺突兀，石獸甚鉅，蹲踞臺下，相傳為金章宗清水院，此其一也。水分二支，一至退谷之傍，伏流地中，至玉泉山復出，昔有人注油水中，玉泉水面皆油也。一支至退谷亭前，引灌谷前花竹，谷口甚狹，喬木蔭之，有碣曰退谷，谷中小亭翼然，曰退翁。亭前水可流觴，東上則石門巍然，曰煙霞窟。入則平臺，南望萬木森森，小房數楹，則為退翁書屋，一榻，一爐，一瘿樽，書數十卷，蕭然行脚也。谷之後，高嶺峨峨，攝衣而上，為古塋。塋垣之外，有臺可憩，茂松蔽之，不見其下。谷之東，則隆教寺，寺門舊在退谷上，移置石門之東。殿供大士像，歲久漶漫，寺僧秋月募善知識繕飾之，境地深邈，可供趺跏。谷之前為蒔植花竹之圃，中有僧家，別院養牡丹數百本，石樓孤峙，面面皆花，北望退谷掩映翠樾中，如懸董巨妙畫在閣之壁。谷口外，沿泉東行，皆石壁也，大石一方，上建觀音閣，再東則臥佛寺。傍谷入寺，娑羅古樹，大可數圍，柯幹參天，瞿曇酣臥殿上，亂後寺廢，香火久斷矣。寺門白塔高矗，大松兩行擁之，香翠撲人衣裾。

退翁記大致如上，惜過簡略，所謂竹樹深蔚者，今退谷已無此景。入壽安山二、三里，夾道皆童赭，童山少樹，即國中近日數見之景物也。北海與梅村同年，故梅村有退谷歌，稍後王貽上、朱竹垞皆有詩，可知清初退谷猶甚盛。退谷之荒廢，當在嘉道後。梅村詩雖不佳，但有中使喚鷹羽林尋鹿之句，以上文「此地當入甘泉中」案之，似當時香山一帶，為帝者苑囿巨璫墳墓所在，靜明、靜宜兩園夾峙，壽安山正在其內，故士大夫皆憚於涉足，荒蕪乃勢所必至。今養庵所營別業，有石檜書屋等，補種雜樹，馴養野鶴，更廣買附近寺產，招徠累年，儼成武陵溪矣。

水源頭，夏秋間山洪遞作，奔湍極有力，別業門前一小橋，幾於歲歲為水所圮。憶甲子歲雨後往游，即不得渡，當時有一小詩云：「谷鳥噪幕碧，駛流有餘清。退翁棲隱地，遺此塋與崢。我來迷前躅，橋崩石髓橫。老蔓纏高屋，是中惟鶴聲。駕言漱寒石，鶴亦隨我行。苔氣累百尺，上與夕景爭。歸途念周侯，書巢無世情。」此詩石遺先生亟稱之，命意雖不及儲光羲，而頗肖石門文字禪，下揖鍾、譚，或無媿色。今秋于役北平，又逢養庵酒次，知《壽安山志》尚未刊成，而於水源頭規一亭，蓋出沅叔年丈之力，因竝記之。

又北地雖早寒，而九日無覯雪者，唯庚午獨爾，憶是歲九日前一夕，纕蘅招集廣和居，謀以旦登江亭，翌晨大風雪，不果往，予有一詩紀之。中有云：「夜午忽驚千樹白（編者案：此句聆風簃詩作「夜午更添千瓦白」），夢回想象一亭明。」又詩：「寂寞舊京餘二老，忍（編者案：聆風簃詩：「忍」字作「犯」）寒肯為主詩盟。」謂坐有樊山翁及柯鳳孫先生，皆八十餘。今陳、樊、柯三老皆歸道山，廣和居亦久閉，朋輩猶時誦予一亭之句，而尺波電逝，勝會不常，清秋凭闌，唯有悵想。比者舊京益淪邊塞，居人意興蕭索，匪惟冒雪入壽安，即江亭登高，亦恐吟人無此豪舉也。

錢塘觀潮

予舊有〈觀潮〉詩，中二句云：「坐遣橫流供眾狎，自酬初度傲秋旻。」觀槿極用嗟賞。荏苒秋期，母難日忽然百感，輒追記十年前情事，聊自省翫。

觀潮昔在錢塘，今在海寧。予以丙寅八月十九晨往，舟行小河中，夾岸蘆葭雜樹，風景宜人，而炎歊不可耐，汗流浹背。既抵江濱，士女駢集喧闐，棚下客十之四、五，為歐美人，而蒼蠅羣集，嘬肌肉作奇痛。二時許，潮來，狀如天際白虹，瞬息排山而至，神光離合，奇處可謂枚乘之言不虛，而平常處，則頗疑文人墨客悉為江上舟子所笑也。因臆想東坡所謂「夜潮留向月中看」者，乃真能看潮者之言，若今日海寧之潮市，則恐聊存其名。但細思之，古人亦不盡欺我。

白樂天詩云：「早潮常落晚潮來，一月周流亦十迴。不獨光陰朝復暮，杭州老去被潮催。」則杭州之潮，唐時亦狎視之。南宋建都臨安，觀潮始為帝京景物之一。考志稱於候潮門外觀潮，都人自八月十一日起，已有觀者，至十六、十八日傾城而出，車馬紛紛，十八、九日為極盛，廿日則稍稀矣。潮來時，吳兒善泅者數百，皆披髮文身，手持十幅大彩旗，爭先鼓勇，泝迎而上，出沒於鯨波萬仞中，騰身百變，而旗尾略不沾濕，以此誇能，而豪民貴官，爭賞銀綵，江干上下十餘里間，珠翠羅綺溢目，飲食百物皆倍蓰常時，租賃看幕，雖席地不容閒也。十八日大將軍出浙江亭，校閱水軍，自廟子頭，直至六和塔，家家樓屋，盡為貴戚租賃作看位，觀操。艨艟數百，於潮未來時下水，展旗打鼓，分列兩岸。倏爾黃煙四起，水礮轟震，聲如崩山，及功成，鳴鑼，則一舸無遺，僅有敵船為火所焚，隨波而逝。如此觀潮，或稍有新意。逮明代，每歲八月十八日，士女猶雲集於開化寺、六和塔以觀潮。清雍正、乾隆以後，江流變遷，龕赭間淤為陸地，杭潮始移為海寧。拔可言，唐少川嘗主以海寧為國都，使果踐其言，則踵事增華，安知不呼為首善之壯觀耶。

福州百洞山

憶乙丑南歸，冬十二月將為百洞山青芝寺之遊。舟至琯頭，以輿行至百洞山。山之名聞之已夙，曩在京時，石遺老人寄示〈重修青芝寺記〉，中有云：

山一而洞百，其勝可知。去歲讀見龍先生集，所為文熟於首郡形勝，自臺江至海百餘里，左右繚繞之山川島嶼，如指諸掌，顧未詳青芝。惟詩中有〈憩泉〉、〈定光〉、〈石室〉、〈星窩〉、〈懸石洞〉、〈猿公巖〉、〈天路〉、〈三玉蜍〉諸絕句，不甚顯於世。然讀葉臺山〈青芝詩序〉，則云：孟溪之上，為中峯，巖洞奇絕，去廷尉董公居不數里，鮮有迹者，公芟蕪刊阻，名勝始出，可與吾邑福廬相伯仲。是茲山賴董公而闢，更賴葉公而傳。

心焉好之，董公者，明之董應舉也。余既定日游青芝，先期假得《崇相集》，考其大略。輿抵山阿，仰望青碧無際，纍纍者皆石也。雖有樹皆不逾尋，其石大者數十丈，小者數尺，蹲者，聳者，各極其勝。時方隆冬，石色濃翠可掬，與朔方之童山赭石大異。余所游山皆危峯絕澗，脈絡分明，茲山則皆不爾。輿行漸進漸險，寺在其腹，樓外梅花數本方盛開，雜以叢竹，憑欄俯望，江光如練，沙鳥風帆，一一在目，蓋青芝徵社同人所新葺。出寺游所謂百洞者，僅得四、五洞。導者言，山有百洞，非盡人所能入，其呀然奧深者不過十餘，其完好者，不過六、七，以百洞名，舉其成數而已。余所游者，為蝙蝠洞、落星洞、虎洞等，以蝙蝠洞為最大；壁有葉臺山題句，蓋其讀書處。

憶余所游北方諸山，若上方山之雲水洞，戒壇之觀音洞，皆深以數十百步計，泰山之朝陽洞，則僅具其名。西湖諸山之洞，亦與翠微之寶珠洞、石鼓之白雲洞相似，視雲水洞相去甚遠。百洞山之諸洞，則皆大石相支撐，三、五大石之隙，虛而庨若，便呼為洞。石皆修廣魁梧，其旁累或鑱之為石級。由甲洞入乙洞，委曲相連，如入複室。各洞皆石壁峭立，上露天光，淨好可憩，略無鐘乳，亦鮮化石，是茲山之所獨也。觀天門及三蟾蜍石，略肖其狀。虎洞最遠，洞外有樓三楹，頗雅飾，僧指一石謂是伏虎洞名所取義。然余考《崇相集》，明季，故有虎，董公親見獵者殪之，洞或以此名歟？

由虎洞下山，已薄暮，山色江光，蒼然四合，樵歌漁唱，迢遞互答，此景平生不能忘也。茲游得一詩云：

青芝俯江干，戴石別成趣。鳴泉絕無碙，一碧不須樹。我來臺山後，百洞恐非故。巖腰有何好，樓楯曲比附。繞樓植梅竹，江國入指顧。雙崖障其東，危徑即天路。玉蜍辭望舒，化石佇寒露。其阿蝙蝠洞，磴仄窘余步。窺天真坐井，靜與太古遇。此云最勝處，驗取壁題句。星窩石尋常，虎洞遠奔赴。山僧指磊隗，妄狀脊與跗。吾稽崇相集，射生詩自註。山君氣已索，遺說傳屢誤。坐令草間迹，么黠付狐兔。郭君今再來，為我語姁姁。寺新僧反蠢，歎息陵谷暮，蒼煙遂四合，歸棹更洄泝。

石遺先生極稱此詩，今秋九日同游祖堂山，車次尚舉首四句也。

房山雲水洞

江關車次，偶攜小本《水經注》重讀之，覺酈道元所知，詳北略南，而今河北、山西境尤詳。聖水條所指大防嶺石穴，即今房山之雲水洞。予曾一探其勝，雪窗默記昔遊，北望燕雲，彌增惆悵。

初癸甲間，一日從容叩滄趣老人，北方遊山，以何為最？老人曰：「唯盤與房耳」予謹誌此言。後六、七年，始遊房山。今又近二十年，信筆追摹，緯以滄趣詩，不知所述尚吻合否？

房山又作防山，大房、大防、上方，實則一也。《涿鹿記》稱：房山為幽燕奧室。《方輿紀要》亦云。《房山志》又稱：峻而且閟，宛然如室。他書所記，大率如此，實皆紀上方山入口處，絕壁重重宛轉，若房室之狀。向來記房山者，如曹能始、阮旻錫，皆不甚佳。曹云：「沿壁至山麓，巉嶺兩壁，中開一線鳥道，盤旋五里至石梯。」云云，僅略能言其勢，至景物與其曲折，非能詳者，以詩狀之，則尤難矣。滄趣老人〈遊上方山，至兜率寺，示默園宰平〉一詩，第三韻以下云：「峯迴澗束林翠合，森壁留罅穿天光。折盤開闔路幾絕，數武一換山陰陽。豈無飛流與爭道，上有欄楯臨洸洋。石梯歷級三百盡，複磴稍坦雲屏張。」石遺師評云，此詩最警句，在數武一換山陰陽一韻，此山之特別即在此。古人詩文之言山水者，以能寫重沓曲折處見工。柳州游記云：「舟行若窮，忽又無際。」王右丞詩云：「隨山將萬轉，趨途無百里。」又云：「遙愛雲木秀，初疑路不同。安知清流轉，偶與前山通。」此言港汊之轉折也。又云：「分野中峯變，陰晴眾壑殊。」此極言終南山之大，而峯巒重疊也。老人此作，峯迴澗束兩聯，言既至接引寺入山，則兩邊皆峭壁插天，中通一道，寬不數武，窪其半如溝，山泉占之，壁數武一轉，如是者兩三里，乃上石磴約三百級，鐵練界之，旁則飛流爭道矣。合柳州右丞語意鎔鑄而成，誠極侔色揣稱之巧。予初未覩此詩，曾有〈初入房山〉五古，中有云：「翠岑從天來，遠觀疑路無。漸窮壁蒼蒼，松石礜且麤。」又云：「微徑據蜿蜒，眾壑皆北趨，迴看銜尾輿，若緣九曲珠。一轉一絕壁，肅與人間殊，峭碧聳山骨，縟綠敷山膚。千尋竦長戟，兩澗刓譎觚。陰陰墮蘿春，遡遡餘禽呼。仰睇狹旻色，臆想必日晡。」云云，及觀老人此詩，始歎末學詞費。

至雲梯庵，為上方門戶，阮記云：「前登兜率門，兩峯壁立，中砌石級，鐵鎖高垂，凡三轉至毗盧頂。」曹記云：「石梯僅容半跬，高數百磴，左右絙長百尺，陟者緣之。梯盡處折而東北，可一里，入山門。」兩記所述，與今狀不甚相遠。唯細繹能始所記，似當時未始築庵。蓋上方七十二庵，殘毀過泰半，存者亦非其舊，石級今亦不止容半跬，清季所踵修也。滄趣詩所謂欄楯臨洸洋，即指雲梯庵，由梯下瞰，陡落百尺，兩崖削碧。導者言，夏雨時，梯半以上皆雲，環梯皆懸瀑。老人游上方時，已七十餘，而濟勝之興不衰。其〈歸自上方寄贄虞侍郎〉詩，有云：「雲梯猿引猶能上，陰洞蛇行幸免創。」雲梯峭絕，行必猿引，固已信矣，陰洞蛇行，則言游雲水洞也。

洞不獨為房山之勝，實域內殊觀。道元註及之，可知魏前已有名。隋唐著錄，亦數及之。胡詹記云：「吾人篝火深入，行五、六日，莫究其源，但見仙鼠晝飛，頳鱗時現。」胡為唐人，初述若此。考石倉記云：「前進至十三洞，路尚不窮。」然則胡記之游者，必不止歷十三洞。今惜洞徑荒塞，可游祇至九洞，而冥行擿塗，鐘乳如玉，仙靈生動之狀，猶如石倉所云，三百年間，殊無易轍。曹云：

> 山下有洞如城，僧依洞為窟。第一洞猶隱隱見影，二洞即黯黑無光。三洞是一小竇，圓可三四尺，深五六尺。入三洞倏高廣，燎炬不見頂，旁有一潭。抵九洞無路，有穴如井，霧氣蓊塞，履滑衣濕，不易前進。至十三洞路尚不窮云，大抵一曲為一洞，三洞約六七里。洞中之石，玉白鏡瑩。其境之最者，曰蓮華山，片片如青蓮瓣。曰龍虎，宛肖其狀。曰長眉祖師，儼然道者衣冠。曰石榻，層層筆立。曰石鐘鼓，叩作鐘鼓聲。又其最者，曰須彌山，曰雲山，曰萬花樓，山之上有重樓焉，以花如靈芝，數萬朵。曰仙人橋，跨清溪而渡。曰十八羅漢，為修短欹正各狀貌。曰接引旛，從頂倒懸，縹緲若拂。出洞之後，依然天光，迥若隔世。

按所狀字字皆紀實，洞中石皆白鐘乳結成，故呈佤形異狀。最奇者為石幔，燃炬上燭，其窅窊襞積，儼然羅帳，而其袤廣數畝，下庇百人，則尤足異。予游以辛酉四月，蛇行蜷曲，捫石壁滑不留手，或有蟲豸蠕動，亦了不知憚。九洞之後，果見穴如井，導者言名「鷂子翻身」。既入則頗肖地室，十八羅漢形狀畢肖，高據洞顛。羅漢之後，導者言尚有路，以昔有游者失足，後遂無繼者。余游亦止此，與曹記同。又一人則言路窮，水聲潺潺，有溪阻前不可復進，意其語確也。辰初入洞，加午始出，冥想仙鄉，若夢初覺。初欲殫精紀咏，後僅成五言古詩一，殊未自愜。

憶滄趣老人〈由摘星陀入雲水洞〉一詩，中有云，

> 乍探洞口怯深黝，作氣聯臂賢吾朋。俯僂扶服僅得度，手據足抵吾猶能。稍前一罅側身過，以火照壁龍對騰。穹窿仰視不見頂，列炬十數終淩兢。雪山欲墮塔斷臥，鬼佛尋丈疑有憑。咄哉扣石備眾響，小語輒作洪聲譍。

云云，狀難狀之景，語語以千錘百鍊出之，愜心貴當，蔑以復加。最高峯名摘星陀，予游時絙段道壞不果上。

比年以來，南國遊蹤，盛稱黃山、鴈宕、天台，廬山，其雄奇固夙聞於域中。燕既不為都，世亦不復道東盤、西房之名。盤山昔以松名，比年松盡創夷，雲罩寺亦荒。舊京之西，則太行北陘，重山如萬馬，絕滹沱以趨雁門，中以房最大，餘亦擅邱壑之美，考幽并山水者，必當首及之。予上方游既，以騎至雲居㷊題，所謂石經山者，前記已詳。心畬居上方久，其作畫筆意，非徒師法馬夏，實亦得山居之助。甚欲乞其作〈上方詩夢圖〉，以紀游蹤，卒卒未暇。何時復得北行，當寫詩以求浣筆也。

萬壽寺戒壇

筠仙集中有〈戒壇記〉，甚崛強，初夏讀之，使人神往。

憶民國四年乙卯三月，春城花事方盛，日與石甫、瘿公相過從。適潘若海自滬至，約游戒壇潭柘，予諾之。及期大雨如注，以為必不果行，高臥加巳始起，而瘿、若二人竟發。瘿以予之失約，恚且誚，歸寄詩三首，其末云：「最憐蹇步黃夫子，悵望蒼厓失此行。」復盛述西山雨景之美，花事之盛，予嗒然遜謝，報以二詩，其次章云：

曾聞潭柘海棠樹，檐外高枝錦樣誇。僥倖精藍容託命，移根終歎洛陽花。

蓋潭柘海棠高數丈，倚天豔絕，而其時沈雨人數招予翫所得邯鄲道上某寺之牡丹，意雅不善其所為，以為移根，非所以愛花也。及庚申游戒壇潭柘，而弱庵己歿，行時深秋，由翠微山麓，乘筍椅而南，過石景山，踰渾河，及馬鞍山麓。夕陽在樹，柿葉殷紅，山容橫紫，如置身畫中。遙望極樂峯，如一老人負天特立，愈近則愈碧，不可仰視。其顛有庵，即極樂洞，素壁板扉，位於危嵐絕頂，若白眼之下窺者。予詩所謂「昨從千崖底，入望舌已撟。負天一青嶂，素壁炯雙瞭」者，蓋記實也。

戒壇者，浮屠受戒之地，凡大叢林多有之，而以萬壽寺為最。此山為鵝頭祖師所開，而寺則唐武德五年所建，壇則遼清寧間僧法均所建，歷代修葺極勤，故其宏侈甲於寰中。清晨徧歷殿宇，夙聞戒壇以松名，出就長廊，撫抄龍鱗，僧人歷舉其名，又言蓮花松離此極遠，活動松則槁死久矣。松隙望渾河如練，浮光下界，峯雄殿壯，迴合陰森。余〈戒壇〉七言古詩中，所謂「龍蛇偃蹇列天仗，鈴鐸湧動摩神穹」者，猶恨未能狀其偉絕。

寺經光緒十七年恭邸重修，故恭邸後人溥心畬弟兄，避地是間。壁間多伶人題名，則西山梵宇之所習見。濤園先生〈游戒壇〉詩，最有名，中云：「弔古咨嗟活動相，向人彷彿虬髯狀。強胡且試弩末手，宮裝猶見內家樣。」自註云：「德軍官與恭邸小王子校射。」按此小王子，當即心畬、叔明兄弟。其後有二句云：「上方僧設賢王供，粉壁伶寫旗亭唱。」即言供恭邸神位，及諸伶題名也。濤園最服膺玉池老人筆墨，蓋猶可見文肅與筠仙之交誼。今先錄筠仙記如下，以為印證。郭記云：

度羅睺嶺而南，山峻削，沙石頳黝相間，折徑斜險，稍迤而西，有峯嶢然離立眾表，馬鞍山也。望戒壇當山坳，北達獅子巖，繚曲盤鬱，若隱若見，出入高下，取徑焉。又西，極樂峯益奇峭。明如幻律師說法為戒壇。左右多古木，壇外數武，白果松一本，高七八丈，九幹相糾結，寺僧名之九龍松。其右毘盧千佛閣，松栝林立。尤奇者，活動松樛枝交重，蔭垂一墀，橫盤如龍，引其一枝，旁俱動搖，如靡天風，蒼陰猗移，波濤自盪。余笑以為戒壇怪特，於松尤勝，自餘無取乎爾。寺僧超塵進曰：人亦有怪特若吾石山僧者，豈願見乎？乃道余上毘盧閣。閣半接木為飛橋，達山南麓，一淨室，有僧披髮繞肩三匝，敝衣不襪，貌獰惡，獨坐一榻，一高足桉，庋諸經說十餘事，以手導客坐。問之年，立五指以對，而左右指火毀其四，禿且盡，兩臂然炬百數十，焦腊可辨。超塵言其里居，故長安市上石工也。

三十五六時入某寺為僧，所師僧死，守塔三年，遂蓄髮，忽立戒，戒不語，十年矣。初不知書，漸通文字，能誦經，其靜極慧生者與？夫佛氏之說，斷情欲，外形骸生死，謂之堅忍，為有不能忍於心，而忍之者也。然指，蓄髮，不語言，何為者乎？非有迫之而有誘之，強伏其心，以讎傷其肢體，甚哉愚也。而惟用其愚，強固不可動搖，乃使其心澹然泊然，無役於體膚，無營於寢處，無所為而為，其難不少餒焉。吾儒之為道也，易矣，而流蕩以失所歸，仰何多也。是游也既睹諸松之奇，又得是僧焉，孰謂京師之大，堅強傀特，伏一世而無所為者，獨在是山間哉？

案：筠仙此記，乃由潭柘至戒壇者，故度羅睺嶺。記中所述活動松，光緒中已燬，故最可寶。予游時毘盧閣尚好，而飛橋已不見，苦行僧亦久怛化矣。戒壇松詩，以陳仁先為最奇崛，有七古兩首，皆雄邁相匹。玉池此記，亦偉稱其景。陳詩有云：「未窮山源見山骨，磊砢稱意數十松。惜哉神物一先化，蟠際冥漠無由蹤。」亦言活動松已死。記與詩相去約在四十年間，他時誌燕都故寶，當擒摭及之，以見活動松存毀之前後。

予辛未夏，再至戒壇，松列依然，壇堿不改，而雄深狀，似不及初來時。至今追憶庚申秋之游，薄暮入寺，秋陰雲海萬象峨峨之概，猶縈夢中也。

北平潭柘寺

前記戒壇，因憶及潭柘。北方游者，率二寺竝舉，然戒壇位山半，以殿宇勝，以松勝，潭柘則居釜底，以泉勝，以山門勝。予昔從戒壇往，絕羅睺嶺，羣山童禿險惡，及岫雲寺，則曲邃森沉，眾木蔽虧，雜鳥猶飛，秋陰如冪，心神為頓豁。昔人稱潭柘以一培塿為羣山心，九峯扆而立焉，志所謂老柘美竹者烏有矣，而兩殿鴟工絕，則金元故物也。寺後故有龍潭，今甃為池，而其支委尚潤，泉走崖壁間，聲甚怒。予詩云：「端扆九峯朝帝樹，鳴階一水肖龍泓。」言寺僧引泉繞階，頗似杭之龍井。潭柘，古之柘樹千章雖無存者，而銀杏兩株，其高拏雲。清高宗題稱樹生康熙初，至乾隆初，復生其一，後兩者合抱為一，以為愛新覺羅家之瑞，夙有帝王樹之稱也。山門之修紆窈藹，予所見舍靈隱外，無其匹。其後游鼓山湧泉寺，亦甚愛其山門，故有一詩云：

一徑松風引磬音，寺門端似岫雲深。年來可惜魁梧盡，只遣龍孫細細吟。

謂鼓山老松漸盡，唯代以叢竹耳。予以為凡寺之勝，多在山門，後見蒼虬閣〈游元墓聖恩寺〉詩：「青山為屏為輔佐，參天柏湧金剛座。從來寺好在山門，夷叔片言真道破。」則知解人所見盡同。既而思之，山門之佳，端在林木，凡以樹勝者，易於為曲折。今日靈隱山門固不惡，然古昔樹木之美，當倍蓰之。考西村十記載：「度洪春橋，見蒼松夾路，大皆連抱，而高或百尺，依依如人立道傍，肩摩步接，或拱或揖。自此至靈隱三天竺，不問他族，上則枝鬣偃蹇，下則石甃夷潔，雨不沾衣，土不塗足。每風自山頂下，則龍鳳飛舞，翺翔霄漢，濤鼓簫鳴，淙錚鏗鎗，響應山谷，如聆廣樂於洞庭之野也。」今日又那可見此。憶予十五齡，就諸老為詩社，題為〈萬松金闕圖〉，每夢想南宋宮苑之盛。宋故宮即今杭州之鳳凰山，所謂萬松、九里松等，今悉不可覩其彷彿。吾友許昂若（寶駒），近出示所為隨筆，其記西湖古木云：「父老相傳，太平天國之役，與清軍相持於錢塘江上游，柴木之來源既阻，軍民悉就地取材，以供燒燃，湖上材木，遂如春蠶之蝕葉，垂垂以盡，迄今百年，猶未能恢復也。惟我家安巢別墅，在三台山麓，對門數十丈而遙，壠頭有古木一株，高百丈，銳上豐下，隆然如佛塔，其下為遜清顯宦塋墓，曾禁樵採，而歷刼僅存者，滄桑幾閱，殆如魯殿靈光。」昂若此記，翔雋可備史料。蓋世事日新，建造毀壞皆日烈，長林豐木，愈可寶也。

又憶濤園〈潭柘〉絕句云：「松陰中著一亭閒，捫腹逍遙散步還。五月行人不知暑，拖棉帶夾聽潺潺。」仲夏誦之，輒有涼意。樊山和之云：「潭柘開眸瑩水光，戒壇袒臂受松涼。西山更比西湖好，終古仙鄉在帝鄉。」則微嫌清而不切。潭柘雖以泉勝，然非開眸即有水光者。因憶樊山甚以絕句自負，民國初年間予數詣談，一日出示〈中秋前一夕〉兩絕句，其一云：「玉水殘荷葉葉鳴，鳳城一夕雨連明。連昌約略無多柳，第一難禁是此聲。」石遺先生錄入《詩話》，而連昌訛刊作建昌，蓋樊作迺取張叔夏〈月下笛〉詞入詩也。樊山告予，此首意在惓懷故宮，時隆裕尚擁幼帝，居禁城，故自喜用張詞而彌有味。隆裕乃步武西后，以覆清社，樊亦非每事託為遺老者，聊以寄孤兒、寡婦之哀矜而已。

然樊翁之絕句，實較古體為佳。將歿前一年，獨游崇效寺，有絕句殆二十首，感愴南皮舊游，甚有風神，屬予及書衡年丈、纕蘅和之。予念翁已八十五，生平不作感傷語，此詩獨以淒婉勝，恐非佳朕。不久果逝。是年三月，纕蘅以前一年〈春游雜詩〉，乞予題二絕句，其二云：「樊叟聯吟十八年，棗花感舊最清妍。重來若補澆紅宴，地下傷春定惘然。」即指此事。

樊翁〈和濤園潭柘〉絕句，又有云：「一別西山歲幾周，龐公妻子勸清游。何當賃取金燈院，紅葉林邊住一秋。」翁雖作斯語，晚近十年，實未嘗一游。因歎師友山水，與光景樂事，皆一逝不可再逢。夏夜甚念西山逭暑之趣，復念沈、樊諸老，次第皆盡，時事崩騰萬變，後茲殆不易有山游賦詩之樂。執筆悵然，不自覺其詞費也。

北平大覺寺玉蘭花

國中花時討春最勝之地，以余所知所見，以舊都暘台山之杏花為最。連塍漫谷，三、四十萬株，亙可二十餘里。李拔可謂日本熱海櫻花以外，此為第二，非誇詞也。山有大覺寺，在萬花中。其側四宜堂，玉蘭二株，頎然特盛，甲於北方。余以甲子春一游，有「青山如浪繡成堆」一詩，恨不盡侔色揣稱之能事。〈詠玉蘭詩〉起四語云：「空山幽居人，亭亭白玉帔，倚天妙明光，照徹十方地。」。又有云：「瑤臺真傾城，繡谷更旁侍。」皆極言玉蘭花光之欲壓羣杏也。〈四宜堂夜坐〉一律，則頗愜心，詩云：

花光滿院夕難陰，唯有松杉轉法音。浮世暗憐泉響急，古懷長指月痕深。千春暫過聊敷榻，八院孤存又布金。可待汀茫呼傳叟，結茅同入董公林。

寺本為金章宗之清水院，八院之僅存者；傳叟，謂沅叔年丈也。乙丑冬歸里，碧棲丈極喜此詩，尤歎花光句為絕妙，實則亦衹拾眼前勝景，但非親歷者不知耳。

甲子後，余客江南，迨北歸索居，始以庚午清明後三日再至。花已爛漫，故有「絕豔似憐前度意，繁枝猶待後游人」之句，蓋極倦於前游也。辛未清明決再游。黎明，大風，驅車犯塵埃而行，過青龍橋，越紅山口，西北望黑龍潭、白家疃溫泉、周家巷，抵北安河村，凡行七刻。至山麓，風已稍戢。亟入寺，則玉蘭怒開，玉色亭立，有倚天照海之概。方丈供素食甚嘉，遂覓輿穿杏叢出入澗坂，抵金仙庵。庵殊荒寂，古松三五，背巖而立，泉水淙淙有聲，徘徊久之。告輿夫曰：詣消債寺。輿夫仰面指前峯，曰在是，不四里，至矣。乃行，甫里許，絕谷崩崖，蹊路幾斷，樵徑不盈尺。不得已，步行，陟降百十次，披榛莽，數息，始登鷲峯，又不得已越牆入。寺新歸吾友林斐成，榜曰鷲峯山莊，樓臺聳峙，高扼勝地，而下極幽窈，絕壁如斧削，松柏倒掛，藤蔓穿護，陰陰乎不見日，崖著三、五杏花，蕭森中有逸致，地高風峭，不久留。園丁告余，斐成遲於秀峯寺，乃下山入寺，觀軒前一松鬱蟠半畝，絕可愛。日景已斜，穿杏林歸。北山之杏皆方蓓蕾，南枝則已盡放，更十餘日，碧桃數百樹可盛開，若較杏花，則渺乎小矣。茲行得絕句四，今附錄之。

青山似識看花人，為障風沙勒好春。一色錦屏三十里，先生未信是長貧。
一院花光舊有詩，賞音詞客逝多時。九仙山下辛夷雪，濺淚還應憶故枝。
遺跡金仙話大遼，潭身松臂對嶕嶢。披榛未笑輿夫紿，政為中年試腳腰。
劈取蒼巖貯一庵，踰垣狂客詫幽探。由來靈窟中如礪，避世何須問北南。

鷲峯峭而奧，登陟既畢，忽有避兵之思，遂發於詠歎也。是歲聞弢老後三日往游，花猶極盛，有「好花挨過幾番風」之句。散釋語余，寺之玉蘭，實非玉蘭，亦非木筆辛夷，殆為曼陀羅花。語特雅妙，惜乏左證。

再來江南，忽忽三載，今春常和清真法曲獻仙音以寄探杏之憶。南中非無花國，杭州超山之梅，南京太平門外之桃，皆稱盛一方，要恐不足敵此耳。

北平法源寺

因憶湘綺，而憶及法源寺，北平城中古剎之巨擘也。所涵藏瓌迹至多，不可無述。

寺為唐代之憫忠寺，貞觀十九年，太宗為征遼陣亡將士所建。其地為唐代幽州鎮城之東南隅，子城東門之東也。按唐幽州，其址半在金城之西部，金展其南，元拓其東北，明縮其北，而復其南。寺經此變遷，昔限於城外，今則被圍入外城內西部。舊有東西甎塔，高可十丈，據文維簡塞北事實，稱為安祿山史思明所建，元延納《金臺集》，有〈題雙塔寺〉詩云：

> **安史開元日，千金構塔基。世尊甯有妄，天道自無私。寶鐸游絲罥，銅輪碧蘚滋。停驂指遺跡，含憤立多時。**

寺中又有高閣，明孫承澤《春明夢餘錄》云，閣乃李匡威所建，唐諺「憫忠高閣，去天一握」，亦可見其高矣。久圮，遺址亦不可考。此寺自唐貞觀建後，歷經宋、遼、金、元、明、清，直至現代，迭罹變故，迄無替絕，正統二年內侍宋文毅等募資重修，英宗敕改為崇福寺，寺中有明正統〈重建崇福禪寺碑〉。崇禎七年，僧德修重建，復稱憫忠寺，有〈重修憫忠寺碑〉。清雍正十一年世宗重修，賜額為法源寺，有清世宗〈御製法源寺碑〉，今名所由來也。

寺中存留之唐、遼、金、明、清五朝碑刻石幢甚多，如唐采師倫〈重藏舍利記碑〉等，最著名者凡二十一方。殿宇崇宏，花木叢雜，尤以丁香為有名。山門之內，宋柏環植，鼓樓後有唐松一株，古雅如畫。天王殿右有唐槐一株，二門之內，則皆丁香，玉雪數百株，間以紫色者，庭東尤盛。廣庭中為重臺，登視則星攢玉粲，花穎畢見，每歲花時，舊京士夫率於此讌賞。前述湘綺賞春，在民國四年，其後四月，率有小集。憶印度詩哲泰戈爾來京，正暮春花時，北京佛化青年會為復舉一賞花會，任公宗、孟志摩皆預焉。寺中藏關於佛教名物甚夥。不記丁卯或戊辰，王書衡、傅沅叔丈、鄧壽遐及余等，為方丈延宴，商開釋迦文佛二千九百五十年佛誕大會，展覽所藏經典法物。當時人所注目者，為佛牙二枚，長及四寸，寬約寸許，其質類石。寺僧云：此乃西域番僧所供奉於清皇室者，後由清室送寺供養云。人類中固絕無此巨牙，即佛號稱丈六金身，亦絕無此巨牙之理。

考宋劉昌詩《蘆浦筆記》，有記佛牙一則，稱：「《四明圖經》載，昌國縣九峯山吉祥院，有辟支佛牙一枚，長四寸闊一寸，舍利綴滿，乃建炎初給事中黃龜年所施，竊計之，人長五尺，兩牙不能半寸，今一牙長四寸，上下相合，必倍之，則佛須身長八丈，方能容八寸之牙，常聞佛號丈六金身，此乃五倍，恐無是理，黃給事何自得之，而信之，而施之耶？世有趙鳳，必能驗其為真偽，而斧之矣。」觀此，可知宋時吉祥院之佛牙，與今法源寺之佛牙，大小相同，則末代闍黎假託如出一律。此物由來已久，寺僧所云由清室送來供養，決然可信。

又五印度中有貝多樹，以南印度產者為最佳，其葉可裁為紙，用以寫經，所謂貝葉經者是。寺中藏有此經，寬寸許，長尺餘，為緬甸字，錫蘭文。其葉頗粗厚，《一切經音義》謂：「葉粗厚，不如多羅樹葉白淨細好。」信然。此外有菩提葉漆書《心經》一卷，按菩提樹，為常綠亞喬木，多產於粵東，高二丈餘，葉卵形，端甚長，花隱於花托中，實圓，質堅不朽，可作念珠。此卷葉質極薄，細筋如絲，《廣東新語》謂其葉霏微蕩漾，比於紗縠，觀此益信。書法極工細，不類漆書，其餘如隋人寫經手卷，清乾隆時心誠和尚刺血書《楞嚴經》全部，趙子昂金書《觀音普門品》小册，黃山谷書《金剛經》拓本，清質親王書《四十二章經》册葉，及明清大藏，孔有德刊本大藏，皆有名。

至佛像彫塑外，以畫像為最。如吳道子繪之真武像，唐人繪之水陸畫像，元人之三大士像，明恭嘉皇后繪之水陸像，及裕親王之水陸像。水陸像者，為超度水陸羣生而作，其中有十法界業。十法界者，為一佛像、二菩薩像、三緣覺像、四羅漢像、五天王像、六人像、七修羅像、八畜生像、九餓鬼像、十地獄像。寺中諸本，以吾所觀，以唐人及五代本為最佳，繪影窮形，曲盡藝妙。又如明萬曆之五彩瓶，紀年鐘，饕餮文方壺，雷紋百乳壺，雲文蟠鳳鼎，文徵明山水直條，錢維城山水册頁，高其佩指畫扇面，李三畏火繪山水直幅，郎世寧花鳥屏，皆佳。余之瑣述法源寺不覺詞費者，以舊都方日言整理古蹟，而梵宮琳宇，所蘊藏文藝之品最多，毀隳盜賣亦最甚。近十年間，不知何如？

因念南京寺觀，於古最多，經亂後能尚存，存者能如法源寺之完好者，殆絕不可得。聞三台洞附近，有靜海寺，極衰敝，是三寶太監鄭和舟中遇風發願所修者，今已廢為雜居及警察廨所。洪武二十年，還寶公函於雞鳴寺，別敕修靈谷，號為天下第一叢林，僧房如藏經數，殿舍尺寸，視海內寺宇，宏侈皆過之，而今存無二三，他更何言者。當時寺觀，實擅建築種植收藏三者之盛，物為公有，重以信仰大法，又加以戒律護持，故能久存。今僧寺之宏且好者，各省皆有之，余記此，乃欲使後此言保存文化者，共思護惜之方也。

昆明湖與甕山

惠山泉，陸竟陵品為第二，予前論玉泉次第，或疑有以惠泉為第一之訛，案：此說良不足憑，訛又何傷。陸品以廬山谷簾泉為第一，黃山谷輒疑為誤書。劉伯芻以揚子江水為第一，李秀卿以揚子江南零泉為第七，此皆昔人以意為之。清高宗堅奪谷簾，以與玉泉，其意固在於壓惠山，觀竹爐山房諸勝，摹肖蘇常，如恐不及，其歆愛江南，固躍然可覩也。

玉泉與惠泉孰勝，正自難言。而北都之昆明湖與南都之玄武湖，亦有可提挈並論者。予前年南游雜詩，中有一絕云：

天遣鍾山壓後湖，龍蟠氣勢甕山無。為言樹木如名節，亂後林巒奈爾疎。

蓋言鍾山之在玄武湖，遠逾於甕山之在昆明湖，特病樹少耳。若昆明與甕山相映發者，實緐於人力營造者為多，不止十年樹木之功也。然甕山佳處，厥在後山，而非在前山之萬壽山排雲殿。予客燕都垂三十年，晚近靡歲不探西山，每泛昆明湖，亦未嘗不作後山之游。棹一舟，沿港詣諧趣園，水石明瑟，荇藻可數，仰視則槐柳松栝，連陰蔽霄，深夐罔極，時見斷崖舊洞，橋岸參差，金碧崩絕，幽禽偶哢，真勝境也。十四年乙丑春將南行，復游昆湖，舟入後山，望岸上桃花已謝，野晃三五，探首驚避，憮然有作，詩云：

離宮每歲看花人，今日來遲過盡春。病樹前頭行自念，明漪絕底復相親。只應花見承平日，賸與鷗商去住身。頭白船郎水天話，寂寥為爾共沾巾。

既南歸，碧棲丈見而喜之，密圈細批，謂為情文交至，濃摯中有曠閬之境。後四年，再泛舟昆湖，為鶴亭、眾異誦之，亦謂病樹句最勝。實則花見承平，鷗商去住，皆紀當前之一念，而船郎閒話，亦是紀實。湖舟搖櫓者，悉是壯夫，唯有一司舵是白頭阿監，能言慈禧故事。己巳夏數往游，又有二詩云：

雨後昆湖瀲瀲青，西山一邏當南屏。我來亦挾紅衣伴，只恨晚鐘無處聽。

每歲湖游愛後山，扁舟今許雨中還。四圍松栝碧相瞰，幾菂芰荷玉自攀。

皆有本事。考甕山之名甚舊，明王嘉謨記稱：西山有甕山焉，純盧土，中多杏�榆柳之屬，余嘗游其間，其南岩若洞而圮者，一樵人曰：此少鬲仙室也云云。按萬壽山今猶多杏枏榆柳，其西南隄外有一小山，果樹尤多。余昔嘗探之，舟人告余，謂有蛇穴居，不可近也。南岩若洞而圮者，今度已為頤和園之石洞矣。山所以名甕者，記云：山麓魁然而大凹而秀者，甕之屬也，因鑿之，得石甕一，倍於常甕，華蟲雕鑿不可辨，中有物數十種，父老悉攜以去，置甕山西，因為讖曰：「石甕徙，貧帝里。」嘉靖初記，甕不知所存。按，此甕度是昔時遼金或元宮室陳列之一。今團城之玉甕，亦其一種，石質如碔砆屬。記元宮法物，有酒樽、酒甕等等，石甕倘亦其遺歟？

李東陽記云：：「西湖方十數里，有山趾其涯曰甕山，其寺曰圓靜寺，左田右湖。」則今日登眾香界者，下視平疇，依然此景。由山之東麓上景福閣，附近環坡，皆種丁香。花時來游，輒徘徊不忍去。其尤別有會心者，登山翫花，每於樹隙遠見平湖，水光如黛，使襟抱一豁，旋生浩渺之思。予在民國十年，奉直方戰時，郊壘如雲，獨來此看花。有二絕句云：

獨來寂寞行宮地，悵望蒼茫闘將辰。只有湖波知我恨，遠從木杪送行人。

其二云：

念亂憂生每自哀，強攜殘笑看池臺。樂農軒畔丁香雪，一日須看一萬回。

樂農軒卽在景福閣下。稍迤西，折入後山，則兩行松栝，一逕蕭森，愈入愈勝矣。《石甕記》，雖述甕山之緜來，而殊不敘風景。其後半段，則言燕都故俗，頗足補舊聞，今附錄之。

（上略）夫幽薊，馬四足，可當中人之產，棗栗千子，可食數口，蔬百畦，可當五帛。相思桃李芳實雜遝，屯軍日夜織作，純緣輕縠，薰燧丹綠，則天下之沃饒也。弘治以後，外戚邊臣，都公卿之右，握兵席寵，氣勢炎炎，世祿者為之役，則武斷鄉里。都人以軍為美，幕郊而居，屋相比也。又謹事上，時時餽食，有所制，無所爭，吏懾於主者不敢問，則世臣富。世宗慨然求治，破去煩攣，法令日新，民莫之式，於是文武奉法，利害一切公之於下，加以求仙採補異好奇珍之絡繹，則商賈重。鹾商外攝府賈，內嬴雜賈，疽食奄人，他之，卽竹木之場，陶冶之技，亦富千室。及至隆慶，所好靡靡矣。於是奸人之雄，習刀筆，覩時變，其言曰：所謂富者，豈守子母錢而日為愚也，禍且立至，故不如求百倍之利。乃鮮衣怒馬以交於貴人，倚憑則高如青雲，接趨則汙如溝染，已而暱則挾之，怨則箝之，刎頸託於非類，千金轉於片言，風扇波流，無復綱紀，其勢斯極，乃今不無少變矣。說者曰，帝里侈，是未見天成之豪麗，宣洪之清泰也。曩者，燕市屋樓觀，重縷連鈴，貴人造佛寺，渴泉飛山；佛身純金，七寶鎏渥。中人燕享，水陸畢殫，后軒美人，曳縞紬，秣陵之縠，均於中單，秀水機杼，不藉而靡。少年日夜歌吹，東西樂部。倡家樓閣通天，乳煎鏤蛤，冬果春蔬，棄之如遺，賞賜動以千計。三正元會酺樂，燈火輿若連山，狀於六鰲，生花舞鳥，閉機其中，舉火樹者萬萬計。荊揚估船，日夜集於大市。而今安有之？衣文之巧，日變日儉，故有屋設而寡堅黑。伎者，或改而市矣。元夕寥寥數人行，少年博具，數錢而攤，司空召商，具五刑，泥首號哭，家立破敗。四方異味日至，物價翔踊，器更狹㮔，轉傚他方，賈者日夜心計，市魁大姦，其迹堇堇，則何以稱也。夫財通物富，美名也，逋之于不可知，變之於不可繼，豈石甓之為乎？且以為誕也。

此文敘北都當明時已有衰盛菀枯之區別。中葉最盛，晚則凋敝矣。所述外戚大賈貴人樂部倡家燈火之狀，予於清末，猶髣髴見之。其後遷都，迭有兵亂，所謂「元夕寥寥數人行」，其冷落之狀，晚近亦如親見之。讀此文，輒歎國中都市，古今興衰，代謝之狀，不甚相遠。（開國時政治清明，賦稅薄，故工商盛。末葉政治腐暗，賦稅愈重，社會經濟愈衰落，農村都市皆凋殘矣。明清兩朝，北京之幾度衰盛皆由此。故曰不甚相遠。）唯此後飈輪再轉，則不知當作何世？經行廢苑，容與湖舟，皆有重見劫灰之惘惘一念也已。

北平玉泉山

方春花開，遊無錫者多。客言，惠泉山頗肖北都之玉泉山，余謂此言誠是。北都宮苑，稍有名之構築，皆摹仿江南勝地，金元已然，康乾兩朝尤刻意倣求。今即以玉泉山言，故為金章宗芙蓉殿，康熙十九年建靜明園，舊有十六景，第十曰「玉峯塔影」，蓋即仿惠山之塔作。今玉峯塔已圮，可登者，曰妙高塔。燕都附郭塔之可登者，獨此而已。

玉泉非徒以塔名，若澄照洞、資生洞、伏魔洞、華嚴洞，皆可翫。華嚴洞石刻佛像，尤有名。而高水湖、裂帛湖，則泉流所匯，可以泛小舟，掬水以飲，視太湖雖迴殊大小，亦頗不易得。

石遺室舊有記云：

> 山袤廣不一里，峻不越百丈，合磝礐砠崔嵬而成。然其趾，濫泉，汎泉，洪纖錯出，絕有力，如川之至。渟數小麋，以瀉於外，有清純皇帝垣以為靜明園者也。揭櫫泉上，曰「天下第一」，相傳衡諸中泠惠山諸泉容積等，而重量逾之，當日品泉之法，蓋以此。山顛標一白塔，旁近二小塔，亭館寥寥，蔭以栝柏榆柳之屬而已。余以為山水之勝，猶文字也，能者各有所以表著，而獨至為難。京西戒壇以松，潭柘龍王潭以水，獅子窩祕魔崖以紅葉，此山則燕都水脈所發軔，有遠到之量焉。《詩》曰：「相其陰陽，觀其流泉。」又曰：「秩秩斯

> 干，幽幽南山。」吾獨為斯泉誦之矣。

老人此記，作於甲寅重陽前二日，蓋亦為登高往。以玉泉山登高詩言。弢庵先生〈乙卯秋登妙高塔〉一律，最佳。詩云：

> 偷閒豫了登高債，思舊來尋酌水盟。垂暮猶淩孤塔迥，無塵能涴水泉清。離宮樹石餘王氣，絕島風濤有戰聲。地下故人應見念，憂危今日自承平。

蓋光緒初年，弢老曾與張蕢齋、寶竹坡為登高之會，故詩中有思舊語。絕島戰聲，則指日本方取膠州，與德軍戰也。

余遊玉泉山最數，無過己未至癸亥五年間。九日必山游，幾無不小憩玉泉者。所作古近體詩，累七、八首，記有兩律，可資追憶。一曰：

> 孤策淩秋意可哀，衝風鬢袂對徘徊。山餘龍氣鬱相枕，河挾雁聲時一來。酩酊已憐天共醉，蒼茫終恨世無才。平日獨往何曾悔，卻為幽花首重迴。

則登塔之作也。一曰：

> 飆館沈陰黯有霜，妙高殘塔屹相望。規摹傑構思全盛，盪伏寒濤赴下方。入世瓠尊聊一泛，及秋荷鏡恐無光。哀時微意誰能會，細馬紅妝爾許狂。

則泛舟之作也。詩中各有本事，規摹句，即謂玉泉之竹鑪山房，仿惠山而作。事見志乘。余意，學步者或不止竹鑪山房，若玉泉之與惠泉，豐碑垂泐，斤斤然爭天下第一之品題，抑其小者。拔可〈玉泉〉詩云：「爭墩出天語，氣壓吳兒懍。」殆為惠泉鳴其不平歟？

顧余以為，昔李衛公居洛，猶日飲惠山泉，後以僧允躬言，昊天寺井水重量相若，始以為代。然則使惠泉永擅第一之名，調水之符。勢必日夜相屬，而常郡差徭苦矣。以第一泉名奉之燕京，抑江南之幸也。其重量相若，大抵含質相近，此不足為品第甲乙之證，近人已甚明之矣。

暑熱憶泛湖

熱日中讀《春浮園偶錄》，蓋居湖上所筆者，有云：「兩日毒暑，無可迴避，因作憁含西嶺千秋雪之觀，便覺清寒襲人。」語誠妙矣。《起信論》云：「當知眾生一切境界，皆依眾生無明妄心而得住持」，伯玉耽禪悅，自知此理。然不如其尚有一則云：「月涼如水，纖翳都盡，古木蒼寒，宿鷺千百為羣，明如積雪。」此二十二字，文筆既妙，光景特佳，暑夜湖泛，更深時往往遘此絕景，吾人讀之，亦如憁含西嶺千秋雪也。因誦此，可知明末時湖上鷺鷥尚孳生，未如今日到處樓臺燈火，更著不得二、三水鳥也。

然此景當時亦必於南湖深處偶遇之，今日走遍吳越，恐不易辦。憶北居時，月必游昆明湖，雖秀麗遠遜西子，而在龍王廟以南，棹舟逾橋，水木明瑟，時有棲鷺出林。沒於雲際，甕山倒影，葭菼參差，景光宛然，儼在吾目。又盛暑雖不宜午泛，而初夏荷葉田田，最宜艇子，前塵在水，迴念尤香。前年四月，江南道中，思及此游，又有兼所感，輒和玉田〈長亭怨慢〉寄意。是夏為精衛先生書扇，見而深愛之。晴窗重展昨藁，兼想湖湑，錄之以見舊日選勝之趣，若視春浮之日札，則吾真慚詞費矣。

詞云：

記初夏甕湖深處，細浪跳魚，斷磯妨路。俊侶紅衣，鳳簫柔婉為君譜。舊懷如許。偏憶得，蘭橈送雨。望裏江南，祇日暮，差池雙羽。歸去。奈心情減褪，觸處便嫌愁旅。垂楊拂浦，怎禁得，幾番風絮。夢回託新鴈瑤璫。又微恐雲羅遮住。竚故苑風裳，自伴凌波輕舞。

西湖今昔

東坡詩云：若把西湖比西子，澹妝濃抹總相宜。今日西子，不止不澹妝，直全是濃抹；不止濃抹，直大半為裸胸蜷髮之歐洲妝。舉世所趨，西子弱質，不敢云不宜，然亦難為消受矣。因歎世風正如丸走阪，比年江南道中，相逢談吐，若不能雜以二、三外國語者，幾於不得儕於士類。然吾從北高峯下探天竺，過中印菴一邏，叢篁刺天，靜碧雋悄，輿夫為予言：「此地最佳，外國人最喜來此。」斯言大有名理。其一，可知輿夫心目中，已品第外國人為鑒賞風物之第一流。其次，可知吾人流汗經營以期邀眄於東西人士者，乃其流連躑躅，初不在乎紅樓馬路邊，而仍在乎荒山叢竹流泉之間。然則蒼寒宕野之趣，儻有可廢而不可廢者在乎？

孤山舊有竹樓，白太傅詩：「小書樓下千竿竹，深火鑪前一醆燈。此處與誰相伴宿，燒丹道士坐禪僧。」後林和靖結廬此中，尚厭其未邃，有詩云：「山水未深猿鳥少，此生猶擬別移居。直過天竺溪流上，獨樹為橋小結廬。」逋仙此意，今日湖壖，胡可多得？孤山已成鬧市，天竺亦幾童山，唯餘一、二處蓊蔚耳。後此物質騰達，湖與山，皆當頂踵嶄新，如日本之日光、箱根然。顧如苟且塗附，以奪自然之美；與夫淺識者，但知「彈琵琶，學鮮卑語」以相矜炫，則終令人為聖湖呃逆，而愁其債大事也。

西湖桃花

無錫昔以泉名，今則以梅花、桃花著，討春者，多先及之。繼此則南京太平門之桃花亦有名。北方游者，多言杏花、丁香之美，實則櫻桃花亦至麗，西山迤北，有一地名黑石溝，夾澗皆櫻桃花，蒙密十餘里，世自不知耳。

常人游覽，必言西湖，西湖以梅名，而桃亦勝。明末時，蘇、白二隄，夾道種植桃柳，二三月間，柳葉桃花，游人闐塞。歲月既多，桃皆合抱，行其下者，枝葉扶疏，漏下月光，碎如殘雪，清人張岱《陶庵夢憶》，以為向言斷橋殘雪，或言月影也。其時人爭豔賞。明錢塘高濂，以為桃花妙境，其趣有六：其一，在曉烟初破，霞彩映紅，微露輕勻，風姿瀟灑，若美人初起，嬌怯新妝。其二，明月浮花，影籠香霧，色態嫣然，夜容芳潤，若美人步月，豐致幽閑。其三，夕陽在山，紅影花豔，酣春力倦，嫵媚不勝，若美人微醉，風度羞澀。其四，細雨溼花，粉容紅膩，鮮潔華滋，色更芳潤，若美人浴罷，暖豔融酥。其五，高燒庭燎，把酒看花，瓣影紅綃，爭妍弄色，若美人晚裝，容冶波俏。其六，花事將闌，殘紅零落，辭條未脫，半落半留，若美人病怯，鉛華消減。六者惟真賞者得之。近日堤上桃花已不多，然致此境，亦非難事，梅桃杏皆有實可資為利，但有實之桃，或不宜於夾堤種之耳。江南水國，隨地宜花，若有司謀以景物徠游客，亦不必限於聖湖也。

九溪十八澗

名勝之興廢，亦相嬗代。西湖諸山，天竺今固非佳，韜光亦何嘗是最勝處，唯理安九溪十八澗尚幽曲。然近讀張南皮未刊之中年詩，〈使浙將歸登舟後得雜詩〉二十首，其第十九首云：「尋勝不辭出險去，理安已燼淨慈蕪。秋光正好王程急，孤負西溪萬頃蘆。」是理安在光緒初時，已燬燼，今之脩枬高竹，皆四、五十年間景物也。九溪十八澗信美。然吾讀蕭伯玉《南歸日錄》云：

十八澗兩壁夾一天，一似天受其成形，漸小漸狹，漸迂漸縮，俯而就於兩壁之約束，天蓋在山中矣。山左窮，澗卻避而趨於右，已山右窮，澗又忽跳而躍於左。山之左右變，而日之東西亦隨與俱變。劃焉中斷，又忽然無際。足為目誘，多方以誤之，則嘗地倍賒。目為足導，絕利以趨之，則取境甚廉。始而心與目謀，復與足謀，意所獨營，足與目尚未肯退而聽也。已而足代為目謀，目代為足謀，相得甚歡，遂求路忘疲，余特往而從之耳。度澗二分之半，倦而憩於理安寺。

云云。其狀十八澗處，文特婉黠。屢游之餘，覺十八澗尚未稱如斯曲折，唯當以狀房山入口之絕壁深澗，或相肖耳。

廣雅入杭病瘧，其第四詩云：

鹽豉如荼只楚呻，苦思鄉味等思蒓。真長竟受桓公米，亦是豬肝累主人。

自註：

求北地小米不得，馬榖山中丞，聞之惠數斗。

案：此是病後胃弱思食小米，馬必有夙儲，故以贈張，在當時自為難得也。

元夜憶舊

因憶中秋之月，而話元夜之月。前四五年，舊日歌者琴雪芳歿於南中，訊至舊都，方當始春。李散釋為〈浣溪沙〉寄意，四十二字中，須括琴雪芳馬回回六字，邵次公、邵絅、向仲堅及余皆有和作，今更不省記矣。其歲元夕，明月如畫，而六街闃然。余有和散釋元夕詩云：「中酒心情不更春，孤行唯有月華親。相逢遙夜絃如訴，可奈多憂句亦貧。埋照分當填筆塚，蹋歌夢倘見燈輪。鶯花韋杜年年少，卻望城南共愴神。」蓋散釋原詩，實隱悼惜琴孃，道及城南歌讌之盛也。

或問燈輪故事？案：唐張說十五日夜御前口號蹋歌辭，有「西域燈輪千影合，東華金闕萬重開」之句。張鷟《朝野僉載》云：「睿宗先天二年正月十五、十六夜，於京師安福門外，作燈輪，高二十丈，衣以錦綺，飾以金玉，燃五萬燈，簇簇如花樹。」又云：「妙簡長安萬年少女婦千餘人，衣服花釵媚子亦稱是，於燈輪下踏歌三日夜，歡樂之極，未始有之。」燈輪，亦是西域流傳入長安之燈彩，琴孃姓馬，回人，故撦撏此典。昨翻廢曆，又將元夜，舊事如煙，尺波如電，窺帷月色，祇增忉怛，政當泯滅意根，使不復生憶，斯為佳耳。

倉石澳

乙丑歸里，曾游所謂倉石澳者，蓋閩江入海處一小島也。考澳，《說文》：隈崖也。荀悅《申鑒》：「若亂之墜於隩也。」註：「澳，崖內近水之處。」倉石雖以澳名，不限於為水之隈崖，實為一島。閩江口，號稱天險，島嶼碁布。尤以五虎門為最有名。倉石與五虎相距咫尺。予游以十二月初旬，氣候溫煦如暮春。江輪近澳，已眺及海，一碧際天，唯有頑山小嶼，出沒綠波間。澳之泊舟處，羣蠔萬千附石上，既登陸，則沙厚數尺，如白粉屑，斷岸赭駁，水痕宛曲，附巖石如畫。予弛衣臥沙上，東望海水，西瞻江濤，碧浪黃流，互相映發，五虎石若刀劍守門，羣山蜿蜒，及海盡成絕壁，受日炯然有光，誠奇觀也。澳之中央，有小山，西人結宅其上，道路修飭，樹木蓊翠。全澳形如偃月，有山為障，故冬暖夏涼。初無人知之，晚近西人誅茅為避暑地，始聞於城市。以其地小，其經營必有所限，顧亭館飲饌及海浴之場，則假以時日，必可遠逾於予所游者。

憶童時游鼓浪嶼，與廈門隔一衣帶水，曲磴危樓，宴於日本詩人結城蓄堂家，惜兒時事，已不能省記嶼之全景。倉石之游，余有詩紀之。非惟不使雪泥之印，不就模糊，亦使好為島游者，可省覽也。詩云：

北客舟程逢海怒，翠嶼嵯峨浴波舞。夜窗搖夢怯陽侯，未意奇觀入新覩。青天為幕海為奩，沙如層茵石如乳。斷巖鵬噣未培風，鼇鼇羣蠔枕其股。北臨海門才十丈，獰石當關云五虎。小山完完意蕭暇，屹我南方互支拄。東西江海相後前，中嶺飛鶩得棟宇。欲尋草香踵行迹，挾纊彌溫日加午。但從衣帶辨苓箵，稍愛沙鷗解眉嫵。舟師告余此倉石，三面貯風狀如弣。綠波青嶂非人開，絕海天驕來占取，墟煙始隨估客集，每歲涼波戢柔櫓。歸人聞言微歎息，故國山川易賓主。南來皆說杼柚空，北望又愁征戰苦。海壖一角未成田，猶與溟渤為吞吐。開山若喚小桃源，莫厭秦人作初祖。

今又十年矣，筆札鞅掌，方春無游衍之樂，摭此以資翫憶。

杭州西溪

秋風漸有涼意，頗思為湖游，并憶西溪。考西溪不通西湖，地實在北，或云以西子得名，卽若耶溪，吾殊未能詳。茭蘆菴，在河渚，視秦亭、法華諸山尤深進。菴有〈程松門西溪卜居圖〉，為樊謝作。又有〈戴文節交蘆菴圖〉、〈華秋岳西溪圖〉等，茭蘆菴額，董香光書。樊榭栗主則在菴右小閣。樊榭納姬之夕，正當中秋，泛舟溪流，明月初上，故名月上，姓實朱氏也。主為何蝯叟所書，不知何人，更取樊榭夫人蔣氏補祀之，真刻舟求劍，多事之舉。杭堇浦之妻妾三人，又附祀於左龕，則尤多事。堇浦在清初諸名士中，為最有遺行者，不應復忝樊榭之列。記程松門題〈卜居圖詩〉云：「小住西溪第幾灣，蟹莊魚舍鷺鷥灘。扁舟他日來相訪，十頃蘆花作雪看。」是蘆花作雪之景，已累數百年，故至今談秋雪者，必數西溪也。

自茭蘆菴出，舟行至風木菴，在神仙宮山麓，杭丁氏兄弟廬墓處。聯曰：「家藏八千卷，門對七二峯。」丁氏兄弟，為西湖中興元勛，其八千卷樓，為同光間國中四大藏書家之一，今歸江南圖書館。劍丞有詩云：「浙中盛藏書，丁陸名並峙。陸書鬻外國，恥等百城徙。丁書入江南，其事差堪喜。子孫享食報，手澤固未萎。青青墓門樹，沄沄西溪水。一菴今復存，丹青非甚侈。湖山窮幽秀，游屐能過此。松竹映源深，樊榭不專美。」以幽秀稱西溪，信不謬。西溪水深碧，宜浣，兩岸桑柿交陰，溪上弓橋以十數，誠湖山最佳處。

丙寅春余過滬西，訪陳散原丈，又過譚大武家，聞方繪新圖，寫陳、俞諸詩，藏之西溪。彈指又十年，比亦未暇詢瓶齋以西溪圖卷也。

索引

人名

地名

書名與其他專有名詞

花隨人聖盦摭憶全編（新校版）

1979年8月初版　　定價：新臺幣2500元
2024年1月二版

著者	黃濬
編者	許晏駢
	蘇同炳
叢書主編	孟繁珍
索引	陳龍貴
校對	林昌榮
	吳浩宇
內文排版	聯合報印務部
封面設計	兒日

出版者	聯經出版事業股份有限公司
地址	新北市汐止區大同路一段369號1樓
叢書編輯電話	(02)86925588轉5305
台北聯經書房	台北市新生南路三段94號
電話	(02)23620308
印刷者	世和印製企業有限公司
總經銷	聯合發行股份有限公司
發行所	新北市新店區寶橋路235巷6弄6號2樓
電話	(02)29178022

副總編輯	陳逸華
總編輯	涂豐恩
總經理	陳芝宇
社長	羅國俊
發行人	林載爵

行政院新聞局出版事業登記證局版臺業字第0130號

本書如有缺頁，破損，倒裝請寄回台北聯經書房更換。 ISBN 978-957-08-5443-5 (一套精裝)
聯經網址：www.linkingbooks.com.tw
電子信箱：linking@udngroup.com

國家圖書館出版品預行編目資料

花隨人聖盦摭憶全編（新校版）/黃濬著．許晏駢、
蘇同炳編．二版．新北市．聯經．2024年1月．上428、中404、
下484面．14.8×21公分
ISBN 978-957-08-5443-5（精裝）

848.7 108020475